DÜSTERE GEZEITEN

5

BUCH 5

A.R. KNIGHT

WASSERWELT

Die großen blauen Schlangen wanden sich durch das Cockpit des Schiffes, Gillane Viers gigantische Wasserproduktion ein Wunderwerk aus dem Orbit. Aurora, die ihren Morgenkaffee durch einen Stahlstrohhalm saugte, beobachtete, wie die von Konzernen umgestaltete Welt ihren Geschäften nachging. Ein weitaus besserer Anblick als das dunkle Nichts des tiefen Weltraums, das wochenlang die sternenreiche Show gewesen war, während die *Prisa* auf Lichtgeschwindigkeit und darüber hinaus beschleunigte, um die Reise zu machen.

Als Kommandantin von Sever, Kapitänin... Aurora lachte ganz leise, nicht einmal laut genug, um einen Blick von Eponi zu ernten. Was spielte der Rang schon für eine Rolle? Sever gehörte nicht mehr zur Hierarchie der DefenseCorp. Jeder in der Truppe hatte seine Fähigkeiten: Aurora verband harte Disziplin mit strategischem Denken, Eponi flog alles, was sie in die Finger bekam, Gregor schwang einen großen Hammer, Sai sprengte Dinge in die Luft, und Rovo kümmerte sich ums Reden.

Dieses Grinsen starb einen schnellen Tod, als ihr Rovo

in den Sinn kam. Der ehemalige Rookie war von zwei Verrätern entführt worden, DefenseCorp-Agenten, die Rovos Wissen nutzen wollten, um neue Waffen zu verbessern. Er war von der *Nautilus* von Renard und Vana gestohlen worden, als Geisel benutzt, um Aurora davon abzuhalten, die Bastarde in die Luft zu jagen. Jetzt hatte Sever das Trio und ihre Truppe bis nach Gillane Vier und sein wässriges Nest verfolgt.

»Wunderschön«, sagte Gregor, der sich auf den Sitz hinter Aurora schwang. Einer von vieren im Cockpit der *Prisa*, die hinteren beiden dafür gedacht, die Fähigkeiten des Piloten zu würdigen. »Die blauen Planeten sind die besten.«

»Dieser hier ist nicht freiwillig blau«, sagte Eponi. »Früher lag all das Wasser unter dem Eis. Ich hab Videos von Kartrennen gesehen, die sie hier früher gemacht haben. Dann hat Salinity anders entschieden.«

Ein weiterer Megakonzern, aufgebaut auf dem Bedürfnis der meisten Spezies, Wasser zum Überleben zu trinken. Aurora wusste nicht viel über Salinity, außer dass ihr H_2O-Logo auf jedem Flüssigkeitsspender in der Galaxie zu sein schien. Das, und dass sie glaubten, Planeten sollten auf ihren nützlichsten Grad eingestellt werden.

Was, okay. Es war nicht Auroras Problem, wenn Gillane Vier von einem Polarplaneten zu einem mit endlosen Wassergeysiren wurde.

»Wo landen wir?«, fragte Gregor. »Haben wir sie gefunden?«

Sie bedeutete Renard und Vana, und mit den beiden hoffentlich Rovo. Gregor hatte einige handfeste Arbeit an ein paar gefangenen Agenten geleistet, bevor Sever die *Nautilus* verließ, um hierher zu kommen. Er hatte die beiden Gefangenen gebrochen, nicht mit Androhung körperlicher Gewalt oder mentaler Folter, sondern mit einem typischen Gregor-Zug.

»Es gibt richtig«, hatte Gregor zu dem Paar gesagt, die noch in ihren Krankenstationsbetten lagen, für das Treffen im selben Raum zusammengeschoben. »Und es gibt falsch. Euer Freund, Zaydi, ist für das Falsche gestorben. Jetzt könnt ihr es richtig machen.«

Er hatte diesen abgedroschenen Anfang mit einer Reihe von Aufnahmen fortgesetzt. Videoaufnahmen von Renard und Vana, wie sie mit ihren neuen Anzügen Kameraden in Stücke rissen. Die verkohlten Körper, die in einer Andockbucht der *Nautilus* zurückgelassen wurden, als die fliehenden Agenten mit ihrem gestohlenen Transporter hinausflogen. Die beiden Spione änderten ihre Einstellung, als sie sahen, was ihre Seite angerichtet hatte.

Es ist leicht genug, einem Traum nachzujagen, wenn man die Kosten nicht sieht.

»Sie machen es uns nicht schwer«, sagte Aurora und beantwortete damit Gregors Frage. »Der Transporter ist noch im Orbit. Hängt in einiger Entfernung. Sie haben Shuttles zur Oberfläche geschickt, direkt in die Hauptstadt.«

»Genau dort, wo Salinity seinen Hauptsitz hat«, fügte Eponi hinzu.

Renard und Vana waren nach Gillane Vier gekommen, um ein Mädchen namens Kaia und den Schatz in ihrem Blut zu finden. Ein junges Kind mit einem Vater, der sich auf Molekularbiologie spezialisiert hatte. Rovo hatte, bevor er gefangen genommen wurde, eine Nachricht von Kaia erhalten, dass sie und ihr Vater auf den Planeten gekommen waren, und Aurora konnte sich nur einen Grund vorstellen, warum ein verzweifelt nach Geld suchender Wissenschaftler hierher kommen würde.

Jobs bei Salinity mussten gut bezahlt sein, und Kashmal könnte dort vielleicht eine gute Position ergattern. Zumindest war das die Annahme, mit der Aurora arbeiten würde, bis etwas sie vom Gegenteil überzeugte.

»Also landen wir, gehen zu Salinity und ich zerschmettere Renard mit meinem Hammer?«, fragte Gregor.

»Fast«, antwortete Aurora. »Sai geht mit Eponi zu Salinity. Du und ich gehen auf die Jagd.«

»Ah. Guter Plan.«

Draußen schob Eponi die *Prisa* in eine Reihe von landenden Schiffen. Frachter, Passagierkreuzer und kleinere Schiffe wie ihres.

»Glaubst du, es wird eine Spur geben?«, fragte Eponi. »So, als ob Renard da unten auf uns warten würde, mit ein paar Flaggen, die uns sagen, wo wir hingehen sollen?«

Gregor antwortete nicht, und Aurora konnte erkennen, dass der Mann abwartete, wie sie reagieren würde. In der Vergangenheit wäre solch ein Sarkasmus Aurora gegenüber ein Grund für eine strenge Zurechtweisung gewesen. Eine sachliche Erinnerung an den Einsatz der Mission, etwas Hilfreiches anzubieten, keinen Witz.

Aber die letzten paar Monate, von Dynas und seinen sumpfigen Höllen bis zu Wexer und den tödlichen Korridoren der *Nautilus*, hatten diese Kanten abgeschliffen. Der Witz ärgerte Aurora nicht mehr. Er bewirkte nichts außer einem kleinen Funken Freude darüber, dass Sever *immer noch* Witze machen konnte, nach all dem Mist, den sie durchgemacht hatten.

»Sie sind Agenten«, sagte Aurora. »Renard wird den örtlichen Außenposten kontaktieren, um eine Operationsbasis auf dem Planeten zu bekommen. Wir fangen dort an und sehen, was wir finden können.«

»Und du willst, dass Sai und ich in Salinitys Büros spazieren und was sagen, habt ihr diesen Mann gesehen?«

»Du kannst deine eigenen Worte benutzen, wenn du möchtest.«

Eponi zeigte ein Grinsen und Aurora erwiderte es, »Ich mag dieses neue Du, Kommandantin. Du gibst mir etwas Spielraum zum Fliegen.«

»Achte nur darauf, dass du nicht abstürzt.«

Das Verlassen der *Prisa* in Gillane Viers helle Atmosphäre sorgte für einen verrückten biologischen Rausch. Aurora nahm, wie sie es jedes Mal tat, wenn sie einen neuen Planeten betrat, einen tiefen Atemzug, um zu erfassen, wo sie ihren Körper geparkt hatte. Gillane Vier begrüßte den Zug mit leichter, trockener Luft, vermischt mit einem Zitronenduft, als wäre Aurora in einen Zitrusgarten gewandert. Die Atmosphäre passte zum Design, da Salinity fließende Verzierungen über seine eigene Welt gelegt hatte.

Die Andockbuchten befanden sich auf offenen, eisblau schimmernden Plattformen, die, wie alles auf Gillane Vier, über dem endlosen Ozean schwebten, der die Oberfläche des Planeten bedeckte. Pfefferminzgrüne Barrieren leuchteten durchscheinend um die Plattformränder und boten sowohl ein Warnsignal als auch einen leichten Elektroschock für jeden, der darüber nachdachte, den Kilometer tiefen Sprung ins aufgewühlte Meer zu wagen.

Aurora konnte sich nicht erinnern, wann sie das letzte Mal so weiße und flauschige Wolken gesehen hatte, ein Umstand, der der präzisen Kontrolle des Wasserkreislaufs des Planeten durch Salinity zu verdanken war. Hier gab es kein schlechtes Wetter, nur optimale Bedingungen für die Wassergewinnung.

Deepak hatte das DefenseCorp-Dossier über den

Planeten mitgeschickt, ein umfangreiches Dokument, das beschrieb, wie Salinity Gillane Vier zum Funktionieren brachte. Aurora hatte es verschlungen und den anderen vorgeschlagen, es ebenfalls zu lesen, wobei Gregor besondere Aufmerksamkeit auf Salinitys Arbeit beim Einfangen und Abstürzen von Eisasteroiden auf der abgewandten Seite des Planeten legen sollte, um dessen riesiges Reservoir aufzufüllen.

Die Beweise für diese Arbeit zeigten sich überall um Aurora herum, als sie mit Gregor, beide in zweckmäßiger Zivilkleidung, aufbrach. Eine lose weiße Jacke half, ein Schulterholster und die darin steckende Pistole zu verbergen, während Aurora ein Messer an ihrem Oberschenkel befestigt hatte. Kaum die Ausrüstung, die man brauchte, um einzubrechen und eine Geisel zu befreien, aber falls sie Rovo fänden, warteten fünf neue Powerrüstungen auf der *Prisa*.

Deepak hatte nicht hart gekämpft, als Aurora die Forderung stellte. Sie hatte darauf hingewiesen, dass der Admiral Sever etwas schuldete für seine Bemühungen, die Agenten von der *Nautilus* zu entfernen, und dass Deepak den Verlust ihrer ursprünglichen Anzüge durch den zum Scheitern verurteilten Einsatz auf Dynas, gepaart mit den aggressiven Taktiken auf Wexer, verursacht hatte.

Und obwohl Aurora dies niemandem sonst in Sever erzählt hatte, hatte sie Deepak versprochen, dass das Team nach der Rettung zurückkehren würde.

Was das bedeutete, nun, Aurora würde das später herausfinden. Für den Moment hatten sie Waffen, sie hatten Ziele. Zeit zu gehen.

Das Dossier enthielt auch den Standort des Defense-Corp-Büros. Die offizielle Basis wäre wahrscheinlich nicht der Ort, an dem sich die Agenten aufhielten – der Geheimdienst-Zweig neigte dazu, eigene Wege zu gehen – aber die Bürokraten könnten wissen, wo man nachsehen sollte.

»Wie kommen wir dorthin?«, fragte Gregor, als sie von der Plattform weggingen.

Eine gute Frage. Salinitys flüssiger Fokus floss in alles auf dem Planeten, einschließlich der blauen Plattformen und ihrer zentralen Plattform, ein tropfenförmiges Design, das die Landemengen zu einem Punkt leitete. Dieser Punkt schien mit mehreren riesigen, klaren Röhren verbunden zu sein, die alle zurück zum stielartigen Aufstieg des Stadtkerns rasten.

Eine Blume, mit der Stadt im Zentrum und jeder Andockplattform als Blütenblatt.

»Schwimmen?«, sagte Aurora, als sie sich einer bunten Menge anschlossen, die sich auf die Röhren zubewegte.

Gillane Vier hielt an seinem geldorientierten Ethos fest, und wie überall sonst in der Galaxie machten sich Händler bei Neuankömmlingen bemerkbar. Dieser friedliche erste Atemzug verschwand unter einer Werbeflut, mit Rufen von Ständen, die Essen und, ja, Souvenir-Wasser ʼdirekt von der Quelleʼ anboten. Ihre Ziele waren keine vermummten Vagabunden wie auf Wexer, sondern eine funktionale Ansammlung, deren offensichtliches Einkommen und Zielstrebigkeit Aurora in eine seltsame Anspannung versetzte.

Vielleicht hatte sie zu lange nach Geld in den Niederungen der Galaxie gejagt, wenn sie sich in der echten Zivilisation so unwohl fühlte.

»Ich glaube, ich brauche Urlaub«, sagte Aurora, als sie beide nun in der Schlange feststeckten. Mehr Spezies, als sie je an einem Ort gesehen hatte, drängten sich um sie herum, ihre Sprachen wetteiferten um ihr Nicht-Verstehen. »Vielleicht nach der Rettung von Rovo.«

»Hah. Eine nette Idee«, sagte Gregor. »Aber zu langweilig für mich.«

»Gibt es nirgendwo, wo du gerne hingehen würdest?«

»Zu einem Planeten mit weniger Frieden als diesem hier, vielleicht.«

Irgendwie ahnte Aurora, dass es mit dem Frieden auf Gillane Vier nicht mehr lange dauern würde, aber bevor sie darüber sprechen konnte, brachen die letzten Leute vor ihnen zu einer Röhre auf und ließen das Sever-Paar vorne stehen. Zwei dicke Masten standen mehrere Meter voneinander entfernt, rote Ringe leuchteten nahe ihrer Spitzen. Zwischen ihnen schimmerte eine weitere weiche grüne Barriere. Eine angenehme, künstliche Stimme bat darum, dass sich jeder mit Waren melden solle, und als niemand dies tat, ertönten die Masten mit einem trillernden Bestätigungston.

Vor ihnen endeten die drei klaren Röhren mit ihren eigenen Buchten. Kapseln, jede von der Größe der *Prisa*, flogen sanft ein, bevor sie beladen wurden und wieder davonschossen. Eine hatte einen orangefarbenen Streifen durch ihre silberne Mitte, mit blauen Buchstaben, die sie als reine Frachtkapsel kennzeichneten. Direkt vor ihnen kam eine eingehende Kapsel zur Ruhe, während die andere Passagierkapsel mit dem vertrauten technologischen Rauschen davonschoss.

Die Ringe auf den beiden Masten wurden blau, und die grüne Barriere verschob sich, lenkte den Zugang zur mittleren Kapsel und gab Aurora und Gregor einen Weg frei.

»Ich glaube, ich bevorzuge Wexer«, sagte Aurora, als sie die Kapsel betraten, wo ordentliche, gepolsterte Sitze auf sie warteten. »Das hier fühlt sich ein bisschen zu kontrolliert an.«

»Genieß es«, sagte Gregor. »Ich habe keinen Zweifel daran, dass das Chaos uns schon bald finden wird.«

»Oder wir finden es.«

»Gibt es da einen Unterschied?«

»Ich würde lieber diejenige sein, die das Chaos verursacht, als dass es jemand anderes tut.«

»Ah«, Gregor setzte sich neben Aurora, seine Masse drückte sie näher an die ovalen Fenster der Kapsel. »Sag Bescheid, und ich werde dein Chaos erschaffen.«

Aurora lachte, und die Kapsel schoss los. Welche Technologie auch immer das Ding antrieb, es gab Aurora kaum ein Bewegungsgefühl. Wie in einem Raumschiff, wenn die Triebwerke ansprangen, fühlte sich die Fahrt durch den Tunnel zur Stadt an, als würde man einen Film schauen. Und dieser Film liebte Wasser.

Als sie sich dem riesigen Stiel der Stadt näherten, sah Aurora die verschiedenen Pumpen, die den einzigen Standfuß der Stadt hinaufkletterten, die Röhren, die aus dem Ozean kamen und sich über ihn erstreckten. Die riesige Anlage war zweifellos für das pulsierende Gefühl verantwortlich, das Sever im Orbit gesehen hatte, als die gläsernen Tunnel Wasser über den ganzen Planeten leiteten, für welche Behandlung auch immer nötig war, bevor es verladen und verschifft wurde. Wellen schlichen sich zwischen den Röhren hindurch, wie Gefangene, die durch die Gitterstäbe greifen.

»Bereit für eine Rettungsaktion?«, sagte Aurora. »Genau wie auf Dynas?«

»Nichts wird wie Dynas sein«, antwortete Gregor. »Aber ich bin bereit für eine Rettung. Und ich bin bereit für etwas Rache.«

Gregor hatte Vanas Verrat detailliert geschildert, ein Zug, der Auroras Meinung über die seltsame Agentin nicht sonderlich erschüttert hatte. Vana hatte Aurora auf der *Nautilus* gut ausgerüstet und dann Gregor auf eine Suche nach Renard mitgenommen. Der alte Agent hatte Vana offenbar mit einer neuen Powerrüstung überrascht, leichteren Versionen, die für menschliche Augen nahezu unsichtbar waren. Von der Schatzgier verführt, hatte Vana die Seiten gewechselt, einen Anzug angelegt und Gregor beinahe ins Jenseits befördert.

Aurora hatte die Nachricht mit einem Achselzucken und dem Versprechen aufgenommen, Vana beim nächsten Mal, wenn sie die Frau sah, mit einem Laser niederzustrecken.

»Zuerst jedoch will ich Antworten«, fuhr Gregor fort. »Sie hätte mich töten sollen, aber sie tat es nicht. Ich möchte wissen, warum.«

»Weil sie keine Zeit hatte?«, erinnerte sich Aurora, dass Vana auf einen Amoklauf gegangen war, als einige unglückliche Soldaten ihre Gregor-Ausweidung unterbrochen hatten. Vana hatte Gregor zurückgelassen, keuchend in einer beschädigten Powerrüstung, ein Glücksfall, den Gregor sich weigerte, als solchen zu sehen. »Es ist schwer, klar zu denken, wenn man angegriffen wird.«

»Sie dachte klar.«

Gregor sah beunruhigt aus, eine Grimasse auf diesem riesigen Gesicht, und verfiel in ein grüblerisches Schweigen, das Aurora beschloss, in Ruhe zu lassen.

Die Kapsel näherte sich ihrem Ziel, und das bedeutete, dass sie sich der nächsten Herausforderung stellen musste: ein paar DefenseCorp-Speichellecker dazu zu bringen, ihre Agentenkumpel zu verpfeifen.

Nichts, was sich nicht mit etwas Bargeld oder der Mündung einer Pistole lösen ließe.

[2]

STADTSPAZIERGANG

»Ich kann nicht glauben, dass du das Schwert mitgenommen hast«, sagte Eponi zu Sai, als sie aus der Kapsel in die Stadt traten.

Die Menge machte Sai und Eponi Platz, lange Blicke streiften Sais Katana, das über seiner Schulter geschnallt war und dessen Griff weit genug herausragte, um wie ein Tier über seinen Rücken zu lauern. Beide Sever-Mitglieder trugen lockere Businesskleidung, die im Büro angemessen erscheinen konnte, während sie genug Bewegungsfreiheit bot, um nötigenfalls zuzuschlagen.

Und Sai erwartete, dass es nötig sein würde.

Wie Dynas war Sever mit einer bestimmten Mission nach Gillane Vier gekommen, für Rettung und Rache. Solche Dinge endeten meist in Gewalt, und nach dem, was Renard und Vana Sai auf der *Nautilus* angetan hatten, hätte der Sprengstoffexperte nichts dagegen, es den beiden heimzuzahlen.

Besonders nach ein paar Wochen Heilung während der langen Reise. Salben und Übungen hatten Sais Verbrennungen und lädierten Muskeln in einen einsatzbereiten

Zustand versetzt, wenn auch mit neuen Narben und verfärbten Hautpartien unter seiner Kleidung. Jeder, der länger als eine Minute bei DefenseCorp diente, hatte solche.

Zeichen eines hart gelebten Lebens.

»Weißt du, wo wir hingehen?«, fragte Eponi und zog Sai in den belebten Innenhof, wo die Kapsel die Neuankömmlinge des Planeten ausspuckte.

Salinity hatte ihre Welt wie einen Vergnügungspark gestaltet. Der Ausstiegsbereich war übersät mit Schildern, die verschiedene Ziele und Dienstleistungen anpriesen. Willst du nach Gillane Vier einwandern? Hier entlang. Möchtest du Fracht liefern? Da lang. Planst du eine Tour durch die Wasserwelt? Bitte geradeaus.

Bots schwebten durch die Menge, beantworteten Fragen und forderten die Leute auf, weiterzugehen: Die nächste Kapsel und ihre Passagiere würden bald eintreffen.

»Äh, nein«, sagte Sai. »Ich war noch nie hier.«

»Wirklich? Scheint total dein Ding zu sein.«

»Wieso sagst du das?«

»Familienmensch. Die Kinder müssen das hier doch lieben, oder?«

»Menschenmassen? Chaos?« Sai zuckte mit den Schultern. »Vielleicht hast du recht.«

Sie entschieden sich für geradeaus und marschierten auf ein großes Schild zu, das den offiziellen Namen der Stadt, Kaiyo, zeigte. Die fünf Buchstaben waren wie Wellen gestaltet, ihre Spitzen schäumten weiß, während der Rest in tiefem Blau in einen goldenen Rahmen floss. Unter dem Bogen öffnete sich der breite silberne Steinweg zu einem geschäftigen Platz.

Die meisten modernen Stadtgebiete verließen sich auf Flugtaxis mit überall verteilten Andockstationen oder unterirdischen Massentransport, wodurch die Oberfläche frei blieb zum Spazieren, Einkaufen und für besondere Bedürfnisse. Kaiyo spielte dasselbe Spiel, nur dass anstelle der üblichen Mischung aus fliegenden Gefährten und Schiffen diese Glasröhren und ihre Kapseln wie Adern über ihnen wirbelten. Aufzüge und Treppen boten Zugang zu den Stationen, und die langen Schlangen in Sichtweite zeigten wenig Zurückhaltung, in die Shooter einzusteigen.

Die Röhren gewannen ihre Kurven um hohe Gebäude herum, alle in einem blauen oder meergrünen Farbschema gestaltet und scheinbar ohne eine gerade Linie an der Außenseite. Die Strukturen wölbten sich über und um sie herum, zweifellos in dem Versuch, das Gefühl zu vermitteln, in einem tiefen Ozean verloren zu sein. Stattdessen fand Sai es vage beunruhigend, leichte Reisekrankheit machte sich in seinem Magen bemerkbar.

»Scheint, als hätten sie sich dem Thema verschrieben«, sagte Eponi.

»Es ist ihr Planet«, erwiderte Sai. »Ihre Entscheidung. Lass mich mal sehen, was ich finden kann.«

Nach dem Missgeschick auf der *Nautilus* hatte Sever sich mit neuen Armbändern ausgerüstet. Die kleinen Computer dienten als mobile Datenbanken, Kommunikationsgeräte und alles andere, was Sever aus dem digitalen Universum brauchte. Nachdem er seines auf Wexer verloren hatte, hatte Sai sich gleichzeitig befreit und erstarrt gefühlt, unfähig auf Wissen zuzugreifen, das er sein ganzes Leben lang griffbereit gehabt hatte, und gleichzeitig losgelöst von der größeren Galaxis.

Trotzdem würde Sai diese Freiheit für einen guten Stadtplan opfern, und der von Kaiyo erschien wie gewünscht, als Sai den kleinen Computer an seinem linken Handgelenk fragte. Es stellte sich heraus, dass Kaiyos zentraler Stiel unter der Ebene, auf der sie standen, reichlich Stockwerke hatte, und die Schätzung des Armbands zeigte das übliche Einkommensgefälle der Galaxis: Die mit Geld hatten die obersten Ebenen und ihren blauen Himmel. Die ohne gingen immer weiter nach unten in Richtung der aufgewühlten Meere.

»Okay«, Sai blickte von seiner Karte auf, geradeaus. »Ich würde sagen, das hätten wir uns denken können.«

»Oh?«

»Salinitys Hauptquartier ist direkt vor uns. Es ist das Zentrum der Stadt.«

»Das ist offensichtlich«, sagte Eponi. »Traurig.«

»Warum ist das traurig?«

»Weil ich immer hoffe, dass diese großen Unternehmen kreativer sind, als sie es wirklich sind.«

»Nun, sie haben dich nicht eingestellt.«

»Ich weiß. Wenn nur.«

Sai lachte, als sie losgingen. Er konnte sich einen Wirbelwind wie Eponi nicht vorstellen, wie sie den ganzen Tag Zahlen und Dokumente wälzte und Diplomat für Investoren und Kunden spielte. Andererseits konnte Sai sich das auch für sich selbst nicht vorstellen. Nach einer Stunde an derselben Stelle stehen und einem Briefing zuhören, würde er diesen nagenden Drang bekommen, etwas zu tun, seinen Geist in ein Rätsel zu versenken - wie zum Beispiel, welche chemische Verbindung am besten einen Sternenschiffrumpf schmelzen könnte. Tage damit verbringen, Präsentationen durchzusehen und Machtspiele zu pflegen?

Nö.

Um ein besseres Gefühl für die Welt zu bekommen, machten sich Sai und Eponi auf den Weg. Sie hielten sogar in einem kleinen Café an, das mit Meerestiermotiven geschmückt war, und bestellten ein frisches Frühstück mit Kaffee dazu. Nach Wochen, in denen sie nur im Labor hergestellte Proteinpakete und rehydrierte Vitaminsäfte gegessen hatten, fühlte sich etwas Frisches geradezu lebensverändernd an.

Sai zahlte die Runde, indem er sein Armband antippte. Die Kosten waren nicht hoch, aber der Abzug ließ ihn fragen, woher seine nächste Einzahlung kommen würde. Rovos Rettung, so wichtig sie auch für Sever Squad sein mochte, brachte keine Belohnung mit sich. Deepak hatte sie zwar mit Vorräten und Ausrüstung für die Hilfe bei der *Nautilus* vollgestopft, aber Bargeld war nicht dabei gewesen.

Sie hatten in Dynas' Umlaufbahn beschlossen, dem Geld statt ihrer Karrieren nachzujagen, DefenseCorp und seine verdammten Missionen für einen reineren Profit aufzugeben. Doch trotz all dieser Gespräche hatte Sai keinen Cent auf sein Konto fließen sehen.

Und seine Familie hatte schon lange keinen Aufschwung mehr erlebt.

»Du denkst das Gleiche wie ich«, sagte Eponi, als sie zum Stadtzentrum schlenderten, zwischen den fließenden Gebäuden und plaudernden Menschenmengen, während das Rauschen der Wellen des Ozeanplaneten von weit unten den Hintergrund erfüllte. »Wenn wir so weitermachen, werden wir pleite sein.«

»So wie ich das sehe«, sagte Sai, »holen wir Rovo zurück, schalten Renard aus und bitten dann Deepak um eine angemessene Belohnung. Einen Putsch von DefenseCorp zu verhindern, sollte doch etwas wert sein.«

»Ja, ein Klaps auf den Rücken und ein schneller Abgang«, meinte Eponi. »Was ist die Logik dahinter? Wir sind immer noch Deserteure. Sie können sagen, unsere

Bezahlung sei ein reiner Name und die Chance, zurück nach, keine Ahnung, verdammt nochmal Wexer zu springen, um für Brosamen Dreck zu saugen.«

»Schön, dass du so unterstützend bist.«

»Wir brauchen einen Realisten in diesem Squad.«

Das Hauptquartier von Salinity entsprang aus Kaiyos Zentrum wie ein gefrorener Spritzer. Der äußere Ring des Gebäudes stieg auf und breitete sich aus, gipfelnd in einer geschwungenen obersten Etage mit gelegentlichen Spitzen. Das Zentrum, in eisigem Türkis gehalten, streckte sich nach oben zu einer sich verjüngenden Spitze, die ganz oben durch einen Landeplatz unterbrochen wurde. Vor dem Eingang lag ein gläserner Innenhof, unter dem Wasser in welligen Wirbeln floss, das gelegentlich in einem von einem halben Dutzend Brunnen aufgesogen wurde.

Sai hätte es beeindruckend genannt, aber nicht viel qualifizierte sich dafür, wenn man einmal einen Nebel aus dem dunklen Herzen des Weltraums gesehen hatte. Nichts kam an diese interstellare Pracht heran.

»Was ist also unser Plan?«, fragte Eponi. »Du fängst an, mit der Rezeptionistin zu plaudern, während ich mich vorbeischleiche und Kashmal suche?«

»Wie wäre es, wenn du einfach meiner Führung folgst und wir versuchen, keine Szene zu machen?«

»Also der langweilige Weg.«

»Nicht alles muss damit enden, dass wir angeschossen werden.«

»Du weißt, dass es trotzdem so kommen wird«, sagte Eponi, als sie die Haupttüren erreichten, kaskadierende Wasservorhänge, die zur Seite wichen, als sich das Paar näherte. »Egal, was du und ich tun, wir werden Laser ins Gesicht kriegen.«

»Ich werde beim nächsten Mal nach Gregor fragen.«

»Schieß nicht auf den Boten, Mann.«

Die Lobby von Salinity teilte sich in ausgehende und eingehende Hälften, gekennzeichnet durch glasüberzogene Wege und Wasser, das in die jeweiligen Richtungen floss. Links lief der Strom auf Sai und Eponi zu, unter einer sanften Scanner-Barriere hindurch, die nach IDs suchte, um sich zu öffnen. Rechts floss der Strom nach innen, vorbei an einem Schalter, an dem sowohl Bots als auch Menschen Anfragen in Antworten umwandelten. Dahinter wartete ein zweiter Scanner-Barriere-Bogen.

Nach all dem Aufheben öffnete sich der Raum zu einem Atrium mit einem zentralen Wasserfall-Aufzug. Überall hingen tropfenförmige Lichter und bewiesen Salinitys extreme Themenbindung. Die endlose Flüssigkeit ließ Sai nach einer Toilette suchen und ein kleines bisschen den schwarzen Sand von Wexer vermissen.

Erfrischt und bereit trafen sich Eponi und Sai wieder am Empfangsschalter, wo künstliche Freundlichkeit auf einem menschlichen Gesicht ihre Annäherung begrüßte.

»Hi, ja«, begann Sai, »wir sind eigentlich hier, um jemanden zu treffen?«

»Der Name?« Die Rezeptionistin, deren Augen zu Sais Katana glitten, hatte ihre Finger bereits an der Konsole, die auf dem meeresgrünen Schreibtisch thronte.

Die offensichtliche Frage wurde nicht gestellt. Anscheinend überwog Salinitys Kundenservice-Training alle Nachfragen zu seltsamen Klingen, die ins Büro kamen.

»Kashmal«, stockte Sai, unsicher über den Nachnamen des Mannes. »Ich kann mich an nichts anderes erinnern. Tut mir leid, langer Morgen.«

Technisch gesehen hatte der Morgen im Weltraum begonnen. Sai war vom Orbit zur Planetenoberfläche gekommen, alles noch vor der lokalen Mittagszeit. Das qualifizierte sich definitiv als lang.

Die Rezeptionistin schien von Sais Gedächtnisausfall nicht sonderlich beeindruckt, aber Salinity bezahlte sie wahrscheinlich nicht dafür, Besucher zu verhören, also tippte sie trotzdem. Dann drehte sie den Bildschirm um und forderte Sai auf, aus den Mitarbeiterfotos den passenden Kashmal auszuwählen.

Drei lokale Optionen, und der oberste, der neueste, passte zu dem, woran sich Sai erinnerte. Schwarze Haare, Stoppeln. Er sah gepflegter aus als der evakuierende Flüchtling, den Kashmal auf der Flucht von Dynas dargestellt hatte.

»Das ist er«, sagte Sai. »Wir müssen mit ihm sprechen.«

»Worum geht es?«, fragte die Rezeptionistin, ihre Finger schwebten über der Ruftaste der Konsole.

»Familienangelegenheiten«, antwortete Sai. »Er wird es verstehen.«

Das brachte Sai eine hochgezogene Augenbraue ein. Eponi stand ihrerseits etwas zurück, ihre Augen streiften durch den Raum. Standardprozedur: Wenn ein Mitglied aktiv beschäftigt war, hielt das andere Ausschau nach allem Ungewöhnlichen. Sie würde Sai auf die Schulter tippen, wenn Eponi etwas entdeckte, aber bisher hielt Salinity die Dinge standard.

Kein Renard, keine Vana, keine offensichtlichen Agenten.

Vielleicht war es Sever Squad gelungen, vor ihnen hier zu sein, oder vielleicht hatte Rovo das Spiel nicht verraten. Wenn das der Fall war, dann schuldete Sai dem Neuling mehr Respekt. Eine Geisel zu sein, war nie angenehm - die Injektion auf Dynas kam ihm in den Sinn - und Renard schien kein sanfter Entführer zu sein.

»Okay«, sagte die Rezeptionistin. »Er kommt runter. Glück für Sie, dass Sie früh gekommen sind, er geht in einer Stunde für eine Woche weg.«

»Wofür?«

»Salinity-Einführungstraining. Sie schicken Sie um den Planeten, um alle Verarbeitungsanlagen zu sehen.«

»Klingt faszinierend«, versuchte Sai, scheiterte daran, fasziniert zu klingen. »Sollten wir hier warten oder auf der anderen Seite der Barriere?«

»Mit diesem Schwert kommen Sie nicht auf die andere Seite«, sagte die Rezeptionistin. »Also würde ich hier warten.«

»Einverstanden.«

Sai trat zurück, gesellte sich wieder zu Eponi, die darauf hinwies, dass jeder Sicherheitsmann von Salinity in der Lobby, vielleicht vier, seine Augen auf Sai und sein Katana fixiert hatte. Einige hatten bereits in ihre Armbänder gesprochen.

»Du meinst, ich bin beliebt?«, sagte Sai.

»Ich sage, du könntest uns umbringen lassen.«

»Hi, willkommen beim Sever Squad.«

Eponi verdrehte die Augen.

Sai, der den Aufzug beobachtete, entdeckte Kashmal zuerst. Der schlaksige Wissenschaftler, der eine Vorliebe für Drinks am Mittag hatte und genug Genie besaß, um damit durchzukommen, hatte einen verwirrten Blick, als er hinter den Absperrungen hervorkam. Er trug einen blauen Laborkittel von Salinity, eine Brille und strahlte eine Aura aus, die besagte, dass man ihn besser nicht stören sollte.

Eine Aura, die verschwand, sobald Kashmal Sai und Eponi sah, die auf ihn warteten. Sai hatte nur einmal zuvor ein Gesicht so einfallen sehen wie Kashmals, und das war bei seinem eigenen Sohn gewesen, als dessen Fußballspiel wegen des Wetters abgesagt wurde. Eine wahre Katastrophe, das.

»Ich kann mir nicht vorstellen, dass das etwas Gutes ist«, sagte Kashmal, als er mit den Händen in den Taschen auf sie zukam. »Ich hatte gehofft, ich würde euren miserablen Haufen nie wiedersehen.«

»Glaub mir, das Gefühl beruhte auf Gegenseitigkeit«, sagte Eponi.

»Nicht unsere Wahl«, stimmte Sai zu, »aber wir sind trotzdem hier. Leute sind hinter Kaia her. Wir versuchen, sie zu fangen, aber wir wollen sicherstellen, dass deine Tochter in Sicherheit ist.«

Kashmal blinzelte, neigte den Kopf. »Sicher? Beim letzten Mal, als ihr euch eingemischt habt, wäre sie mir fast weggenommen worden. Jetzt seid ihr wieder hier, um was zu tun? Sie wegzubringen?«

»Sie zu beschützen«, sagte Sai. »Lass uns wissen, wo sie ist, und wir werden einen Sicherheitsbereich einrichten. Wir halten diejenigen, die hinter ihr her sind, fern, während Aurora und Gregor sich um sie kümmern.«

Kashmal blickte für einen langen Moment auf den Boden und das Wasser darunter. Als er aufschaute, hatte er einen anderen Blick, einen, den Sai schon einmal gesehen hatte: das in die Enge getriebene Tier.

»Ich werde euch einen Scheißdreck über meine Tochter erzählen«, sagte Kashmal. »Ich habe hier einen Job, Kaia macht sich gut, und wir brauchen euch nicht, um das zu vermasseln. Lasst uns in Ruhe.«

»Wird nicht passieren«, sagte Eponi. »Nicht, weil wir irgendetwas mit dir zu tun haben wollen, sondern weil wir nicht riskieren können, dass die Bösen deine Tochter in die Finger bekommen.«

»Das, glaube ich, liegt nicht in eurer Entscheidungsgewalt.« Kashmal trat einen Schritt zurück. »Letzte Chance. Verschwindet und vergesst, dass ihr uns je gefunden habt.«

Sai schüttelte den Kopf. »Das ist zu deinem eigenen-«

»Hilfe!«, schrie Kashmal, zog die Hände aus den Taschen und wich zurück. »Sie versuchen, mich und meine Familie zu bedrohen! Sicherheit!«

Sai hätte die Vorstellung lächerlich genannt, hätte sie absurd und erbärmlich genannt, wenn die Sicherheit von Salinity Kashmals Worte nicht für bare Münze genommen hätte. Die vier Wachen näherten sich, einer plapperte in sein Armband nach Verstärkung.

»Siehst du?«, sagte Eponi, während sie mit Sai zurückwich. »Laser ins Gesicht. Jedes Mal.«

Dem konnte Sai nicht widersprechen.

EIN GESCHÄFT ABSCHLIESSEN

Das prickelnde Wasser kitzelte seine Lippen mit etwas, das über den Zitronengeschmack hinausging, vielleicht das Kribbeln, das für den Namen des Wassers verantwortlich war: *Jolt*. Nicht ganz so stark wie Auroras Kaffee auf dem Schiff, aber für einen Mittagsenergieschub würde es reichen.

Gregor und Aurora nahmen einen runden Tisch im Freien in Beschlag und beobachteten die DefenseCorp-Büros auf der anderen Seite der Fußgängerzone. Aurora kaute an ihrem Sandwich, während Gregors Krümel vom Wind weggeweht wurden. Gillane Vier hatte genug Vögel, wahrscheinlich von anderen Welten mitgebracht, die die Reste aufpicken würden. Irgendwo in der Nähe übte ein Straßenmusiker sein Handwerk aus, die raue Melodie hallte in einem angenehmen Echo von den Gebäuden wider.

»Das ist langweilig«, sagte Gregor. »Wir sind schon seit einer Stunde hier.«

»Überwachungen sind langweilig. Das ist der Sinn der Sache.«

Auroras Plan hatte sich von einer Hauruck-Aktion, bei der sie Renards Aufenthaltsort forderten, zu einer gezielteren Verfolgung geändert. Sie würden warten, bis eine einzelne Person das Büro verließ, dann den armen Tropf schnappen und die benötigten Informationen bekommen, ohne ein Problem mit einer größeren Anzahl von Leuten zu riskieren.

Bisher waren ein paar vereinzelte Seelen ein- und ausgegangen, aber niemand trug die karmesinrote Uniform, die zeigte, dass sie tatsächlich Daten für DefenseCorp lieferten. Aurora und Gregor brauchten eine Quelle, nicht irgendeinen zufälligen Zivilisten, und-

»Da«, sagte Aurora. »Das ist einer.«

Der Kapitän von Sever stopfte sich den Rest des Sandwiches in den Mund, als Gregor sich umdrehte und den neuesten Exodus aus den Büros erblickte. Eine pflaumenfarbene Dame in dieser tiefroten Uniform und mit zerzaustem Haar eilte über den Bürgersteig. Weg vom Büro und weg von den beiden Mitgliedern des Sever Squads.

»Los geht's.« Gregor stand auf, schwankte mit etwas zu viel Aufregung hoch und fing seinen Stuhl auf, bevor er klappernd auf die lichtgefluteten, cremefarbenen Steine fiel.

Die beiden nahmen die Verfolgung auf. Viel befriedigender als zu sitzen und zu warten. Er vermisste die Schwere auf seinem Rücken, wo früher sein Hammer saß und darauf wartete, für Zerstörung im großen Stil eingesetzt zu werden. Stattdessen verbarg Aurora eine Pistole unter ihrer Jacke, während Gregor seinen eigenen Taschenrevolver in einem Knöchelholster trug, verborgen durch ausgestellte, weite Hosen. Nicht gerade modisch, aber Gregor begegnete jedem hochgezogenen Augenbrauenpaar mit einem festen Blick, und schon bald wandten potenzielle Kritiker ihre Augen ab.

Man musste Muskeln nicht einsetzen, um davon zu profitieren, sie zu haben.

Das Ziel schlenderte auf eine belebte Kreuzung zu, einen kreisförmigen Platz, der von einer weiteren wasserbezogenen Statue dominiert wurde, die an Salinitys Gründer, ihre Familie oder eine andere Person erinnerte, für die Gregor weder Interesse noch Zeit hatte. Bisher hatte sich die Zielperson in der Nähe zu vieler Menschen aufgehalten, um ein leichtes Schnappen und Greifen zu ermöglichen.

»Sie biegt ab«, sagte Aurora. »Sei bereit.«

»Bin immer bereit.«

»Natürlich bist du das.«

Die Kapitänin hatte recht. Die Frau bog vom Platz ab und auf einen ruhigeren Weg zu, der zu einer Wohngegend führte. Die gestapelten Eigentumswohnungen hier sahen zu schick aus für das, woran sich Gregor von seinem DefenseCorp-Gehalt erinnerte, aber vielleicht hatte sie einen höheren Rang, als die Uniform vermuten ließ, oder Salinity zahlte den DC-Mitarbeitern hier saftige Bestechungsgelder, um die Dinge ruhig zu halten.

Keine Welt wollte als ein Hort des Verbrechens bekannt sein, während DefenseCorp jedes Interesse daran hatte, seine gut gemachten friedenserhaltenden Maßnahmen publik zu machen. Zwischen den kontrollierenden Interessen wurden oft Kompromisse geschlossen, wobei Geld in die DC-Kassen floss und Statistiken verschwanden. Eine für beide Seiten vorteilhafte Beziehung, die Gregor immer ohne viel Kommentar hingenommen hatte: Solange er die Möglichkeit hatte, Kriminelle zu zerschmettern, wen kümmerte es schon, wohin das Geld floss?

Die sich lichtende Menge um das Ziel zwang Gregor und Aurora zum Handeln. Vorher konnten sie noch einigen Abstand halten und sich auf die verschiedenen Spezies, Outfits und den Gesamtlärm verlassen, um Sever verborgen zu halten. Jetzt, mit nur noch vereinzelten Personen hier und da, würde die Verfolgung offensichtlich werden, sollte sich das Ziel jemals umdrehen.

»Los«, sagte Aurora leise. »Versuch, sie zur Seite zu ziehen.«

Der massive Blockstil, den Salinity in ihre Gebäude eingebracht hatte, machte Seitengassen und Abzweigungen zunichte, die typischen Orte, die Gregor für Schnapp-und-Droh-Aktionen hätte nutzen können. Stattdessen musste er die Sache sanft angehen. Versuchen, keine Szene zu machen.

Gregor ließ Aurora zurückfallen und verlängerte seinen Schritt, um sich dem Ziel zu nähern. Die Frau hatte jetzt ihr Handgelenk-Display hoch und schien darauf herumzuwischen. Gutes Timing. Eine Nachricht lesen, ein Video anschauen, beides würde dazu dienen, ihre Augen und Aufmerksamkeit von der Hand abzulenken, die gleich auf ihrer Schulter landen würde.

»Kommen Sie ruhig mit«, sagte Gregor und spürte, wie das Ziel sich versteifte, als seine Hand sich niederließ. »Niemand muss verletzt werden. Ich habe nur eine Frage.«

Gregor lenkte die Frau mit seiner platzierten Hand, führte sie nach rechts und unter einen Überhang für ein Vermietungsbüro, das glücklicherweise für die Mittagsstunde geschlossen schien. Tiefe Glasfenster zeigten Stände mit projizierten Bildern von glitzernden Immobilien zum

Verkauf, und Gregor nutzte die Auslage, um sich und das Ziel mit dem Gesicht zu diesem Glas zu positionieren.

Nur ein Blick auf Träume, die sie sich nie leisten könnten, das war alles.

»Was willst du?«, sagte das Ziel, ein Zittern verriet den Tenor in ihrer Stimme. Nicht daran gewöhnt, als Geisel genommen zu werden, also. »Ich habe nicht viel Bargeld.«

»Kein Bargeld. Informationen.« Gregor beobachtete die Welt durch ihre Spiegelungen im Glas. Niemand achtete auf sie. Aurora hatte sich gegenüber von Gregor postiert, ihre Gestalt war sichtbar. Mit ihren Handzeichen würde sie Gregor warnen, falls etwas schiefgehen sollte. »Die Agenten. Wo sind sie?«

Wieder zuckte das Ziel, der Ruck übertrug sich durch Gregors noch immer aufgesetzte Hand. Überraschung?

»Welche Agenten?«

»DefenseCorp. Eure Gegenstücke. Wo sind ihre Büros?«

»Ich weiß es nicht? Haben sie überhaupt welche hier?«

Es gab Lügen und es gab Lügner. Jeder konnte Ersteres versuchen, ein paar Worte herausspucken und hoffen, dass sie geglaubt würden. Letztere übten eine Fertigkeit aus, manipulierten die Realität für ihr Publikum. Diese arme DefenseCorp-Mitarbeiterin fiel in die erste Kategorie, und ihre Stimme, ihre Haltung, ihr Mangel an Überzeugung verrieten sie auf die gleiche Weise, wie ein Hochstapler sich in dem Moment verrät, in dem er seinen ersten Schlag ausführt.

Gregor verstärkte seinen Griff. Grub die Finger tief genug ein, um die Botschaft zu vermitteln: »Du hast mich gehört. Antworte.«

Diesmal ein scharfes Einatmen. In der Spiegelung wandten sich die grauen Augen des Ziels ab, richteten sich auf den Boden. Ein weiteres Anzeichen, ein weiterer Moment des Ausweichens, um sich eine Ausrede auszudenken.

»Das Leben eines kleinen Mädchens ist in Gefahr.« Gregor kam dem Versuch zuvor, bevor er beginnen konnte. »Hilf uns, sie zu retten, oder lebe mit dem Tod einer Vierjährigen.«

»Tragödien passieren jeden Tag«, sagte das Ziel, aber ihre Stimme hatte das bisschen Gewicht verloren, das sie hatte. Schwäche, die nach Halt suchte. »Es ist nicht meine Schuld.«

»Doch, ist es. Gib uns den Standort, und wir werden sie retten.«

Die Augen der Frau schlossen sich. Sie hatte gekämpft, das Minimum getan, das DefenseCorp von seinem Personal erwartete. Widerstehen, dann nachgeben. DefenseCorp wollte lieber nicht, dass seine Angestellten auf niedrigem Niveau ermordet wurden. Außerdem konnte der Riesenkonzern jede beliebige Rache an den Tätern üben. Kein Grund für die Frau, mehr zu opfern, als sie es bereits getan hatte.

»Okay«, sagte die Frau. »Es ist nicht weit. Ich kann es euch zeigen, und dann lasst ihr mich gehen?«

»Ja.«

Die einfache Antwort löste einen Spaziergang aus. Die Frau führte sie vom Wohnviertel weg, durch die Kreuzung und in Richtung eines anderen Geschäftsviertels. Aurora blieb weit zurück, während Gregor neben dem Ziel herging und sich selbst abseits hielt.

Das Ziel wies Gregor auf einen glänzend aussehenden Laden hin, der sich als Outlet für gebrauchte Gadgets, Ausrüstung und was auch immer die Besitzer sonst noch bei Weltraum-Bergungsmissionen fanden, anpries. Eine

Tarnung, die tatsächlich als solides Nebengeschäft für DefenseCorp dienen könnte, da sie sicherlich jede Menge Schrott vom Zerschlagen von Piraten und Schurken-Schiffen bekamen, die das All verschmutzten.

»Da drin«, sagte das Ziel. »Frag nach dem Besitzer. Das wird ihnen sagen, wofür du wirklich da bist.«

Diesmal kein Zucken. Kein Zittern. Die gleichmäßige Stimme einer Wahrheitssagerin.

»Danke«, sagte Gregor.

Er musste nichts weiter hinzufügen.

Der große Mann ließ die Frau auf der Straße stehen und ging direkt auf den Trödelladen zu. Die Frau würde nicht weit kommen. Aurora würde sie im Auge behalten und, falls Gregors Anfrage nach diesem Besitzer ins Leere laufen sollte, würde die Sever-Kapitänin die Geiselnahme wieder aufnehmen.

Im Inneren des Trödelladens nahm sich Gregor einen Moment, um sich zu orientieren. Gläserne Vitrinen bedeckten jede Oberfläche, Scanner darauf eingestellt, sich zu öffnen, wenn sich das Armband eines Mitarbeiters näherte. In der Zwischenzeit funkelten die ausgestellten Waren mit ihren verschiedenen Möglichkeiten. Einige Boxen enthielten Waffen, andere Raumschiffteile, während wieder andere das beherbergten, was Schilder als einzigartige Relikte von Welten quer durch die Galaxie bezeichneten. Kristalle, Metalle, glühende Scherben voller Energie, all das teilte sich den Platz mit zufälligen Nippes, von Kinderspielzeug bis hin zu einem Erwachsenen-Shirt, das vollständig aus grünen Sandperlen gewoben war.

Zwei Angestellte zusammen mit einem Kassenroboter bedienten den Laden. Einer schien in einem neu eingetroffenen Schrotthaufen herumzustöbern, sortierte hinter dem umlaufenden Glastresen des Ladens die Dinge in verschiedene Haufen, je nachdem, was Gregor vermutete, ihr angenommener Wert war. Der Roboter hing nahe dem Eingang und wartete darauf, dass jemand einen Gegenstand auf sein Kaufpad legte. Sein fröhlicher monotoner Ton begrüßte Gregor im Laden, während der große Mann auch einen nervenzerfetzenden Betäubungsschießer bemerkte, den der Roboter direkt auf die Tür gerichtet hatte.

Diebstahlprävention wurde hier sehr ernst genommen.

»Kann ich Ihnen helfen?«, sagte der zweite Angestellte, der in einem pfirsichfarbenen T-Shirt und weichen weißen Plissee-Hosen herumkam und dessen Blick von gelangweilt zu neugierig wechselte, als er Gregors schiere Größe wahrnahm.

»Ich möchte mit dem Besitzer sprechen«, sagte Gregor.

»Äh, dem Besitzer?«

»Du hast mich gehört.«

Der Angestellte wandte sein Gesicht seinem Partner zu, der immer noch in dem Haufen herumstöberte. Keine Rettung von dort. Schluckend wandte sich der Mann wieder Gregor zu und bot ein unechtes Lächeln an.

»Okay, geben Sie mir nur eine Sekunde, in Ordnung?«

»Gut.«

Pfirsich-und-Sahne machte kehrt und verschwand durch eine Tür nur für Mitarbeiter, was Gregor für ein paar lange Minuten durch die Gänge wandern ließ. Er behielt ein Auge auf den Teilesortierer, der sich nicht im Geringsten um den großen Mann zu kümmern schien, der durch seinen Laden streifte. Gregors anderes Auge fiel auf einen schicken Stab mit langem Stahlgriff, schwere Gehhilfe oder im Notfall in der Lage, eine Tür gegen Vakuumlecks zu verschließen.

Gregor fand den Preis, zuckte zusammen bei dem

Aufschlag, den Salinitys planetenweite Lebenshaltungskosten auf den Wert des Artikels aufschlugen. Trotzdem ...

»Hey«, sagte Gregor in Richtung des Teilesortierers. »Ich würde das gerne kaufen.«

Der Teilesortierer folgte Gregors Nicken in Richtung des Stabs.

»Sicher«, sagte der Mann. »Bin gleich da.«

Gregor wandte sich wieder dem Stab zu und versuchte herauszufinden, wie er ihn am besten einsetzen könnte, um ein paar ordentliche Schläge auszuteilen. Die Sekunden zogen sich hin, bis sich die Dinge ins Unbehagliche verschoben, und Gregor drehte sich zurück zum Teilehaufen. Statt des untätigen Sortierers sah Gregor beide Angestellten hinter dem Tresen stehen, Pistolen erhoben und fest auf ihn gerichtet.

»Zeit zu reden, Alter«, sagte der Teilesortierer. »Du gehörst nicht zu uns. Was willst du?«

Ruhige Hände, keine Nerven in diesen Worten. Diese beiden mussten Agenten sein, oder nah dran. Gregor konnte nicht auf eine plötzliche Bewegung setzen, um ihr Zielen zu stören.

»Renard«, sagte Gregor. »Er ist hier. Ich habe Geschäfte mit ihm.«

»Danke«, sagte Teilepflücker. »Das war's, was wir wissen mussten.«

Ihre Finger gingen zu den Abzügen, und das Schaufenster des Ladens zersplitterte.

Gregor nutzte die Ablenkung und bewegte sich, das Chaos ausnutzend, um hinter die hoch gestapelten Schließfächer zu gelangen. Laser blitzten auf, als die Agenten ihre angeschlagenen Nerven beruhigten und auf ihn und Aurora schossen. Der Mülleimer, den Aurora benutzt hatte, um das Glas zu zertrümmern, rollte über den Boden und kam in der Nähe von Gregors Füßen zum Stehen. Der Sever-Kapitän erwiderte unterdessen das Feuer auf die beiden Agenten mit gezielten Schüssen.

Rufe und Schreie kamen von der breiteren Straße, als der Kampf öffentlich wurde. Die Sicherheit würde schnell kommen. Keine Zeit für Spielchen.

Gregor griff nach vorne, nahm ein Schließfach, das ein spezielles Armband-Modell enthielt, drehte sich um und schleuderte den Behälter zurück zu den Agenten. Auroras Laser zwangen sie zum Ducken und Ausweichen, aber einer klobigen Kiste auszuweichen, erforderte mehr Anstrengung. Gregors Wurf streifte Teilepflücker an der Schulter und schleuderte ihn in seinen eigenen Schrotthaufen.

Aurora gab Deckungsfeuer im Ping-Ping-Ping-Pistolenrhythmus, während Gregor sich in die entgegengesetzte Richtung drehte, drei lange Schritte durch den Laden machte und mit einem krachenden Aufprall gegen den Tresen endete. Glassplitter bissen sich in Gregors dicken Pullover, einige hinterließen Kratzer, aber der Schwung des großen Mannes trug ihn auf die andere Seite.

Pfirsich-und-Sahne drehte sich, brachte seine Pistole auf Gregors Höhe und kassierte dafür einen Schuss von Aurora in den Schädel. Der Mann fiel zu Boden, und Gregor nutzte den Platz, um den gerade aufstehenden Teilepflücker zu Boden zu ringen. Er rang ihm die Pistole ab, richtete den heißen Lauf auf seinen Besitzer und flüsterte ihm eine Warnung zu.

»Gib auf, oder stirb wie dein Freund«, sagte Gregor.

»Ich gebe auf, ich gebe auf«, sagte Teilepflücker. »Erschieß mich nicht, Mann.«

Gregor hatte eine weitere Geisel, aber nach den Sirenen draußen zu urteilen, hatte er auch nicht viel Zeit.

Aurora knirschte ihren Weg in den Laden, die Haare vom rollenden Feuergefecht zerzaust. Diese weiße Jacke hatte ein paar neue Flecken und ein einzelnes, brennendes schwarzes Loch, das glücklicherweise kein Gegenstück am Körper des Kapitäns hatte.

Der Bot gab ihr einen herzlichen Willkommensgruß. Immer auf Zack, dieser Kerl.

Gregor zog Teilepflücker auf die Füße und begutachtete den zerstörten Laden, die Einschusslöcher an den Wänden, den mit Glas übersäten Boden. Ein kleines Feuer brannte dort, wo ein verirrter Schuss etwas mit Strom getroffen hatte.

Jetzt fühlte es sich wie eine Sever-Mission an.

GESCHÄFTE

Wie gewinnt man einen Kampf gegen eine überwältigende Übermacht?

Man beweist, dass die überwältigende Übermacht ein Haufen aufgeblasener Billigheimer ist, so einfach ist das.

»Ich hab die Beute, du kassierst die Schläge«, sagte Eponi und stürzte sich auf Kashmal. Sie hätte ihre Pistole ziehen und mit Laserschüssen um sich ballern können, aber bisher waren die Energiewaffen stecken geblieben. Den Kampf in die tödliche Kategorie zu verschieben, schien keine gute Idee zu sein, wenn Sever zahlenmäßig unterlegen war.

»Glück für mich«, erwiderte Sai und ging mit einem tiefen Schlag auf den schnellsten Wächter los, der herangeeilt kam.

Wie Eponi ließ auch er sein Katana in der Scheide. Heute spielten sie nett mit.

Kashmal wich immer weiter zurück, als Sais Schlag den Bauch des Wächters traf und den Mann mit einem einzelnen *Uff* zu Boden schickte. Der Wissenschaftler und miese Vater konnte nicht so schnell rückwärts laufen, wie Eponi vorwärts stürmte, und sie packte ihn am Kragen seines Laborkittels, bevor zwei Sekunden vergangen waren.

Der perfekte Zeitpunkt, um Kashmal in einen schwerfälligen Wächter zu schleudern, der auf sie zustolperte. Der Wissenschaftler machte seinen bisher größten Durchbruch, als er in den herannahenden Koloss taumelte und beide zu Boden gingen.

»Hinter dir!«, rief Sai, und Eponi wirbelte herum, ohne zu sehen, wer sie von hinten angriff, und trat sofort zu.

Mit dem herrlichen Geräusch brechender Möhren traf Eponis Tritt eine ausgestreckte Hand und entlockte dem Wächter ein Heulen, der seine zertrümmerten Knöchel umklammerte und zurückwich. Eponi tat es ihm gleich, verschaffte sich etwas Abstand und schloss wieder zu Kashmal auf, als der Wissenschaftler gerade wieder auf die Beine kam.

»Du kommst mit uns«, sagte Eponi und packte Kashmals Arm erneut, um ihn festzuhalten. »Es geht hier verdammt nochmal um deine Tochter.«

»Geht es?«, fragte Kashmal. »Nennst du das etwa reden?«

»Wir haben die Wachen nicht gerufen!«

Eponi spürte Hände auf ihren Schultern, fühlte den festen Griff, als der Koloss sie von Kashmal wegriss und zu Boden warf. Ihr Training setzte ein, als Eponi auf dem glatten Boden aufschlug. Sie rollte sich mit der Strömung unter dem Glas ab und sprang sofort wieder auf.

Der Koloss griff gerade nach einer Betäubungspistole, etwas, das Eponi nicht im Kampf haben wollte.

»Schieß ihn nieder«, sagte Eponi in Kashmals Richtung und blickte dabei über die Schulter des Kolosses.

Der Sicherheitsmann zuckte zusammen, warf einen

Blick zu einem verwirrten Kashmal, und Eponi nutzte die Ablenkung, um nach vorne zu stürmen und ihm einen kräftigen Schlag in den Magen zu verpassen. Der Koloss nahm den Treffer besser hin als Kashmals Stolpern Momente zuvor, behielt seinen Stand und ließ seinen Hüftholster genau da, wo Eponi ihn brauchte.

Eponi nutzte ihren Schwung, bewegte sich weiter vorwärts, wirbelte um die massige Gestalt des Kolosses herum und zog mit ihrer linken Hand die Betäubungspistole heraus. Sie hob sie an, entsicherte und feuerte in einer einzigen Bewegung mit ihrer linken Hand. Der Koloss klappte zusammen und fiel mit all dem keuchenden Gepuste eines Ballons, der seine Luft verliert, zu Boden.

Eponi packte Kashmal, der mit einem benommenen, gebrochenen Gesichtsausdruck auf den am Boden liegenden Koloss starrte, und sah nach, wie Sais Morgen verlief. Der Mann stand einem einzelnen Wächter gegenüber, der diesen fleischigen Glanz im Gesicht hatte, der sagte, dass gerade ein Nahkampftraum in Erfüllung ging. Hinter dem Mann hatte eine andere Wächterin ihre Betäubungspistole gezogen und zielte, offenbar wartend, bis ihr Partner das Spiel beendet hatte.

»Bleib still, oder ich betäube dich auch«, sagte Eponi, benutzte Kashmal als menschlichen Schutzschild, zielte und feuerte.

Ihr Betäubungsstrahl traf die zweite Wächterin und schaltete sie aus, während Sai seinem Gegner eine Dreifach-Kombo verpasste. Der Wächter blockte alle bis auf einen Schlag mit seinen Unterarmen ab, kassierte den durchgekommenen Treffer an den Rippen und schüttelte ihn ab. Er konterte mit einem schweren Schwinger, der Sais Schulter streifte, als der Sever-Mann versuchte, die Distanz zu verringern. Der Schlag warf Sai zur Seite, und Eponis Schuss ging in die Lücke, zerstörte die Hoffnungen des Wächters und ließ ihn zu seinen Freunden auf den Boden krachen.

»Hätte ihn gehabt«, sagte Sai, als Eponi Kashmal hochzog.

»Du hast zu lange gebraucht«, erwiderte Eponi. »Sei nächstes Mal schneller.«

»Ihr seid beide schreckliche Menschen, wisst ihr das?«, warf Kashmal ein.

»Kannst du ihn nicht betäuben?«, sagte Sai, als sie sich auf die Ausgangstüren von Salinity zubewegten, während die anderen in der Lobby sich hinter ihren Schreibtischen duckten oder sich weit weg von einem Kampf begaben, der sie nichts anging.

»Willst du den Kerl etwa tragen?«

»Ich kann laufen«, sagte Kashmal. »Ich kann laufen.«

»Dann lauf schneller«, sagte Eponi.

Sai erreichte die Türen zuerst. Die Dinger hätten sich eigentlich zischend öffnen sollen, als Sai sich näherte, aber die gläsernen Barrieren blieben geschlossen. Sai drückte, nutzte die uralte Methode, um Dinge beiseite zu schieben, und erreichte genau nichts, als Eponi und Kashmal zu ihm aufschlossen.

Denn natürlich. Sever konnte es nicht schaffen, die doppelte Anzahl an Gegnern im Faustkampf zu besiegen und zu entkommen. Das wäre zu einfach gewesen.

»Bleibt stehen«, sagte Eponi, dann wirbelte sie herum und zielte mit der Betäubungspistole zurück in die Richtung, aus der sie gekommen waren, zur Lobby und den Wasserfalllaufbändern dahinter.

Salinity konnte mobilisieren, das musste Eponi ihnen lassen. Zwei Wächter hoben den gummigliederigen Koloss vom Boden auf, während die Verletzten sich hinter einer regelrechten Firmenphalanx zurückzogen, angeführt von einer gefassten Frau, deren verschränkte Arme ihre blaugraue Salinity-Uniform kreuzten und keinerlei Unsinn duldeten.

Eponi hätte diese Haltung auch geglaubt, wäre da nicht die perfekte Pose, die zu einem perfekten Gesicht passte, mit Haaren, die keinerlei Anzeichen von in rauer Umgebung verbrachter Zeit aufwiesen. Die Frau sah aus wie eine Lehrerin oder vielleicht eine Führungskraft, jemand, der glaubte, dass ihre Anwesenheit, ihre Befehle befolgt würden, weil die Gesellschaft es verlangte.

Viel Glück damit, in einem Feuergefecht damit durchzukommen.

»Leg das weg«, sagte die Frau und legte all die Verachtung hinein, die ein Elternteil für ein ungehorsames Kind aufbringen könnte.

»Ich mache dir einen Vorschlag«, sagte Eponi. »Du willst, dass ich dieses Spielzeug weglege? Ich mache es, aber bevor ich das tue, wirst du diese Türen öffnen und uns hinausgehen lassen. Ich werfe die Betäubungspistole zurück, und wir sind alle glücklich.«

»Dieser Teil ist nicht verhandelbar«, erwiderte die Frau. »Wir sind in einem Geschäft. Du hast bereits zwei meiner Leute betäubt. Leg die Waffe nieder, und wir können reden.«

Eponi überprüfte die Lage und sah, dass Sai Kashmal fest im Griff hatte. Die Salinity-Wachen hatten ihre Waffen noch nicht gezogen und vertrauten darauf, dass ihre Anführerin die Situation entschärfen würde. Eponi könnte zwei, vielleicht drei Schüsse abfeuern, bevor jemand zurückschießen würde, aber das Betäuben einiger Wachen würde diese Türen nicht öffnen. Genauso wenig wie das Ziehen ihrer Pistole und das Hinzufügen von Mord zu ihrer anstehenden Akte auf Gillane Vier.

»Ich vertraue dir«, sagte Sai und kniff Kashmal, als der Mann versuchte zu sprechen. »Triff deine Entscheidung.«

Kämpfend untergehen oder weitersprechen? Keine große Wahl.

»Nun?«, fragte die Frau.

Eponi legte die Betäubungspistole zu ihren Füßen, nah genug, um sie wieder zu greifen, falls etwas schief gehen sollte. Sie stand auf und blitzte das überhebliche Lächeln eines Kart-Rennfahrers: »Du wolltest reden, lass uns reden.«

»Können wir zur Seite gehen und die Lobby wieder ihrem Geschäft überlassen?«, sagte die Frau und deutete zu Eponis Linken, wo ein kleiner Kaffeestand durstigen Besuchern seine warmen Waren anbot. Mehrere kleine Tische schienen der vorgeschlagene Verhandlungsort zu sein. »Oder benötigst du eine Show?«

»Alles, wonach wir suchen, sind Ergebnisse«, sagte Eponi. »Wenn du etwas Komisches machst, wird mein Junge hier diesem Zweiglein das Genick brechen, bevor du irgendwohin kommst. Nur zur Warnung.«

»Eponi«, knurrte Sai. »Nicht der richtige Zeitpunkt.«

»Hey«, Eponi hielt einen einzelnen Finger in Sais Richtung. »Ich bin beschäftigt mit Verhandlungen. Halt dich zurück.«

Die Frau hatte die Gnade, amüsiert auszusehen, ein Riss in der Rüstung, der sagte, dass sie vielleicht nicht so kühl war, wie Eponi sie eingeschätzt hatte. Mit der beendeten Eröffnungsrunde machte sich die Gruppe auf den Weg nach links, Sai und Kashmal bewegten sich langsam. Sobald Sai die letzte Tür passiert hatte und feste Wand statt eines Ausgangs hinter sich und der Geisel hatte, signalisierte die Frau zwei Wachen, diese Türen zu bewachen. Als sie in Position waren, mit Eponi, Sai und Kashmal an den keksförmigen Tischen des Kaffeestands, entriegelte jemand bei Salinity den Eingang und machte den Weg frei für einen stetigen, verwirrten Strom von Mitarbeitern und Besuchern.

»Wie praktisch«, sagte Eponi, als sie sich der Frau gegenübersetzte, Sai und Kashmal hinter ihr. »Ihr öffnet jetzt die Türen?«

»Salinity ist ein Unternehmen«, sagte die Frau. »Sie ziehen es vor, wenn der Geldfluss weitergeht. Das gesagt, ihr seid in der Unterzahl und greift einen Wissenschaftler an, der von dem Unternehmen angestellt ist, das praktisch diesen Planeten besitzt. Keine gute Position.«

»Eh, ich war schon in Schlimmerem.«

Das brachte Eponi eine hochgezogene Augenbraue ein.

»Lass uns von vorn anfangen, in Ordnung?«, sagte die Frau. »Ich bin Raquel, und du bist?«

»Eponi. Hinter mir ist Sai. Wir sind die zwei coolsten Mitglieder von Sever Squad.« Eponi lehnte sich in ihrem Stuhl zurück und versuchte zu sehen, ob Sever Raquel etwas sagte.

Versuchte zu sehen, ob Renard oder Vana bereits hier gewesen waren.

»Sever Squad?«, Raquel sah so verwirrt aus, wie Eponi gehofft hatte. »Soll das etwas bedeuten?«

»Jetzt schon«, erwiderte Eponi. »Ich halte es kurz, Raquel, da du wie eine nette Person wirkst und es nicht verdienst, in ein blutiges, zerstörerisches Durcheinander verwickelt zu werden.«

»Was wird ein blutiges, zerstörerisches Durcheinander sein?«

Damals bei DefenseCorp setzten sie jedes Truppenmitglied hin und ließen sie tausend kleine Dokumente unterschreiben, bevor sie einen Anwerbe-Bonus auszahlten. Diese Seiten besagten, dass man alle Zahlungen verlieren könnte, sollte man über seine Aufträge mit Nicht-DC-Personal oder wirklich mit jemandem außerhalb des unmittelbaren Trupps plaudern.

Jetzt war es Eponi scheißegal, was DefenseCorp wollte. Sie konnte mit jedem darüber plaudern, mit dem sie wollte.

»Raquel, lass mich dir das Ausmaß der Scheußlichkeit illustrieren, in die dieser Mann sich verstrickt hat«, sagte Eponi. »Oh, und während ich rede, kann vielleicht einer deiner Lakaien uns etwas Kaffee holen. Sai, willst du was?«

»Schwarztee?«, sagte Sai.

»Ich hätte gerne-«, begann Kashmal, bevor Sai den unbehaglichen Griff um den Arm des Mannes verstärkte.

Raquel neigte den Kopf und nickte dann zum Stand. Eine Wache hinter ihr, die deutlich wie ein Assistent aussah, der auf eine zukünftige Beförderung hoffte, eilte los, um die Forderungen zu erfüllen.

»Danke«, sagte Eponi. »Wie ich sagte, Kashmal hier hat vor einer Weile ein Spiel mit DefenseCorp gespielt. Ich kenne nicht alle Einzelheiten, aber kurz gesagt, er hat etwas DNA gespleißt, einen ausgeklügelten Virus hergestellt, der die infizierte Person in ein unbesiegbares, mörderisches Durcheinander verwandelt. Hat nicht so gut funktioniert, aber er hat seine Tochter damit geimpft und seine Wundermatch gefunden. Dann, dank Sai und mir und den anderen Severs, ist Kashmal mit seiner Tochter und dem Preis in ihrem Blut abgehauen.«

Kashmal versuchte immer wieder zu unterbrechen, ein Wort oder drei einzuwerfen, aber alles, was herauskam, waren Quieken und Krächzen, da Sai ihn unter Kontrolle hielt. Der Lakai kam mit den Getränken, und Eponi nahm einen heißen Schluck, während Raquel den Informations-Dump verarbeitete, den Eponi gerade geliefert hatte.

»Und ihr seid hier, weil jemand diesen Preis will?«, sagte Raquel.

»Hey, du begreifst schnell«, erwiderte Eponi. »Das ist ein großes, fettes Bingo. Es gibt ein paar üble Typen, die kürzlich auf eurem Planeten gelandet sind und gerne ein Stück von Kaia hätten - das ist seine Tochter, ein süßes Mädchen - und wir versuchen, ihren Aufenthaltsort von Kashmal hier zu erfahren, damit wir sie beschützen können. Stattdessen beschließt der Kerl, euch alle da reinzuziehen.«

»Woher soll ich wissen, dass ihr nicht diejenigen seid, die versuchen, Kaia zu entführen?«, sagte Raquel. »Es ist schwer, alles, was du gesagt hast, einfach zu glauben.«

»Kashmal, was meinst du, habe ich es richtig wiedergegeben?« Eponi neigte sich in ihrem Stuhl und warf Kashmal einen zuckersüßen Blick zu, der unendlichen Schmerz versprach, sollte er es wagen zu widersprechen.

»Grob gesagt.« Kashmals Antwort kam mit dem mürrischen Knirschen eines Teenagers, der bei etwas Dummem erwischt wurde.

»Siehst du?«, sagte Eponi und wandte sich wieder Raquel zu. »Wir sind hier die Guten.«

Raquel tippte mit einem einzelnen Finger auf den Tisch.

»Salinity hat mich als lokale Sicherheitschefin eingesetzt«, sagte Raquel. »Da uns dieser Planet gehört, bin ich für sein Wohlergehen und seine Sicherheit verantwortlich. Du erzählst mir, dass irgendeine Truppe hier ist, um ein kleines Mädchen unter meiner Aufsicht zu entführen?«

»Genau das sagen wir.«

»Dann«, Raquel schob sich vom Tisch weg und stand

auf, »denke ich, dass ich dieses Mädchen sehen muss, um herauszufinden, ob ihr die Wahrheit sagt.«

Eponi sprang auf die Füße, der Kaffee gab ihr einen Energieschub. »Wusste doch, dass du zur Vernunft kommst.«

»Ihr habt trotzdem vier meiner Leute angegriffen«, sagte Raquel. »Wenn das hier vorbei ist, werden wir besprechen, wie ihr das wiedergutmachen wollt.«

»Raquel«, sagte Eponi und streckte der Frau die Hand zum Schütteln entgegen. »Du könntest weitaus Schlimmeres haben, als Sever Squad in deiner Schuld stehen zu haben.«

Kashmal stöhnte auf, als Raquel den Deal besiegelte, aber als die Sicherheitschefin von Salinity ihn bat, sie zu Kaia zu führen, wehrte sich der Wissenschaftler nicht. Gemeinsam stapften sie unter dem blauen Himmel hinaus.

Ein ausgehandelter Waffenstillstand, kein einziger toter Unschuldiger und das Ziel erreicht.

Nicht schlecht für einen ausgemusterten Kartfahrer.

[5]

DIE ANDERE SEITE

Die meisten Geiseln hatten es nicht so gut.

Rovo verschlang ein köstliches Mittagessen – frischer Fisch, saftig grünes Gemüse und Obst direkt aus den Gärten und Fischereien von Gillane Vier – unter dem klaren Himmel eines Parks. Das Schlucken tat nicht mehr weh, da die Wunden geheilt waren, obwohl die dunkle Narbe auf seiner Brust ohne kosmetische Behandlung nicht verschwinden würde, eine Operation, die Geld erfordern würde, das Rovo nur bekommen würde, wenn er auf Vanas und Renards Plan einging.

Aber niemand, dem sein Aussehen wichtig war, würde DefenseCorp beitreten, würde sich tödlichen und gefährlichen Missionen aussetzen.

»Ich sehe, du hast es gehasst«, sagte Vana, als sie herüberkam und sich neben Rovo auf die lange meeresgrüne Bank setzte.

»Musste es schnell essen, um andere vor dem Leid zu bewahren.«

Vana schenkte ihm dieses entgegenkommende Lächeln, das sie scheinbar bei jedem Gespräch aufsetzte. Die

Agentin ging mit Rovo um wie eine geduldige Mutter, die Ermutigung und Disziplin zu gleichen Teilen verteilte und versuchte, Rovo von einem loyalen Sever-Squad-Kämpfer in einen Überläufer zu verwandeln.

Wenn sie nur wüsste, was Rovo wirklich wichtig war.

»Sie sind gelandet«, sagte Vana. »Wie du vermutet hast, ist dein Trupp gefolgt, ohne auf Deepaks Verstärkung zu warten. Sie sind allein, verwundbar.«

»So weit würde ich nicht gehen«, erwiderte Rovo, stützte die Ellbogen auf die Knie und beugte sich vor. Der Pullover und die Wollhose hielten ihn an Gillane Viers gemäßigten Tagen warm genug, aber sie fühlten sich falsch an. Gemacht für Freizeit, nicht für den Kampf. »Sever allein ist mehr als genug für euch alle.«

»Jetzt unterschätzt du uns«, sagte Vana. »Wir haben sie beobachtet. Aurora und Gregor suchen nach dir. Sie haben unseren Hauptstandort zerstört.«

»Diesen Schrottladen?«

»Völlig demoliert.«

»Oh nein.«

Vana lachte: »Es ist ein guter Anfang. Sie bewegen sich schnell. Die anderen beiden haben jetzt Kashmal.«

»Siehst du? Und ihr wolltet sofort losziehen und Kaia schnappen. Jetzt könnt ihr Sever erledigen, das Mädchen holen und all eure Probleme in einem Aufwasch lösen.«

Rovo hatte die Idee in den Wochen vor der Landung auf Gillane Vier und in den Tagen danach hin und her gewälzt und Renard und Vana davon abgehalten, vorschnell mit einer Falle auf ihren Plan loszugehen. Die beiden wollten Kaias Blut für ihre Anzüge, aber das Mädchen zu entführen und Sever am Leben zu lassen, würde nur eine fortgesetzte Verfolgung und, schlimmer noch, eine breit gestreute Enthüllung von Sever über das Geschehene bedeuten.

Aurora hatte auf der *Nautilus* versucht, den militärischen Arm von DefenseCorp gegen seine geheime Hälfte aufzubringen. Renard und Vana beharrten darauf, dass diese Idee nicht funktionieren würde, aber die Agenten hatten nicht die gleiche Kontrolle über die öffentliche Meinung. Wenn man die Vorstellung, dass DefenseCorp-Agenten Kinder stehlen und ihre DNA absaugen, an die Öffentlichkeit bringen würde, mit Kaias Verschwinden als Beweis, würden diese saftigen Verträge verschwinden.

Sever auslöschen hingegen, und alles andere würde sich perfekt fügen.

»Renard denkt immer noch, dass wir einen Fehler machen«, sagte Vana. »Ich fange an, ihm zu glauben.«

»Spielt keine Rolle. Sever ist jetzt hier. Es ist unser Plan oder nichts.«

Und wenn Vana und Renard etwas Dummes tun würden, wie sich auf einen offenen Kampf mit Sever einzulassen, würde Rovo es genießen, den Agenten direkt in den Rücken zu schießen.

Das versiegelte Skiff, ein geschwungenes Talfahrzeug mit einem Blasenglasdach, bot Platz für fünf Personen auf Sitzen, die einen harten Aufprall auf dem Wasser abfangen konnten. Am Boden, sichtbar, wenn die Landestützen das Skiff etwa einen Meter über dem Boden hielten, zeigten sich gummiartige Lamellen, die einsatzbereite Schwimmer verbargen. Jedes Fahrzeug auf Gillane Vier musste für eine Wasserlandung bereit sein.

Ansonsten behielt das Skiff seine Geheimnisse für sich. Keine Marken, kein auffälliges Farbschema. Hellgrau und sonst nichts, eine Belanglosigkeit, die Rovo bei den Agenten und ihren Geräten zu akzeptieren gelernt hatte. Wer hätte gedacht, dass ein niedriges Profil so langweilig sein konnte?

Renard und ein anderer Agent, ein strahlend sauberer, beigefarbener Mann, hatten sich bereits die vorderen Sitze gesichert. Renards alte Augen verfolgten Rovo, als er sich zusammen mit Vana näherte, sein hängender Stirnrunzler grub tiefe Furchen in dieses plastische Gesicht.

Während Vana versuchte, Rovo in einen Verräter an seinem Trupp zu verwandeln, hatte Renard den Rookie auspressen wollen, um an Informationen zu kommen, und ihn dann irgendwo ausgetrocknet und tot zurücklassen. Die beiden hatten eine Weile einen hässlichen Tanz aufgeführt, bis Renard erkannte, dass er Vana weder mit Worten noch mit körperlicher Kraft besiegen konnte.

Rovo hatte seit Tagen nicht mehr mit dem Mann gesprochen.

»Freust du dich, mich zu sehen?«, sagte Rovo, als er in das Skiff kletterte. Das Fahrzeug hatte sich auf einem kleinen Landeplatz hinter irgendeinem Salinity-Büro niedergelassen, das Renard durch einige Verbindungen zu einem behelfsmäßigen Hauptquartier umfunktioniert hatte. »Ist 'ne Weile her.«

»Vana dachte, es wäre gut, wenn du mitkommst. Ich dachte, es wäre gut, wenn sie dich erschießen würde, jetzt, wo deine Freunde hier sind.«

»Nicht meine Freunde«, sagte Rovo, die Lüge wurde mit jeder Wiederholung leichter zu erzählen. »Ehemalige Squadkameraden. Ihr beteiligt mich an der Kohle, ich gehöre euch.«

»Offenbar.«

»Lasst uns gehen«, beendete Vana das Gespräch, das Blasendach schloss sich über dem Fahrzeug, als sie sich niederließen. »Denkt daran, das Ziel ist es, zuerst das

Mädchen zu holen. Das Sever-Duo zweitens zu töten. Das könnte unsere beste Chance sein.«

Rovo versuchte, einen besseren Blick auf den gebräunten Agenten zu erhaschen, der auch der Pilot des Skiffs war, als der Mann das Schiff vom Boden abhob. Er schien cool, unbeeindruckt davon, in einen Kampf gegen abgebrühte DefenseCorp-Söldner zu marschieren, aber vielleicht wirkten alle Agenten so.

Nicht, dass es eine Rolle spielte: Rovo hatte sie auf der *Nautilus* schnell genug sterben sehen.

»Die anderen sind bereit?«, fragte Vana Renard, als das Skiff in den milden Luftverkehr von Gillane Vier eintauchte.

»Sie sind in Position«, antwortete Renard. »Rovo, ich glaube, du hast Abbad hier noch nicht kennengelernt, aber lass dies sowohl als Vorstellung als auch als Warnung dienen. Wenn wir ankommen, wird sein Fokus auf dir liegen.«

»Oh wie schön«, sagte Rovo. »Ich wollte schon immer einen Fan haben.«

Abbad lachte, und Rovos Augen weiteten sich. Ein Agent mit Sinn für Humor? Was?

»Keine Sorge, Rovo, ich werde die ganze Zeit an deiner Seite sein«, sagte Abbad mit einer Stimme, die wie fröhlicher Honig klang. »Renard hat mir erzählt, dass du von der lustigen Seite von DefenseCorp kommst. Du musst mir irgendwann davon erzählen.«

Rovos Mund klappte auf. Er hatte sich auf Kommunikation spezialisiert, unzählige Briefe gelesen und mit allen möglichen Persönlichkeiten verhandelt, aber das hier war einfach nicht auf der Karte. Abbad klang, als wäre er gerade erst aus der Einführung gekommen, aber sein Alter und seine Position hier im Skiff mit Renard und Vana sprachen eine andere Sprache.

»Äh, klar«, sagte Rovo. »Ein Drink.«

»Genau«, erwiderte Abbad. »Jetzt lehn dich zurück und entspann dich. Kein langer Flug, aber man muss die Momente nutzen, wenn man kann, stimmt's?«

Rovo warf einen Blick zu Vana, in der Hoffnung, in ihrem Gesichtsausdruck eine Erklärung zu finden, aber alles, was er sah, waren rollende Augen, gepaart mit einem kleinen Lächeln.

Da die Kapselröhren den meisten Transit auf dem Planeten übernahmen, schienen echte Luftreisen denen vorbehalten zu sein, die Geld, aber keine Zeit hatten. Selbst Renard und Vana zogen die Kapseln der Bekanntheit vor, die das Skiff mit sich brachte.

Keiner von beiden wollte jedoch mit Waffen beladen in öffentliche Verkehrsmittel steigen. Rovo blickte auf Vanas Arsenal, mit Pistolen an beiden Hüften und offensichtlichen Messern an beiden Armen. Ersatz-Energiezellen saßen ebenfalls an ihrem Gürtel, und ihr Mantel wölbte sich durch die Schutzweste darunter. Mit hochgesteckten Haaren strahlte Vana vor Leben. Das Gegenteil von Renards grimmiger, verfallender Fassade.

Rovo war vielleicht voreingenommen.

Der Flug dauerte nicht lange. Renard setzte das Skiff auf einem Dach ab, das wie die meisten auf Gillane Vier eine tränenförmige Gestalt hatte und oben mit einer breiten, flachen Plattform abschloss, die völlig im Widerspruch zum Design des Gebäudes stand. Rovo vermutete, dass die wunderschöne Architektur irgendeines armen Kerls durch die Bedürfnisse der Effizienz ruiniert worden war: In der heutigen Galaxie musste man einen Platz haben, wo ein Fahrzeug landen konnte, auch wenn es hässlich aussah.

Kashmals Wohnung befand sich irgendwo unter Rovo, und darin wartete vermutlich Kaia. Er hatte das Mädchen seit einem Monat nicht gesehen, nicht seit sie in den ersten Stunden auf Wexer verschwunden war. Der Neuling hätte nie gedacht, dass er den kleinen Wirbelwind wiedersehen würde, also konnte Rovo trotz der Umstände nicht allzu verärgert sein.

Das Blasendach öffnete sich und Abbad sprang heraus, wobei er in der gleichen Bewegung eine blitzblanke silberne Pistole zog. Der Mann landete in einer Hocke auf dem Dach und suchte den offenen Raum nach Feinden ab, die eindeutig nicht da waren. Außer dem Skiff teilte sich nur eine gedrungene Öffnung für einen Aufzug und die dazugehörige Treppe den Landeplatz.

»Alles klar«, sagte Abbad und blickte mit hartem Blick zum Skiff zurück, bevor er die Fassade in ein breites Grinsen auflöste. »Ach, ich spiele nur mit euch. Ihr könnt ja sehen, dass hier nichts ist.«

Renard kletterte als Zweiter heraus, Vana als Dritte, und Rovo kam als Letzter, immer noch versuchend, Abbads Puzzleteil in etwas Sinnvolles einzufügen.

Und scheiterte dabei.

Auf dem Landeplatz übernahm Vana die Führung, steuerte auf den Aufzug zu und tippte auf ihr Handgelenk. Gebäude wie diese sollten eigentlich nur Bewohnern oder, sagen wir, Lieferanten Zugang gewähren, aber Vanas ID tat den Trick. Mit Abbad, der auf Rovo wartete, quetschte sich das Quartett in den Aufzug und fuhr nach unten.

»Wir werden uns neben ihrer Wohnung verstecken«, sagte Abbad, während der Aufzug nach unten fuhr. »Der Besitzer hatte nichts dagegen, besonders nachdem ich Princess auf ihn gerichtet hatte.«

»Princess?«, konnte Rovo nicht anders als zu fragen.

»Seine Pistole«, antwortete Renard. »Abbad mag eine eigenartige Energie haben, aber er ist nichtsdestotrotz effektiv. Ich würde ihn nicht unterschätzen.«

Unterschätzen? Rovo hatte noch nicht einmal begriffen, dass Abbad eine echte Person war, geschweige denn ihm irgendeine Fähigkeitsbewertung gegeben. Abbad schien in so starkem Widerspruch zu allem zu stehen, was Renard und Vana, das ruhige und intrigierende Paar, wichtig war. Der Mann verbrachte die Aufzugfahrt an die Seitenwand gelehnt, das kleine Grinsen nie von seinen Lippen weichend, und beobachtete das Trio, als wären sie alle Teil eines riesigen Insiderwitzes.

Jedes Mal, wenn Rovo dachte, er hätte das Universum im Griff, bewies es das Gegenteil.

Sie reihten sich in einen Flur ein, einen Korridor mit blau-goldenem Teppich gesprenkelt, mit nautischen Lampen, die gefälscht flackernd den Weg wiesen. Eine Werktagsstille durchdrang die Szenerie, die Wohnungen geleert, während ihre Besitzer ihren Berufen nachgingen. Keine schlechte Zeit für einen Kampf oder eine Entführung. Hinter ihnen schloss sich der Aufzug schnell und schoss davon, wobei Renard bemerkte, dass die nächste Abholung ihre Beute sein würde.

Abbad brachte sie zur Hälfte den Gang hinunter, drehte sich dann um und schlug sein Handgelenk gegen eine marmorweiße Tür. Ein Schloss klickte, und mit Vana als Nachhut hastete das Quartett hinein. Abbad schloss sie leise ein, und Rovo fand sich in einem gemütlichen, von Familienfotos dominierten Ort wieder, mit drei Leuten, die planten, seine Freunde zu töten und zu stehlen.

Cool. So cool.

»Um es noch einmal durchzugehen«, sagte Vana flüsternd. »Renard und ich gehen voran. Wir kümmern uns um jeden Widerstand. Rovo, du nimmst Kaia, wenn sie in Panik gerät. Abbad, du deckst unseren Rücken.«

»Verstanden«, bestätigte Abbad.

Renard nickte, und alle Augen richteten sich auf Rovo.

»Kaia. Ja, ich weiß«, sagte Rovo. »Ihr denkt alle, ich werde nicht mitspielen, aber ich will nur, dass sie in Sicherheit ist.«

Stimmte schon, und Rovo hatte sowieso keine Waffe bei sich. Es wäre nicht so einfach, einfach zum Verräter zu werden, er müsste schlau vorgehen. Vielleicht Renard einen verdienten Schlag ins Gesicht verpassen, dann Kaia schnappen, sie hier wieder reinstopfen und-

»Da kommen sie«, sagte Abbad, seine Augen glitzernd. »Macht euch bereit, Leute, denn jetzt wird's lustig.«

Dieser Typ.

Abbads Warnung bewahrheitete sich, als Eponis und Sais Stimmen, vermischt mit Kashmals ständigen Protesten, durch die Tür drangen. Jemand anders sprach auch, vermutete Autorität vermischt mit Vermittlungsversuchen. Viel Glück mit dieser Truppe.

Rovo holte tief Luft, als sich die Wohnung nebenan öffnete und die Leute anfingen, hineinzuströmen. Vana gab Abbad das leiseste Nicken, und der Mann griff nach dem Türgriff.

Nebenan lachte Kaia.

ANGRIFF

Der Wind peitschte durch die Gebäude und in den baumbestandenen Park am Rande von Kaiyo. Umgeben von diesen durchscheinenden, hellgrünen Barrieren bot der Park einen wunderschönen Blick auf den endlosen Ozean von Gillane Vier. Die flatternden Vögel, gezielten Blumenarrangements und Kapselröhren bildeten eine seltsame, fesselnde Szenerie.

Genauso wie Gregor, der den Teilesammler nahe der Barriere festhielt. Der Mann sah mit jedem Schritt regelrecht panisch aus, als Gregor ihn näher an das brachte, was ein langer Fall und ein harter Aufprall im Wasser wäre. Aurora war kein Fan von Folter - die Praxis führte ihrer Erfahrung nach zu wilden Antworten, um Leib und Leben zu schützen - aber die Aussicht und die Umgebung gaben dem Sever-Duo die Möglichkeit, nach potenziellen Verfolgern Ausschau zu halten.

Der Teilesammler hatte ihnen einen Hinterausgang aus dem zerstörten Bergungsgeschäft gezeigt, durch einen Mitarbeitertunnel, der durch den Kern des größeren

Gebäudes führte, wo Müll und Vorräte transportiert werden konnten, ohne den täglichen Handel zu stören. Während Kaiyos Polizei durch die aufgesprengte Vorderseite trampelte, folgten Aurora und Gregor ihrem gezwungenen Freund hinaus auf die Straßen und, mit Gregors überzeugenden Argumenten, zu ihrem aktuellen Standort im Park.

»Okay, ich versteh's«, sagte der Teilesammler, seine Stimme vibrierte vor Panik, wie es jemandem zustand, der gerade eine unerwartete Schießerei überlebt hatte. »Renard ist nicht zu uns gekommen, egal wie sehr ihr was anderes hören wollt. Der Typ ist in unserer Abteilung, klar, aber, naja, ihr habt doch auch verschiedene Gruppen, schätze ich?«

Aurora legte eine Hand auf Gregors Arm. Nur weil der Teilesammler in Fragmenten sprach und so jung aussah, wie er klang, war das kein Grund für harte Disziplinierungsmaßnahmen.

»Du sagst also, Renard ist nicht euer Chef«, bot Aurora an, um den Teilesammler zum Weitersprechen zu ermutigen.

»Ja, definitiv nicht.« Der Teilesammler blickte an den beiden Severs vorbei und suchte den Park nach potenziellen Spionen ab. »Er ist in einer Entwicklungsgruppe, die sich mit Projekten befasst, von denen ich nichts weiß. Forschung und Entwicklung könnte man es nennen, außer dass es geheimer ist als das.«

»Das passt«, sagte Gregor. »Wir wissen, dass er auf Gillane Vier ist. Wie können wir ihn finden?«

»Hört der Typ überhaupt zu? Warum fragt er immer wieder dasselbe?« Der Teilesammler sah zu Aurora.

»Beantworte die Frage«, erwiderte Aurora.

»Schon gut, Alter. Wie ich schon sagte, Renard tanzt

nicht auf unserem Parkett. Also weiß ich nicht, wo er ist, aber ich schätze, ich weiß, wo er sein könnte.«

Der Teilesammler machte wieder eine Pause, seine Augen tanzten zwischen Aurora und Gregor hin und her, als ob die beiden ihm Geld anbieten würden, wie in irgendeinem Film. Keiner von beiden bewegte sich.

»Ich soll wohl einfach umsonst reden, was?« Der Teilesammler verdoppelte seine Strategie. »Kein Bonus dafür, dass ich meinen Arbeitgeber hintergehe?«

»Sieh es mal so«, sagte Aurora. »Du hilfst uns, dein Arbeitgeber wird nicht völlig böse.«

»Du denkst, ein moralischer Kompass wird mich umstimmen? Mich, einen DefenseCorp-Agenten? Ich bin in dieser Hinsicht so bankrott, wie es nur geht.«

»Was willst du?«

»Raus«, sagte der Teilesammler, brach in ein Grinsen aus und nickte ein paar Mal, als würde das die Bitte klarer machen.

Auroras Geduld war am Ende. Sai und Eponi hatten vor kurzem eine Nachricht geschickt, dass sie auf dem Weg waren, um Kaia zu holen. Ohne Renard oder Rovo in der Hand war dieser Zug mit Risiken verbunden. Aurora und Gregor hielten einfach nicht ihren Teil der Abmachung ein.

»Nee, Mann, raus aus DefenseCorp«, beantwortete der Teilesammler Gregors offensichtliche Folgefrage. »Ich hab gesehen, wie du meinen Kumpel da drinnen abgefackelt hast - Ruhe in Frieden übrigens - und hab auf unserem Weg hierher nachgedacht, vielleicht könnt ihr dasselbe für mich tun.«

»Dich töten?«, sagte Aurora. »Du gibst uns Renards Standort, ich mach's. Mit Vergnügen.«

»Autsch, Lady.« Der Teilesammler hob die Hände bei Auroras durchdringendem Blick. »Nein, ich meine, ihr lasst es so aussehen, als wäre ich tot, verstehst du. Dann bekommt meine Familie die Versicherungssumme, und ich bin frei.«

»Betrug«, sagte Gregor.

»Aber gegen DefenseCorp«, sinnierte Aurora. »Abgemacht. Du gibst uns Renards Standort, dann gehen wir zurück zu unserem Schiff. Du nimmst den nächsten Transport von der Welt, wenn wir anfangen, die Hölle loszulassen.«

Der Teilesammler konnte sich die nächsten Schritte selbst ausmalen. Eine Weile außerhalb der Welt warten, dann zurückkommen, um die Versicherungssumme zu kassieren. Ob der Plan wirklich funktionieren würde, wusste Aurora nicht, es war ihr auch egal. Was zählte, war, dass der Teilesammler, seiner Illusion versichert, den potenziellen Standort auf Auroras Handgelenk-Computer tippte.

Mit dem Ziel in der Hand eilten Gregor und Aurora zurück zur *Prisa* und genossen eine weitere reizende Kapselfahrt, diesmal vollgestopft mit Menschen, die die Welt verließen. Auf dem Schiff zogen die beiden ihre neuen Kampfanzüge an, die sie hatten umlackieren lassen, um ihren alten zu entsprechen. Aurora lud sich mit ihren Gewehren auf, während Gregor, wieder vereint mit seinem massiven Hammer, wie ein Metalldämon aus einem alten Albtraum die Rampe der *Prisa* hinunterstampfte.

»Bereit, ein paar Dinge zu zertrümmern?«, sagte Aurora, ihre Stimme strahlte jetzt durch die Funkverbindungen zwischen den Anzügen.

»War zu lange her.«

Aurora konnte Gregor da nicht widersprechen. Die Wochen, die sie damit verbracht hatten, hierher zu fliegen, waren lang und langweilig gewesen. Die *Prisa* hatte keine

Simulatoren, nicht viel mehr als Filme und Trainingsmöglichkeiten. Die Muskeln juckten, die Instinkte summten.

Um ohne großes Aufsehen zu dem Ort zu gelangen, den der Teilesammler angegeben hatte, mussten sie eine Punkt-zu-Punkt-Skiff-Fahrt mieten. Aurora übernahm die Verhandlung und bat um eine Abholung direkt von der Andockbucht der *Prisa*. Die meisten Skiffs hätten nicht den Platz für ein paar Söldner in Kampfanzügen, also musste Aurora einen Frachttransporter organisieren. Alle menschlichen Probleme beim Transport zweier monströser Waffen lösten sich von selbst, als das Skiff mit einem Bot-Fahrer auftauchte, der wartete, bis Aurora das Startsignal gab.

Die fensterlose Fahrt gab Aurora und Gregor die Möglichkeit, über ihre Strategie zu sprechen und gleichzeitig die Einzelheiten ihrer Rüstung zu erkunden – eine taktische Pause, die ihren Angriffsplan von »Zerschlagen und Retten« zu einem einfachen »Retten« reduzierte, wobei das Zerschlagen impliziert blieb.

»Du schnappst dir Rovo«, fasste Gregor zusammen. »Ich kümmere mich um den Rest.«

»Bist du damit einverstanden?«

»Das ist alles, was ich mir je gewünscht habe.«

Die beiden stießen ihre gepanzerten Fäuste aneinander, als das Gleitboot auf der anvisierten Landeplattform aufsetzte und sich zu einem Nachmittagshimmel und wenig anderem öffnete. Von der Plattform aus, einer von mehreren entlang der glatten blaugrünen Gebäudeseite, die alle durch geglättete, gestrichene Gerüste verbunden waren, stampften die beiden mechanisierten Plünderer auf einen breiten Eingang zu.

»Großes Gebäude für ein paar Agenten«, sagte Gregor.

Renards vermeintliches Versteck schien sich tatsächlich

in einem großen Geschäftsgebäude zu befinden, das nahe der südlichen Hälfte von Kaiyo lag. Das Gebäude überragte die umliegenden bei weitem, doch der Grund für Renards Wahl wurde nach drei Schritten klar: Weiter oben, wo Aurora wegen des geschlossenen Transports des Frachtgleiters nicht hatte hinsehen können, war blankes Metall zu sehen. Ein Skelett, das noch nicht mit künstlicher Haut bekleidet war.

»Es ist nicht fertig«, erwiderte Aurora. »Er nimmt es, weil niemand sonst es kann.«

»Dann sollten wir ihn wohl rausschmeißen.«

Die Türen der Landeplattform, die bereits für freundlichere Frachtlieferungen als diese in Betrieb waren, glitten zur Seite, als Gregor und Aurora sich näherten. Keine Sicherheitsmaßnahmen für den unfertigen Ort also.

Nicht, dass es eine Rolle gespielt hätte: Wäre die Tür geschlossen geblieben, hätte Aurora sie ohnehin eingerammt.

Im Inneren ging ein sauberer und übersichtlicher Ladebereich in eine leere Büroetage über, in deren Mitte sich ein hohler Kern vom Dach bis zum Fundament erstreckte. Das Gebäude hatte eine geglättete und schlichte Ästhetik. Linien markierten zukünftige Grundrisse, während Aurora direkt auf die Aufzuggruppe blickte. Betriebsbereit. Licht fiel durch die vom Bau verstaubten Fenster, ihre klappernden Rüstungen wirbelten bei jedem Schritt Wolken auf.

»Ruhig«, sagte Gregor. »Wir verstecken uns nicht, also wo sind sie?«

»Gute Frage«, erwiderte Aurora. »Dieser Transporter hätte tausend Agenten fassen können. Wer weiß, wie viele hier sein könnten. Bleib wachsam.«

»Bin ich immer«, sagte Gregor, machte den Hammer

aber dennoch bereit und hob ihn mit beiden Händen, als sie sich den Aufzügen näherten.

»Von unten anfangen und uns nach oben vorarbeiten?«, schlug Aurora vor.

»Ganz schön viele Stockwerke dafür.«

»Bessere Idee?«

»Uns von oben durchschlagen?«

Aurora machte einen weiteren Schritt und überlegte, wie man ein dreißigstöckiges Gebäude mit zwei Personen effizient durchsuchen könnte. Vielleicht war Gregors Idee gar nicht so schlecht.

»Wie wäre es, wenn wir uns in der Mitte treffen?«, sagte Aurora.

»Abgemacht.«

Aurora verfiel in einen Trab, wobei die Servorüstung ihren Wünschen folgte und die kinetische Unterstützung erhöhte, um in Bewegung zu kommen. Jeder Schritt donnerte mit einem rasselnden Beben über den schweren Boden und machte jede Hoffnung auf Heimlichkeit zunichte. Der Aufzug war nicht für Servorüstungen konzipiert, aber mit einem Ducken und einer Delle in den Türen passte Aurora hinein. Sie tippte, gerade sanft genug, um den Bildschirm nicht zu zerbrechen, auf die Taste für das Erdgeschoss.

Der Aufzug gehorchte und brachte Aurora an Etage um Etage leerer Räume vorbei nach unten. Zumindest bis zu den letzten paar Stockwerken. Habseligkeiten huschten vorbei, als der Aufzug hinabfuhr, behelfsmäßige Betten und Lebensmittel. Aufgestellte Tische und ein paar provisorische Wände, die private Bereiche schufen. Der Teilesammler hatte also nicht völlig unrecht gehabt. Hier lebte jemand.

Aber wo waren sie?

Die Aufzugtüren öffneten sich zu einer schmucklosen Lobby, deren Wände in stumpfem Grundierungsweiß auf einen frischen Anstrich mit Persönlichkeit warteten. Die Vordertüren, die sich über ein Dutzend Eingänge erstreckten, waren mit Papier verklebt, das jegliche potenzielle Blicke von außen verhinderte. Das Licht, das jetzt hereinfiel, regnete in Flecken von oben herab und schuf goldene Strahlen, die Punkte auf dem Boden zu Auroras Füßen bildeten.

Die Stille fand ein jähes Ende. Gregors Hammer krachte irgendwo weit oben nieder, ein erschütternder Schlag, gefolgt von einem zerstreuten Einsturz, als der Mann durch sein neu geschaffenes Loch fiel. Die Servorüstung landete mit der Anmut eines Ambosses und ließ einen Folgeknall ertönen. Aurora hätte den Schaden bedauert, wären Renards Ziele nicht so viel verheerender, wenn man sie ungehindert ließe.

Der Preis, so nahm sie an, für das Erledigen der Arbeit.

Der Hammerschlag wirkte wie ein Schalter. Aurora, die gerade außerhalb eines dieser goldenen Strahlen stand, wurde Zeuge eines Ansturms, der an ein aufgescheuchtes Insektennest erinnerte. Agenten in allen möglichen Kleidungsvarianten schwangen um Ecken, brachen aus abgeschlossenen Bereichen hervor und bezogen Posten in den oberen Stockwerken, wobei sie den offenen Kern nutzten, um Schusswinkel zu finden.

»Und ich dachte schon, ihr wärt alle weggelaufen«, sagte Aurora, während ihr Visier überall rot aufleuchtete, da die Servorüstung überall Bedrohungen erkannte. »Gut, dass ich nicht enttäuscht wurde.«

Normalerweise hätte eine solche Überzahl Aurora nach einem Fluchtweg suchen lassen. Servorüstungen konnten Treffer einstecken, würden aber unter schwerem, anhaltendem Beschuss schmelzen. Unglücklicherweise für die Agenten hatten sie ein geheimes Zuhause auf einem belebten, kontrollierten Planeten gefunden. Es war schwierig, Gewehre, Kanonen und die schwere Ausrüstung hereinzuschmuggeln, die nötig war, um es mit einer Servorüstung aufzunehmen.

Die Agenten hatten reichlich Pistolen. Einige sahen sogar zuversichtlich aus und warteten ab, ob Aurora sich ergeben würde.

Dieses Selbstvertrauen? Völlig fehl am Platz.

Aurora aktivierte die kinetischen Verstärker in ihrer Servorüstung und schoss nach vorne, wobei sie eine riesige Staubwolke aufwirbelte, als sie in einer Sekunde mehrere Meter sprintete. Als sie die mittlere Lücke überquerte, sah Aurora ein, zwei Blitze, als die schnellsten Schützen zu reagieren versuchten. Sie verfehlten.

Der arme Agent Aurora gegenüber nicht. Sein Pistolenschuss traf Aurora direkt in die Brust, wurde jedoch durch die energieabsorbierende Architektur des Anzugs aufgelöst, sodass Aurora nur ein leichtes Kribbeln in den Nerven spürte. Der Anzug des Agenten tat dasselbe nicht mit ihrem Schulterangriff, aber die äußere Wand stoppte den Agenten, als er dagegen krachte, wobei der Boden zu seinen Füßen einen geeigneten Ruheplatz für den zerquetschten Mann bot.

In einem Kampf wie diesem stillzustehen bedeutete den Tod, also verlagerte Aurora ihren Schwung nach rechts und stürmte durch einige dünne Trennwände, die wie Papier zerbarsten. Agenten auf der anderen Seite, die sich um die Ecke lehnend Schüsse auf Auroras vorherige Position geplant hatten, fanden ihr Ziel plötzlich hinter ihrem Rücken durchbrechend. Aurora hob ihr Gewehr, röstete den zu ihrer Linken und schwenkte dann das Gewehr einhändig nach rechts, wobei sie den Abzug durchzog.

Wie eine Schatzkarte führte die Spur der Einschlagmarken direkt zum dampfenden Körper des nächsten Agenten.

Rufe nach Positionen, nach Hilfe, nach irgendetwas hallten durch das Gebäude. Die Geräusche einer zusammenbrechenden Strategie. Gregors Hammer schlug erneut zu und ließ eine weitere Etage einstürzen. Auroras Visier erkannte neue Bedrohungen, die von allen Seiten kamen. Renard musste irgendwo hier drin sein.

Sie würde ihn finden, egal wie viele Agenten Aurora dafür ausschalten musste.

TUMULT IM APARTMENT

Sai ließ Kashmal den Weg in seine eigene Wohnung anführen. Der Schritt löste ein entzücktes Quietschen von Kaia aus, als sich die Tür öffnete. Die Vierjährige sprang von der Couch auf und rannte auf Kashmal zu. Der Vater, der mehr Menschlichkeit zeigte, als Sai je bei ihm gesehen hatte, hob seine Tochter hoch und überschüttete sie mit Küssen.

Die Tatsache, dass Kashmal ein wissendes Auge zurück auf Sai, Eponi und Raquel gerichtet hielt, trübte die liebevolle Darstellung nur ein wenig.

»Schön zu sehen, dass sie diesmal nicht in einem Schrank steckt«, sagte Eponi, als das Trio hinter Kashmal in den kargen Raum trat.

Der Wissenschaftler hatte gesagt, er sei erst seit ein paar Wochen auf Gillane Four, und das sah man der Wohnung an. An den hellblauen Wänden hing kein einziges Bild. Das Wohnzimmer war mit einer Couch, einem Festbildschirm und einem Balkon ohne Möbel ausgestattet. Die Küche, die direkt von der Tür aus sichtbar war, hatte das saubere Aussehen eines nie benutzten Raums.

Kaia schien jedoch glücklich zu sein. Sie stieß ein zweites Quietschen aus, als sie Sai und Eponi erkannte. Kashmal setzte sie ab, damit sie auf die beiden zulaufen und ihre Beine umarmen konnte. Keines der Sever Squad-Mitglieder hatte die beschützende Verbindung, die Rovo mit dem Kind pflegte, aber wenn man ein paar Wochen lang in einem kleinen Raumschiff herumlungerte, entwickelte man zwangsläufig eine gewisse Zuneigung füreinander.

»Du lässt deine Tochter in diesem Alter allein zu Hause?«, sagte Raquel und zerstörte die Stimmung. »Wirklich?«

»Ich hatte keine Zeit, nach einer Kinderbetreuung zu suchen«, konterte Kashmal und wich in seine Wohnung zurück wie eine in die Enge getriebene Ratte. »Ich war beschäftigt.«

»Salinity bietet-«

Raquel beendete ihren Satz nicht, als die Tür hinter ihnen aufgeschlagen wurde. Sai wirbelte herum, sein Katana streifte die Wohnungswände, und sah zwei Personen, die er nicht kannte, und zwei, die er kannte, wie sie sich hinter der Salinity-Offizierin hereindrängten.

Die Stimmung, die Situation änderte sich so schnell, dass Sai eine Art Schleudertrauma spürte. Plötzliche Wendungen gehörten zum Alltag bei Sever, aber die Wohnung, Kaia und der geordnete Spaziergang hierher hatten allem einen sicheren Anstrich verliehen. Sais Kampfnerven hatten sich seit der Auseinandersetzung in der Salinity-Lobby heruntergefahren, und er kämpfte damit, sie in den engen Räumen der Wohnung wieder zu aktivieren.

Besonders als Rovo, als Dritter mit einem Unbekannten hinter sich, so ruhig aussah.

Rovo überhaupt zu sehen, wirbelte den Moment noch mehr durcheinander. Der Rookie war seit Wochen eine Geisel gewesen, und da Aurora und Gregor auf Rettungsmission waren, ergab es keinen Sinn, Rovo hier anzutreffen. Warum sollten Renard und seine Agenten Rovo zu einer Entführung mitbringen? Es war ja nicht so, als bräuchten sie seine Hilfe, um ein vierjähriges Kind zu fangen.

»Nach hinten!«, befahl die Frau, die die Gruppe anführte, ein älteres Gesicht mit den eingeätzten Linien langjähriger Autorität, Kashmal, Raquel und dem Sever-Duo zu. »Wir sind nicht wegen euch hier, aber wir werden schießen, wenn ihr Widerstand leistet.«

Das Gesicht der Frau kitzelte eine Erinnerung, und ihre Stimme bestätigte es. Sie hatte Sai auf der *Nautilus* ein Laufwerk gegeben, das Informationen über eine separate Befehlskette hinter der offiziellen Version von DefenseCorp enthielt. Sie war auf diesem Laufwerk gewesen, ebenso wie Renard.

Aber warum sollte Vana ihren Feinden helfen? Sai hätte die Frage gestellt, wenn die gezogenen Waffen nicht nähere Aufmerksamkeit verlangt hätten.

Kashmal hob Kaia vom Boden auf und gehorchte. Sai zog Raquel hinter sich, sah auch, wie Eponi ein oder zwei Schritte zurücktrat. Dieser Zug war nicht ganz der Rückzug, als der er erschien: Eponi wusste, dass sie genug Platz schaffen musste, damit Sai sein Katana ziehen konnte, und die Pilotin hatte ihre Hand in Richtung ihrer Pistole bewegt. Egal wie die Chancen standen, hier würde es keine Kapitulation geben. Nicht mit Kaia als Einsatz.

Nicht mit Rovo, der ungefesselt und bereit hinter Renard stand.

»Ich bin Sai«, sagte er und hob eine Hand zum Griff seines Katanas. »Hättest du was dagegen, dich meinen

Freunden hier vorzustellen, und dann können wir zum Spaßteil übergehen?«

Vana warf ihm einen Blick zu, den Sai nicht ganz deuten konnte. Er schien zu gleichen Teilen aus Respekt, Mitleid und Ärger zu bestehen.

»Vana«, sagte die Frau und deutete mit ihrer Pistole auf Sais Schwert. »Lass deine Hand da weg, bitte. Wir sind wegen Kaia hier und nichts anderes. Ich verspreche, sollten wir das Mädchen mitnehmen, wird ihr kein Leid zugefügt.«

»Nein«, sagte Kashmal schnell. »Ihr könnt sie nicht haben.«

»Alter, halt die Klappe«, sagte Eponi zu ihm, ohne den Blick von den Eindringlingen zu nehmen. »Die Erwachsenen reden gerade.«

Raquel ihrerseits ging neben Kashmal in Deckung. Sai konnte sich nicht umdrehen, um etwas anderes zu sehen, aber der Wissenschaftler blieb ruhig, was ein Segen war.

»Ihr seid eingekesselt«, sagte Vana. »In der Falle. Alles andere als das, was wir verlangen, endet mit einem elenden Tod für euch alle. Das Mädchen sollte ihren Vater zurückbekommen. Zwingt uns nicht, ihr das wegzunehmen.«

Sai warf einen Blick auf Rovo: »Rookie, was meinst du dazu? Ich weiß, Renard ist ein Arsch, aber was denkst du? Sollten wir zuerst ihn oder sie töten?«

Der Mann hinter Rovo lachte, ein johlendes Geräusch, das so gar nicht zur Situation passte. Das Geräusch lenkte Sais Aufmerksamkeit auf die Pistole des Mannes, ein großes Spielzeug, modifiziert und schimmernd mit grünen und goldenen Teilen. Alles, was so extrem war, bedeutete, dass der Schläger entweder ein zu ignorierender Narr oder gefährlicher als alle anderen war.

»Ich denke, du solltest tun, worum sie bittet«, sagte

Rovo und hielt seine Hände an den Seiten, seine Finger bewegten sich.

Severs Handzeichen verschafften dem Squad in fast jeder Mission einen Vorteil, eine Geheimsprache, die Aurora zusammengebastelt und jedem neuen Rekruten mit kompromissloser Begeisterung beigebracht hatte. Rovo hatte, wie Eponi, Gregor und Sai vor ihm, seine ersten Tage auf der *Nautilus* damit verbracht, in einer simulierten Mission nach der anderen ausgewrungen zu werden, wobei jede Stunde dazwischen dem Erlernen dieser Handzeichen gewidmet war.

Der Rookie hatte sie noch nicht perfektioniert, aber die Bedeutung war klar genug: Rovo würde einen Zug machen. Sai und Eponi sollten folgen. Das Mädchen fernhalten.

»Kashmal«, sagte Sai. »Wenn Kaia irgendwohin geht, warum hilfst du ihr nicht beim Packen?« Vanas Augen verengten sich, und Renard setzte zu einem Protest an. Sai schnitt ihnen das Wort ab: »Nichts für ungut, aber keiner von euch sieht aus, als hättet ihr Kinder. Ich schon, und wenn ihr versucht, dieses Mädchen ohne ihre Lieblingssachen mitzunehmen, werdet ihr eine miserable Zeit haben. Diese Wohnung hat nur einen Ausgang, den hinter euch. Niemand geht, es sei denn, ihr lasst es zu.«

Vana behielt ihre zur Schau gestellte Grimasse bei, nickte aber: »Gut, macht schnell.«

Kashmal, Raquel und Kaia eilten davon, in Richtung der Schlafzimmer, und ließen Eponi und Sai in einem mit Sofas bestückten Wohnzimmer zurück. Wichtiger noch, die Zivilisten waren nicht mehr in der Schusslinie.

Was bedeutete, es war Zeit, Kashmals Wohnung zu verwüsten.

Rovo brach zuerst aus, versetzte dem lachenden Mann hinter ihm einen Ellbogenstoß. Der Typ steckte den Schlag locker weg, und die Art, wie sich das Lächeln des Mannes nur noch verbreiterte, ließ Sais Auge für den Bruchteil einer Sekunde zucken. Rovo jedoch folgte dem Ellbogenstoß mit einem sich drehenden, ziehenden Wurf, der den lachenden Mann nach vorne schleuderte, direkt in einen wirbelnden Renard hinein.

Ein Blitz zuckte auf, als Eponi ihre Pistole zog und abfeuerte, wobei sie sich in einer fließenden Bewegung hinter das Sofa und in Deckung begab. Der Laser traf präzise und rauchte in Vanas Brust, enthüllte – natürlich – eine Schutzweste. Die Agenten hatten also nicht auf ihre Diplomatie gesetzt.

Vana zuckte jedoch durch den Treffer stark genug zusammen, ihre eigene Reaktion war gestört, sodass Sai Zeit hatte, das Katana zu ziehen. Mit dem geschmeidigen Gewicht in seinen Handflächen setzte Severs einziger Schwertkämpfer seinen Winkel an und machte sich an die Arbeit.

Drei Ziele, alle zusammengedrängt, boten eine verlockende Wahl: Wen sollte er beim ersten Anlauf in Stücke schneiden?

Renard, offensichtlich. Der ältere Agent musste hier der Befehlshaber sein, und Sai konnte sich nicht auf unendliche Schwünge verlassen. Am besten, er beseitigte die Gefahr für Kaia und verursachte Verwirrung unter den anderen beiden.

Sai holte zu einem Überkopfschwung aus, schnell und bereit, Renards nervigen Kopf von seinem nervigen Körper zu trennen. Die Klinge fuhr herab, und der verdammte lachende Mann blockte sie. Diese grün-goldene Pistole schwang hoch und fing Sais Hieb ab, während der Mann, der Rovos Wurf abfing, Renard in den Neuling schob.

Schwert traf auf Pistole in einem funkenden Zusammenstoß. Sais Katana hätte die Pistole in zwei Hälften schneiden sollen, aber der Mann spielte offenbar mit besserer Qualität als DefenseCorp-Standard. Der Mann drückte den Block nach oben und trieb Sais Katana in eine deckenfurchende Kerbe.

»Abbad«, sagte der Mann und kam so nah, dass Sai den Speichel von der Rede spürte. »Freut mich, dich kennenzulernen!«

»Ganz meinerseits«, sagte Sai und trat nach Abbads Knöchel.

Abbad tanzte vor dem Tritt zurück und ließ Sais Katana frei, richtete die Pistole aber auf das Gesicht des Schwertkämpfers. Ein todsicherer Treffer. Zumindest bis Eponi ihn erschoss.

Die Pilotin bewies zum zweiten Mal in diesem Kampf ihren Wert und landete einen soliden Treffer an Abbads Schulter, während Eponi das Sofa nutzte, um Vanas Gegenfeuer zu absorbieren. Abbad zuckte weg, sein rechter Arm mit der Pistole hing herab. Sai wechselte seinen Griff, schnitt horizontal mit dem Katana und plante, Vanas Seite zu erwischen.

Vana musste etwas geahnt haben, denn sie tauchte nach vorn, als Sai zuschlug, unterbrach ihr Sperrfeuer auf Eponi und gab den Weg frei für Sais Katana, ein Stück aus der Wohnungswand zu schneiden. Ein guter Ausweichmanöver, ein trickreicher.

Sai versuchte, das Schlachtfeld zu kalibrieren. Vana bewegte sich nun hinter und zu seiner Linken, während Abbad sich zurück zur Wohnungstür kämpfte. Renard und Rovo rangelten, der alte Agent schien sich im Nahkampf behaupten zu können.

»Nimm Vana!«, rief Sai und stürmte auf Abbad und das Getümmel an der Wohnungstür zu.

Wenn Abbad irgendwelche Angst zeigte, im engen Raum von einem Katana schwingenden Soldaten angegriffen zu werden, ließ er es sich nicht anmerken. Stattdessen schnappte Abbads linke Hand seine Pistole von der funktionsunfähigen rechten, riss sie auf Knöchelhöhe hoch und feuerte. Der waldgrüne Bolzen blitzte auf, und Sai spürte, wie sein linkes Bein brannte und dann taub wurde. Was ein Angriff gewesen war, wurde zu einem Sturz.

Sai schlug auf den Fliesenboden, schwang das Katana weit, um sich nicht selbst aufzuspießen. Er sah Renard vorbeigehen, gefolgt von Rovo. Die beiden tauschten Schläge aus, wobei Renard bei einem Deal, der sich schließlich zur rohen Kraft neigte, den Kürzeren zog. Abbad folgte, trat auf Sais Katanaklinge, um sie am Boden festzuhalten, und zielte mit dieser Pistole auf Rovos Rücken.

Schieß einem Mann in den Knöchel, und er konnte nicht laufen. Das hieß nicht, dass er nicht kämpfen konnte.

Sai ließ den Katanagriff los, streckte sich aus und riss an Abbads Bein, zog den Mann zu Boden. Abbad landete mit dem Hintern zuerst auf dem flachen Katana und lachte wieder. Er kicherte einfach mit scheinbar reiner Freude, während diese grün-goldene Pistole mit dem Lauf zuerst auf Sais Schädel zielte.

»Einfach ein brillanter Zug, Mann«, sagte Abbad. »Muss ich respektieren.«

»Richtig«, antwortete Sai und rollte sich über sein eigenes Schwert.

Ein weiterer Blitz, und Sai roch seine verbrannten Haare, aber die Bewegung brach Abbads Zielen genug, dass der Schuss über Sais Kopf hinwegzischte. Glas zersplitterte rechts, in Richtung Balkon. Kaias Weinen drang ebenfalls durch, zusammen mit Füßen, die hart auf den Boden aufschlugen.

Vana fluchte laut. Eponi rief ihnen zu, zu laufen.

Abbad stieß Sai weg, trat dem Schwertkämpfer in die Seite, um ein paar weitere Zentimeter zu gewinnen. Sai versuchte, auf ein Knie zu kommen, seine am Knöchel befestigte Pistole herauszuholen. Spürte einen harten, heißen Lauf an seinem Schädel.

Dann spürte er, wie er verschwand, als Renard in Abbad krachte und sie beide als Knäuel zur Tür schleuderte. Sai warf einen schnellen Blick zurück, sah Rovo auf sich zukommen. Hinter dem Neuling schien Raquel Kashmal durch ein zerbrochenes Balkonfenster und über den Rand zu folgen.

Stürzten sie sich einfach in den Tod, um zu verhindern, dass Renard Kaia bekam? Und wo war Eponi?

Vana tauchte hinter Rovo auf, frustriert aussehend und aus einem hübschen Schnitt im Gesicht blutend.

»Hinter dir!«, schrie Sai, endlich seine Pistole frei bekommend.

Rovo wirbelte zur Seite und Sai feuerte blitzschnell, traf Vana anscheinend zum dritten Mal in dieser Schutzweste. Diese Dinger konnten nicht ewig Treffer einstecken, und Vanas Stolpern zeigte, dass sie die Hitze dieses Mal spürte.

»Kommt schon!«, drang Eponis Stimme durch das Balkonfenster. »Wir müssen weg!«

Das Ziel. Kaia. Das Mädchen von diesen Mistkerlen wegzubringen, war wichtiger als alles andere.

»Rovo, lauf!«, sagte Sai. »Das ist ein Befehl!«

Wer wusste schon, ob die Worte für den Neuling irgendeine Bedeutung haben würden, aber Sever lehrte seine Truppenmitglieder, die Situation zu lesen. Rovo würde wissen, dass er keine Chance hatte, Sai zu holen, würde wissen, die einzige Option-

Der Neuling rannte, sprintete durch das Wohnzimmer, durch das offene Balkonfenster und über den Rand. Niemand gab sich überhaupt die Mühe, auf ihn zu schießen. Sai, immer noch die Pistole auf einem Knie haltend, zielte zurück zur Tür.

Abbads Tritt traf erneut, betäubte Sais rechte Hand und schlug ihm die Pistole aus der Hand.

»Ein guter Kampf, mein Freund«, sagte Abbad. »Aber ich denke, dieser hier ist jetzt vorbei.«

»Und kein totaler Verlust«, fügte Renard hinzu, der sich näherte. Der müde, zerschlagene und wütende Blick des Mannes sagte Sai alles, was er wissen musste. »Zeit, unseren Preis mitzunehmen und zu gehen.«

Eine Geisel für eine andere.

AUF UND AB UND WIEDER RUNTER

Der Hammer pfiff, als Gregor ihn wieder und wieder schwang und dabei Wände, Böden und Agenten zermalmte. Gregor stieg durch Verwüstung hinab und warf den Bau des Gebäudes allein durch schiere Zerstörung um Monate zurück. Ein saubererer Angriff hätte funktionieren können, wenn Sever Squad mit voller Kraft den Turm getroffen hätte, aber mit nur zwei Mann verließ sich Gregor auf Chaos, um sich Deckung zu verschaffen.

Staubwolken, die durch die Hammerschläge aufgewirbelt wurden, verdeckten Gregors nächsten Schwung und lenkten das Laserfeuer um die entscheidenden Mikrometer ab, die nötig waren, um seine Kampfrüstung kühl zu halten. Indem er sich durch die Böden zur nächsten Etage durchschlug, blieben Gregors Bewegungen unberechenbar und verhinderten, dass Hinterhalte und Scharfschützen ein klares Ziel erfassen konnten. Und die gelegentlichen Sprünge mit den Verstärkern seiner Kampfrüstung direkt durch den Boden über ihm warfen ganze Trupps aus der Bahn.

Gregor konnte nicht genau sagen, wann die Agenten beschlossen, dass Flucht statt Kampf die bessere Option war, aber das eingehende Feuer ließ nach, als Gregor einen hilflosen Agenten in den zentralen Schacht des Turms schmetterte. Als ob der fallende Schrei ein vorgeplantes Manöver signalisierte, rannten die Agenten, die um die Ecken hervorsprangen, davon. Überall ertönte das Geräusch zerberstenden Glases, als die Flüchtenden mit allen Mitteln ihren Ausweg suchten und Gregor schwer atmend über dem Schacht zurückließen, durch den staubverhangenen Tageslicht hindurch zu seiner Partnerin hinunterblickend.

Aurora, weiter unten, setzte das Schießen fort. Ihr Gewehr summte mit punktgenauen Schüssen auf die fliehenden Agenten. Eine bewundernswerte Hingabe zu ihrer Vernichtung. Gregors Visier zeigte, dass in seiner unmittelbaren Umgebung keine Bedrohungen mehr waren, und der Mann bestätigte dies mit einem schweifenden Blick in die Runde. Ja, die bröckelnden Wände, die funkenden freiliegenden Drähte und ein paar geplatzte Rohre, aus denen Wasser sprudelte, boten ein geschäftiges Bild, aber keine wirkliche Gefahr blieb übrig.

Keiner von beiden vertraute den Aufzügen nach dem Rumoren im Turm, also machte sich Gregor durch ein zu enges Treppenhaus an der Seite des Gebäudes auf den Weg nach unten zum ersten Stock. Von einem Treppenabsatz zum nächsten springend und dabei Risse in den Fliesen hinterlassend, kam Gregor gut voran und betrat die Lobby, wo er Aurora mit geholstertem Gewehr regungslos stehend vorfand.

»Haben sie das Mädchen?«, fragte Gregor.

Eine Pose wie Auroras bedeutete in der Regel, dass die Kampfrüstungspilotin ihre Aufmerksamkeit der digitalen

Welt zugewandt hatte und mit der Verbindung am Handgelenk der Kampfrüstung spielte, um Nachrichten zu senden und zu empfangen.

»Ja, aber es gibt ein Problem«, antwortete Aurora, ihre Stimme verriet, dass sie noch las, während sie antwortete. »Eponi schickt die Nachrichten schnell. Sie haben es mit weiteren Agenten zu tun. Und Sai wurde gefangen genommen.«

»Gefangen genommen? Wie Rovo?«

»Ein versehentlicher Tausch«, erwiderte Aurora. »Rovo ist jetzt bei ihnen. Zusammen mit Kashmal und Kaia. Jemand namens Raquel ist auch dabei?«

Gregor zuckte mit den Schultern, wobei der Anzug surrend gehorchte, als seine Metallschultern sich bewegten. Er kannte keine Raquel, weder in diesem System noch in irgendeinem anderen.

»Was sollen wir tun?«, fragte Gregor. »Jemand wird Renard erzählen, was hier passiert ist.«

»Wenn sie woanders ein Versteck finden, sind wir wieder am Anfang«, sagte Aurora, und ihre Frustration war deutlich zu hören. »Wir hätten bestätigen sollen, dass Renard hier war, bevor wir angegriffen haben.«

»Schwer zu wissen.«

»Wir sind zu schnell vorgegangen«, sagte Aurora. »Jetzt müssen wir das Spiel ändern.«

»Wie?«

»Eponi und die anderen sind auf dem Weg zur *Prisa*. Wir können Kaia in den Orbit fliegen, sicherstellen, dass sie in Sicherheit ist, während wir Sai suchen«, sagte Aurora. »Wir wissen, dass Renard das Mädchen will, also nutzen wir das aus.«

Ein Kind als Köder zu benutzen, erschien Gregor nicht als der beste Plan, aber er hatte keinen besseren. Gillane

Vier hatte zu viele mögliche Verstecke für Renard, und der Mann würde wahrscheinlich alles, was er hatte, hinter dem Mädchen herschicken.

Das ist es, was Gregor tun würde. Den Feind mit deiner Überzahl begraben, bis du hast, was du willst.

»Also zurück?«, fragte Gregor.

»Zurück.«

Durch die Straßen in der Kampfrüstung zu rennen, besonders mit Gregors riesigem Hammer, schien weiterhin keine gute Idee zu sein. Gemeinsam stampften die beiden die viel zu vielen Treppen wieder hinauf zum untersten Landeplatz. Aurora rief erneut einen Frachttransporter an, und die beiden stapften hinaus auf das silberne Pad in den schimmernden goldenen Nachmittag, um auf ihre Mitfahrgelegenheit zu warten.

»Das hat Spaß gemacht«, bot Gregor an, während er über den Rand von Kaiyo hinaus zum Meereshorizont blickte.

»Es war ein Gemetzel«, erwiderte Aurora. »Sie waren nicht für uns ausgerüstet.«

»Zum Glück.«

»Das bedeutet, dass Renard mit seiner ganzen Revolution nicht so weit ist, wie ich dachte«, sagte Aurora. »Der Mann muss wissen, dass die meisten DefenseCorp-Trupps Zugang zu Kampfrüstungen haben werden. Diese Agenten hatten keine EMP-Spikes, kannten unsere blinden Flecken nicht. Tarlas Crew hat auf Wexer bessere Arbeit geleistet.«

»Selbstvertrauen kann Schwäche erzeugen.«

Eine prägnante Aussage, aber nach Gregors Erfahrung waren diejenigen am ehesten zum Scheitern verurteilt, die zu sehr in ihren vermuteten Erfolg verstrickt waren. Von korrupten Offizieren, die glaubten, niemand würde es wagen, ihre Aufzeichnungen zu durchforsten, bis hin zu

DefenseCorp-Zielen, die zu eitel waren, um zu glauben, dass ihre Welten ausgelöscht werden könnten, war Gregors Leben übersät mit Idioten, die nicht bereit waren, Misserfolg zu sehen und somit zum Scheitern verurteilt waren.

Draußen traf die Sicherheit von Salinity ein. Schnelle Einsatzmotorräder, die einen Meter über dem Straßenniveau manövrieren konnten, brachten bewaffnete Duos zum zerstörten Eingang des Gebäudes. Offenbar hatte jemand den Kampf im Inneren gesehen oder gehört und einen Anruf getätigt. Von dieser Höhe aus fand Gregor es amüsant, die Polizei zu beobachten, wie Punkte, die hin und her huschten und versuchten, einen Sicherheitskordon zu errichten.

»Verdammt, der Frachtgleiter wurde abgesagt«, sagte Aurora und begann die Zeile mit einem Fluch. »Anscheinend hat Salinity den Luftraum über dem Gebäude gesperrt.«

»Dann brauchen wir einen neuen Plan.«

»Ich möchte nicht die gesamte Salinity-Sicherheit mit uns zurück zur *Prisa* schleppen«, sagte Aurora. »Falls du das denkst.«

»Nein«, erwiderte Gregor. »Nur, dass wir zu einem anderen Gebäude müssen. Einem, das sie nicht beobachten.«

Vom Landeplatz aus, mit Kaiyo um sie herum ausgebreitet, boten sich mehrere Optionen auf den unteren Etagen an. Ein kinetisch verstärkter Sprung könnte die Kampfanzüge von einem Gebäude zum nächsten tragen. Ein gewagtes Manöver, das etwas Hilfe benötigen würde.

Große, gepanzerte Anzüge, die durch die Luft fliegen, zogen tendenziell Aufmerksamkeit auf sich.

Als sie wieder hineingingen, hörten die beiden die bellenden Rufe der Salinity-Kräfte, die sich den Turm hinaufarbeiteten. Gregor schätzte, dass sie fünf Etagen hinunter mussten, um in eine Reichweite zu kommen, von der aus sie den Sprung wagen konnten. Die Treppen waren dafür gut genug, obwohl die Salinity-Kräfte beim ersten donnernden Sprung Alarm schlugen.

»Wir hätten sowieso nicht verborgen bleiben können«, sagte Aurora, während sie das Tempo anzogen und nun von den Treppenabsätzen absprangen, sobald sie sie berührten. »Weiter bewegen, ignorier sie.«

Das würde schwieriger werden, wenn sie zu schießen begannen, aber Gregor hielt den Mund und konzentrierte sich auf die Sprünge. Abgesehen von der Flucht fühlte sich das immer noch spaßiger an als alles, was er seit dem Kampf gegen diese unsichtbaren Anzüge auf der *Nautilus* getan hatte.

Sie brachen auf der Zieletage durch, eine, die Gregor bei dem früheren Kampf bereits verwüstet hatte. Aurora pfiff, als sie zur verglasten Seite stapften und über eine beachtliche Lücke blickten, mit einem mehrere Stockwerke tiefen Abgrund zum nächsten Gebäude.

»Du hast hier ganze Arbeit geleistet«, sagte Aurora.

»Es hat Spaß gemacht.«

Jetzt kam der schwierige Teil. Beide Severs betrachteten die Lücke. Die Salinity-Kräfte kamen näher, und bei dem Lärm, den sie gemacht hatten, würden alle Augen draußen nach oben schauen. Sie brauchten eine Ablenkung.

Gregor zog eine Splittergranate aus dem Slot seines Kampfanzugs. Obwohl er es vorzog, mit seinem Hammer auf Nahkampf zu gehen, statt Bomben zu werfen, hatte Sai diese Dinge schon vor langer Zeit zur Standardausrüstung für Sever gemacht.

»Du zuerst«, sagte Gregor. »Nachdem ich geworfen habe.«

Aurora nickte, ging zum bodentiefen Fenster und packte den Rahmen. Sie zog an den dunklen Linien zwischen dem Glas und brach die Scheibe aus ihrer Verankerung. Das Fenster fiel zurück auf Aurora, zersplitterte, als es auf ihren Helm traf, und übersäte den Boden mit Scherben. Nichts fiel jedoch nach draußen. Keine Hinweise, die auf die Straße regneten.

Gregor warf die Granate und verlieh dem Wurf zusätzliche kinetische Energie. Seine Bemühungen mit dem Hammer zahlten sich erneut aus und gaben ihm eine freie Flugbahn über den Schacht zur gegenüberliegenden Seite des Gebäudes. Einen Atemzug später folgte eine knisternde Explosion, die Fenster und die Bereiche unmittelbar darüber und darunter zerstörte - hoffentlich weit weg von den kletternden Salinity-Kräften.

Severs Kapitänin wartete nicht auf Gregors Startzeichen, sondern sprang, als die Explosion sich ausbreitete. Aurora flog aus dem Fenster, rollte sich zusammen, behielt aber ansonsten die Füße unten, wo die kinetischen Verstärker ihre Arbeit tun und die Energie des Falls absorbieren würden. Gregor machte sich als Nächstes auf den Weg, als eine zweite Explosion das Gebäude erschütterte, gefolgt von weiteren Knallen, Plopps und Donnergrollen. Als wäre er plötzlich in einer Feuerwerksshow gelandet.

Der Kampfanzug passte sich dem Beben an, die Stiefel stabilisierten Gregor, während er einen Schritt nach dem anderen auf das Fenster zuging. Nicht, dass er viele brauchte, aber sein Visier begann zu blinken, der Boden um ihn herum bröckelte. Das ergab keinen Sinn: Gregors Granate war nicht so stark.

Zu Gregors Linken zitterte ein freiliegendes Rohr,

Muttern und Schrauben lösten sich wie winzige Geschosse. Das Rohr dehnte sich aus und platzte dann, grünes und orangefarbenes Feuer raste in das Büro. Die Erkenntnis überkam Gregor mit den Flammen: Die früheren Kämpfe mussten Versorgungsleitungen beschädigt und explosive Gase freigesetzt haben. Er hatte ein großes Streichholz in ein Gebäude geworfen, das zu Kleinholz gehackt worden war.

Zeit zu gehen.

Mit einem langen Schritt, den rechten Fuß am Fensterrand aufgesetzt, aktivierte Gregor die kinetischen Verstärker des Kampfanzugs und flog in den freien Raum, Rauch und Flammen brachen hinter ihm hervor. Für einen flüchtigen Moment schoss Gregors Magen nach oben, als er in Gillane Viers wunderschönem Himmel abstürzte. Für einen flüchtigen Moment erlebte Gregor diesen berauschenden Traum vom freien Flug, der keinem Menschen vergönnt sein sollte.

Er traf das Ziel und landete sicher, zertrümmerte Solarzellen und zerfetzte das schwarze Silizium mit Gregors dicker Rüstung. Aurora fing ihn mit einer stützenden Hand ab und hielt Gregor aufrecht. Ihr Visier blickte jedoch zurück zu ihrem Ausgangspunkt. Gregor folgte ihrem Blick und sah mehrere Etagen in Flammen stehen. Das Gebäude bebte, aber Gregor glaubte nicht, dass es einstürzen würde. Glaubte nicht, dass es Tausende von Opfern geben würde.

Er hoffte es.

»Wir müssen uns bewegen«, sagte Aurora. »Gleiter werden kommen, um das Feuer zu löschen, und sie dürfen uns nicht sehen.«

Die Kapitänin hatte wie immer Recht.

Die beiden rannten über das Dach und versuchten dabei, nicht noch mehr Paneele zu zertrampeln. Dieses

Gebäude, niedriger und nicht ganz seine Tränenform vollendend, endete auf der anderen Seite mit einem weiteren abfallenden Glasabhang. Kein Landeplatz, kein einfacher Weg nach unten.

Und kein anderes Gebäude in Sprungreichweite.

»Hier wird uns kein Gleiter abholen«, sagte Aurora und blickte zum Boden hinunter. »Wir müssen vielleicht die Rüstungen zurücklassen.«

In Zivilkleidung zur *Prisa* zurücklaufen und später wiederkommen, um die Kampfanzüge abzuholen? Falls sie dann noch da wären?

»Sie werden die zerstörten Paneele bemerken«, erwiderte Gregor. »Wir können unsere Rüstungen nicht hier zurücklassen.«

»Was dann? Willst du ein Dutzend Stockwerke zum Boden springen und eine ganze Truppe auf uns hetzen?«

»Nein, wir benutzen das«, sagte Gregor und zeigte auf das Gebäude zu ihrer Rechten. Es ragte über ihr Dach hinaus und hatte Landeplätze, einschließlich einem etwas unter ihrem Niveau. »Wir fangen dort unsere Mitfahrgelegenheit ab.«

»Du bist verrückt.«

»Das werde ich nicht leugnen.«

Aurora rief die Liste auf und kontaktierte einen weiteren KI-gesteuerten Frachtgleiter. Diesen jedoch spezifizierte sie als offenseitig. Oben offen. Eine flache, fliegende Barke für übergroße Güter. Der Anruf ging durch, und die beiden warteten, unter den Solarpaneelen kauernd, während eine kleine Salinity-Armee auf das brennende Gebäude zusteuerte.

»Das lief nicht so, wie ich es mir vorgestellt hatte«, sagte Aurora, während sie warteten.

»Das tun die Dinge selten.«

»Beleidigst du mich oder sprichst du allgemein?«

»Letzteres«, sagte Gregor. »Obwohl das der Grund ist, warum ich keine Vorhersagen mache.«

»Schwer zu vermeiden, wenn man der Kapitän ist.«

»Deshalb bin ich nicht der Kapitän.«

Aurora lachte und verstummte dann. Gregor überprüfte seine kinetische Ladung und stellte fest, dass der weite Fall auf das Dach alles wieder aufgeladen hatte, was er beim Sprung verbraucht hatte. Bereit für einen weiteren Satz, diesmal mit einem kleineren Ziel.

»Es ist hier«, sagte Aurora. »Oder besser gesagt, dort.«

»Dann los.«

»Führe uns an, großer Mann. Das ist deine Idee.«

Gregor widersprach nicht. Er stand auf, verließ die Deckung der Paneele und stellte seine Kampfrüstung für jeden, der aufmerksam war, zur Schau. Was, angesichts der Katastrophe, die sich einen Block weiter abspielte, seiner Meinung nach niemand war.

Drei Schritte später aktivierte Gregor seine Booster, schoss in die Luft und flog auf einen ahnungslosen Frachtgleiter zu.

9

TAKTISCHER RÜCKZUG

Das arme Sofa hatte es nicht verdient. Eponi duckte sich hinter das steife blaue Möbelstück, als Renard und Rovos Quartett deutlich machten, dass sie nicht auf der Suche nach einer Tasse Zucker vorbeigekommen waren. Ihre Anführerin, eine Frau, die Eponi nicht kannte, aber basierend auf Auroras Beschreibungen wie die DefenseCorp-Agentin Vana wirkte, nahm die Pilotin ins Visier, und die beiden lieferten sich ein auffälliges Duell in einem Wohnzimmer, das eigentlich für entspannte Treffen und nicht viel mehr gedacht war.

Sai und sein Katana hielten den Ausgang der Wohnung blockiert, und da Rovo zeigte, dass er nicht böse geworden war, deutete Eponis erster Blick darauf hin, dass der Kampf ein leichter Sieg sein sollte. Renard konnte unmöglich mit dem Neuling mithalten, und wenn Sai den lachenden Irren im hinteren Teil ausschalten könnte, dann könnten sie Vana in die Zange nehmen.

Einfach.

Bis die verdammten Schüsse von hinten kamen. Eponi drehte sich, um einem Schuss von Vana auszuweichen, der eine weitere schwarze Markierung an den Wänden der Wohnung hinterließ, und fing über ihrer sich bewegenden Schulter einen weiteren Brandfleck auf. Das Sofa schwelte, als sein Kissen den Treffer abbekam, und ein schneller Blick zum Balkonfenster in Eponis Rücken zeigte ein geschmolzenes Loch. Scharfschützen von der gegenüberliegenden Seite.

Der Blick zurück kostete Eponi die Aufmerksamkeit: Vana nutzte den Vorteil, rannte am Sofa entlang, um Eponi zu tackeln, und schob die Pilotin gegen die Wand der Wohnung. Eponi prallte ab und hinterließ ein Stück, das zu Boden fiel, der pochende Schmerz in ihrer Schulter war ein tröstliches Zeichen dafür, dass der Aufprall nichts gebrochen hatte. Sie drehte sich zu Vana um und schwang ihre Pistole wie eine Rückhand, schlug Vanas tödlichen Schuss weg, bevor die Agentin abdrücken konnte.

Der Schlag verschaffte eine Sekunde Zeit, die beiden standen sich gegenüber. Erfahrene Agentin, erfahrene Kart-Rennfahrerin. Die eine eine tödliche Meisterin der Heimlichkeit und verschiedener Mordmethoden, die andere eine freche Draufgängerin, die bereit war, an ihre Grenzen zu gehen.

»Du wirst nicht gewinnen«, sagte Vana. »Ergib dich, und ich garantiere dir, dass du am Leben bleibst.«

»Tut mir leid, ich habe Vertrauensprobleme«, erwiderte Eponi und schnellte mit einem Tritt in Richtung von Vanas Bauch hoch.

Die Agentin sah den Zug kommen und wehrte den Schlag mit ihrer Pistolenhand ab. Eponi versuchte, die Pause zu nutzen, um ihre eigene Pistole in einem unausgewogenen Gegenangriff in Stellung zu bringen. Sie drückte ab, als Vana nach vorne stürmte, Eponis Schuss ging hoch und schmolz durch einen von Kashmals Küchenschränken.

Vana traf Eponi direkt, letztere ließ ihre Pistole fallen und griff verzweifelt zu, um zu verhindern, dass Vanas Waffe einen fiesen Winkel in Eponis Seite bekam.

Renard schlug hart zu ihrer Linken auf den Boden, Barhocker krachten um, der alte Agent fluchte, als Rovo nachsetzte. Eponi nutzte die Ablenkung, um Vana zu drehen und zu Fall zu bringen, zog sie beide ins eigentliche Wohnzimmer, direkt in Sichtweite dieser verdammten Fenster.

Vana, mit dem Rücken auf dem Teppich, hätte in Schwierigkeiten sein sollen. Hätte Eponi sagen sollen, sie solle aufhören, als die Pilotin eine Faust zurückzog. Stattdessen stieß die Agentin mit mehr Kraft zurück, als Eponi erwartet hatte, rollte Eponi nach rechts und von sich herunter. Eponis eigener Rücken traf auf den straffen, minderwertigen cremefarbenen Teppich, der zu Kashmals miserablem Stilgefühl passte - und sie erwartete, dass Vana folgen würde, bis ein weiterer Laserschuss durch das Fenster schoss, direkt über Vanas Brust hinweg.

Genau da, wo Eponi gewesen war.

»Danke für die Rettung«, sagte Eponi und rappelte sich wieder auf die Füße.

»Gern geschehen ist was anderes«, erwiderte Vana, ahmte Eponis Bewegung nach und ging direkt auf die Pilotin los, drängte sie gegen die Balkontür mit Fenstern.

Der Scharfschütze hatte freie Schussbahn, und Vana hatte Eponis Arme festgehalten, ihren Rücken flach gegen das Glas gedrückt. Eponi sah die anderen Kämpfer zu ihrer Rechten, Sai am Boden und der lachende Mann bei ihm. Rovo warf Renard zurück in Richtung Wohnungstür, aber der Neuling würde nicht schnell genug sein, um zu ihr zu gelangen.

Raquel hingegen schon.

Die Sicherheitschefin von Salinity rammte Vana von hinten, ein Schultereinsatz, der Eponi gegen die durch den Beschuss geschwächte Tür drückte und sie zerbersten ließ. Eponi fiel rückwärts auf den Balkon, das Glas verfing sich in ihrer Kleidung. Vana jedoch erwischte es schlimmer: ihr größerer Kopf fing sich an einer herabhängenden Scherbe und zog einen langen Schnitt. Raquel taumelte von dem Stoß zurück, zog eine Pistole, blickte nach draußen und feuerte einen Schuss über Eponis Kopf hinweg ab.

Anscheinend hatte jeder seine eigenen Bedrohungen zu bewältigen.

Eponi rammte ihr Knie in Vanas Bauch, und die Agentin stöhnte auf, verpasste Eponi ihrerseits einen Schlag ins Gesicht und rollte dann zurück in die Wohnung. In Richtung der Pistolen. Eponi erwartete jeden Moment, dass der Scharfschütze sie treffen würde, aber Raquel feuerte weiter, jeder orangefarbene Energiebolzen sauste über ihren Kopf hinweg in Richtung des weit entfernten Schützen.

Aus dieser Entfernung bezweifelte Eponi, dass die Bolzen ernsthaften Schaden anrichten konnten, aber sie würde der Salinity-Agentin bestimmt nicht sagen, dass sie aufhören solle zu feuern. Stattdessen zog sie sich hoch und sah einen Ausweg. Rückzug war keine Taktik, die Sever leicht fiel, aber da Raquels Wiederauftauchen Eponi an das Ziel erinnerte, hatte es oberste Priorität, Kaia wegzubringen.

Die tröpfchenförmige Architektur von Gillane Four trug viel zur Atmosphäre bei, aber wenig zur Funktionalität. Die Apartmentgebäude, wie die meisten anderen auf dem Planeten, waren oben schmal und unten breit, ein Design, das die Seiten nach unten hin ausweitete. Kashmals Apartment war nicht gerade ein Penthouse, und unter dem Balkon breitete sich das Gebäude aus und bildete eine geschwungene, etwas steile Rutsche zum darunterliegenden Apartment – und dessen eigenem Balkon.

Eponi riss ihre Augen nach oben, folgte einem weiteren Schuss von Raquel und verfolgte die Linie zu einem Gebäude gegenüber. Der Scharfschütze hatte ein Bürofenster geöffnet, das jetzt von Raquels Feuer mit rauchenden Löchern übersät war. Ob Raquel den Schützen ausgeschaltet oder nur unterdrückt hatte, Bolzen kamen jetzt nicht mehr in ihre Richtung zurück.

»Lauft!«, schrie Eponi, »Kashmal, bring Kaia hier raus!«

Bei seinem Namen bewies das Mädchens Vater, dass er zu entschlossenem Handeln fähig war, indem er mit Kaia auf dem Arm um die Ecke bog und sich Eponi und Raquel anschloss, die sich jetzt auf dem Balkon in Deckung begaben. Vana, die die Pistolen haben musste, blieb drinnen und versuchte keinen Schuss abzugeben, als Kaia ins Bild kam. Stattdessen versuchte die Agentin erneut, die Gruppe zur Aufgabe zu bewegen.

Keine Chance.

»Wohin laufen?«, fragte Kashmal und ignorierte Vanas Befehle.

»Über den Rand«, erwiderte Eponi. »Wie eine Rutsche. Sie wird es lieben.«

Kashmal sah Eponi an, als wäre sie verrückt, bis Raquel die Idee wiederholte: »Tu es, Kashmal. Ziel auf den nächsten Balkon darunter.«

»Ihr seid beide wahnsinnig«, sagte Kashmal und rührte sich nicht vom Fleck.

Eponi hätte den Mann verflucht, hätte ihn einen Idioten genannt, der seiner Tochter das Leben kostete, als der Scharfschütze zurückkehrte. Der Schuss traf Kashmal direkt in die Schulter. Der Treffer ließ ihn aufschreien und an den Rand des Balkons zusammenbrechen, wobei Kaia mit ihm schrie. Raquel wirbelte herum und feuerte mit der Pistole zurück. Rovo, der zeigte, dass wenigstens jemand von Sever heute gewinnen konnte, stürmte zu ihnen auf den Balkon.

»Nimm Kaia und spring«, sagte Eponi, die sich bereits bewegte, um dem Vater des Mädchens zu helfen.

Rovo, wie ein guter Rekrut, hinterfragte den Befehl nicht. Er bewegte sich weiter, ging um Raquel herum und hob Kaia aus den schwächer werdenden Armen ihres Vaters. Mit einem Arm, der Kaia hielt, sprang Rovo über den Rand des Balkons und ließ sich fallen. Kashmal schrie ihnen hinterher, eine Mischung aus Panik und Schmerz, ein Geräusch, das Eponi abschnitt, als sie den Mann packte und begann, sie beide über das Geländer des Balkons zu heben.

»Sie wird in Ordnung sein«, schnauzte Eponi. »Konzentrier dich, bitte.«

Kashmal antwortete mit einem Stöhnen, fand aber die Kraft, seine Beine anzuheben. Als sie gemeinsam hinübergingen, warf Eponi einen Blick auf das verwüstete Apartment. Raquel sprang neben ihnen über das Geländer und ließ Sai als Letzten der Gruppe drinnen zurück. Eponi konnte ihn nicht sehen. Stattdessen fing Eponi Vanas grimmigen Blick auf, als sie sich um den Balkon zog, ihre Beute floh ohne Chance auf einen Schuss.

Alle Sorgen um Sai mussten eine Minute warten, denn Eponi traf auf die Glasseite des Gebäudes und rutschte. Kashmals Masse zog ihn von ihr weg, als sie die wenigen Meter von einem Balkon zum nächsten glitten und in einem Haufen auf einer Terrasse landeten, die Rovo bereits ruiniert hatte. Der Rekrut und Kaia bewegten sich weiter, als Eponi landete, sprangen über das Geländer und setzten die Rutschpartie fort.

»Das ist der schlimmste Tag«, murmelte Kashmal, als Eponi ihm aufhalf und über den Rand schob.

»Du lebst noch. Es könnte schlimmer sein«, sagte Raquel, die Pistole erhoben und Deckung gebend.

»Da bin ich mir nicht so sicher«, erwiderte Kashmal, dann schob Eponi ihn weiter und sah zu, wie er fiel.

»Du weißt, was du mit dem Ding machst«, sagte Eponi zu Raquel. »Danke für die Hilfe.«

»Technisch gesehen ist Kashmal ein Salinity-Angestellter.« Raquels Augen verengten sich in Richtung des Balkons, von dem sie gerade gesprungen waren, und sie feuerte einen Schuss ab. Vanas Kopf verschwand wieder hinter der Deckung. »Es ist mein Job, sicherzustellen, dass es ihm gut geht.«

Eponi wollte fragen, ob es wirklich zum Aufgabenbereich gehörte, Angriffe von DefenseCorp-Agenten abzuwehren, um das Überleben eines Angestellten zu sichern, aber die Diskussion über Arbeitsnuancen hatte keine Priorität. Eponi sprang über das Geländer, rutschte erneut über das Glas – ein unglaubliches Gefühl, wie ein Actionheld – und landete auf dem nächsten Balkon. Ein weiterer Sprung würde sie auf Bodenniveau bringen und einen vier Meter tiefen Fall auf harten Stein bedeuten. Rovo erkannte das schlechte Ergebnis und begrüßte Eponi von innerhalb des Apartments des letzten Balkons.

Der Rekrut, immer noch mit Kaia auf einem Arm und Kratzern an einem Ellbogen, hatte die Glastüren eingeschlagen. Dem Apartment gefiel der Zug nicht, seine eigenen Sicherheitsalarme piepten als furchtbarer Soundtrack zu dem Moment. Immerhin hatte jemand den Ort mit Blumen bestückt, die viel angenehmer rochen als der brennende Stoff oben in Kashmals Wohnung.

Kaias Vater erkannte endlich das Richtige zu tun und

taumelte weiter, an Rovo vorbei und in Richtung des Ausgangs der neuen Wohnung.

»Ich dachte, ich sollte diesen letzten Sprung nicht ohne Servorüstung wagen«, sagte Rovo. »Alles okay bei dir?«

»Machst du Witze? Das war der Hammer«, erwiderte Eponi. »Mir geht's gut, aber ich glaube, Sai könnte in Schwierigkeiten sein.«

Rovo verzog das Gesicht und blickte zur Decke des Apartments, als würde sich dort ein magisches Fenster direkt zu Sais Standort bilden. Raquel plumpste neben Eponi und scheuchte die Pilotin nach drinnen.

»Wir müssen uns weiter bewegen«, sagte Raquel, als sie Kashmal zur Wohnungstür folgten. »Ich weiß nicht, wie viele Leute sie hinter uns hergeschickt haben.«

»Jede Menge, würde ich vermuten«, sagte Eponi. »Sag mir, dass du ein paar heimliche Wege kennst, um sich in dieser Stadt fortzubewegen.«

»Heimlich?«, sagte Raquel, als sie den Flur des Apartments betraten und sich den Treppen zuwandten.

Kashmal sah ein bisschen mitgenommen aus, aber wann tat er das nicht? Ansonsten schätzte Eponi, dass die Gruppe ohne allzu große Schwierigkeiten davongekommen war. Während sie gingen, bestand Rovo darauf, dass Vana und Renard Sai nicht töten würden, nicht wenn sie es nicht müssten.

»Sie sind große Fans von der ganzen Geiselgeschichte«, sagte Rovo. »Sie werden Sai als jemanden sehen, den sie benutzen können.«

»Er wird ihnen nichts erzählen.« Eponi fand die Treppen, sah, dass sie in die Lobby des Gebäudes führten, einen Ort mit Menschen und vielen Stellen, an denen sich ein Schütze positionieren konnte. »Raquel, wir brauchen einen anderen Weg hier raus.«

»Vielleicht den Serviceeingang«, sagte Raquel. »Aber ich habe keinen Zugang dazu.«

»Warum nicht?«

»Weil ich hier nicht arbeite?«

Eponi musterte sie, »Gehört Salinity nicht praktisch dieser Planet?«

Kashmal hustete und rote Flüssigkeit spritzte auf den weichen blauen Teppich. Der Treffer an der Schulter des Mannes musste schlimmer gewesen sein, als Eponi gedacht hatte. Rovo hatte Kaia weggedreht, damit das Mädchen es nicht sah, aber Kashmal brauchte bessere medizinische Versorgung, als ein Wohnungsflur bieten konnte.

»Uns gehört nur das Land, nicht alle Gebäude darauf«, sagte Raquel. »Wir haben aber ein Büro in der Nähe. Eines, das ihm helfen könnte.« Raquel wedelte mit ihrer Pistole und runzelte die Stirn. »Aber ich werde keinen Schusswechsel in eines unserer Gebäude bringen.«

Eponi nickte, betrachtete Rovo, der Kaia festhielt, und fasste einen Plan. Einen dummen zwar, aber immerhin einen Plan.

»Das musst du auch nicht«, sagte Eponi und hasste schon, was sie gleich sagen würde, bevor sie es aussprach. »Ich werde sie ablenken, dann geht ihr in die andere Richtung.«

»Eponi«, sagte Rovo. »Warum sollten sie dir folgen, wenn sie hinter Kaia her sind?«

»Du hast es doch gerade gesagt. Sie wollen Geiseln. Ich kriege vielleicht nicht alle, aber es sollte euch etwas Zeit verschaffen.«

»Aber-«

»Rookie, bleib bei deinem Aufgabenbereich«, sagte Eponi. »Raquel, tut mir leid, dass ich dich mit den beiden allein lasse, aber du weißt ja, wie das läuft.«

»Eigentlich weiß ich das nicht«, erwiderte Raquel.

»Na dann, Überraschung?«, sagte Eponi. »Gib mir zwanzig. Wenn ihr den Knall hört, macht euch aus dem Staub.«

Die Pilotin ging die Treppe mit kontrollierter Eile hinunter, berührte jede Stufe und ging zur nächsten, während ihre Augen die Menge in der Lobby musterten. Ein paar Gaffer, die über das Laserfeuer von draußen sprachen, vermischten sich mit einem Reinigungsroboter und einem aufgeregt in sein Armband brüllenden Wachmann mit aufgerissenen Augen. Niemand kümmerte sich um die Frau, die durch die Lobby kam, obwohl ein genauerer Blick die steckengebliebenen Glassplitter, die Risse in ihrer Kleidung und genug selbstbewusste Haltung offenbart hätte, um zu suggerieren, dass sie nirgendwo in der Nähe dieser Apartments hingehörte.

Eponi suchte und fand binnen einer Sekunde ihre Option. Kaiyos Straßen hatten keine Fahrzeuge - Skiffs blieben in der Luft, die eigentlichen Gehwege waren nur für Menschen - aber es gab jede Menge Bots. Die Maschinen erledigten die Drecksarbeit der Stadt und trotteten umher, ohne die Schießerei oben zu bemerken. Einer, der offenbar die cremefarbenen Pflastersteine dieses Teils von Kaiyo reinigte, gab Eponi die Öffnung, die sie brauchte.

Etwaige Scharfschützen, die von oben zusahen, hielten ihr Feuer zurück. Vielleicht hatten sie noch nicht daran gedacht, nach unten zu schauen. Sie würden es aber irgendwann tun. Eponi musste die Sache erzwingen. Musste ihre Aufmerksamkeit auf sich lenken.

Eponi ging zu dem Bot, einem grün-schwarzen zylindrischen Ding mit einer breiten Basis voller Bürsten, die über das Pflaster wirbelten. Eponi holte tief Luft und stieß die Maschine um. Das Ding hatte Gewicht, aber Eponi hatte den Hebel und genug Krafttraining, um die Aufgabe zu bewältigen.

Der Reinigungsbot traf mit einem metallischen Scheppern auf die Steine, ein Geräusch, das das tat, was Geräusche getan hatten, seit Menschen erstmals riesige Gebäude in Glas-und-Stahl-Korridoren errichtet hatten: es hallte. Dem Nachklang des Schepperns fügte der Bot seinen eigenen Alarm hinzu, der dazu gedacht war, Sicherheitskräfte herbeizurufen, um den Störenfried zu fassen, der gerade den Robo-Krieg gegen den Pflasterstein-Reiniger erklärt hatte. Auch dieser Lärm prallte von den Glasgebäuden ab.

Köpfe, die bereits durch die früheren Geräusche des Schusswechsels angezogen worden waren, lugten über Balkone, klebten ihre Augen an Fenster, um zu sehen, ob der Tag noch mehr Chaos in die stickige, friedliche Existenz von Gillane Vier bringen würde. Eponi dachte, dass ein wenig Action dem Planeten gut tun könnte, ein paar Herzen zum Schlagen bringen würde, und sie musste ein drohendes Lächeln unterdrücken, als sie diese Blicke auf sich sah.

Als wäre sie wieder berühmt.

Dann rannte sie los und hoffte, der Tod würde ihr folgen.

10

DER LANGE WEG NACH HAUSE

Eponis versprochener Knall war eigentlich nicht der Rede wert - das Geräusch, das durch die Lobby des Gebäudes drang, war eher ein schwaches Klirren -, aber das Quartett nutzte die Gelegenheit, die sich bot. Mit Rovo, der Kaia trug, und Raquel, die Kashmal stützte, an der Spitze, umgingen sie die Lobby und folgten dem Flur zur anderen Seite des Gebäudes. Die letzte Treppe dort führte zu einem gekennzeichneten Notausgang, mit Warnungen vor ausgelösten Alarmen an der Tür.

»Es ist wirklich besser so«, sagte Rovo, als Raquel zögerte. »Oben findet eine Schießerei statt, Eponi wird wahrscheinlich auf der Straße unter Beschuss genommen. Je mehr Verwirrung, desto besser.«

»Menschen könnten verletzt werden«, sagte Raquel, während Kashmal, der überhaupt keinen nützlichen Beitrag leistete, weiterhin über den Schuss in seine Schulter stöhnte. »Es ist mein Job, die Bewohner dieses Planeten zu schützen.«

»Langfristig tust du das, indem du uns am Leben erhältst«, schlug Rovo vor. Raquels zweifelnder Blick machte dieses Argument zunichte, also änderte Rovo seine Taktik. »Wie wäre es damit: Wenn wir diese Tür nicht öffnen, müssen wir zurück in die Lobby, wo wir geschnappt werden, Kaia in Schwierigkeiten gerät und du wahrscheinlich sowieso stirbst.«

Das zumindest erwies sich als überzeugender. Raquel stieß, wenn auch widerwillig, die schwere Tür auf. Sie stolperten in eine Seitenstraße, deren cremefarbene Pflastersteine einige Meter zwischen den wuchtigen tropfenförmigen Türmen boten. Während die Hauptstraßen mit Geschäften und Cafés gesäumt waren, zeigten die verräterischen Mülltonnen hier einen Ort, der weder gesehen, gehört noch erkundet werden sollte.

»Igitt«, sagte Kaia und kniff sich die Nase zu, was eine vernünftige Reaktion auf den modrigen Geruch war, der durch die Luft wehte.

»Nicht meine beste Abkürzung«, stimmte Rovo zu.

Hinter ihnen brach der Alarm des Gebäudes in einem schrillen Rhythmus aus, ein nervtötendes Geräusch, das Rovo nur allzu gerne hinter sich ließ. Die kleine Straße, ohnehin nicht überfüllt, leerte sich noch mehr, als die Leute Kashmals blutende Wunde bemerkten und beschlossen, dass jetzt nicht der richtige Zeitpunkt war, den Helden, Arzt oder auch nur neugierigen Fremden zu spielen. Rovo bemerkte, wie sie sich wegduckten und versteckten.

»Was ist los mit diesem Ort?«, fragte er Raquel im Gehen, während sie sich so dicht wie möglich an dem gegenüberliegenden Gebäude entlangdrückten. »Niemand will helfen?«

»Es ist nicht ihr Job«, antwortete Raquel. »Du weißt genauso gut wie ich, dass wenn jemand so verletzt ist wie Kashmal, Geld im Spiel ist. Niemand wird so angeschossen wegen eines Unfalls.«

Und niemand will in Schwierigkeiten verwickelt werden, die nicht seine eigenen sind. Rovo schüttelte den bitteren Geschmack ab, den das in seinem Mund hinterließ. Die Galaxie steckte voller Zynismus, so viele Moralvorstellungen beruhten auf dem Geld, das man verdienen konnte. Sever Squad hatte Kaia von Dynas geholfen, hatte den Talpa ohne das Versprechen einer Bezahlung geholfen, aber wenn Rovo ehrlich zu sich selbst war, hatte er beide Aktionen befürwortet.

Ein naiver Neuling? Vielleicht, aber Rovo war noch nicht bereit, seine Seele nur für Geld zu verkaufen.

Noch nicht.

»Das Büro ist hier vorne«, sagte Raquel, als sie einen Block ohne offensichtliche Verfolgung passiert hatten. »Dort können wir ein Salinity-Skiff bekommen.«

»Um wohin zu fahren?«

»An einen Ort, der etwas besser riecht«, antwortete Raquel. »Der für deine Feinde nicht so leicht zu finden ist.«

»Und dann?«

»Ist das alles, was du tust?«, sagte Raquel und warf Rovo einen Blick zu, als sie die kleine Straße verließen und einen Platz überquerten, der von einem dreifachen Springbrunnen dominiert wurde, und auf ein Fenster im Erdgeschoss zusteuerten, in dem Salinitys Tropfen-Logo in blauem Neon leuchtete. »Fragen stellen?«

»Im Moment? Ja.«

Trotz der Antwort hielt Kaia Rovo davon ab, noch mehr zu fragen. Das kleine Mädchen, immer noch aufgedreht von den Ereignissen in der Wohnung, spürte offenbar, dass die unmittelbare Gefahr vorüber war, und nutzte die Gelegenheit, um Rovo mit eigenen Ausrufen und Fragen zu bombardieren. Am wichtigsten war für Kaia, wie Rovo überhaupt in ihre Wohnung gekommen war.

Es gab tausend Erklärungen, die Rovo hätte zusammen-spinnen können, um diese Frage zu beantworten, aber ein Kind anzulügen, besonders eines, das als Hauptziel einer großen, tödlichen Gruppe galt, schien falsch. Also erzählte Rovo die Geschichte, während sie den Platz überquerten, während Raquel sie durch ein schwach besetztes Büro führte und sie in einem leeren Konferenzraum unter-brachte, während sie sich auf die Suche nach einem Trans-portmittel machte.

Rovo beendete das Abenteuer gerade, als ein freundli-cher Bot Wasser für die Gruppe brachte, zusammen mit leichten Verbänden für Kashmal. Während er Kaia mit ihrer eigenen Flüssigkeitszufuhr hantieren ließ, machte sich Rovo an die Arbeit an ihrem Vater.

»Danke«, sagte Kashmal, als Rovo mit dem Auftragen der Brandsalben und Verbände fertig war. Der Schuss sah übel aus, die Haut um die Einschlagstelle war von der Hitze geschwärzt, aber im Vergleich zu dem Lungentreffer, den Rovo auf der *Nautilus* abbekommen hatte, sollte Kashmal keine allzu großen Probleme haben. »Ich weiß, ich habe dir damals viel Ärger gemacht, aber-«

»Mach dir keine Gedanken darüber«, unterbrach Rovo Kashmal, da er nicht hören wollte, wie der Mann sich irgendwie entschuldigte. Nichts, was Kashmal sagen würde, könnte es wiedergutmachen, dass er Kaia jahrelang in einem winzigen Raum eingesperrt hatte, und Rovo hatte nicht die Energie, sich darum zu kümmern. »Halte Druck auf die Wunde. Das ist nicht gerade eine erstklassige medi-zinische Behandlung.«

Kashmal verstand den Wink und hielt eine Hand darauf. Dann rief der Mann seine Tochter, die herüberge-hüpft kam, um den Salinity-Becher vorzuführen, aus dem sie Wasser getrunken hatte. Er setzte das Mädchen auf seinen Schoß und stimmte ein sanftes Lied an, in das Kaia nach einer Strophe mit einfiel. Der Moment wurde schnell von niedlich zu unangenehm, und Rovo fühlte sich wie ein Lauscher bei einer Familie, zu der er ganz und gar nicht gehörte.

Das Badezimmer erwies sich als würdiger Fluchtort, und Rovo verbrachte einige Zeit am Waschbecken, wobei er gelegentliche Blicke von den ein- und ausgehenden Salinity-Büromitarbeitern auf sich zog. Während er Kashmals Blut von seinen Händen wusch, Glassplitter aus seinen Haaren entfernte und die Hautverbrennungen vom Herunterrutschen am Glasgebäude einseifte, verwandelte sich Rovo von einem Statisten in einem Katastrophenfilm in einen echten Menschen, wenn auch einen, der dringend neue Kleidung brauchte.

»Schau sie dir an«, sagte Raquel, als Rovo sie außerhalb des Konferenzraums fand, wo sie Kashmal und Kaia beim Spielen zusah - der eine steif, aber lächelnd, die andere nutzte den Konferenztisch und die Stühle als zu erobernden Hindernisparcours. »Es ist fast so, als wären sie vor einer Stunde nicht angegriffen worden.«

Rovo versuchte, den Ton der Worte zu deuten. Meinte Raquel, dass sie die Situation nicht ernst genug nahmen, oder bewunderte sie ihre Fähigkeit, die Realität zugunsten ein wenig Spaß zu ignorieren?

»Ich bin kein Experte«, versuchte Rovo den Mittelweg, »aber ich glaube nicht, dass ein Kind wie Kaia gut damit umgehen würde, in Panik zu geraten.«

»Kein Experte?« Raquel blickte zu Rovo. »Du hast sie jedenfalls schnell aufgehoben. Hast sie während der Flucht eng an dich gedrückt.«

»Sie ist ein vierjähriges Mädchen. Was hätte ich sonst tun sollen?«

»Du brauchst nicht defensiv zu werden«, schaltete Raquel ein ablenkendes Lächeln ein. »Ich sage nur, dass du das gut gemacht hast.«

»Danke?«

Raquel nickte, wandte sich vom Fenster ab und deutete in Richtung des Pausenraums des Büros: »Ich weiß, es ist spät, aber angesichts dessen, was wir gerade erlebt haben, möchtest du vielleicht einen Kaffee?«

Rovo ging davon aus, dass er und der Schlaf eine eher vage Beziehung haben würden, bis Vana, Renard und ihre Agenten aus dem Weg geräumt wären, also nahm er Raquels Angebot an. Als er den kleinen, nüchternen Raum betrat, der mit Ankündigungen für Teamsportarten und Kühlschrank-Reinigungsplänen geschmückt war, wurde Rovo bewusst, dass er das letzte Mal in einem solchen Pausenraum gewesen war, als er über seiner Heimatwelt schwebte, Formulare ausfüllte und zusah, wie die Stunden dahinschlichen.

Als er die angebotene Tasse nahm und einen kräftigen Schluck daraus trank, erinnerte sich Rovo, warum er die Pausenräume nicht sonderlich vermisste: Der Kaffee schmeckte trotz Salinitys perfektem Wasser dünn und fade.

»Nicht dein Ding?« Raquel bemerkte Rovos schmatzenden Stirnrunzeln.

»Normalerweise trinke ich ihn stärker«, sagte Rovo, und als Raquel sich wieder der blubbernden Maschine zuwandte, legte er eine Hand auf ihren Arm. »Bitte, es ist in Ordnung. Lass uns zurückgehen.«

Raquel beäugte diese beleidigende Hand, die Rovo daraufhin wegnahm, und gemeinsam kehrten die beiden in den Konferenzraum zurück. Raquels Armband hatte während des Kaffeegangs vibriert und sie darüber informiert, dass ihr zugewiesenes Skiff eingetroffen war. So eilte das Quartett zum Lift des Büros, fuhr damit zu einer für Abholungen gekennzeichneten Ebene hoch und sprang in das angenehm abgerundete, mit Salinity-Markenzeichen versehene Gefährt.

Kaia verwandelte eine Fahrt, die langweilig gewesen wäre, in ein Lächelfest, indem sie auf jeden kleinen Turm zeigte, an dem das Skiff auf seinem Weg zum Ziel vorbeiflog. Was dieses Ziel betraf, wollte Raquel nichts sagen. Sie wollte kein Risiko eingehen, dass jemand mithörte.

»Glaubst du, das ist möglich?«, sagte Kashmal.

»Du warst auf Dynas, hattest Helix, die jeden deiner Schritte überwachten«, antwortete Rovo. »Du weißt, dass es möglich ist.«

»Ah, stimmt.«

Unter ihnen wich die Stadtlandschaft von Kaiyo dem tiefen Ozean, als das Skiff in Richtung von Raquels Ziel startete. Der blaue Himmel über ihnen mit seinen flauschigen Wolken verdunkelte sich, als der Nachmittag in die Dämmerung überging und der weiße Stern von Gillane Four hinter ihnen zum Horizont sank. Ohne die Gebäude, die ihre Aufmerksamkeit fesselten, wurden Kaias Augen schwer, und sie kuschelte sich an ihren Vater, der sich ihr in einem Nickerchen anschloss, nachdem Raquel bestätigt hatte, dass der Flug eine Weile dauern würde.

Der Kaffee und die nagende Sorge um Eponi und Sai hielten Rovo wach, und er dachte, er würde verrückt werden, wenn er in Stille sitzen müsste. Also wandte er sich an Raquel, die den Fortschritt des Skiffs auf der Mittelkonsole beobachtete, und stellte die einzige Frage, die ihm einfiel: »Wie wird man eigentlich Sicherheitchef von Salinity?«

»Lange Tage und noch längere Wochen«, antwortete Raquel. »Es mag schwer zu glauben sein, aber die meisten meiner Tage beinhalten keine Schießereien quer durch die Stadt. Stattdessen gibt es Formulare auszufüllen. Besucher und Mitarbeiter zu überprüfen.«

»Und bei diesem Typen hast du nichts gefunden?« Rovo nickte nach hinten.

»Kashmal hat hervorragende Qualifikationen«, sagte Raquel. »Ich erinnere mich daran, weil wir nicht viele ehemalige DefenseCorp-Forscher bekommen. Wir riefen seine Hauptreferenz an, eine Frau, glaube ich, die sagte, Kashmal habe ihr ganzes Projekt gerettet. Da kann man schlecht Nein sagen.«

»Gerettet, indem er seine Tochter opferte.«

Raquels Augen blitzten auf, »Das kam im Vorstellungsgespräch nicht zur Sprache.«

»Wie überraschend.«

»Du machst ganz schön Dampf für jemanden, der mit den Leuten hereingekommen ist, die diesem Kind schaden wollten.«

»Hatte nicht viel Wahl«, erwiderte Rovo. »Sie wären sowieso reingegangen. So konnte ich wenigstens ein bisschen helfen.«

Während er sprach, verlor sich Rovo ein wenig im Moment. Es war so verdammt lange her, dass er ein Gespräch mit jemandem geführt hatte, der ihn nicht benutzen, töten oder mit ihm zusammenarbeiten wollte, um jemand anderen zu benutzen oder zu töten. Sein Instinkt drängte ihn dazu, einen Winkel bei Raquel zu finden, sie in Richtung irgendeines Ziels zu lenken, aber was sollte das überhaupt sein?

Sie brachte sie an einen sicheren Ort, und sobald sie gelandet wären, würde Rovo versuchen, die *Prisa* zu finden, Kontakt zu Aurora und Gregor aufzunehmen. Einen Plan zu schmieden. Sever würde den Kampf fortsetzen.

Aber jetzt gerade?

»Stammen DefenseCorp-Leute eigentlich irgendwoher, oder kommen sie vollständig ausgebildet mit einem Gewehr in der Hand aus irgendeinem Tank?«, fragte Raquel.

»Definitiv der Tank.« Rovo lachte leise, um Kaia nicht zu wecken. »DefenseCorp würde das tatsächlich lieben.«

»Daran zweifle ich nicht«, sagte Raquel. »Ich lüge nicht, wenn ich sage, dass wir nicht viele Ex-DefenseCorp-Leute sehen. Diese Organisation bringt einen um. Salinity wollte mit ihnen einen Vertrag abschließen, als ich übernahm, sagte, es wäre billiger. Weißt du, warum wir es nicht getan haben?«

»Weil du dann deinen Job verloren hättest?«

Raquel verdrehte die Augen, »Nein, weil, wenn wir das getan hätten, dieser Planet nicht mehr uns gehören würde.« Als sie Rovos Verwirrung sah, fuhr Raquel fort: »Rovo, DefenseCorp behauptet ständig, sie würden neutralen Schutz für die Galaxie bieten. Was sie tatsächlich tun, ist, jeden unter ihren Waffen gefangen zu halten. Was passiert, wenn niemand mehr übrig ist, der bereit ist, auf eigenen Füßen zu stehen?«

»Also seid ihr und ein Wasserunternehmen der Widerstand?«

»Irgendjemand muss es ja sein.«

Dem konnte Rovo zumindest nicht widersprechen.

11

FEUERWERKSSHOW

Der Frachtgleiter setzte sie bei der *Prisa* ab, unter dunkelviolettem Himmel, während eine noch ungemütlichere Kälte von Kaiyos Rand hereinzog. Aurora hatte keine Nachrichten über den Squadfunk empfangen, nichts von Sai und Eponi über ihre Verfolgung des Mädchens. Diese Stille nagte an ihr, während die beiden die Bucht um ihr Schiff inspizierten und mit ihren Kampfanzug-Visieren Scans durchführten, um sicherzugehen, dass keine Agenten Bomben oder andere, subtilere Formen von Sabotage angebracht hatten.

»Alles klar«, sagte Gregor und tippte auf das Schloss an der vorderen Strebe der *Prisa*, um die Einstiegsrampe herabzulassen. »Netter Kampf da hinten.«

»Gleichfalls«, erwiderte Aurora. »Willst du entkoppeln? Ich gebe hier draußen Deckung.«

Die *Prisa* bot in ihren Gängen ohnehin kaum Platz für ein Squadmitglied in Kampfanzug, geschweige denn für zwei. Wenn sie beide hineingingen und irgendwelche feindlichen Kräfte folgten, wären Aurora und Gregor ohne viel Bewegungsspielraum gefangen.

»Paranoid?«, scherzte Gregor, als die Rampe mit einem leichten Aufprall den Boden der Bucht berührte.

»Bei Agenten? Immer.«

Die Bucht der *Prisa* behielt die traditionelle offene Oberseite um einen kreisförmigen Bereich, der für leichte Schiffe wie das ihre gedacht war. Bogenförmige Wände umgaben das Fahrzeug, bereit, eine Kuppel auszufahren im Falle von Unwetter, Katastrophen oder um die *Prisa* am Abflug zu hindern, nachdem sie sich die falschen Feinde gemacht hatte. Am Rand des Kreises waren die üblichen Reparaturroboter verteilt, Betankungsmechanismen – für Schiffe, die sich nicht ausschließlich auf Solarenergie verließen – und Bezahl-Schließfächer gefüllt mit Ausrüstung und Erfrischungen. Anders als Wexer hatte Gillane Vier das Geld und die Motivation, seine Besucher gut zu behandeln.

Unglücklicherweise für Gillane Vier war Sever Squad nicht gerade für zivilisiertes Benehmen bekannt.

Gregor hatte gerade die Einstiegsrampe erreicht, als Severs Kanal knisterte und Eponis Stimme in Auroras Ohr drang: »Hey hey, ist jemand zu Hause? Dieses Mädchen könnte etwas Hilfe gebrauchen!«

Aurora riss ihren Blick zur Tür des Andockbereichs, sah aber nichts. »Gregor und ich sind bei der *Prisa*. Wo seid ihr?«

»Auf dem Weg zu euch!« Eponis schwerer Atem war zwischen den Worten zu hören. Sie musste rennen. »Rate mal, was nervt?«

Aurora blinzelte. Sie wusste nicht, wie sie darauf antworten sollte.

»Durch eine ganze Stadt zu rennen, während Leute auf dich schießen!«

»Hast du versucht, zurückzuschießen?«, sagte Gregor,

seine Stimme kam über die Übertragung. Ein Klirren hinter Aurora verkündete, dass der Hammermann seinen Kampfanzug auch noch nicht abgelegt hatte. »Ich finde, das hilft.«

»Wenn du kommen und schießen willst, sag ich nicht nein«, antwortete Eponi. »Ich steige gleich in die Kapsel, und es wäre super, wenn ich beim Aussteigen keinen Laser zwischen die Augen kriege.«

»Wirst du nicht«, sagte Aurora.

Gregor brauchte keinen Befehl, um loszulegen. Jeden Anschein von Ruhe aufgebend, rannten die beiden Sever-Mitglieder von der Bucht der *Prisa* los, hasteten in ihren Kampfanzügen über die große Andockplattform zu den Kapseln nach Kaiyo am anderen Ende. Es war nicht mehr so geschäftig wie früher am Tag, die Leute zogen sich in ihre Schiffe zurück oder gingen in die Stadt, sodass nur Roboter und die letzten Frachtarbeiter das schwer bewaffnete Paar anstarrten, das über das Kopfsteinpflaster polterte.

Niemand bei klarem Verstand würde etwas anderes tun, als dem gefährlichen Duo zuzuschauen.

Niemand außer dem Salinity-Sicherheitspersonal und ihrer zu dummen Truppe.

Aurora konnte es den zehn Wachen nicht verübeln, die sich in ihre Richtung orientierten, wobei mindestens zwei sie aufforderten anzuhalten. Sie verdienten ihr Geld damit, die Andockbereiche sicher zu halten, um sicherzustellen, dass Händler ihr Geschäft machen konnten, ohne von Lasern durchsiebt zu werden. Die Salinity-Truppe verbrachte ihre Tage wahrscheinlich damit, kleinere Streitigkeiten zu schlichten, Restaurantempfehlungen zu geben oder gelegentlich über irgendwelche Andockgebühren zu verhandeln.

Obwohl sie Pistolen und Betäubungshandschellen

trugen, hatten die zehn, die sich Aurora und Gregor näherten, nichts, was die Kampfanzug-Visiere auch nur als Bedrohung einstuften. Stattdessen postierten sich Aurora und Gregor, während die Zivilisten bei ihrer Annäherung auseinanderstoben, am Ausstiegspunkt der Kapsel und wandten sich den Gesetzeshütern zu.

»Ich schlage vor, Sie gehen«, sagte Aurora zu dem ersten Polizisten, der auf sie zukam. Der Mann hatte es bisher klug angestellt und trotz Auroras großem Gewehr seine Pistole nicht gezogen. Das zeigte, dass er wusste, dass ein echter Kampf hier nicht gut enden würde. »Wir werden versuchen, den Schaden zu minimieren, aber dies ist eine DefenseCorp-Angelegenheit.«

»Es ist mir egal, wessen Angelegenheit das ist«, erwiderte der Polizist, als seine Kollegen die Kapselplattform umringten. Einige forderten klugerweise die Schaulustigen auf, sich immer weiter zu entfernen. »Dies ist Salinity-Territorium, und Kaiyo unterliegt den Salinity-Vorschriften, was bedeutet, dass Sie eine solche Waffe nicht offen tragen dürfen.«

Aurora versuchte, einen Weg zu finden, dem Beamten zu sagen, dass er nicht bekommen würde, was er wollte, ohne einen Kampf zu beginnen. Wenn Eponi Verfolger hatte, war das Letzte, was Aurora brauchte, sich mit der örtlichen Sicherheit herumzuschlagen, während der wahre Feind freie Schüsse auf ihr Squad abgab.

»Hallo«, knisterte Eponis Stimme über den Squadfunk, jetzt klarer, da sie näher kam. »Sieht so aus, als wollten Renards Schergen keine Unbeteiligten abknallen, aber sie steigen mit mir in die Kapsel. Ich glaube, ein paar sind auch auf Gleitern. Ich bin, äh, unbewaffnet.«

Natürlich war sie das.

»So wird's ablaufen«, sagte Aurora zum Streifenpolizisten. »Eine Kapsel kommt hier an, die nur Ärger bedeutet. Wenn sie eintrifft, wird's hier heiß hergehen. Ihre Beamten und all diese Leute sind in Gefahr. Schicken Sie sie zurück in ihre Buchten und lassen Sie die Türen schließen. Der Kampf wird nicht lange dauern, das verspreche ich.«

»Wird er nicht«, fügte Gregor hinzu und löste den riesigen Hammer aus seinem Rückenholster.

Der Hammer machte wohl mehr Eindruck auf die Salinity-Kräfte als Auroras Worte. Man sah eine solche Waffe einfach nicht und ging davon aus, dass das Geschehen in die übliche Schablone passte. Aurora konnte sehen, wie der Streifenpolizist nach einem Ausweg suchte, überlegte, wie er seine Autorität wahren konnte, ohne sich und seine Leute abschlachten zu lassen.

»Sie sind überfordert«, sagte Aurora. »Gehen Sie, suchen Sie Deckung und rufen Sie Verstärkung. Das ist der klügste Zug. Halten Sie Ihre Leute in Sicherheit.«

Der Blick des Streifenpolizisten huschte zu seinen Kollegen, die ihn direkt ansahen. Wenn Aurora ihre Einstellung einschätzen müsste, würde sie die ganze Gruppe als *kurz davor wegzulaufen* einstufen. »Ich kann nicht einfach-«

»Sie können und Sie werden«, unterbrach Aurora den Streifenpolizisten und ließ ihn gar nicht erst in Fahrt kommen. »Ich hab's schon oft getan. Nichts Falsches daran, eine bessere taktische Position einzunehmen.«

Das letzte Argument traf ins Schwarze. Aurora schaffte es, den Streifenpolizisten auf einer Ebene zu erreichen, die er wollte: Gleichgesinnte in einem Konflikt, der über den alltäglichen Trott hinausging, der seine Karriere dominiert hatte. Wenn Aurora danach noch für DefenseCorp gearbeitet hätte, hätte sie dem Streifenpolizisten empfohlen, sich zu bewerben. Den langweiligen Dienst gegen etwas Aufregenderes eintauschen.

Aber nicht jetzt. Die Kapsel hatte Kaiyo verlassen, ihre sich nähernden Lichter wurden von mehreren anderen flankiert. Skiffs flogen in der Nähe und begleiteten das Fahrzeug. Der Streifenpolizist folgte endlich Auroras Rat und rief seine Gruppe zum Rückzug auf, die neugierige Menge sollten sie mitnehmen. Glücklicherweise gab es hier nicht zu viele Gaffer, und angesichts der Aussicht auf echte Gewalt zerstreuten sich die Schaulustigen zusammen mit den Beamten.

Gregor und Aurora blieben allein zurück, um die Annäherung zu beobachten.

»Wir sind bereit für euch«, funkte Aurora an Eponi zurück. »Irgendeine Ahnung von der Anzahl?«

»Viele, und sie sind wütend«, antwortete Eponi. »Ich hoffe, ihr seid heute auf etwas Spaß eingestellt.«

»Den hatten wir schon«, sagte Gregor. »Aber ich bin immer für mehr zu haben.«

Nachdem Gregor seine beiläufige Lust auf Gewalt geäußert hatte, bewegte sich das Sever-Duo weg von den Lichtern der Plattform und in die relativen Schatten. Gregor hielt seinen Hammer bereit, während Aurora ihr Gewehr hob und eines der Skiffs ins Visier nahm.

»Bist du sicher, dass jedes Skiff da draußen ein Feind ist?«, fragte Aurora.

»Ich weiche seit einer Stunde ihrem Feuer aus«, sagte Eponi. »Es wäre verdammt nett, wenn jemand zurückschießen würde.«

Bei dieser Bemerkung fragte sich Aurora, warum Salinitys Sicherheitskräfte keine Versuche unternommen hatten, die Agenten auszuschalten. Man sollte meinen, sie wollten eine feindliche Truppe, die durch Kaiyo marodierte, zerstören, aber Renard hatte tendenziell seine schmierigen Finger überall im Spiel. Vielleicht hatte er Salinity bestochen oder mit Schlimmerem gedroht.

Wie auch immer, Aurora drückte ab. Immer und immer wieder.

Saphirblaue Blitze schossen aus dem Gewehr, Aurora hatte es so eingestellt, dass es heißer feuerte. Sie würde weniger Schüsse pro Energiezelle bekommen, aber die Laser hatten eine bessere Chance, die Hülle eines Skiffs zu durchschlagen.

Was diese Laser auch mit Bravour taten. Hundert Meter entfernt - nach der auf Auroras Visier angezeigten Reichweite - prallten die Skiffs, die sich schnell der Kapsel näherten, direkt in Auroras Schüsse. Die Bolzen trafen das führende Skiff, ein ovales Ding, das, obwohl es in der Dunkelheit schwer zu erkennen war, etwa ein halbes Dutzend Sitze im Inneren zu haben schien, und schickten es in einer Spirale nach unten und weg. Rauch quoll aus seiner Front, während die Piloten um die Kontrolle kämpften.

Aurora beobachtete den Abstieg nicht, sondern hob ihr Gewehr leicht an, um das nächste zu erwischen. Die Skiffs bemerkten den Angriff und tanzten, schwenkten weit aus, während Aurora weiter feuerte. Ein Geschützturm mit seinen langsameren Anpassungen und schwierigeren Ziel-erfassungen hätte es schwer gehabt, die Skiffs zu treffen. Aurora, unterstützt von ihrer Servorüstung bei der Ziel-erfassung, nahm sich das linke Skiff vor und ließ es zwischen ihren Schüssen tanzen, wobei jeder Schuss dem Skiff weniger Zeit zum Ausweichen ließ, während es sich der Kapsel näherte. Das Feuer zwischen zwei sich veren-genden Seiten zu nähen, zwang das Skiff, nach oben oder unten auszuweichen.

»Entscheide dich«, murmelte Aurora und platzierte einen Schuss genau in der Mitte.

Das Skiff ging nach oben, brach seine Linie zur Kapsel und entblößte seinen Bauch für Aurora zum Treffen. Ohne den direkten Weg konnte das Skiff nicht so eng seitlich ausweichen, und Aurora verfolgte den Aufstieg mit genug Feuer, um zwei solide Treffer in der Mitte des Skiffs zu landen. Das Fahrzeug zitterte wie ein Vogel, der versucht, seinen Winkel im Flug anzupassen, dann kippte es über in einen Sturzflug direkt auf die Mitte der Andockplattform zu.

»Gregor?«, rief Aurora.

»Bin dran.«

Mit Hilfe seiner kinetischen Verstärker machte Gregor einen Anlauf und sprang in die Luft, direkt auf das abstürzende Skiff zu. Während er flog, schwang Gregor seinen Hammer und timed den Schlag so, dass er das abstürzende Skiff traf. Mit einem kreischenden, reißenden Knall traf der Hammer, vielleicht zehn Meter über ihnen. Die berstende Hülle des Skiffs brach beim Aufprall auseinander, breitete sich aus und schleuderte Teile auf den Boden. Seine Batterien, deren sorgfältige Struktur zerschmettert war, explodierten in einem knisternden, grünen Feuer, das den Raum wie ein saures Feuerwerk erleuchtete.

Die Explosion schleuderte Gregor zurück auf den Boden, wo er mit einem schweren Grunzen von den Steinen abprallte. Die Explosion zerbrach jedoch keine Fenster. Sie sprengte keinen Ersatztreibstoff, der in den Buchten herumlag, oder zerstörte Marktstände, die bis zum nächsten Morgen geschlossen waren. Ein Chaos, ja, aber kein katastrophales.

Aurora verlagerte ihre Aufmerksamkeit auf das letzte Skiff, was leicht war, da das Ding sein Dach geöffnet hatte und die Agenten darin ihr eigenes Gewehr- und - verdammt - Raketenfeuer freisetzten. Die Sever-Kapitänin stürzte nach links, in die Nähe eines geschlossenen Besucherzentrums und dessen schützende Dunkelheit, als eine Rakete an der Stelle explodierte, wo sie gestanden hatte, und Pflastersteine in alle Richtungen schleuderte.

Dass Renard Artillerie für diese Agenten freigegeben hatte, bedeutete, dass der Mann den Einsatz erhöht hatte. Dies war nicht länger ein Kampf im Verborgenen. Vana und Renard wollten einen offenen Krieg, mit Gillane Vier als Schlachtfeld.

Aurora gefiel die Idee nicht, aber wenn die beiden einen Kampf wollten, würden sie ihn bekommen.

Aurora warf ihre verbrauchte Energiezelle aus und bewegte sich weiter, während das Skiff ihr folgte. Gewehrfeuer prasselte auf ihre stampfenden Schritte, und zwei Bolzen trafen sie, versengten ihren rechten Arm und die Schulter. Die Abwehrsysteme der Servorüstung hielten alles Ernsthafte in Schach, aber jeder Treffer verminderte ihre Abwehrfähigkeiten. Irgendwann würde ein Schuss durchschmelzen und Auroras Haut und Knochen verbrennen.

Aurora täuschte einen Schritt nach links vor, in Richtung der Kapsel und ihrer fliehenden Insassen, und rollte dann nach rechts ab, als eine weitere Rakete dort einschlug, wo sie gewesen wäre. Während sie aus der Rolle herauskam – eine Bewegung, die der Kampfanzug äußerst ungraziös, aber dennoch effektiv machte – schob Aurora den neuen Energiepack ein, visierte das Skiff an und feuerte neue Schüsse ab.

Renard hatte jedoch einen guten Piloten für dieses Gefährt. Das Skiff ließ seine Triebwerke aufheulen und brauste über Aurora hinweg, sodass sie sich mit ihm mitdrehen musste, nur um dann wegzutauchen, als ihre Drehung den Raketenwerfer im Inneren offenbarte, der eine weitere Salve anvisierte.

»Kann mir jemand helfen?«, rief Eponi. »Ich bin hier ein bisschen in der Unterzahl!«

Gregor stöhnte, noch immer benommen von der Skiff-Explosion, was Aurora übrig ließ. Ein schneller Blick nach links zur Kapsel zeigte Eponi im Handgemenge mit einem Trio von Agenten. Die Pilotin bewegte sich wie eine Biene, sprang von einem zum nächsten in dem Bemühen, keinem von ihnen die Gelegenheit zu geben, mit ihren Pistolen zu schießen. Die Agenten durchschauten die Taktik jedoch allmählich, wichen zurück, während sie Eponis tänzelnde Schläge abwehrten, und verschafften sich Raum. Bald würden sie Eponi in ihrer Mitte eingekesselt haben, festgenagelt und zum Abschuss bereit.

Aurora aktivierte die kinetischen Verstärker des Kampfanzugs und sprang, während das Skiff erneut Feuer um sie herum niederprasseln ließ. Der Sprung brachte sie vier Meter hoch, trug Aurora zur Plattform und gab ihrem Gewehr Zeit, einen Schuss anzuvisieren. Sie drückte den Abzug, als sie landete, und traf den nächststehenden Agenten mit einem blauen Energiestrahl, der ihn qualmend zu Boden schickte.

Eponi nutzte die Gelegenheit, rang mit dem ihr am nächsten stehenden Agenten und schickte ihn keuchend zu Boden, nachdem sie ihm einen harten Ellbogen in die Kehle gerammt hatte. Der dritte Agent sah Aurora heranstürmen und flüchtete in die Schatten.

»Lauf!«, rief Aurora der Pilotin zu.

»Mit Vergnügen!«, erwiderte Eponi und rannte in Richtung der Bucht der *Prisa*.

Laserfeuer prasselte auf Auroras Rücken nieder,

zerstörte irgendetwas und zwang sie in die Knie, als die Unterstützung, die das Gewicht des Anzugs von ihren Muskeln fernhielt, ausfiel. Nicht gut, aber sie hatte immer noch ihr Gewehr. Noch eine Chance. Aurora fiel nach vorn, rollte sich ab und brachte dabei das Gewehr in Anschlag, was ihr eine Gelegenheit zum Schießen gab.

Aber das verdammte Skiff spielte wieder einmal clever. Es hatte gesehen, wie sie getroffen wurde, wie Aurora fiel, und anstatt es auf ein Feuergefecht ankommen zu lassen, flog das Gefährt über Auroras Kopf hinweg und drehte sich so, dass sie nicht zielen konnte. Aurora konnte das Skiff nicht einmal mehr sehen, es war über den oberen Rand ihres Visiers verschwunden, das weiterhin das wütende Rot einer Bedrohung in dieser Richtung anzeigte.

In dem Wissen, dass ein Raketeneinschlag bevorstehen würde, überlegte Aurora, ob sie den Anzug verlassen sollte, aber ohne Schutz herauszuspringen, während eine Rakete heranheulte, würde nicht helfen. Sie hatte eine bessere Chance, wenn sie in ihrem Anzug blieb und den Angriff unter dessen Schutz abwartete.

»Steh auf!«, brüllte Gregor, der wieder zu sich kam und seinen am unteren Rand von Auroras Sichtfeld sichtbaren Anzug auf die Beine zog.

Gregor ließ seinen Hammer fallen, schwang sein eigenes Gewehr nach oben und feuerte einen Strom roter, schwächerer Energiestrahlen auf das Skiff ab. Das Feuer muss das Skiff dazu gebracht haben, seinen finalen Angriff auf Aurora abzubrechen, da Gregors rote Linien dem Skiff nach rechts folgten. Gregor hätte mit dem Gefährt mitlaufen, hätte springen müssen, um kein leichtes Ziel zu sein.

»Beweg dich«, sagte Aurora. »Beweg dich, du Idiot.«

»Kann nicht«, erwiderte Gregor. »Die Explosion hat meine Motoren lahmgelegt.«

Aurora wollte lieber nicht darüber nachdenken, wie viel Kraft Gregor aufbringen musste, um in diesem Anzug aufzustehen. Wie viel Anstrengung es kosten würde, den Kampfanzug und all seine Kilos ohne die surrenden Motoren auch nur einen Schritt zu bewegen.

Nicht dass es eine Rolle spielte. Gregor blieb wie festgenagelt stehen, und sobald das Skiff das erkannte, kam die Rakete schnell.

12

WER HAT DIE MACHT

Als Geisel zu sein, bot nicht viele Gelegenheiten für Vergnügen, aber Sai fand großen Gefallen daran, Renards ständige Flüche zu beobachten und ihnen zuzuhören, während das Quartett in einem Gleiter dahinschwebte. Sie waren vom Apartmentgebäude weggeflogen und hatten Kaiyo verlassen, die Stadt hinter sich lassend, um den offenen Ozean zu erreichen. Sai, auf einem Rücksitz neben Abbad festgeschnallt, ertrug endlose Fragen des geschwätzigen Verrückten, während seine Hände sich nach seinem Katana sehnten. Vana hatte die Klinge im Unterbau des Gleiters verstaut, eine seltsame Wendung und eine von tausend Fragen, die Sai beschäftigten.

Abbads Verhör reichte von Belanglosigkeiten wie Sais Lieblingsfarbe und -essen bis hin zu bedeutsamen Dingen wie der Herkunft seines Katanas und ob Sever noch andere Schwertkämpfer in seinen Reihen hätte. Sai versuchte, Antworten zu geben, die es ihm erlaubten, weiter Renard zuzuhören, aber Abbad kam immer wieder mit ernsthaften Nachfragen zurück.

»Mann, bitte«, sagte Sai schließlich, als sich zu seinen schmerzenden Muskeln vom Kampf auch noch Kopfschmerzen gesellten. »Kannst du mal für eine Minute aufhören?«

»Geht nicht, Kumpel«, erwiderte Abbad. »Die Chefs reden gerade, und das bedeutet, ich kann dich nicht zuhören lassen. Diese Kiste hat keinen Ort, wo ich dich verstecken kann, also ist das das Beste, was ich tun kann.«

Sai lehnte sich in seinem Sitz zurück, starrte in die Nacht außerhalb des Fensters und unterdrückte ein Stöhnen.

»Ist schon okay, Abbad«, sagte Vana von vorne, während sie flog und Renard sein Ding machte. »Es gibt nichts, worüber wir reden, das Sai nicht wissen darf.«

»Echt jetzt?«, entgegnete Abbad.

»Echt jetzt«, bestätigte Vana. »Wenn er schlau ist, wird Sai verstehen, woher wir kommen, und die richtige Entscheidung treffen.«

»Der andere Typ hat's definitiv nicht getan.«

Rovo? Sai starrte aus dem Fenster und tat so, als sei er desinteressiert. Sie hatten versucht, den Neuling umzudrehen? Vielleicht war das der Grund, warum Rovo ohne Betäubungsfesseln in die Wohnung gekommen war. Warum er überhaupt bei Renard und Vana gewesen war.

»Noch nicht«, sagte Vana. »Es ist noch Zeit für den einen. Und nur weil Rovo vielleicht nicht mitspielen will, heißt das nicht, dass Sai die gleiche Wahl treffen wird.«

»Ich werde die gleiche Wahl treffen«, meldete sich Sai zu Wort. »Tut mir leid.«

Abbad lachte. Sai musterte den Mann. Er wünschte, er könnte weiter wegrücken, aber der Gleiter hielt seine Insassen auf engem Raum.

»Du hast den Einsatz noch nicht gehört«, sagte Vana.

Neben ihr senkte Renard sein Armband mit einem schweren Seufzer, einem, den Sai schon oft benutzt hatte, wenn seine Kinder ihn zur Erschöpfung getrieben hatten. »Renard, alles in Ordnung?«

»Das läuft nicht so, wie ich es gehofft hatte«, stieß Renard aus. »Das sollte eine einfache Mission sein, Vana. Wir haben die Anzüge. Wir sind fast da. Und trotzdem können wir diese eine Sache nicht hinkriegen.«

»Der Weg ist nie gerade und einfach.«

»Hör auf mit deinen Sprüchen«, entgegnete Renard. »Sie werden keinen unserer Leute zurückbringen, und sie werden uns auch nicht Kaia beschaffen. Sever hat Schaden in unserem Zuhause in Kaiyo angerichtet. Salinity weiß jetzt davon, und wir können nicht dorthin zurück. Gleiter sind verloren gegangen, und wir verfolgen immer noch diejenigen, die entkommen konnten.«

Die Worte brachten ein Lächeln auf Sais Gesicht. Ein Gefühl der Zuversicht. Eponi war also entkommen, mit Kaia und den anderen. Aurora und Gregor schienen ebenfalls ein Ziel zum Zerschmettern gefunden zu haben. Die Vorstellung von Gregor, der mit seinem großen Hammer Verwüstung anrichtete, ließ Sais Grinsen nur noch breiter werden.

Diese Bastarde dachten immer noch, Sever würde auseinanderfallen. Stattdessen hatten sie sich mit einer Macht angelegt, die zu stark war, um sie aufzuhalten.

Ein Klicken ließ Sais Augen nach links schnellen, wo Abbad, jetzt mit ernster Miene, seine Pistole an Sais Schläfe hielt.

»Soll ich den hier gleich zerlegen?«, fragte Abbad. »Garantiert bringt dich das in bessere Stimmung.«

»Das würde es«, erwiderte Renard und blickte auf den Rücksitz. Es war ja nicht so, als würden sie durch dichten

Verkehr in Gillane Fours weiten, leeren Ozeanen fliegen. »Aber ich glaube, dieser Mann könnte die einzige Karte sein, die wir noch ausspielen können.«

Trotzdem verbrachte Abbad den Rest der Fahrt mit erhobener und schussbereiter Pistole, nur für den Fall, dass Renard seine Meinung ändern sollte.

Die Agenten brachten Sai zu einer kleineren Plattform, die von blinkenden gelben Lichtern umgeben war. Vana, die Vermittlerin der Gruppe, beschrieb den Stachel, der aus dem Ozean ragte, als einen Heizer. Mithilfe von Solarenergie und einer tiefen Bohrung zum Zentrum von Gillane Four stieß der Stachel Wärme ins Wasser, genug, um die Strömungen des Planeten so zu verändern, wie Salinity es wollte. Die intensive Hitze am Boden des Stachels diente auch dazu, Müll zu schmelzen, der von denselben Strömungen mitgerissen wurde.

»Salinity hat diese Stacheln überall auf dem Planeten«, erklärte Vana, als sich das Dach des Gleiters öffnete und die Passagiere ausstiegen. »Nicht der einfachste Weg, eine Welt nach deinem Willen zu biegen, aber es ist der, den sie gewählt haben.«

»Dein endloses Fachwissen beeindruckt immer wieder«, brummte Renard.

»Ich lese die Berichte, Renard«, entgegnete Vana. »Schon immer. Du solltest es mal versuchen.«

»Die relevanten Berichte sind wichtig, Vana. Alles andere ist nur Ablenkung.«

Sie waren unter freiem Himmel gelandet, neben mehreren anderen Gleitern. Die Landeplattform bildete diesmal die gesamte Spitze des Stachels. Salinity hatte die Oberfläche des Stachels mit schwarzer, Sonne absorbierender Farbe überzogen, eine Farbe, die sich in der tosenden Nacht vermischte und Sai das Gefühl gab, als würde er in eine Leere treten. Nur der gelbe Lichtring, der in dem Versuch blinkte, die Dunkelheit zu bekämpfen, gab Sai etwas Orientierung.

Ein kleinerer, gleichmäßig leuchtender gelber Ring befand sich in der Mitte der Plattform. Eine Konsole, überzogen mit wetterfesten Kunststoffen, ragte auf und lockte sie heran. Abbad half Sai, der ohne freie Hände Schwierigkeiten hatte, aus dem Gleiter zu steigen. Während sie zur Plattform gingen, hielt Renard seinen Blick auf sein Armband gerichtet, während Vana die windige Meeresluft einatmete, scheinbar ohne Sorgen.

»Du bist so fröhlich«, sagte Sai zu der Agentin, als sie zur Konsole gingen, wobei Abbad Sais Katana in einer Hand und die Pistole in der anderen trug.

Von den drei Feinden schien Vana am wenigsten geneigt zu sein, ein Loch in Sais Schädel zu brennen, und am ehesten etwas Vernunft zu besitzen. Er konnte auch die Frage nicht abschütteln, warum sie Sai den Datenträger auf der *Nautilus* zurückgegeben hatte. Sever hatte während der Reise nach Gillane Vier dessen Inhalt gründlich untersucht und schließlich entschieden, dass die Karten, Nachrichten und Bedeutungen auf ein weit größeres Projekt hindeuteten als nur Renards Streben nach Ruhm.

»Vielleicht eine Überschätzung«, sagte Vana, drehte sich um und tippte mit dem Finger auf den behandelten Schnitt an ihrer Stirn. »Es gab keinen Tag ohne Schmerzen.«

»Wie viele davon bekommen wir?«

Vana kicherte, Abbad lachte. Sai spürte, wie der Mann seine Pistole in seinen Rücken drückte und ihn schneller zur Mitte trieb.

»Nicht genug«, sagte Vana und wurde ernst. »Hoffentlich wird es, sollte unser Projekt wie erhofft funktionieren, mehr Tage geben, an denen wir lachen, uns sicher und glücklich fühlen.«

»Unsichtbare Anzüge werden das wirklich bewirken?«

Vana ging zur Konsole und begann zu tippen. Abbad wies Sai an, abseits zu stehen, während Renard, vertieft in sein eigenes Handgelenk-Abenteuer, für sich allein stand.

»Allein nicht«, antwortete Vana. »Mit der richtigen Kommunikation, Verträgen und Rekrutierung werden sie DefenseCorp einen unschlagbaren Vorteil verschaffen.«

»Genau das, was man will, wenn man Frieden sucht: eine Militärorganisation ohne Bedrohung.«

»Nicht wahr?« Vanas Konsole piepte und die Randbeleuchtung der Plattform blitzte grün auf. Ein Geländer erhob sich vom Boden bis zu Sais Taille, rastete ein, und der Abstieg begann. »Selbst jetzt sieht sich DefenseCorp nicht vielen Bedrohungen gegenüber. Aber wer würde eine Herausforderung riskieren, wer würde riskieren, ein einfacher Pirat zu sein, wenn die völlige Zerstörung auf dich wartet?«

Sai wippte auf seinen Füßen, hielt den Blutfluss in Gang, während er mit Vanas Antwort spielte. Abbad bewegte die Pistole weg, als Sai sich verschob, und gab dem Schwertkämpfer etwas Raum. Das Katana ruhte auf der Schulter des Wahnsinnigen, die Klinge glänzend.

»Meine Sorge ist, wer entscheidet?«, sagte Sai. »Wer darf sagen, wohin DefenseCorp seine Waffen richtet?«

Vana nickte, kam zu Sai herüber. Legte eine Hand auf seine Schulter, wie eine Mutter, die im Begriff ist, ihrem Kind eine wichtige Wahrheit zu sagen.

»Du wirst es sein, wenn du es willst«, sagte Vana.

Aufgrund seiner eigenen Handlungen hatte Sai die Befehlsstruktur innerhalb von DefenseCorp umgangen. Er hatte seine Kinder durch ihre Jugend geführt, er hatte in seiner früheren Karriere Teams geleitet, als er Sicherheit auf seinem Heimatplaneten betrieb. Das Letzte, was Sai brauchte, und warum er zu Sever und seinen gut bezahlten, risikoreichen Missionen gewechselt war, war mehr Verantwortung.

Selbst wenn es nicht bedeutete, sich mit Renard und Vana zusammenzutun, um sich auf ein wahnsinniges Machtspiel quer durch die Sterne einzulassen, klang es für Sai wie seine ganz persönliche Hölle, derjenige zu sein, der DefenseCorps massiven Abzug betätigt.

»Ich denke, ihr braucht jemanden mit weniger Moral dafür«, sagte Sai.

»Ach ja?«, erwiderte Vana. »Würdest du Renard mit dieser Macht vertrauen, oder dem Mann hinter dir?«

»Auf keinen Fall.«

»Dann solltest du es vielleicht sein.«

»Oder niemand.«

Vana schüttelte den Kopf, als die Plattform unter die befestigte Basis des Landeplatzes und in den eigentlichen Dorn gelangte. »Es wird jemand sein, Sai. Selbst wenn es nicht DefenseCorp ist, wird es ein anderer sein. Besser, man hat eine Hand bei der Wahl als gar keine, oder?«

Bevor Sai antworten konnte, ergoss sich blaues Licht über die Plattform, während sie weiter hinabfuhr. Den Dorn entlang, gesäumt von türkisfarbenen Dioden, verliefen große transparente Glasröhren. Wie die, die den Transit um Kaiyo markierten. Jede schien mit rauschendem Wasser gefüllt zu sein, die Flüssigkeit wirkte fast statisch, während sie sich bewegte.

»Wärmezirkulation«, erklärte Vana, während die Plattform weiter hinabfuhr. Sai hatte noch keinen weiteren Haltepunkt gesehen. »Das Wasser rauscht hier durch, nimmt die Wärme des Dorns auf und trägt sie zurück ins Meer.«

»Ich verstehe nicht?«, sagte Sai, nicht wirklich sicher, warum Vana sich so sehr um Salinitys Prozesse kümmerte.

»Salinity setzt den galaktischen Standard für Wassererzeugung«, erwiderte Vana. »Jeder, der mit ihnen konkurrieren will, muss ihre Qualität erreichen oder übertreffen. Diese Dorne sind teuer, spezialisiert. Kein Planet, der hofft, sein Wasser auf einen breiteren Markt zu bringen, könnte die Qualität erreichen.«

Jetzt wurde die Idee klar.

»Du sagst also, Salinity ist das DefenseCorp des sauberen Wassers?«, sagte Sai und versuchte, nicht zu lachen.

»Wir sind noch nicht so weit«, Vana verpasste den Witz, »aber wir werden es sein.«

Sai musste annehmen, dass sie bald den Boden des Dorns und wo auch immer die Wohneinheit oder wohin auch immer Renard und Vana gingen, erreichen würden. Sobald sie dort unten ankämen, würde Vana Sai in irgendeiner Zelle unterbringen, wo er sitzen und auf Geiselverhandlungen warten würde. Vielleicht würde Sever ihn rausholen, oder vielleicht würde Sai ausgebrannt enden, wenn er Vanas seltsames Angebot zum letzten Mal ablehnte.

So oder so, es klang alles schrecklich.

Abbad hatte die Pistole nicht mehr an Sais Rücken, dank Sais ständigem Auf-und-ab-Wippen. Dieser Spielraum gab Sai eine Chance, und der Mann ergriff sie.

Während die Plattform nach unten fuhr, warf sich Sai rückwärts. Seine linke Schulter rammte in Abbad, der wahnsinnige Mann bellte überrascht auf. Sai spürte, wie der Mann wegfiel, hörte das Katana klirren, als Abbad die

Kante der Plattform traf und über die Seite fiel, blaues Licht umspülte ihn den ganzen Weg hinunter.

Sai rannte auf Renard zu, der ältere Offizier blickte bei Abbads Geräusch von seinem Handgelenk auf. Als er Sais Angriff sah, griff Renard nach seiner Pistole. Keine Chance, dass er sie rechtzeitig ziehen würde.

Außer, dass Sai es nie ganz bis zum alten Mann schaffte. Vana, die mit einem tiefen Stolpern eingriff, erwischte Sais Knöchel und schickte den Sever-Schwert-kämpfer der Länge nach auf den Boden der Plattform. Die Betäubungsmanschetten erwachten eine Sekunde später zum Leben, zerrissen Sais Nerven und versetzten ihn in betäubende Krämpfe.

Zumindest hatte er Abbad ausgeschaltet.

Dieser Gedanke hielt noch einen Moment an, bis die Plattform in ihrer Basis zur Ruhe kam. Die Wasserröhren erhoben sich um sie herum, die Lücken wurden mit massivem Stahlboden gefüllt. Abbad, der sich die Schulter rieb, stand da und schüttelte den Kopf, nachdem er ein paar Meter gefallen war, ohne viel Schaden davonzutragen.

»Schlechtes Timing«, sagte Vana und blickte auf Sai herab. »Aber ich mag den Kampfgeist. Nun, lass uns sehen, wie viel deine Freunde für dein Leben zahlen wollen.«

13

LOKALE EINMISCHUNG

Als Gregor das fallende Flugboot mit seinem Hammer traf, wusste er, dass Aurora ihn zum Schlagen aufgefordert hatte, um Leben zu retten. Um die mögliche Zerstörung auf ein Minimum zu beschränken. Gregor jedoch befolgte die Befehle, weil er das Gefährt wie einen Ball in irgendeinem Spiel wegschlagen wollte, es mit seinem kinetischen Hammer treffen und das Schiff wie einen schwachen Kometen in den Nachthimmel von Gillane Vier schießen lassen wollte.

Stattdessen hatte das Zerschmettern des bereits brennenden Gefährts dazu geführt, dass das Flugboot zerfiel und der Hammer durch die Batterien des Flugboots pflügte. Durch den Aufprall explodierten diese Batterien und entluden ihre Energie wie eine Nova-Blüte, die Gregors Kampfanzug mit ihrer knisternden Explosion erfasste und ihn mit nichts weiter als einem flackernden Visier, funkenden Innereien und einem kribbelnden Taubheitsgefühl, das seine Nerven auf und ab lief, auf die Oberfläche des Landeplatzes zurückwarf.

Während Aurora und Eponi sich ihren Weg freikämpften, versuchte Gregor, seine Muskeln wieder unter Kontrolle zu bringen. Er gab einen verbalen Befehl nach dem anderen, um den Kampfanzug und seine verschiedenen Komponenten zurückzusetzen, wobei jeder Befehl einen Arm, ein Bein oder das Visier wieder in einen funktionsfähigen Zustand brachte.

Das Rauschen auf dem letzten, das Gregors Fähigkeit, im Kampfanzug überhaupt etwas zu sehen, beeinträchtigte, verblasste rechtzeitig, um ein weiteres Flugboot zu sehen, das sich für einen klaren Schuss in Position brachte. Ein Mann in diesem Flugboot, der etwas hielt, das wie ein schwarzes Rohr auf seiner Schulter aussah, visierte Gregor an und feuerte eine orange glühende Rakete direkt auf den am Boden liegenden Sever-Mann ab.

Und so viel Gregor auch schon durchgemacht hatte, er dachte, das wäre's gewesen. Ein bereits beschädigter Kampfanzug würde einer Rakete, die direkt auf seinen Kern zusteuerte, nicht standhalten.

Helle Blitze schossen über Gregors Kopf hinweg, grüne Bolzen durchzogen zischend den Raum zwischen Gregor und dem Flugboot und verwandelten ihn in ein tödliches Energiefeld. Die Rakete traf auf diese Lichter und explodierte mit einem eher hohlen Puff, da die konzentrierte Energie der Rakete nicht den Aufprall fand, den sie gesucht hatte.

Diese grünen Laser stiegen auf, als das Flugboot seine prekäre Lage erkannte und versuchte, nach oben und weg zu schwenken, was ihm aber nicht gelang, da die Strahlen ihr Ziel in den Triebwerken des Flugboots fanden. Die Hitze überlastete den dünnen Schutz des Flugboots, brachte das Verderben tief in das Schiff, und die Agenten an Bord sprangen über die Kanten, bevor das Ding explodierte, wobei sie auf dem Weg nach unten kleine Fallschirme öffneten.

Die Agenten waren also auf eine Katastrophe vorbereitet gewesen. Clever.

Aber ihre Fallschirme brachten sie direkt in den Rachen des Drachen. Neu gestartet und wiederbelebt, wenn auch nicht ganz in seiner perfekten Form, half Gregors Kampfanzug dem großen Mann, auf die Füße zu springen. Während Trümmer den Landeplatz um ihn herum übersäten, hatte Gregor keine Mühe, seinen Hammer aus den Trümmern herauszupicken, ihn zu greifen und sich umzudrehen, um den ersten der vier Männer abzufangen, als sie den Boden erreichten.

Bevor Gregor seinen tödlichen Schlag ausführen konnte, schoss ein helles Licht von oben herab. Gregors Retter, Eponi in der *Prisa*, stellte ihr Laserfeuer auf weniger tödliche Beleuchtung um und beleuchtete die abstürzende Gruppe in ihrem Visier. Aurora humpelte herbei, das Gewehr schussbereit, und rief Gregor und Eponi zu, die Agenten am Leben zu lassen.

»Die werden nicht reden«, kam Eponis Stimme über den Funk. »Wette all das Geld auf euren Konten, dass wir nichts aus ihnen rauskriegen.«

»Wir müssen es versuchen«, sagte Aurora.

Die Kapitänin hielt nicht viel von Foltermethoden, aber Gregor hatte nichts gegen ein bisschen Einschüchterung. Den Hammer haltend, stampfte er zu der Stelle, wo die vier Agenten gelandet waren. Die Gruppe löste ihre Fallschirme und hob die Hände. Gregor klopfte mit dem Schaft des Hammers gegen seine andere Handfläche, eine Warnung und ein Versprechen in einem.

Die Agenten in ihren glatten, tief schwarzen und blauen Anzügen, die mit laserpolsternden Westen ausgestattet waren, umfassten eine beeindruckende Altersspanne. Gürtel mit Pistolen und Gewehren, die am Arm hingen, ergänzten ihre Outfits, obwohl keiner den dummen Versuch unternahm, nach den Waffen zu greifen.

Bedauerlich.

»Halt!«, rief eine neue Stimme, die vom Rand des Abschnitts kam. Gregors Visier leuchtete mit potenziellen Bedrohungen von allen Seiten auf. »Der Kampf ist jetzt vorbei. Ihr vier in der Mitte seid verhaftet wegen Gefährdung der Gesundheit und Sicherheit dieser Stadt und ihrer Bürger!«

Die Sicherheitskräfte von Salinity und der herumhuschende Streifenpolizist, der Auroras Rat in den Wind geschlagen hatte, kamen nervös und langsam wieder ins Rampenlicht. Sie hatten ihre Pistolen erhoben, die kleinen Waffen ein erbärmlicher Gegensatz zu Severs Kampfanzügen oder den schwereren Waffen der Agenten.

»Wir ergeben uns«, rief einer der Agenten und traf damit die richtige Entscheidung in dieser Situation.

Das Klirren, als die Agenten ihre Pistolen und Gewehre zu Boden warfen, übertönte Gregors Knurren. Ihre potenziellen Geiseln entkamen, nicht durch athletische oder kämpferische Fähigkeiten, sondern irgendwie durch die örtliche Polizei.

»Soll ich sie verscheuchen?«, sagte Gregor und nutzte den Truppenfunk, um die Nachricht eng zwischen dem Sever-Trio zu halten. »Es ist mir egal, ob sie ein Kopfgeld auf mich aussetzen.«

»Aber mir schon«, sagte Aurora, als die Salinity-Gruppe näher kam. »Solange wir noch auf diesem Planeten sind, können wir es uns nicht leisten, zu viele Feinde zu machen. Wir könnten ihre Hilfe brauchen, um zu Renard zu gelangen.«

»Sever gibt vor den örtlichen Jungs klein bei?«, kam Eponis ungläubiges Lachen laut und deutlich durch. »Hätte nie gedacht, dass ich das mal erleben würde, Aurora.«

»Es gefällt mir auch nicht, aber es ist die einzige Wahl«, antwortete Aurora. »Wenn wir jetzt um diese Gruppe kämpfen und selbst wenn wir entkommen, hättest du in Sekundenschnelle Salinity-Jäger an deinem Heck. Wir könnten nie landen. Im Moment sind wir auf ihrer guten Seite. Lass es uns dabei belassen.«

Gregor fragte sich, ob sie immer noch auf Salinitys guter Seite wären, wenn bekannt würde, wer den großen Turm in der Stadt abgefackelt hatte. Nicht, dass er derjenige sein würde, der es verraten würde.

Eponi brachte die *Prisa* zu ihrem Andockplatz zurück und ließ Gregor und Aurora an Bord gehen, ihre Kampfpanzerung ablegen und die dringend benötigten Duschen nehmen. Sie aßen in Schichten zu Abend, wobei immer eine Person im Cockpit bereit war, falls Renards Agenten einen Angriff auf das Schiff selbst versuchen sollten. Weder Gregor noch Aurora konnten die *Prisa* wegfliegen, aber beide konnten die Geschütztürme benutzen, um Eindringlinge niederzumähen.

Doch es kam kein Angriff. Keine Drohungen. Nicht einmal eine Nachfrage von der Salinity-Sicherheit, warum zwei gepanzerte Personen auf Kaiyos Andockplattformen herumstampften.

»Und das findest du nicht verdächtig?«, sagte Eponi, die sich nach ihrer proteinreichen Mahlzeit im Cockpit niedergelassen hatte.

»Ich bin immer misstrauisch«, erwiderte Gregor. »Traue niemandem, sei jederzeit bereit, den Hammer zu schwingen.«

»Aha.«

»Übrigens danke«, sagte Gregor. »Für die Rakete.«

»Dein Leben zu retten ist wie ein zweites Hobby für mich.«

»Ist es das.«

»Na ja, eigentlich für ganz Sever.« Eponi lehnte sich in ihrem Kapitänssessel zurück, die Arme über dem Kopf verschränkt. »Ihr wärt alle so am Arsch, wenn ich einfach gehen würde.«

»Da stimme ich zu«, sagte Gregor, und meinte es ernst.

Der Tonfall verwirrte Eponi für einen Moment, und Gregor konnte sich denken, warum. Sever hatte zwar eine Kameradschaft, aber echte Zuneigung? Ehrliche Wertschätzung über die Anerkennung der Fähigkeiten hinaus, die sie alle hatten? Eponi fand anscheinend keine gute Antwort darauf, denn sie beschränkte sich auf ein Lächeln und begann dann, ihre Geschichte zu erzählen, die zu eben jener Rakete geführt hatte.

Aurora war noch nicht von ihrer eigenen Erfrischung zurückgekehrt, sodass der Pilot und Gregor den Tag gemeinsam Revue passieren ließen. Eponis Geschichte ließ Gregor fast wünschen, er wäre stattdessen mit ihr gegangen: An der Seite eines Gebäudes hinabzugleiten klang nach jeder Menge Spaß. Obwohl, durch Böden und Wände zu krachen und einen Turm in Brand zu setzen, war auch nicht schlecht.

»Wo glaubst du, sind sie hingegangen?«, fragte Gregor. »Rovo und diese Raquel?«

Eponi zuckte mit den Schultern und nippte an einer dampfenden Kaffeethermosflasche. Alle gingen davon aus, dass sie bald aus dem Andockbereich verschwinden würden, da es Wahnsinn wäre, dort zu bleiben, wo die

Feinde einen finden konnten. Die Frage, die über den Minuten schwebte, war: Wohin gehen?

Gregor konnte sich selbst nicht als Detektiv bezeichnen, aber er hatte genug Zeit bei DefenseCorp verbracht, um ihre Agenten – nicht zuletzt Lani auf Dynas – kennenzulernen und zu wissen, dass sie immer einen weiteren Rückzugsort hätten, einer geheimer als der andere. Außerdem hatten sie kein Zeichen des großen Truppentransporters gesehen, den die Agenten von der *Nautilus* genommen hatten, was darauf hindeutete, dass Renard entweder eine massive, versteckte Basis auf Gillane Four hatte oder der Transporter ein Agentenkontingent abgesetzt hatte und woanders hingezogen war.

Das Grübeln endete, als die Konsole der *Prisa* einen eingehenden Ruf anzeigte. Auch ein gezielter, nicht von einem offenen Band wie Gillane Fours Sicherheitswarnungen oder der Andockkontrolle. Eponi nahm ihn an und grinste, als Rovos Gesicht den körnigen Bildschirm füllte.

»Sieh an, der Verräter«, sagte Eponi.

»Genau, nur ich, der Verräter«, erwiderte Rovo, dann kniff er die Augen vor der Kamera zusammen. »Gregor, bist du das? Noch am Leben?«

»Noch am Leben.« Gregor rückte vor und nahm den Kopilotensitz neben Eponi ein. »Du auch, wie ich sehe. Deine Verletzungen waren schwer.«

»Renard und Vana wollten mich zum Glück nicht sterben lassen«, sagte Rovo. »Ich sende euch die Koordinaten, wo wir uns verstecken. Dachte, wir könnten uns hier treffen und unsere nächsten Schritte planen.«

»Wo ist das?«, fragte Eponi und wischte Rovos Gesicht beiseite, um diese Koordinaten aufzurufen. »Nicht in der Stadt?«

»Raquel meinte, es wäre sicherer außerhalb von Kaiyo.«

Rovo drehte die Kamera von seinem Gesicht weg und zeigte einen engen Mannschaftsraum. »Es ist eine Salinity-Einrichtung mit freien Plätzen. Diese Pritschen fühlen sich wie zu Hause an.«

Pritschen: hart, klein und dazu neigend, Gregor Rückenschmerzen zu bereiten. Die *Prisa* hatte bessere Betten, eingebaut von den Frachtläufern, die das Schiff besessen hatten, bevor Gregors eigene Überredungskunst und harte Fäuste es ihm ermöglicht hatten, das Schiff zu kapern. Trotzdem wäre es gut, etwas Abstand zwischen dem Ort, an dem die Agenten Sever vermuteten, und ihrem tatsächlichen Aufenthaltsort zu schaffen.

Aurora gab ihre Zustimmung zu dem Plan, und Eponi setzte die *Prisa* in Bewegung, schickte das Schiff zurück in den Nachthimmel. Aurora ließ sich als Kopilot nieder, und Gregor nutzte die Gelegenheit, um zu einem Geschützturm zu gehen, quetschte sich in den Schützensitz und blickte über Kaiyos hell leuchtende blau-weiße Stadtlichter.

Die technologische Pracht der größeren Städte der Galaxie beeindruckte Gregor immer wieder, der seine Kindheit in der Dämmerung und Dunkelheit eines gefrorenen Felsens verbracht hatte. So viele Menschen drängten sich dort unten, vertrieben sich die Zeit, ohne zu ahnen, dass über ihnen, um sie herum, Kräfte gegeneinander kämpften, die ihre Pläne völlig zunichtemachen konnten. Gregor wusste, dass er es vorzog, den Hammer zu schwingen, eine dieser Kräfte zu sein, aber irgendwo dort unten stellte Parts-picker seinen Fluchtplan zusammen.

Der Mann hatte sich entschieden, das Leben aufzugeben, das Gregor angenommen hatte. Ein Leben, das Gregor entweder töten oder ihn schließlich unfähig machen würde, damit Schritt zu halten. Was würde Gregor dann tun? Bergungsteile verkaufen? Versuchen, neue Rekruten auszubilden und Befehle zu bellen, die er selbst nicht mehr ausführen konnte?

Die Konsole des Geschützturms summte. Eponis Stimme kam über das interne Band des Schiffes.

»Hey, du schläfst doch nicht da hinten, oder?«, fragte Eponi.

»Noch nicht.«

»Dann tu mir einen Gefallen und wach auf. Sieht aus, als hätten wir vielleicht Gesellschaft.«

»Renard?«

»Vermutlich. Ich glaube nicht, dass sie mit uns fertig sind.«

Gregor wischte über die Konsole zum Nahfeldscanner und sah die sich nähernden Punkte. Kleinere Schiffe. Vielleicht mehr Skiffs oder Einsitzer-Jäger. Die Art, die man auf einem Planeten verstecken konnte, ohne zu viel Aufmerksamkeit zu erregen.

Seine Finger fanden den Steuerknüppel des Geschützturms, und Gregor machte es sich bequem. Er fuhr die Energie hoch. Er dachte, dass er zumindest das noch lange tun könnte, nachdem der Rest seines Körpers zu Brei geworden wäre.

Auf Dinge zu schießen war schließlich fast so lustig, wie sie in Stücke zu schlagen.

Bevor der Spaß jedoch beginnen konnte, rief Eponi durch das Schiff zurück. Die ankommenden Jäger gehörten weder zu Renard noch zu DefenseCorp, sondern zu Salinity. Eine Eskorte, die die *Prisa* aus der Stadt begleitete.

Gregor ließ seine Hände von den Geschützturmkontrollen fallen, ein wenig enttäuscht, ein wenig erleichtert: Eponi bemerkte, dass der Flug bei Atmosphären-Reisegeschwindigkeit Stunden dauern würde.

Die perfekte Zeit für ein Nickerchen.

RETTEN UND TAUSCHEN

Die Nachricht kam am Morgen, zu der Stunde, in der das Licht der Morgendämmerung erstmals mit dem sanft gekräuselten Meer um die Salinity-Anlage herum spielte. Aurora empfing sie zuerst, ihr Armband auf dem offenen Kanal, während sie den frühen Morgen auf einem Aussichtsdeck verbrachte, das mit Tischen und Stühlen für Leute wie sie ausgestattet war. Eponi fand die Kapitänin in ihrer Gedankenwelt versunken vor, die Pilotin selbst auf einem frühen Streifzug.

Eponi hatte die wenigen Schlafstunden auf der *Prisa* verbracht, zusammen mit Gregor, obwohl der Mann laut genug schnarchte, um das Schiff zum Wackeln zu bringen. Ohropax halfen gut dagegen, aber das Blockieren des Geräusches tat nichts für ihren Geist. Trotz der Großspurigkeit vom Vortag kehrte sie in Gedanken immer wieder zu der Wohnung zurück, zu den Sekunden, in denen sie den Schuss auf Vana abgefeuert hatte, auf den wahnsinnigen Mann im Hintergrund.

Hätte Eponi einen anderen Winkel wählen können?

Renard stattdessen mit dem Bolzen treffen und sowohl Rovo als auch Sai Zeit zur Flucht verschaffen können?

Eponi verließ die *Prisa* und ihren lärmenden Schläfer, wanderte in legeren Schichten gekleidet hinaus – Salinity hielt ihre verdammten Anlagen kühl – und versuchte, langsam genug zu gehen, um zu verhindern, dass sich die automatischen Lichter einschalteten. So konnte Eponi das von einer Wand zur anderen reflektierte Sternenlicht als Wegweiser zum Deck nutzen.

Sie war schon einmal als Geisel genommen worden. Auf Dynas hatte sie Sai ausgeliefert, ihn in die Hände eines skrupellosen Wissenschaftlers gegeben, der dem Schwertkämpfer einen experimentellen Virus injiziert hatte. Einer, der noch ein paar Runden im Brutkasten gebraucht hätte. Sai wäre dort beinahe gestorben, und nicht auf die Art, wie die meisten DefenseCorp-Soldaten sterben wollen. Nichts Spektakuläres daran, seinen Verstand und seine Muskeln an eine zehrende Krankheit zu verlieren.

Und jetzt hatte sie es wieder getan. Sai in den Händen von Leuten zurückgelassen, die wer weiß was mit ihm anstellen würden. Die keinen Grund hatten, ihn am Leben zu lassen.

Schuldgefühle waren ein schlechter Schlafgefährte.

»Tankst du Sternenlicht?«, sagte Eponi, als sie die Tür öffnete und sich zu Aurora auf das Deck gesellte.

»Ich wäre dankbar, wenn sie mir ein paar Antworten geben würden«, erwiderte Aurora, ohne sich zu Eponi umzudrehen, aber ihr Handgelenk mit dem hellen Bildschirm hebend. »Bis vor einer Minute hatte ich kein Lebenszeichen gehört.«

»Sag mir, dass es Sai ist.« Eponi verstand die Geste gut genug: Der Bildschirm des Armbandes zeigte einen blinkenden Rahmen für die pausierte Wiedergabe. »Oder schickt Deepak dir wieder Liebesbriefe?«

Jetzt drehte sich Aurora um, die Augen verengt, als würde sie den Abstand zu Eponi für einen wohlverdienten Schlag in den Magen abschätzen. »Er hat nie –«

»Entspann dich, Kapitänin«, sagte Eponi, setzte sich zu Aurora an den Tisch und nahm den anderen Stuhl. Wenn Salinity seine Gebäude kalt hielt und Gillane Fours unerbittliche Brise an ihren Knochen nagte, erwies sich der Stuhl als Zuflucht: Solarbatterien in den schwarzen Möbeln schalteten Heizungen ein, als Eponis Gewicht darauf landete. »Es ist zu früh, um sich aufzuregen.«

Aurora maß Eponi mit einem stummen Blick, der sagte, dass sie sich den Spruch über Deepak für später merken würde. Eponi hätte mit den Schultern gezuckt, mittlerweile hatte jeder etwas, wofür er Eponi zur Rechenschaft ziehen wollte. Die meisten davon waren nicht ernst genug, um einen Laser in den Rücken zu verdienen, aber Eponi ging davon aus, dass sie diese Linie irgendwann überschreiten würde.

Und zuerst schießen würde, wenn es Zeit wäre abzurechnen.

»Vana hat die Nachricht geschickt, nicht Renard«, sagte Aurora, als wäre das das Wichtigste.

»Und?«

»Das macht die Sache komplizierter«, sagte Aurora. »Ich bevorzuge einen klaren Anführer. Ein klares Ziel.«

Aurora hatte Severs ultimatives Ziel nicht verheimlicht. Kaia retten, ja, aber das Mädchen wäre in Gefahr, solange diese Agenten auf Sais Laufwerk überlebten. Jeder auf diesem Organigramm musste weg. Deepak sagte, er würde Fühler nach jedem Namen ausstrecken, versuchen, ihren Standort zu finden, aber die Übertragung von irgendetwas über ein galaxieweites Netz würde lange dauern.

Am besten fing man mit den Zielen an, die man kannte, und erledigte zuerst die gefährlichsten.

»Wir werden sie beide kriegen«, sagte Eponi. »Sie haben es verdient.«

»Einverstanden.« Aurora blickte auf ihr Armband, legte ihren Arm auf den Tisch, wo Eponi ihn sehen konnte, und tippte dann, um die Nachricht erneut abzuspielen.

Vana legte die Bedingungen als einfache Tatsache dar. Ein Ort, eine der wenigen Landmassen von Gillane Four, die von Salinity für die geistige Gesundheit der Planetenbevölkerung ausgebaut worden war. Es stellte sich heraus, dass es dem Geist der Menschen half, für eine Weile in die echte Natur zu kommen, nicht nur in einen Stadtpark.

Sever sollte sich später am Tag auf dieser Landmasse melden. Sie würden Kaia und Kashmal mitbringen. Im Austausch für das Mädchen würden Vana und Renard Sai zurückgeben. Die beiden Gruppen würden ohne einen einzigen abgefeuerten Schuss abreisen, und die Galaxie würde sich weiterdrehen.

Zumindest für eine Weile.

»Klingt nach einem miesen Deal«, sagte Eponi, als Vanas verwitterte Stimme mit einer Bitte an Aurora, es sich gut zu überlegen, endete. »Sai ist definitiv nicht so viel wert wie das kleine Mädchen.«

Eponi hatte gescherzt, aber Auroras Stirnrunzeln, gepaart mit einer Wendung zurück zum violetten Himmel, ließ Zweifel in dem Moment aufkommen. Vana war direkt gewesen: Wenn Sever nicht auftauchte, würde Sai mit zwei Laserschüssen in den Hinterkopf ins Meer geworfen werden.

»Sie werden nicht erwarten, dass wir fair spielen«, sagte

Aurora. »Wir haben bereits versucht, sie zu überfallen, und wir haben ihnen Leben und Standorte gekostet. Vana mag sich zurückhalten, aber Renard wird Rache wollen. Seine Agenten wollen sie auch.«

»Ungern sage ich dir das, Aurora, aber sie sind nicht die Einzigen, die ein bisschen Action wollen.«

Aurora lachte kurz auf: »Stell dich hinten an.«

Die Reihe, stellte sich heraus, bestand aus mehr als nur Aurora. Die Sever-Kapitänin versammelte das Team, einschließlich Raquel, der Sicherheitsoffizierin von Salinity, die ihre Beteiligung für wichtig erklärte, da die möglichen Kämpfe den Frieden ihres Planeten bedrohten. Eponi konnte dem nicht allzu sehr widersprechen, da die gestrigen Schießereien ein Gebäude niedergebrannt, ein anderes zerschossen und einen der Hauptlandeplätze außerhalb von Kaiyo mit Leichen und Trümmern übersät hatten.

Auroras Briefing vermischte sich mit Vorschlägen aus der Menge, endete mit einer bestätigenden Nachricht an Vana und einem fertigen Plan. Ein Plan, der Eponi wieder ins Cockpit der *Prisa* setzte, mit voller Ladung Richtung des vereinbarten Felsens.

Kashmal und Kaia nahmen die Mitte der *Prisa* ein, wobei Kaias Vater den Tag dadurch aufheiterte, dass er Kaia erzählte, sie würden einen Ausflug machen. Zunächst hob Eponi skeptisch eine Augenbraue bei dieser Erklärung und dachte, ein Felsen mitten im Ozean wäre nichts Besonderes, aber dann erinnerte sie sich, dass Kaia ihr Leben größtenteils in Schränken, Schiffen und Wohnungen verbracht hatte. Das Kind an einen Ort zu bringen, wo es eine echte Brise spüren und den Horizont auf allen Seiten sehen konnte, könnte magisch sein.

Besonders weil, wenn Sever das vermasselte, Kaia den Tag vielleicht nicht überleben würde.

Alle zogen ihre Kampfanzüge an, außer Eponi, da die *Prisa*, anders als die Absetzkapseln von DefenseCorp, nicht für Kampfanzüge im Cockpit ausgelegt war. Gewehre wurden geladen, Pistolen überprüft. Gregor schnappte sich seinen Hammer und Rovo steckte die seltsame Sensenwaffe ein, die er damals auf Wexer gewonnen hatte.

»Schön, dich zurück zu haben, Neuling«, sagte Eponi, als die *Prisa* über das Meer flog, die Intercom des Schiffs sendete die Nachricht auf den Kanal des Teams. Jetzt teilte niemand sonst das Cockpit mit ihr, und auf einem geraden Flugkurs über einem Ozean zu sitzen, erforderte nicht gerade ihre volle Aufmerksamkeit. »Hast du das alles vermisst?«

»Auf jeden Fall besser als verhört zu werden.«

»Was haben sie gemacht? Dir die Finger abgeschnitten? Deine Familie bedroht?«

Rovo blieb eine Minute lang still und Eponi fragte sich, ob sie eine Grenze überschritten hatte. Sie hatte auf Übertreibung gesetzt, aber vielleicht waren die Dinge zu real. Vielleicht sollten diese Nerven nicht beruhigt werden.

»Sie sagten, ich sollte mich ihnen anschließen, weil sie dafür sorgen würden, dass DefenseCorp die Galaxie beherrscht.«

Jetzt war es an Eponi, einen Moment innezuhalten. Sie hatte nie an die Machtgier geglaubt, die Typen wie Renard als das ultimative Ziel ansahen. Sie bevorzugte Action, wenn auch ohne Laser und Tod, gepaart mit einem ordentlichen Gehalt, damit Eponi sich keine Sorgen um ihre nächste Mahlzeit oder ihr nächstes Schiff machen musste. Wenn Renard und Vana ihr das für das Leben eines kleinen Mädchens anböten?

Kaias Lachen hallte durch die *Prisa*, gefolgt von Gregors schlechtem Gesang, als der Mann eines der Lieder durchging, die sie beim Felsen spalten auf dem Kometen gesungen hatten. Was Eponi sonst zusammenzucken ließ, brachte jetzt ihre Lippen zum Lächeln, alles wegen der Freude eines Kindes.

»Du hast die richtige Entscheidung getroffen«, sagte Eponi.

»Definitiv die richtige Entscheidung«, unterbrach Aurora. »Vana oder Renard hätten dich erschossen, sobald sie hatten, was sie brauchten. Leute wie sie teilen ihre Macht nicht freiwillig.«

Die Worte der Kapitänin beendeten das Gespräch, und Eponi kehrte dazu zurück, an der *Prisa* herumzubasteln und ihre Systeme zu optimieren, um sicherzustellen, dass die Energie an die richtigen Stellen gelangte. Sie flogen in gefährliches Gebiet, und angesichts einer wahrscheinlichen Landung plus Leuten am Boden, dachte Eponi, dass es nicht der richtige Weg wäre, die Triebwerke hochzufahren. Schilde und Waffen, dorthin musste die *Prisa* ihre Energie leiten.

Und auf Raquels Wunsch hin hatte Eponi auch die Außenkameras des Schiffs aufnahmebereit. Beweise zu sammeln, dass Vana und Renard böse Absichten hatten, könnte sie vom Planeten vertreiben lassen. Eponi schenkte dieser Idee nicht allzu viel Glauben, da die DefenseCorp-Agenten fast jedes Unternehmen für ihre Zwecke verdrehen konnten, aber hey, wenn das Ganze Renard unvermeidlich um die Ohren fliegen würde, würde Eponi es genießen, das Scheitern in der Wiederholung zu sehen.

Das Ziel, eine grün-braune Masse, die wie ein Zahn aus dem Ozean ragte, tauchte am Horizont auf. Eponi gab die ersten Anweisungen und brachte Gregor und Rovo in Position. Der Neuling hatte gegen diesen Teil protestiert und wollte dabei sein, wenn Kaia die Seiten wechselte, aber

Aurora bestand darauf. Rovos Emotionen könnten die ganze Sache zum Platzen bringen, und sie konnten Sai nicht diesem Risiko aussetzen.

Außerdem bestand Vanas Nachricht darauf, dass Kaia nicht verletzt würde.

Klar.

»Ich reduziere die Geschwindigkeit, macht euch bereit für den Absprung«, sagte Eponi und steuerte die *Prisa* in einem Abwärtswinkel auf den Felsen zu.

Die Landeplätze befanden sich alle im oberen Zentrum, von wo aus Besucher zu zahlreichen Wanderwegen auf dem kilometerlangen Felsen aufbrechen konnten. Klettermöglichkeiten säumten die massiven Klippen, der Felsen oft bedeckt mit dicken Ranken, die das Klima und die endlosen Wasserressourcen nutzten. Dichter gemäßigter Wald bedeckte die Spitze, massive Kiefern ragten in den Himmel. Vögel umkreisten die Insel, zweifellos von Salinity eingeführt, um dieses Stückchen echte, natürliche Aufregung zu bieten.

Weiß gekrönte Wellen umspülten die Basis des Felsens, ihr salziger Sprühnebel erreichte fast die *Prisa*, als Eponi das Schiff verlangsamte, bevor sie es fast senkrecht nach oben richtete. Sie hatte alle aufgefordert, sich anzuschnallen, aber Schläge und einige Flüche deuteten darauf hin, dass nicht jeder es richtig gemacht hatte. Direkt nach oben zu fliegen war hart für den Körper, aber entscheidend, um neugierige Blicke fernzuhalten.

Falls es welche gab: Bisher hatte Eponi kein einziges anderes Schiff auf den Scannern gesehen. Entweder waren Vana und Renard schon hier, oder Sever war schneller gewesen. Unabhängig davon trennten jetzt weniger als ein Dutzend Meter die *Prisa* von der Felswand, während Eponi nach oben schoss. Sie begann einen Countdown, zunächst still und dann laut.

Bei Null tippte sie auf die Konsole und öffnete die Frachtluke der *Prisa* weit. Normalerweise hätte diese Luke in einen Frachtcontainer geführt, der für lange Reisen am Boden des Schiffs befestigt gewesen wäre. Ohne diesen pfiff die Luke nun frei in die späte Morgenluft. Das plötzliche Getöse riss durch die *Prisa*, und ein Alarm piepte seine Benachrichtigung, dass die Dinge vielleicht nicht ganz in Ordnung waren.

»Sie sind weg«, sagte Aurora. »Schließ sie.«

Eponi hatte den Absprung nicht gesehen, wie die Antriebe der Kampfanzüge Rovo und Gregor von der *Prisa* auf die Insel beförderten, aber Auroras Ton sagte, dass der erste echte Teil des Plans funktioniert hatte. Sie hatten jetzt zwei bewaffnete Kämpfer auf der Insel, bereit zum Einsatz.

Jetzt kam der schwierige Teil, bei dem Eponi entweder ihren Freund retten oder ein kleines Kind verlieren würde.

Oder beides.

15

EIN HANDEL

Der Befehl schmerzte. Es schmerzte noch mehr, als Rovo Gregor den Felsen hinauf folgte. Beide taten ihr Bestes, um sich in ihrer Powerrüstung leise zu bewegen – einer Ausrüstung, die für laute Angriffe auf feindliche Kräfte und nicht für heimliche Annäherungen an eine Inselklippe konzipiert war.

»Du wirst nicht du selbst sein«, hatte Aurora auf der *Prisa* nach dem Briefing gesagt.

Sie hatte Rovo von der Gruppe ausgeschlossen, die das Schiff verließ, um Vana zu begrüßen, Kaia zu übergeben und Sai zurückzubekommen. Zumindest stand der Handel in der Überschrift, aber Aurora versprach zu verhandeln. Das kleine Mädchen würde den Felsen nicht mit Renard und Vana verlassen, wenn Sever es verhindern konnte.

Das Problem war, so fand Aurora, dass Rovo möglicherweise sein Gewehr hervorholen und zu schießen beginnen würde, bevor die Gespräche zu einer Lösung führen konnten. Rovo hatte damals auf der *Prisa* keine gute Gegenargumente, und er hatte auch jetzt keine, als sein Metallanzug

Kiefernzweige beiseite schob und seine gepanzerten Füße Farne zerquetschten.

Was das Grübeln anging, bot der Aufstieg eine angenehme genug Umgebung. Gillane Viers Wind, eine angenehmere Brise als Wexers staubige Schredder, schnitt mit einem scharfen Biss in den felsigen Hang. Die Brise trug jedoch den frischen Kiefernduft, der sich mit dem fernen Meeressprühnebel vermischte – eine willkommene Kombination nach den sterilen Schiffsräumen und Renards muffigen Quartieren zurück in Kaiyo. Richtiges Essen und eine gute Ruhe ohne Todfeinde, die durch die Gänge schlichen, taten Wunder: Rovo fühlte sich fast wie ein echter Mensch.

Fast.

Kaias drohendes Schicksal verhinderte, dass sich ein vollständiges Wohlgefühl einstellte.

»Dem Kind wird nichts geschehen«, sagte Gregor, seine Stimme drang durch das Nahfeldband. »Mach dir keine Sorgen.«

»Woher weißt du das?«

»Weil sie tot sein werden, bevor sie sie berühren.«

Gregor sprach die Worte mit derselben harten Endgültigkeit aus, mit der der große Mann früher neue Rekruten auf der *Nautilus* aufgezogen hatte, bevor er sie in Trainingsimulationen plattmachte. Gregor ließ keinen Raum für Zweifel an seinen Drohungen, und Rovo ertappte sich dabei, wie er neben dem Hammerschwinger nickte.

»Gut, dass wir die Dinge gleich sehen«, sagte Rovo. »Sie sind Monster.«

»Ich dachte einmal, wir wären es«, erwiderte Gregor, wobei das Eiserne in eine nachdenkliche Schwere überging, ein Sinnieren mit Bedeutung. »Sever Squad, DefenseCorp-Champions. Gerufen, um zu zerstören, was nicht zerstört werden konnte, um zu gewinnen, wenn Verlust sicher war. Jetzt sehe ich es anders.«

Rovo wartete, während sie nach links pirschten und sich auf einen Hochpunkt zubewegten, von dem aus sie die gesamte Landeplattform überblicken und abschätzen konnten, ob ein Scharfschützenposten oder ein Hinterhalt aus nächster Nähe tödlicher wäre, aber Gregor fuhr nicht fort.

»Was meinst du?« fragte Rovo schließlich. »Anders?«

»Ich bin eine Waffe«, sagte Gregor. »War ich schon immer. Angefangen im Steinbruch, dann zu den Planetenpatrouillen und dann zu Sever. Eine Waffe, die auf den Feind gerichtet und losgelassen wird.«

»Wie so viele von uns.«

»Außer dass ich jetzt denke, vielleicht wäre es besser, wenn *ich* entscheiden würde, wo ich meine Fähigkeiten einsetze.«

Rovo blinzelte: »Ist das nicht genau das, was du gerade tust? Du bist kein DefenseCorp-Angestellter mehr, Mann. Du kannst tun, was du willst.«

»Hmm. Ein guter Punkt.« Gregor blickte zurück und hinunter zu Rovo, das Gesicht des großen Mannes hellte sich hinter seinem Visier auf. »Ich denke, was ich will, ist diese Agentin und ihre Armee zu vernichten.«

Rovo wartete, bis Gregor sich wieder umdrehte und den Aufstieg fortsetzte, bevor er mit den Augen rollte. Was für eine Erleuchtung. Zumindest lenkten Gregors große Ideen Rovo für eine Weile ab, lange genug, dass sie ihren Zielpunkt rechtzeitig erreichten, um den Beginn des Ereignisses mitzubekommen.

Die Landezone befand sich im Zentrum der Insel, über einem Becken schwebend, mit dicken Kabeln, die sich zu den umliegenden Felsen verzweigten. Mit genug Platz für zwanzig oder mehr Skiffs umarmte die Zone das Thema der

Insel und zeichnete Räume in tropischen Linien. Heute jedoch zählte Rovo kein einziges ziviles Schiff.

»Raquel hat es geschafft«, sagte Rovo. Sobald Aurora das Briefing begonnen hatte, hatte Raquel auf ihrem Armband herumgetippt und behauptet, sie würde die Insel für den Tag für Besucher sperren. Keine Unschuldigen, die bei diesem Handel ihr Leben verlieren würden. »Scheint, sie hat mehr Macht, als ich dachte.«

»Unternehmen sind leicht zu erschrecken«, erwiderte Gregor.

Stimmt schon. DefenseCorps Geschäftspraktiken erzeugten genug Protest, sowohl von Opfern als auch von Kollateralschäden, dass Rovo mehr als eine Erinnerung durch die galaxieweiten Netze des Unternehmens hatte fließen sehen, die Einheiten aufforderten, alle Anstrengungen zu unternehmen, um Zivilisten fernzuhalten.

Solange diese Bemühungen die Gewinne nicht negativ beeinflussten, natürlich.

Salinitys höherer moralischer Standard erlaubte es Eponi, die *Prisa* auf der rechten Seite zu landen. Das Schiff bedeckte zahlreiche Skiff-Plätze. Seine Rampe war heruntergelassen, und davor waren Aurora, Raquel, Kashmal und Kaia versammelt. Das kleine Mädchen hatte ihre Hand um die ihres Vaters geklammert, obwohl sie nach dem Wedeln ihres freien Arms zu urteilen nicht wusste, was gleich passieren würde.

Auf der gegenüberliegenden Seite runzelte Rovo die Stirn in Richtung der gegnerischen Gruppe. Im Gegensatz zur *Prisa* waren Renard und Vana wie erwartet in Blasengleitern erschienen. Mehrere davon, alle mit Abstand zueinander geparkt. Eine Standardpraxis, um den Schaden zu minimieren, falls einer getroffen würde. Vana und Renard standen frei da, mit Sai und Abbad hinter ihnen, wobei der manische Mann eine Pistole nahe an Sais betäubungsgefesseltes Selbst hielt.

Andere Agenten hatten Positionen in der Nähe der Gleiter bezogen. Waffen waren noch nicht gezogen, aber umgehängte Gewehre machten die Bedrohung sichtbar. Leicht doppelt so viele wie Sever.

Rovo vergaß immer wieder, dass Renard fast tausend Agenten auf der *Nautilus* hatte, die alle daran arbeiteten, die Anzüge voranzubringen und Dynas im Auge zu behalten. Dieser Planet war aus dem Ruder gelaufen, aber genau in dem der *Nautilus* zugewiesenen Sektor, ein einfacher Ort, um vorbeizuschauen, während Helix, diese Scheinfirma, ihre im Labor entwickelte Katastrophe in Gang setzte. Jetzt stand Kaia, der einzige, wunderbare Erfolg, kurz davor, von den Schlimmsten der Schlimmen beansprucht zu werden.

»Kann ich sie jetzt erschießen?«, fragte Rovo.

»Das kannst du nicht.« Gregors Worte waren in mehr als einer Hinsicht wahr. Der große Mann trug das Scharfschützengewehr, dank Auroras Anordnung, die Rovo daran hinderte, es zu bekommen. Die Aufgabe des Neulings hier oben war nur Eskorte, nur Schutz. »Noch nicht.«

Gemeinsam lagen Rovo und Gregor flach und nutzten einige kleine Kiefern und die großblättrigen Farne darunter als Deckung. Gregor nahm das Gewehr ab und brachte das Zielfernrohr in Position, während er sich in die Erde eingrub. Zumindest hier oben war nicht alles nur Stein: Kiefernnadeln boten eine Art Bett, genug Polsterung, um Rovo einen guten Blick auf den Zwischenraum zwischen den beiden Gruppen zu ermöglichen, wo der Austausch stattfinden würde.

Mithilfe des Visiers der Kampfrüstung zoomte Rovo heran. Der Fokus gab ihm einen klaren Blick, als das Sever-

Quartett zu gehen begann und Renards eigenes Viererteam sich bewegte, um ihnen zu begegnen. Diese Nähe mit dem Visier brachte bei jeder Kopfbewegung einen desorientierenden Wirbel mit sich, eine Verwundbarkeit, falls jemand die beiden Severs von hinten angreifen würde. Technisch gesehen hätte Rovo das überhaupt nicht tun sollen. Technisch gesehen hätte er mehrere Meter hinter Gregor sein sollen, den Wald nach einem möglichen Hinterhalt absuchend.

Technisch gesehen hätte Rovo auf der verdammten Landeplattform sein sollen, um Vana zu sagen, wo sie sich ihren Deal hinstecken kann.

»Ich werde mich kurz fassen, denn ich glaube nicht, dass hier jemand Wert auf Höflichkeiten legt«, drang Vanas Stimme durch Rovos Visier, kratzend und entfernt. Ein Kampfanzugmikrofon, auf höchste Empfindlichkeit eingestellt, das auf dem offenen Band sendete. Aurora machte Rovo ein Zugeständnis. »Der Deal bleibt derselbe. Das Mädchen für Sai.«

Rovos Kiefer verkrampfte sich. Er hatte nicht gedacht, dass der große Moment so schnell kommen würde, aber hier waren sie. Seine rechte Hand tastete nach dem Gewehr auf seinem Rücken, bereit, es nach vorne zu schwingen. Ohne Zielfernrohr wäre es schwierig, von hier aus mit der bolzensprühenden Waffe genau zu treffen, aber zumindest könnte er einige Agenten in Deckung zwingen.

»Wir ändern den Deal«, erwiderte Aurora. »Ihr braucht das Mädchen nicht. Ihr braucht ihr Blut.« Aurora nickte Kashmal zu, der in seine Tasche griff und eine versiegelte Spritze und ein Fläschchen genau dafür hervorzog. »Wir können es gleich hier abnehmen. Ihr bekommt, was ihr wollt, wir bekommen Sai, und Kaia kann mit ihrem Vater nach Hause gehen.«

Die Worte klangen so klein auf dieser Landezone im Zentrum der Insel, aber Rovo spannte sich trotzdem an. Vana hob einen einzelnen Finger und drehte sich um, um mit Renard zu sprechen.

»Hast du sie im Visier?«, flüsterte Rovo zu Gregor. »Hier wird alles schiefgehen.«

»Geduld, Neuling«, antwortete Gregor. »Sie werden den Deal annehmen.«

»Woher weißt du das?«

»Weil sie heute nicht sterben wollen. Sie träumen von größeren Dingen.«

Eine interessante Begründung, und der Gedanke hielt Rovo davon ab, sein Gewehr herumzureißen. Stattdessen nahm der Neuling einen langen, tiefen Atemzug, als Vana und Renard ihre Besprechung beendeten. Die leitende Agentin tippte mit ihrem Finger an ihre Lippen, blickte zu Aurora in ihrer ganzen Kampfrüstung und ging dann in die Hocke, um Kaia anzulächeln.

»So ein kleines Ding, das alles in sich trägt, was wir wollen«, sagte Vana. »Wir können euren Bedingungen zustimmen, mit einer Änderung.« Vana erhob sich und deutete auf Kaia und ihren Vater. »Es gibt keine Garantie, dass die Probe, die wir heute nehmen, genug von dem enthält, was wir brauchen. Wir müssen Zugang zu dem Mädchen haben. Wann immer wir mehr brauchen, *falls* wir mehr brauchen, wird sie verfügbar sein.«

»Kashmal kann euch über seine Bewegungen auf dem Laufenden halten«, sagte Aurora. »Blutabnahmen sind nicht schwierig.«

Jetzt schüttelte Renard den Kopf, und Vana überließ ihm das Wort: »Lichtjahre liegen zwischen diesem Planeten und dem Ort, an dem wir das Blut benötigen werden. Wir können nicht so lange warten, wenn dies nicht perfekt ist.

Was passiert, wenn das Fläschchen kontaminiert wird, bevor wir ankommen?«

»Das ist euer Problem«, konterte Aurora.

»Nein, nein«, erwiderte Renard. »Das wäre töricht. Wir wollen das Blut des Mädchens, und wir werden es bekommen. Bis zu dem Zeitpunkt, an dem wir die richtige Infektion reproduzieren können. Sobald wir das haben, wird das Mädchen frei sein. Und angemessen entschädigt werden.«

»Außerdem«, fügte Vana an Renards Worte an, »werden wir auch Kashmal mitnehmen. Das Mädchen muss nicht von ihrem Vater getrennt werden.«

Kaias Blut. Das war der Deal. Das Mädchen würde nicht mit Renard gehen, um in irgendeinen Käfig auf welchem Planeten auch immer gesteckt zu werden, zu dem der verdammte Agent sie bringen würde. Rovo glaubte keine Sekunde lang, dass Kashmal und seine Tochter irgendeine luxuriöse Unterkunft bekommen würden. Sie würde ausgebeutet werden, wie jede Ressource, und ihr Vater würde wahrscheinlich in der zweiten Nacht einen Laser in den Rücken bekommen.

»Kashmal?«, sagte Aurora. »Das ist deine Entscheidung.«

Rovo spürte, wie sein eigenes Blut gefror. Die Anführerin von Sever wehrte sich nicht? Erklärte nicht die ganze Charade für das, was sie war? Mit ihrer Kampfrüstung und der Pistole an ihrer Hüfte könnte Aurora sowohl Renard als auch Vana in Sekunden niederschießen. Die ganze Sache könnte vorbei sein.

»Sai«, sagte Gregor, offenbar Rovos Unruhe spürend. Ziemlich offensichtlich, bemerkte Rovo, angesichts der Kiefernnadeln, die der Neuling herumgeworfen hatte, während er das liegende Äquivalent des Auf-und-ab-Gehens vollführte. »Sie wird Sai nicht riskieren.«

»Sie versucht es nicht einmal«, erwiderte Rovo. Er griff nach hinten, zog sein Gewehr hoch. Versuchte, es anzuvisieren. »Sie gibt sie auf.«

Als Nächstes kam Kashmals Stimme, nervös, aber mit erzwungener Zuversicht: »Woher wissen wir, dass ihr euer Wort halten werdet?«

»Vertrauen ist alles, was ihr habt«, antwortete Vana. »Aber wir werden es tun. Wir brauchen Kaia lebendig und gesund, und der beste Weg, das zu erreichen, ist, ihren Vater glücklich zu halten.«

»Und«, fügte Aurora hinzu, »wenn ihr es nicht tut, werde ich euch selbst jagen.«

Rovo fing Vanas Grinsen auf, das leichte Nicken der Frau. Die Drohung seines Captains ließ Rovo den Abzug seines Gewehrs nur noch fester umklammern. Rache bedeutete dem bereits Toten nichts. Vana hinterher zu töten, würde Kaia nicht retten.

»Rookie«, warnte Gregor, als Vana Kashmal und Kaia heranwinkte. »Nimm deine Finger vom Abzug.«

Rovo antwortete nicht. Er sah nur zu, wie das kleine Mädchen, das er damals auf Dynas gerettet hatte, das während der Wochen im All auf dem Flug nach Wexer auf seinen Schultern herumgekrabbelt war, das seit dem fast jeden Tag diese Nachrichten quer durch die Sterne an Rovo geschickt hatte, nur um Gute Nacht zu sagen, sich von der Sicherheit entfernte in Richtung …

Das Gewehr wurde weggezogen, Rovos Griff entrissen. Gregor hatte die Waffe und warf sie in den Wald hinter ihnen. Rovo sprang auf die Füße und blickte auf das lange Gewehr in Gregors anderer Hand.

»Konnte dir damit nicht vertrauen«, sagte Gregor. »Rovo, steh down.«

»Ja, siehst du, du hast es selbst gesagt«, erwiderte Rovo. »Wir sind jetzt alle unsere eigenen Waffen.«

Der Rookie wartete nicht ab, sondern sprang am Ende seines Satzes los, aktivierte die kinetischen Verstärker und krachte in Gregor hinein, die Hände nach dem Gewehr ausgestreckt.

Für die einzige Chance, Kaia aus den Händen dieser Bastarde zu halten.

16

LASERBRAND

Aurora machte den Anruf, sobald sie Sai sah. Mit hochgeklapptem Visier und frischem Gesicht beobachtete sie, wie Renard und Vana den Schwertkämpfer von Sever Squad aus dem Skiff führten, betäubungsgefesselt und wie nach einer langen Nacht aussehend. Mit Tränensäcken unter den Augen und passenden blauen Flecken schleppte sich Sai mit einem Hinken und einem teilnahmslosen Grinsen vorwärts, der Blick eines Mannes, der versuchte, seinen Fängern eins auszuwischen, obwohl er nichts mehr zu verlieren hatte. Ihm folgte ein seltsam aussehender Agent in einem makellosen karmesinroten Anzug - sogar schicker als die Outfits von Renard und Vana -, der sichtlich Spaß daran hatte, Sai vorwärts zu schubsen. Sais Katana hing über dem Rücken des Mannes und ruhte in seiner Scheide.

Um Aurora herum formierten sich Raquel mit Kashmal und Kaia hinter ihr. Die Sicherheitschefin von Salinity hatte eine Pistole, eine lasersaugende Weste und sonst wenig, das sie für ein Feuergefecht empfahl. Mit Aurora in ihrer Servorüstung und Eponi, die die Doppeltürme der

Prisa bediente, würde Raquel jedoch nicht viel tun müssen. Ganz zu schweigen von Gregor und Rovo in den Bäumen.

Aurora schaute nicht nach links, wo sich das Duo befinden sollte. Der Wald hielt die Sicht dicht genug, aber jede halbwegs anständige Inspektion in Richtung der Kiefern würde die beiden wahrscheinlich entdecken, und Aurora brauchte diese Komplikation nicht. Stattdessen ging sie vorwärts und traf Renard und Vana auf halbem Weg.

Sie konzentrierte die Aufmerksamkeit auf sich selbst.

Vana und Renard schienen besser geschlafen zu haben als Sai. Beide hatten wache Augen, die hungrige Blicke in Kaias Richtung warfen, obwohl Vana den Anstand hatte, es zu verbergen, als Aurora sich näherte. Ihre karmesinroten Uniformen zeigten mehr von dem Verschleiß auf der Flucht, den Aurora nach den gestrigen Ereignissen erwartet hätte, und beide Agenten trugen Pistolen an ihren Gürteln: Vana zwei, Renard eine.

Die Verhandlungen gingen schnell vonstatten.

Aurora handelte nach Prinzipien. Zuerst das Squad, dann die Mission, Außenstehende irgendwo weiter unten auf der Liste. Kaia war, da Aurora so viele Wochen mit dem Mädchen auf dem Weg nach Wexer verbracht hatte, nicht gerade eine zufällige Zivilistin, aber gegen Sai gestellt, gab es nicht viel zu diskutieren. Severs Schwert-kämpfer bot dem Squad die Chance, weiter gegen die Agenten zu kämpfen, eine Chance, den kurzlebigen Söld-ner-Lebensstil zu umarmen, den Sever auf Wexer begonnen hatte.

Selbst wenn Aurora Vana und Renard nicht zutraute, Kaia oder Kashmal mit irgendetwas zu behandeln, das der Süße in Vanas Versprechungen nahekam, hatte Sai zurück-zubekommen oberste Priorität. Verdammt, sobald der Schwertkämpfer sich ausgeruht hatte, konnte Sever die

Verfolgung des Mädchens und ihres Vaters wieder aufnehmen.

Was Aurora nicht wollte, nicht brauchte, war ein Feuergefecht. Vana und Renard kamen mit vier Skiffs an, aus einigen sprangen Agenten heraus, während in anderen leere Sitze zurückblieben. In Erinnerung an die *Nautilus* und diese fast unsichtbaren Anzüge konnte Aurora nicht darauf wetten, dass diese leeren Sitze tatsächlich, nun ja, leer waren. Nicht genug Feuerkraft, um die *Prisa* herauszufordern, aber genug, um ihr Squad im Feld zu gefährden.

Kashmal und Kaia nahmen den Handel gelassen hin, der Vater trug ein nervöses Stirnrunzeln, die Tochter schien sich der Gefahr nicht bewusst zu sein, als sie auf Vanas mütterliches Lächeln zuging.

Sai begann seinen eigenen Gang über den Landeplatz und quittierte Auroras Rettung mit einem halbherzigen Nicken. Nach zwei Schritten drehte sich der Schwertkämpfer jedoch um und blickte auf den Agenten, der sein Schwert hielt.

»Das nehme ich jetzt zurück«, sagte Sai und ließ keinen Raum für Verhandlungen.

»Nee, ich glaub, ich mag es«, erwiderte der Mann. »Betrachte es als Wiedergutmachung für den fiesen Trick, den du gestern abgezogen hast.«

Sai erstarrte, und obwohl Aurora nur Sais Hinterkopf sehen konnte, wusste sie, was der Mann dachte. Auf keinen Fall würde er ohne dieses Schwert gehen. Aurora warf Vana einen Blick zu, der warnte, dass ihr Junge besser die Waffe zurückgeben sollte, oder alles würde zur Hölle fahren.

»Abbad«, sagte Vana, die den Wink verstand, »wir besorgen dir später dein eigenes. Gib Sai bitte seine Klinge zurück.«

Wir besorgen dir später dein eigenes? Was zum Teufel war das für ein Gerede?

Abbad zog einen Schmollmund, der eines Dreijährigen würdig war, zuckte dann mit den Schultern, griff nach oben und zog das Katana von seinen Schultern. Die Krise hätte dort enden sollen, hätte dort enden müssen, wenn nicht ein neues Geräusch über das Zentrum der Insel gehallt wäre: ein Kratzen, ein Brechen, gefolgt von einem gewaltigen Platschen zu Auroras Linken.

Gregor stand am Rand der Klippe, das lange Gewehr in einer Hand, und blickte hinunter aufs Wasser. Rovo schwamm dort, die Servorüstung half dem Neuling nicht viel beim Schwimmen. Tausend Fragen hämmerten in diesem Augenblick durch Auroras Kopf, und sie warf sie alle beiseite, denn Leben standen kurz davor, verloren zu gehen.

»Hinterhalt!«, schrie Vana und verfiel in die schlimmstmögliche Reaktion. »Schnappt euch das Mädchen, tötet die anderen!«

Alle bewegten sich nach dem ersten Wort. Aurora rannte auf Sai zu, der auf Abbad zustürmte, immer noch mit Betäubungshandschellen gefesselt. Neben Aurora stürzte Raquel auf Kashmal und Kaia zu, als die ersten Laserschüsse durch die Luft zischten. Wäre Aurora eine bessere Diplomatin gewesen oder hätte sie mehr Interesse gehabt, hätte sie vielleicht versucht, allen zuzurufen, sie sollten sich beruhigen. Hätte die Dinge vielleicht von dem Abgrund zurückgezogen, über den sie gestürzt waren.

Aber, ehrlich gesagt, Renard und Vana verdienten das Mädchen nicht.

Aurora aktivierte die Booster ihrer Servorüstung, schoss nach vorne und traf Sai von hinten. Sie stieß ihn auf den Boden, als Schüsse von den Skiffs auf sie zuflogen. Die

Servorüstung nahm Treffer hin, die rot auf dem Visier aufleuchteten, das nun über ihr Gesicht geklappt war. Nachdem sie Sai und sein ungeschütztes Selbst zu Boden geworfen hatte, behielt Aurora den Schwung bei, rollte sich ab und kam wieder auf die Beine, das Gewehr schussbereit.

Sie sah Abbad, der grinste, als wäre er gerade auf seiner eigenen Geburtstagsparty angekommen, und Sais Katana in einer hohen Haltung hielt. Aurora richtete das Gewehr aus, visierte den Abzug an und spürte trotz des um sie herum ausbrechenden Chaos eine deutliche Vorfreude darauf, diesen Narren auszuschalten.

Abbads Vorwärtsschlag kam schneller, als Aurora es erwartet hatte. Sais Klinge zischte durch die Luft und schnitt Auroras Gewehrlauf glatt ab, wobei das schwarze Metallstück spiralförmig von der Plattform ins Wasser darunter fiel. Abbad wartete auch nicht, um nachzusetzen, sondern drehte die Klinge für einen Rückwärtsschlag, der Auroras Kampfanzug zweigeteilt hätte, wäre sie nicht zurückgesprungen.

»Pass auf!«, schrie Sai, als Auroras Stiefel beinahe seine Hände zerquetscht hätten, wobei die Stimme des Mannes über einem plötzlich überfüllten Schlachtfeld ertönte.

Mit ein paar Metern Abstand zwischen sich und dem vorrückenden Abbad versuchte Aurora, die Rolle der Squadführerin einzunehmen und das Schlachtfeld als Ganzes zu erfassen. Sai, betäubt und nutzlos, kroch hinter Aurora weg. Links zogen Vana und Renard Kashmal und Kaia zum nächsten Skiff. Raquel lag auf der Landeplattform, Rauch stieg von ihrer Brust auf, wo Laserfeuer eingebrannt war.

Gregor hatte das lange Gewehr erhoben und schoss auf die Agenten aus dem Wald, wobei er vernichtendes Feuer als Antwort erhielt. Rovo war nirgends zu sehen. Vielleicht schwamm der Neuling noch, vielleicht war er ertrunken.

Alles in allem nicht gut.

»Komm schon«, rief Abbad über die Schlacht hinweg, »gib mir ein bisschen Spaß!«

Oh, dieser Kerl würde sterben.

Aurora hielt den Mund und schleuderte das ruinierte Gewehr auf Abbad. Der Mann lenkte die Waffe mit dem Katana so ab, dass er den Treffer an seiner Schulter statt im Gesicht abbekam, aber der Zug brachte das Schwert aus dem Weg. Aurora trat nach vorne, ihre Stiefel noch nicht genug aufgeladen für viel mehr als einen beherzten Stoß, aber wenn man ein anstürmendes Metallmonster ist, reicht das.

Abbad versuchte, das Katana zurückzubekommen, aber Aurora schlug das Schwert beiseite, als sie durchbrach. Ihre linke Hand packte Abbads allzu gepressten Kragen und warf ihn zu Boden, gefolgt von einem Stiefelstampfer auf das Katana. Aurora zog ihren rechten Fuß zurück, riss das Katana aus Abbads Griff und schickte es über die Lande-plattform schlitternd, während sie mit ihrer linken Hand, frisch von Abbads Betonablagerung, ihre Pistole zog und auf den Mann richtete.

Zwei Laser brannten sich in Aurora, als sie über Abbad stand, aber das Pistolenfeuer nahm den Verteidigungen ihres Kampfanzugs nicht viel.

»Wie gefällt dir das als Spaß?«, sagte Aurora und zog den Abzug.

In der Sekundenbruchteil zwischen Auroras letztem Wort und ihrem Finger, der durch den leichten Widerstand am Pistolenabzug drückte, um das überhitzte Gas aus dem Energiepack durch den Lauf zu jagen, ging die Luft um Aurora in Flammen auf.

Wie tausend Papiere, die gleichzeitig zerrissen, spalteten sich Moleküle, als Eponi die Zwillingsgeschütze der *Prisa* und die zentrale Kanone des Schiffs öffnete. Die für den Weltraumkampf konstruierten weiß-blauen Bolzen, auf ihre heißesten Stufen eingestellt aus Gründen, die Aurora nicht begreifen konnte, durchzogen die Agenten-Skiffs und die armen Seelen dahinter.

Ihre Deckung schmolz, explodierte oder löste sich einfach auf, als Eponi eine stetige Linie legte und nur bei dem Skiff aufhörte, zu dem Renard und Vana sprinteten, und auch dann nur, weil sie immer noch Kaia und Kashmal bei sich hatten.

Auroras Visier wurde dunkel, um sie vor dem sengenden Licht der Laser zu schützen, ihr Geräuschfilter schaltete sich ein, um ihre Ohren vor dem Klingeln zu bewahren, während das Feuer weiterging. Durch diesen akustischen Schnitt hörte Aurora ein seltsames Geräusch, ganz in der Nähe.

Gelächter. Wildes Gelächter.

Zu ihren Füßen hatte Abbad den Mund geöffnet, Tränen strömten aus seinen Augen, selbst mit einem rauchenden Loch in seiner Brust, wo Auroras Pistolenschuss, leicht verdreht durch Eponis Angriff, sein Ziel getroffen hatte.

»Eponi!«, Gregors Stimme über den Squadkanal. »Hör auf zu schießen. Du wirst das Mädchen töten.«

»Ich dachte, ich hätte sie ziemlich gut vermieden?«, antwortete Eponi, aber sie stellte die Laser ab, deren Stille so plötzlich kam wie ihre Zerstörung. »Sie stehen immer noch.«

Aurora konnte dem nicht widersprechen: Eponi hatte Renards und Vanas Crew zu Asche verwandelt und alle bis auf eines ihrer Skiffs zu Schrott gesprengt. Die beiden

Anführer hatten jedoch immer noch ihren Fluchtweg. Hatten immer noch Kaia.

»Ich kümmere mich um das Mädchen«, sagte Aurora und brachte die Pistole wieder in Position, um die Sache zu Ende zu bringen. »Eponi, komm raus und hilf Sai und Raquel. Gregor, finde Rovo.«

Diesmal, als Aurora den Abzug betätigte, hielt nichts den Schuss auf.

Aurora überprüfte das Ergebnis nicht doppelt, sondern stieß sich in Richtung des Skiffs ab. Vana und Renard waren fast dort, aber Kashmal, der sture Mann, schien erkannt zu haben, dass seine beste Chance nicht darin lag, mit den Agenten zu gehen. Er stemmte sich gegen Renard und versuchte, Kaia von Vana wegzuziehen.

»Vorsicht«, sagte Gregor, als Auroras Visier rechts hell rot aufleuchtete.

Über Schrott knirschend, blickte Aurora in diese Richtung und erwartete, einen halbtoten Agenten zu sehen, der aus einem Wrack kroch, vielleicht eine Pistole in ihre Richtung schwenkend. Stattdessen sah sie sterbende Feuer, rauchende Körper und die kleinste Störung im Licht, wie eine kleine Falte, die durch die Realität lief.

Der Anzug-Agent traf Aurora hart und kam mit einem dolchlangen Messer, das Aurora nicht sehen konnte. Der Schlag prallte von Auroras dickem, gepanzertem rechten Arm ab, schickte Funken aus und gab Aurora Zeit, sich dem Anzug gegenüber aufzustellen. Als sie ihm direkt gegenüberstand, sah Aurora, dass die reflektierende Beschichtung beschädigt worden war, mit Explosionsstreifen an den Seiten und der Brust des Anzugs.

»Dafür habe ich keine Zeit«, knurrte Aurora und hob ihre Pistole.

Der Anzug ging darauf los, packte die Waffe und zeigte

Aurora dabei genau, wohin sie schlagen sollte. Sie aktivierte den kinetischen Verstärker des Kampfanzugs und landete einen Schlag auf den Kopf des Anzugs. Der Treffer ließ das Ziel zusammenbrechen, wobei der Agent seinen reißenden Griff an der Pistole beibehielt und Auroras Waffe mit sich zurückfliegen ließ.

Sobald der Anzug den Boden traf, blitzte ein helles Rot über Auroras Schulter auf und zischte in die Brust des Anzugs. Eine halbe Sekunde später folgte ein weiterer.

»Erledigt«, sagte Gregor.

»Danke.« Auroras Visier zeigte freie Bahn voraus. »Die Agenten?«

»Rovo.«

Was? Aurora wirbelte herum und sah eine andere Szene, als sie zurückgelassen hatte, die sich um das Skiff abspielte. Vana hielt jetzt Kaia fest, während Kashmal in der Nähe wie versteinert stand, Vanas Pistole an seinem Kopf. Rovo, sein Anzug durchnässt und tropfend, hatte Renard in einem Würgegriff. Mit dem Kampfanzug konnte er in dieser Position dem Mann ohne einen zweiten Gedanken das Leben aus dem Leib quetschen.

Aurora stürmte los, so schnell ihre Füße es zuließen.

»Du hast mich gehört«, sagte Rovo, als Aurora näher kam, »Kaia gegen Renard. Das ist der Handel.«

»Sag mir, dass du einen Schuss hast«, sagte Aurora und funkte zu Gregor. »Vana.«

»Ich arbeite daran«, antwortete Gregor.

»Arbeite schneller.«

Vana schüttelte den Kopf: »Renard weiß es, genau wie ich. Das Mädchen ist der Schatz. Wenn du mich gehen lässt, überlebt sie. Ich garantiere es.«

»Du bekommst Kaia nicht«, sagte Rovo erneut, als ob er

durch das Fordern es wahr machen könnte. »Du bekommst sie nicht!«

Kaia, mit tellergroßen Augen, wandte sich von Rovo zu ihrem Vater und dann zu Vana. Sie weinte nicht, und Aurora vermutete, dass es der Schock war, der sie aufrecht hielt. Wie konnte ein vierjähriges Kind verstehen, was hier geschah?

»Denk nach, Rovo«, sagte Vana leise und gleichmäßig. »Wenn du uns in dieses Skiff lässt, hast du eine Chance, sie zurückzuholen. Damit kannst du leben. Du willst nicht wissen, wie es auf der anderen Seite ist.«

Renard versuchte, etwas zu sagen, aber Rovo verstärkte seinen Griff, und der Mann keuchte ins Nichts. Aurora stellte sich neben den Neuling und versuchte, eine Schwachstelle in Vanas Griff um das Kind zu finden. Sie sah keine. Vana spielte es klug, sie hielt Kashmal zwischen sich und Gregors Position, und mit Kaia in ihren Armen würde jeder Schuss riskieren, das Mädchen zu treffen.

Wie in einer Pattsituation in einem alten Film standen sich die beiden Sever-Mitglieder und Vana mit ihren Geiseln gegenüber. Das einzige Geräusch kam nun von den knisternden Skiffs und dem Wind, der durch die umliegenden Kiefern pfiff. Rauch verdunkelte den Himmel über ihnen, aber dahinter gab Gillane Viers weißer Stern dem Tag Klarheit.

»Rovo«, sagte Aurora. »Lass sie gehen. Wir werden sie verfolgen und Kaia zurückholen, aber nicht hier. Nicht jetzt.«

»Das ist keine Option«, erwiderte Rovo.

»Es ist ein Befehl«, antwortete Aurora. »Steh down.«

»Du hast mir keine Befehle mehr zu erteilen«, sagte Rovo und griff mit der linken Hand nach der Pistole an seiner Hüfte.

Diese Bewegung war für Vana eine Grenze zu viel, und sie schwenkte ihre Pistole von Kashmal zu Kaia, während sie sich an die Seite des Skiffs lehnte. Rovos Hand erstarrte, aber Kashmal nicht. Aurora hatte keine Kinder, niemanden in ihrem Leben, der einen solchen Einfluss auf sie hatte, sonst hätte sie es vielleicht kommen sehen.

Vielleicht hätte sie den Mann rechtzeitig aufhalten können.

Kashmal rannte auf Vana zu, und die Agentin schwenkte ihre Pistole zurück und feuerte. Kashmal fiel zu Boden, und Vana, die Kaia von dem Anblick wegdrehte, schob das Mädchen in das Skiff. Rovo setzte an, vorzustürmen, aber Aurora packte seinen Arm und hielt den Neuling davon ab, Kaia zu den Opfern des Tages hinzuzufügen.

»Sie wird sie töten«, sagte Aurora in den Raum. »Sie wird das Kind töten, Rovo. Vana kann einem Körper das Blut entziehen, wenn sie muss.«

Die Motoren des Skiffs starteten, Vana wies Kaia an, sich anzuschnallen, während sie dem Mädchen immer noch die Pistole an den Kopf hielt.

»Ich kann den Schuss abgeben«, sagte Gregor. »Sie ist frei.«

»Nein«, antwortete Aurora, die Rovo immer noch festhielt, während der Neuling wie ein Rohrspatz fluchte. »Das Skiff ist an. Es wird abstürzen. Wir können das Risiko nicht eingehen.«

Vana zog sich zurück, das Skiff erhob sich, drehte bei und brauste davon, verschwand im Rauch. Ein harter Schlag ertönte zu Auroras Füßen, und sie sah Rovo auf seinen Knien, die Hände auf dem Boden. Der Neuling ballte eine Faust und schlug auf den Beton.

Jenseits von ihm lag Renard, still und zerbrechlich, sein Genick gebrochen.

17

ERGEBNISSE UND RACHE

Mit Sais Katana durchtrennte Eponi die Betäubungsfesseln im abklingenden Nachspiel des Kampfes. Sai hatte den Großteil der Schlacht am Boden verbracht, die Wange gegen das Landedeck gepresst, während Laserfeuer über seinem Kopf hinwegzischte. Als das Feuer nachließ und die Schreie verstummten, wagte Sai aufzublicken und zu versuchen aufzustehen.

Trotz seines Angriffs auf Abbad – der Gedanke, dass dieser Mann Sais Familienschwert besaß, löschte jegliche Logik aus – wusste Sai, dass die beste Möglichkeit, einen Kampf zu überleben, den man nicht kämpfen konnte, darin bestand, am Boden zu bleiben. Der Schwertkämpfer würde niemandem helfen, indem er sich selbst zur Zielscheibe machte, und die Agenten hatten ihn in der zivilen Kleidung vom gestrigen Ausflug gelassen: keine Rüstung, keine Chance.

So beobachtete Sai, während Eponi die Luft mit ihrem Sperrfeuer in Brand setzte und Vana mit Kaia floh. Obwohl er keine Zuneigung für Kashmal hegte, zuckte Sais Herz zusammen, als der Mann Vanas Schuss abbekam. Er konnte und wollte sich nicht vorstellen, wie es für seine eigenen Kinder wäre, mit ansehen zu müssen, wie ihr Vater vor ihren Augen niedergeschossen wird.

Kein Kind verdiente das, schon gar nicht Kaias glitzerndes, fröhliches Selbst.

»Bist du verletzt?«, fragte Eponi und half Sai aufzustehen. Der typische Sarkasmus der Pilotin, ihr lachendes Timbre, machte diesmal keine Erscheinung. »Wenn nicht, kannst du mal einen Rundgang machen und sehen, ob noch jemand übrig ist, um den wir uns Sorgen machen müssen?«

»Was wirst du tun?«

»Die *Prisa* startklar machen«, sagte Eponi. »Es sei denn, du willst länger in diesem Desaster bleiben?«

Sai wollte das definitiv nicht. Er nahm sein Katana von Eponi zurück und sah sich erneut um, auf der Suche nach den verräterischen Lebenszeichen. Aurora hatte Raquel bereits zurück in die *Prisa* getragen, und Rovo brachte Kashmal kurz darauf nach. Ob die Eile des Neulings bedeutete, dass der Mann noch lebte, konnte Sai nicht sicher sein. Er hatte kein Gerät, um den Squadfunk abzuhören, geschweige denn Fragen zu stellen.

Und ehrlich gesagt konnte Sai für einen Moment gut mit der Stille leben.

Seine Augen fielen als Nächstes auf Abbad. Auroras Pistolenschüsse hatten dem Mann den endgültigen Stempel aufgedrückt und ihn mit einem lachenden Ausdruck eingefroren zurückgelassen. Gestern Abend, in der Salinity-Anlage festgehalten, hatte Abbad Sai unermüdlich mit Geschichten über Sever gelöchert. Der Mann hatte behauptet, er wolle ein Drop Trooper werden, habe aber einige Fehler auf dem Weg gemacht, wobei Renard zu einer unerwarteten Rettung gekommen sei. Sai würde nicht so weit gehen zu sagen, dass Abbad einen guten Eindruck hinterlassen hatte, aber der Mann war ein loyaler Beschützer gewesen.

Nicht, dass es Abbads auserwähltem Helden besser ergangen wäre. Niemand hatte sich die Mühe gemacht, Renards Leiche aufzuheben, und die zerbrochene Gestalt saß allein da. Ohne das Skiff und alles andere drum herum, ohne die brennenden Trümmer anderswo auf dem Landedeck, schien es, als hätte Renard einfach aufgegeben und wäre tot umgefallen. Eine weitaus friedlichere Geschichte als die Realität.

Sai stellte fest, dass er kein Mitleid für den Offizier empfand. Renard hatte befohlen, Sai, Eponi und Aurora auf der *Nautilus* ins Vakuum zu stoßen, hatte immer wieder versucht, sie töten zu lassen. Wenn man es lange genug nicht schafft, Sever zu erledigen, holt es einen irgendwann ein. Dennoch empfand Sai keine große Genugtuung über den Tod des Mannes.

Hätte es sich wie ein größerer Sieg angefühlt, wenn Kaia in ihren Armen gewesen wäre?

Wahrscheinlich.

Die anderen brennenden Wracks und verkohlten Agenten boten Sai keine Überraschungen. Eponi und die Geschütze der *Prisa* hatten ganze Arbeit gegen einen überforderten Feind geleistet. Dass Vana und Renard überhaupt versucht hatten zu kämpfen, ergab wenig Sinn. Sie konnten nicht gewinnen. Selbst wenn die Agenten genau geschossen hätten, selbst wenn Abbad Aurora mit dem Katana zerstückelt hätte, hätte Eponi eine nahezu unbesiegbare Position gehabt, um Verwüstung anzurichten.

»Warum dann?«, sagte Sai und kniete sich hin, um einen weiteren nicht vorhandenen Herzschlag an einer von

Trümmern bedeckten Leiche zu überprüfen. »Was war der Sinn?«

Der Rauch der schwelenden Skiffs, der in den Himmel aufstieg, bot wenige Antworten.

Raquel lebte. Kashmal, kaum. Vanas schneller Schuss hatte die Lungen des Mannes verbrannt, eine Verletzung, mit der Rovo mitfühlte und die eine bessere medizinische Versorgung erforderte, als die *Prisa* bieten konnte. Raquel, betäubt und aufgeputscht durch die Militär-Mixturen, die Sever an Bord hatte, machte die Anrufe, um medizinisches Personal in der Salinity-Anlage bereit zu halten, die Sever am Vortag genutzt hatte.

»Es ist kein Krankenhaus«, sagte Raquel, die im zentralen Aufenthaltsbereich der *Prisa* saß. Kashmal hatte Rovos Zimmer, wo der Mann weiterhin bewusstlos lag. »Aber es ist auch nicht nichts. Sie werden in der Lage sein, ihn zu stabilisieren.«

Sai, der ihr gegenüber im Raum saß, nickte der Frau zu. Rovo hing ebenfalls bei ihnen herum, während Aurora vorne bei Eponi saß und Gregor, der seine Powerrüstung immer noch auf der zweiten Ebene reinigte, ein Auge auf Kashmal hatte.

»Keine Agenten auch«, sagte Sai. »Eine gute Entscheidung.«

»Das weißt du nicht«, sagte Rovo, den Kopf gegen die Wand gelehnt, ins Nichts und auf niemanden starrend. »Sie könnten überall sein. Könnten jeder sein. Könnte sogar du sein.«

Rovo blickte zu Raquel, die die Anschuldigung besser aufnahm, als Sai es getan hätte. Anstatt Rovos Worte gegen ihn zu wenden oder eine schimpfende Abfuhr zu erteilen, holte Raquel tief Luft und warf dem Neuling einen mitfühlenden Blick zu.

»Es tut mir leid, Rovo«, sagte Raquel. »Uns allen tut es leid. Wir alle haben versucht, Kaia zu beschützen.«

»Nicht Aurora«, erwiderte Rovo und richtete seine Hitze auf Sai. »Sie wollte nur dich. Squad vor Zivilisten, stimmt's?«

»Stimmt«, sagte Sai. »Nicht dass es eine Rolle gespielt hätte. Sie hätten Kaia so oder so mitgenommen, egal was wir getan hätten.«

»Weil wir sie direkt zu ihnen gebracht haben!« Rovo sprang auf die Füße, sein Hitzkopf jetzt in vollem Gange. »Wir hätten Kaia und Kashmal in der Anlage zurücklassen sollen. Sie gehörten nicht in so einen Kampf!«

Sai hob eine Augenbraue in Rovos Richtung: »Wenn wir ohne Kaia gekommen wären, hätten sie angegriffen. Wahrscheinlich hätten sie mich hingerichtet.«

Ausnahmsweise führte Rovos Frustration ihn nicht auf einen anderen Weg, und der Neuling lief auf und ab. Sai konnte das auch verstehen: den Wunsch, auf etwas wütend zu sein, ein Ziel zu haben, einen Plan, um die Hitze gegen den Feind zu richten.

»Es ist noch nicht vorbei«, sagte Raquel, und sowohl Sai als auch der Neuling schauten in ihre Richtung. Die Sicherheitschefin von Salinity hatte ihr Armband hochgehoben und tippte darauf herum. »Vana ist in einem Skiff davongeflogen, aber damit kommen sie nicht ins All. Du hast gesagt, Renard hatte ein spezielles Schiff, richtig?«

»Ich bin damit geflogen«, sagte Rovo. »Warum?«

»Gib mir seine Beschreibung«, antwortete Raquel. »Ich bin sicher, Renard hat es nicht unter seinem eigenen Namen angedockt, aber wenn wir herausfinden können, wo es liegt, kann ich es sperren lassen. Salinity wird es nicht gehen lassen.«

»Dann haben wir alle Zeit der Welt, um Vana aufzuspüren.« Rovos Fäuste ballten sich bei dem Gedanken. »Kannst du das wirklich tun?«

»Es ist, als würdest du denken, meine Rolle wäre bedeutungslos«, sagte Raquel, ihr Lächeln jetzt nicht mehr so traurig.

Sai beobachtete, wie der Austausch weiterging, der Neuling führte Raquel durch Renards Schiff und seine Konturen. Die Idee machte Sinn, obwohl Sai sich nicht sicher war, wie viel er darauf wetten würde, dass Renard sein Prachtschiff in einer normalen Bucht andocken würde. Der tote Offizier war hoch oben in der geheimen Hierarchie von DefenseCorp gewesen, zweifellos konnte er eine Bucht abseits der üblichen Plätze finden.

Aber als Sai das ansprach, nachdem Rovo seine Schiffsführung beendet hatte, wischte Raquel die Bedenken beiseite.

»Denk daran, als wäre dieser Planet eines deiner Schiffe«, sagte Raquel. »Ja, es mag Orte geben, denen wir nicht viel Aufmerksamkeit schenken, aber niemand bekommt ein Schiff auf oder von diesem Planeten, ohne dass wir es wissen. Wenn DefenseCorp eine private Bucht hat, haben wir sie im Blick. Dafür sorge ich.«

»Und sobald wir sie finden, ist es vorbei«, sagte Rovo. »Beim nächsten Mal kommt Vana nicht davon.«

Nach einer langen Dusche und einem Kleiderwechsel fand Sai Aurora beim leichten Abendessen auf der Außenterrasse der Einrichtung. Insgesamt angenehmer als die engen, dunklen Räumlichkeiten von Vanas und Renards gewähltem Unterschlupf, atmete Sai die salzige Meeresluft ein und setzte sich ohne zu fragen Aurora gegenüber.

Als Aurora schmunzelte, zuckte Sai mit den Schultern. Nahm einen Bissen von, natürlich, weißem Fisch. Einen Schluck nicht-salziges Wasser. Lehnte sich zurück und genoss einen langen Blick auf die orange-violette Sonnen-untergangsshow, die am Horizont begann.

»Rovo ist nicht glücklich mit mir«, sagte Aurora nach einer langen Minute.

»Er ist im Moment mit niemandem glücklich.«

»Wenn wir noch bei DefenseCorp wären, wäre er für das, was er mit Gregor gemacht hat, gefeuert worden.« Auroras Grinsen verschwand, ihre rechte Hand trommelte langsam mit den Fingern auf den Tisch. »Oder erschossen.«

»Ich weiß«, erwiderte Sai. »Und ich weiß, dass du willst, dass ich dagegen argumentiere, damit du mir all die Wege aufzählen kannst, wie er die Mission gefährdet hat, wie er deinen Plan vermasselt hat, nur damit du es aus deinem System bekommst.«

Aurora lachte, die Stimmung war gebrochen, und schüttelte den Kopf: »Du kennst mich zu gut.«

»Wir schießen schon seit langem durch die Sterne, Käpt'n.«

»Heute war ein harter Tag«, sagte Aurora. »Ich verliere nicht gerne, Sai. Und ich verliere wirklich nicht gerne gegen einen Agenten.«

Sai schüttelte den Kopf: »Wir haben nicht verloren. Kein einziger Toter auf unserer Seite, und wir haben Renard ausgeschaltet. Nach meiner Rechnung ist das ein klarer Sieg.«

»Wenn man das Hauptziel ignoriert. Du hast diese Anzüge gesehen, Sai. Wenn Kaias Blut wirklich die Antwort hat, dann könntest du unsichtbare Agenten überall haben, ohne die geringste Warnung.«

»Du sagst das, als wäre es unser Problem«, sagte Sai.

Er erwartete ein weiteres Lachen, ein weiteres Kopf-schütteln und ein Eingeständnis, dass nein, Sever Squad nicht die Polizei der Galaxie war. Es war nicht die Schuld ihrer kleinen Truppe, wenn DefenseCorp eine Horde unsichtbarer Killer auf jeden losließ, der keinen Vertrag unterschrieben hatte.

Aber Aurora biss nicht an. Stattdessen richtete sie ihren Blick hart auf den Horizont. Diese Finger begannen wieder zu trommeln.

»Du und ich sind wegen des Geldes zu Sever gekommen«, sagte Aurora. »Wir haben gekämpft und gekämpft und gekämpft, und ich dachte immer, dass der Kontostand das Wichtigste sein würde.« Sie hielt inne, blickte zu Sai, warf das kleinste Grinsen auf, »Und es ist immer noch wichtig, aber es ist vielleicht nicht mehr das Einzige.«

»Das Mädchen bedeutet dir so viel?«, sagte Sai, dann schüttelte er den Kopf. »Tut mir leid, das kam falsch rüber. Ich frage mich, wir haben Städte in die Luft gejagt und niedergebrannt. Wir haben gegen Eltern gekämpft, und wir haben Söhne und Töchter erschossen. Ich will auch nicht, dass Kaia etwas Schlimmes passiert, Aurora, aber im Moment sind wir alle hier. Wir leben, mit einem reparierten Schiff und einer vollen Kampfpanzerung. Wen kümmert es, wenn DefenseCorp sich selbst zerfleischt?«

»Wenn ich Rovo sage, dass wir gehen, wird er nicht folgen«, sagte Aurora.

Sai spürte, dass es eine größere Antwort auf seine Worte gab als das, also wartete er. Aß sein nun kaltes Essen. Immer noch besser als im Labor gezüchtete Proteinpakete.

»Sai, wir haben DefenseCorp wegen Dynas verlassen, weil wir anders sein wollten. Um unsere eigenen Entscheidungen zu treffen und uns nicht mit ihrem Bullshit herumzuschlagen. Ich denke, wir müssen diese Entscheidung jetzt treffen«, Aurora sah in seine Richtung. »Ich werde deine Hilfe brauchen. Rovo ist zu wütend, um sich zusammenzureißen. Eponi ist zu sprunghaft, und Gregor will nur gesagt bekommen, wo er zuschlagen soll. Wenn wir Vana finden und Kaia zurückholen wollen, brauche ich den alten Sai an meiner Seite.«

»Der alte Sai?« Der Schwertkämpfer grinste. »Was bedeutet das?«

»Wann hast du zum letzten Mal eine Bombe gebaut, mein Freund?«

IN DIE TIEFE

Die Konsole blinkte vor ihm, ihr breiter schwarzer Bildschirm wartete darauf, Gregors Befehl entgegenzunehmen. Oder besser gesagt, sein Diktat. Eponi hatte das Kommunikationsprogramm eingerichtet und Gregor allein im Cockpit der *Prisa* zurückgelassen, das Schiff sicher an der Salinity-Anlage angedockt. Kashmal war in einem medizinischen Gleiter von Salinity weggeflogen worden, während der Rest von Sever, einschließlich Raquel, eine lange Nacht auf dem offenen Deck der Plattform verbrachte.

Gregor würde sich ihnen irgendwann anschließen. Trupps mussten nach einem Tag wie diesem zusammenwachsen, eine Nacht oder zwei durchmachen, um die Spannung abzubauen. Gregor würde besonders mit Rovo sprechen müssen. Ihm erklären, warum er den Neuling ins Wasser geworfen hatte. Dass er es getan hatte, um Rovo vor einem Fehler zu bewahren, von dem er sich nicht mehr erholen könnte.

Dieser Wurf hatte jedoch den dünnen Faden der

Verhandlungen zerrissen. Gregor hatte den Absturz in eine Schießerei durch sein Visier beobachtet, sicher in der Entfernung von einfachen Pistolenschüssen. Wie beim Betrachten eines lebensechten Films, und noch dazu eines schlechten.

Schuldgefühle hatten in Gregors Leben keine große Rolle gespielt. Er legte Wert darauf, seine Entscheidungen zu akzeptieren, während er sie traf. Bei DefenseCorp oder vorher in den Minen konnte man nicht über Fehler grübeln, darüber, was man anders hätte machen können. Dafür war keine Zeit, und außerdem konnte man nicht zurück. Also weigerte sich Gregor, die Stunden zu revidieren und verschiedene Szenarien durchzuspielen, die Kaia in Severs Händen gelassen hätten.

Zu viele Vielleichts. Zu viele Wenns.

Er hatte die Fahrt von der Insel zur Salinity-Anlage damit verbracht, Kashmal mit einem Auge zu beobachten, obwohl der Mann so weit vom funktionalen Leben entfernt schien, dass der Fokus auf Kashmal in eine ekelerregende Frustration abglitt. Gregor konnte den Mann nicht mit einem Hammer schlagen, um ihn gesünder zu machen, und er hatte weder die Werkzeuge noch die Fähigkeiten, um eine Wunderoperation durchzuführen.

Er konnte jedoch warten und sehen, ob Kashmal Wasser brauchte. Eine Hand zum Festhalten, während sein Leben entglitt, falls so etwas passieren musste.

Gregor wartete den schrecklichen Anblick mit seinen Waffen ab. Er reinigte und baute das lange Gewehr wieder zusammen, dessen Lauf vom Laserfeuer gezeichnet, aber ansonsten in gutem Zustand war. Er wischte die Energierüstung ab, führte die Systemchecks für die verschiedenen Teile durch und nickte, als sie positiv zurückkamen. Zum ersten Mal war der Hammermann nicht im Zentrum des

Kampfes gewesen. Zum ersten Mal war Gregor kein Ziel gewesen.

All das zu tun, tötete die Zeit, tat aber nichts, um einen zunehmend dringenden Drang zu stillen. Gregor war seit Jahrzehnten bei DefenseCorp, und in dieser Zeit hatte er aufgehört, mit seiner Familie zu sprechen. Nachrichten über die Sterne zu schicken, brauchte immer Zeit, und da seine Eltern von einem Weltraumfelsen zum nächsten hüpften bei ihrer Bergbauarbeit, gab es keine Garantie, dass irgendwelche Notizen sie überhaupt erreichen würden. Das allmähliche Verstummen kam zu Gregor zurück, als die Worte seiner Familie in Tropfen, Fetzen und dann gar nicht mehr kamen.

Und jetzt saß er hier und versuchte sich zu überlegen, was er sagen sollte, wenn er so lange nichts gesagt hatte.

Es war bei weitem einfacher, den Hammer zu schwingen.

Die Konsole summte, ihr schwarzer Bildschirm blitzte grün für einen eingehenden Ruf auf. Eponis Kennung scrollte vorbei, und Gregor tippte ein.

»Hey, bist du mit dem Liebesbrief schon fertig?«, kam Eponis Stimme durch, leicht lallend.

»Liebesbrief?«

»Was auch immer. Jedenfalls erklärt Aurora gerade ein Truppentreffen, jetzt sofort. Getränke erforderlich. Also, kommst du?«

Gregor blickte auf das dunkle, leere Feld auf der rechten Seite der Konsole.

»Gregor? Bist du da, großer Kerl?«

Er blinzelte, konzentrierte sich auf Eponis Grün, setzte ein kleines Grinsen auf, obwohl Eponi sein Gesicht nicht sehen konnte, »Ich bin gleich da.«

»Okay, aber beeil dich, denn Sai gießt schon ein-«

Gregor wischte den Anruf weg, starrte noch eine Sekunde auf das schwarze Feld und wischte dann auch das weg.

Der Gleiter war nicht die optimale Art, einen Kater auszukurieren, aber der Medikamentencocktail, der durch Gregors Körper floss, machte einen guten Job, die Nachwirkungen eines aus dem Ruder gelaufenen Truppenbriefings zu beseitigen. Mit Eponi vorne am Steuerknüppel fuhren Gregor und Sai mit ihr in Richtung Kaiyo. Eponi schien einen unerschöpflichen Vorrat an Schwung zu haben, obwohl Gregor vermutete, dass ihre gute Laune eher daher rührte, dass sie sich früher als, nun ja, im Morgengrauen aus dem Desaster der letzten Nacht verabschiedet hatte.

Aber wenige Dinge heilten Risse besser als Wahrheitssagen unter dem Einfluss einer Flasche, besonders einer, die unter dem ziemlich erstaunlichen Nachthimmel von Gillane Vier geteilt wurde, mit den tosenden Wellen darunter, die das Licht nach oben warfen.

»Also seid ihr wieder beste Freunde?«, fragte Eponi während des Fluges.

»Rovo versteht«, antwortete Gregor, seine Stimme noch tiefer und nach Wasser verlangend. »Und ich verstehe ihn.«

»Klingt langweilig.«

»Eponi«, sagte Sai, »nicht jeder löst seine Differenzen, indem er sich auf der Straße prügelt.«

»Wie ich sagte, langweilig.«

Gregor lehnte sich im Sitz zurück und schloss die Augen. Rovo war anfangs steif gewesen, vielleicht in Erwartung, dass Gregor einen Monolog über Pflicht und den Vorrang der Mission über die eigenen Gefühle halten würde. Gregor war jedoch nie jemand für Disziplin gewesen. Aurora war die Anführerin des Trupps, all das lag in ihrem Verantwortungsbereich. Stattdessen wählte Gregor den Weg der Vergebung, ohne tatsächlich ein Wort über Vergebung zu verlieren.

»Ich hätte dasselbe getan, wenn ich das Mädchen besser gekannt hätte«, sagte Gregor dem Neuling, und Rovo hatte das aufgenommen und den Rest der Nacht von dieser Freundlichkeit gezehrt.

Dass Gregor niemals wirklich eine Mission für einen Zivilisten gefährden würde, spielte keine Rolle. Sever endete die Nacht wieder als Einheit.

Eponi steuerte das Skiff, einer hellgrünen Projektion auf der Glaskuppel des Skiffs folgend, die ihr den Weg wies. Raquels Quellen hatten nicht lange gebraucht, um Renards Schiff zu finden, das in einer wenig genutzten Bucht für Reparaturen und Bergung geparkt war. Die Bucht selbst lag tief in Kaiyos Struktur, und während Eponi gefragt hatte, ob sie direkt hineinfliegen sollten, hatte Raquel eine subtilere Methode vorgeschlagen.

Offenbar war Salinity kein Fan davon, dass in seinen Städten große Kämpfe ausbrachen.

Daher musste das Sever-Trio den langen Weg nehmen. Raquel, Rovo und Aurora hielten sich mit weiteren Sicherheitskräften von Salinity für eine Reaktion bereit. Falls Vana und Kaia anderswo auftauchen würden, würden sie zur Rettung eilen. Wieder einmal hatte Rovo dagegen protestiert, von der Haupttruppe ausgeschlossen zu werden. Wieder einmal hatte Aurora den Neuling überredet, sich zurückzuhalten.

Raquel drängte jedoch auf eine weitere Bedingung. Eine, gegen die Gregor und Sai protestiert hatten und die Eponi achselzuckend hingenommen hatte. Keine Kampfanzüge. Kaiyo selbst summte noch von den früheren Kämpfen, die eine Landeplattform zerstört und fast ein Gebäude zum Einsturz gebracht hatten, ganz zu schweigen von dem niedergebrannten Bergungsgeschäft. Nun hatte Sever auch noch einen Urlaubsort ruiniert. Bei weiterer Zerstörung würde Raquel gezwungen sein, den Trupp vom Planeten zu werfen, egal aus welchem Grund sie gekommen waren.

»Sie hat die falsche Crew für eine ruhige Mission ausgewählt«, sagte Sai, als Kaiyos funkelnde Stadt in Sicht kam. »Gregor wird uns mit diesem Hammer in die Nachrichten bringen, bevor wir überhaupt das Skiff verlassen haben.«

»Oder dein Schwert«, konterte Gregor.

»Deshalb bin ich hier«, sagte Eponi. »Ihr beide zieht alle Blicke auf euch, dann hole ich das Mädchen raus. Ganz einfach.«

»Nachdem wir das Schiff sabotiert haben«, korrigierte Sai.

»Ja, was auch immer. Ihr macht euer Ding, ich mache meins.«

Gregor konnte Sais Gesicht nicht sehen, aber er wusste trotzdem, dass der Mann die Augen verdrehte.

Eponi dockte das Skiff in einem Salinity-Ladedock zwei Ebenen unter Kaiyos Oberfläche an. Der Raum, vollgestopft mit Frachtrobotern und Arbeitern, die gereinigtes Wasser in Tanks und Kisten aller Größen handhaben, summte vor Betriebsamkeit, die nichts mit Zerstörung zu tun hatte. Pure Arbeit um der Industrie willen traf bei Gregor einen Nerv, und er ließ sich Zeit beim Verlassen der Bucht, die Anstrengung in sich aufnehmend.

Und gab allen in der Bucht die Gelegenheit, einen Blick auf Gregors Hammer zu werfen.

Trotz Sais Scherzen war Heimlichkeit hier nicht das Ziel. Aurora, Rovo und Salinity hofften, dass Vana das Trio auf dem Weg zu ihrem Schiff sehen und darauf reagieren würde. Sich selbst verraten würde. Dann würden sie eingreifen, Kaia retten und Vana einen heißen Laser zwischen die Augen jagen. Ein guter Plan, besonders wenn es als Ablenkung bedeutete, dass Gregor viele Ziele finden würde.

Ein Schuss aus dem Scharfschützengewehr befriedigte einfach nicht so wie ein Hammerschlag.

Sai führte, sein Katana in der Scheide auf dem Rücken. Obwohl er keinen Kampfanzug trug, trug der Mann, wie alle drei, einen knöchellangen Mantel, beschafft aus Salinity-Ressourcen, die dazu gedacht waren, Arbeiter auf dem Spike quer über den Planeten warm zu halten. Das Kleidungsstück diente dazu, die Pistolen, Messer und in Sais Fall einige improvisierte Bomben zu verbergen, die dafür konzipiert waren, nahegelegene Elektronik kurzzuschließen.

Wenn sie die Bomben an Vanas Schiff anbringen würden und Sai eine Nachricht auf der richtigen Frequenz senden würde, würde Vana feststellen, dass das Schiff nicht vom Boden abheben würde. Entscheidend war, dass die Bomben bei jungen Kindern nichts weiter als ein leichtes Kribbeln in den Haaren hinterlassen würden.

Aber um diese Bomben dorthin zu bringen, wo sie gebraucht wurden, musste das Trio zum Schiff gelangen und vielleicht sogar hinein. Niemand ging davon aus, dass Vana ihren besten Fluchtweg unbewacht gelassen hatte. Einige hofften, sie hätte ihn verstärkt.

Gregor, der seinen Hammer auf der rechten Schulter trug, folgte ihnen, als sie die Bucht verließen und durch eine andere Welt schlichen. Oben erfüllte Kaiyos sauberes, urbanes Flair den Zukunftswohlstand-Look, den Gregor von wohlhabenden Planeten erwartete. Er hatte seine Karriere größtenteils auf dem Gegenteil verbracht - Planeten mit gesunden Gesellschaften brauchten Defense-

Corps Dienste in der Regel nicht -, daher war es eine angenehme Abwechslung, durch Kaiyos saubere Straßen zu gehen, Körper durch die Transportröhren flitzen zu sehen und keinen einzigen gewalttätigen Schrei zu hören.

Hier unten? Wo die Decken sich bedrängend nah anfühlten und in standardmäßigem Gelb leuchteten?

Nun, Gregor musste seinen eigenen Kiefer wieder zurück an seinen Platz schieben.

Diese langweiligen Lichter zeigten eine weitläufige Ebene, deren Wände, die Geschäfte und Häuser begrenzten, Wandgemälde trugen, die jeden künstlerischen Stil umfassten, den Gregor sich vorstellen konnte. Live-Musik spielte, kollidierte und harmonierte dann mit anderen Musikern, die ihre eigenen Ecken beanspruchten, führten und folgten in gleichem Maße. Menschenmengen flossen wie Flüsse, vermischten Arbeiter mit Einkäufern und Familien gleichermaßen. Jeder Atemzug brachte ein herzhaftes Gewicht mit sich, als Mittagsmahlzeiten zum Leben erwachten.

Sais Schwert und Gregors Hammer sicherten dem Trio Platz und leichten Argwohn, aber wie Tiere in einem Naturschutzgebiet gingen diese Menschen nicht mit Gewalt, die an ihren Fußstapfen nagte. Geldsorgen umhüllten nicht jedes ihrer Worte, gruben keine Klauen in ihre Augen.

»Verdammt«, sagte Eponi. »Das könnte der glücklichste Ort sein, den ich je gesehen habe.«

»Und wir werden ihn ruinieren«, sagte Gregor, was seine Lust auf Hammerschwingen fast dämpfte.

»Vielleicht nicht«, erwiderte Sai. »Das Schiff ist Ebenen von hier entfernt. Wenn wir Glück haben, werden sie nie erfahren, was unter ihren Füßen geschieht.«

Wenn sie Glück haben. Gregor musste nicht darauf

hinweisen, wie unglücklich Zivilisten tendierten, wenn Sever oder DefenseCorp in der Nähe waren.

»Wo ist also der Abgang?«, fragte Eponi, als sie das Zentrum der Ebene erreichten, ein kreisförmiger Innenhof, der die größeren Räume auf Kaiyos Oberfläche widerspiegelte. Keine Brunnen oder hohen Statuen hier, aber Bänke waren um eine kleine Bühne in der Mitte verstreut, perfekt für eine Band. »Ich sehe kein Schild für einen Aufzug.«

Sai, der auf sein Handgelenk schaute, antwortete: »Die Aufzüge, die uns offen stehen, sind in dieser Richtung. Nicht weit.«

Die personengroßen Aufzüge waren in Wirklichkeit keine Aufzüge. Statt eines flachen Bodens, der Gregor bequem im Stehen nach oben oder unten befördert hätte, bot Salinity seinen Bewohnern verdammte Röhren. Einzelne Kapseln – groß genug für zwei, wenn der zweite ein kleines Kind war – die durch druckbeaufschlagte Bahnen sausten. Die Liftstation hatte vier Röhren im Angebot, eine für aufwärts und eine für abwärts, mit zwei weiteren, deren Kapseln vorbeirauschten und Leute beförderten, die an diesem Stockwerk nicht halten wollten.

»Da steige ich nicht ein«, sagte Gregor.

»Ach, hat Gregor etwa Angst?«, neckte Eponi, während sie sich in eine kurze Schlange für die Abwärtsfahrt einreihten.

»Nicht Angst, ich will einfach nicht.« Gregor tätschelte den Hammer. »Zu groß.«

Das war allerdings nicht ganz die Wahrheit. Die Kapseln hatten trotz ihrer Einzelplatz-plus-eins-Bestuhlung genug Platz für Gregor und seinen Hammer. Er hatte einfach keine Lust, in ein Ei gestopft und herumgeschossen zu werden.

»Ich glaube, wir haben keine Wahl«, sagte Sai und warf

einen Blick auf sein Armband. »Wir könnten Raquel natürlich um die Erlaubnis bitten, die Frachtaufzüge zu benutzen, aber wer weiß, wie lange das dauern würde.«

»Komm schon, Gregor. Sei kein Baby. Fahr mit uns«, lachte Eponi.

Es gab Zeiten, da wünschte sich Gregor, er würde alleine arbeiten.

Die Kapseln wurden durch Druckplatten bedient. Der nächste Passagier trat auf ein weiß-gold lackiertes Quadrat, das durch eine strukturierte Stange für Sehbehinderte oder jene, die eine zusätzliche Führung benötigten, ergänzt wurde. Das Signal zog die nächste vorbeifahrende Kapsel in den Abholplatz, obwohl meistens schon eine Kapsel dort zu warten schien, nachdem sie einen anderen Fahrgast abgesetzt hatte.

Sai und dann Eponi stiegen in ihre Kapseln und schossen los, mit dem Ziel drei Ebenen tiefer. Ein sekundenschneller Blitz. Gregor war als Nächster dran, die meergrüne und silberne Kapsel hielt für ihn wie ein auf die Seite gelegtes Ei. Der große Mann stieg über den Lift, ein leuchtend roter Countdown gab ihm dreißig Sekunden Zeit zum Einsteigen. Sobald sich Gregor jedoch auf dem harten Sitz niedergelassen hatte, vollbrachte die Kapsel ihre Magie: Sie scannte die Größe des Mannes, die Gurte passten sich an und fegten herüber, um Gregor an Ort und Stelle zu fixieren.

Für den Hammer gab es keine Halterung, und Gregor glaubte nicht, dass er in das Gepäckfach passen würde, also hielt er ihn mit beiden Händen fest, als der Timer der Kapsel auf Null fiel. Eine Schutzhaube schloss sich um ihn, und das Ei drehte sich, zeigte gerade nach unten. Ein fröhlicher Gong ertönte und die Kapsel startete, sauste in die Hauptröhre und raste abwärts.

Schnell.

Zu schnell.

Die Ebenen verschwammen, weit mehr als drei, weit über die hinaus, die Gregor ausgewählt hatte, während die Kapsel ihn tief in Kaiyos Tiefen schleuderte.

GEFÄHRLICHE SPIELE

Der Kartbahn-Rausch, als die Kapsel vorwärtsschoss, hielt etwa so lange an, wie Eponi brauchte, um zu bemerken, dass der Etagenzähler nicht bei der von ihr gewählten Etage stehen geblieben war. Stattdessen wurde die Kapsel nach einigen Sekunden zu lang seitwärts verschoben und setzte Eponi drei Etagen unter dem Ziel ab. Die Abdeckung glitt zur Seite und ein kurzer Timer forderte Eponi auf, jetzt auszusteigen oder unbestimmte Konsequenzen zu erleiden.

Die Pilotin trat auf eine verlassene Plattform, auf eine Ebene, der die Fröhlichkeit ihrer höheren Partnerin fehlte. Die orange-gelben Lichter blieben, aber statt eines breiten Layouts verengte sich die Kapselplattform zu einem gesicherten Tor, das fest verschlossen war und einen rot leuchtenden Scanner daneben hatte. Zu ihrer Linken sausten die nach oben schießenden Kapseln vorbei und boten eine einfache Möglichkeit zum Einsteigen.

Und dennoch.

Eponi hatte die richtige Etage gewählt, diejenige, die

Sai mit jedem von ihnen bestätigt hatte, bevor sie in die Kapseln stiegen. Der Schwertkämpfer war nicht hier, und als die Kapseln hinter ihr vorbeischossen, war klar, dass Gregor auch nicht auf dieser Etage angehalten hatte. Das bedeutete, dass die Kapsel fehlgeleitet worden war oder jemand anderes ihr gesagt hatte, wohin sie fahren sollte.

Sie würde sich nicht als misstrauisch bezeichnen, aber Eponi wusste, womit sie es zu tun hatten: Agenten zogen es vor, im Schatten zu operieren, nicht an vorderster Front. Sever zu trennen und sie einen nach dem anderen auszuschalten? Das stand auf der ersten Seite des Agenten-Handbuchs.

Eponi ließ ihre Hand zur Pistole unter ihrer Jacke gleiten und trat von den Kapselröhren weg in Richtung der verglasten Kabine, die sich in der Nähe des verschlossenen Tores befand. Das Leuchten einer Konsole ließ ihr Blau mit den Deckenleuchten hinter dem Glas kollidieren, und die Lehne eines Stuhls drehte sich langsam im Kreis.

»Na, wenn das nicht unheimlich ist«, murmelte Eponi und näherte sich langsam.

Sie wollte ihr Armband heben, eine Frage an Sai und Gregor schicken, vielleicht eine Warnung an Aurora und die anderen, aber Eponi wollte nicht sterben, und ihre Augen, ihre Konzentration von der Szene abzuwenden, bevor sie sie gesichert hatte, war ein guter Weg, um eine Expressreise ins Jenseits anzutreten.

Als sie an das Glas herantrat, zu dem kleinen Oval, wo Besucher offensichtlich ihre Ausweise, Bargeld oder was auch immer vorzeigen sollten, blickte Eponi hinein, trat dann sofort zurück, zog ihre Pistole und schwenkte sie über das Gebiet. Nichts und niemand erhob sich, um sie zu begrüßen.

In dieser Kabine hatte Eponi eine kalte Leiche gesehen. Der Wachmann, der diese Station besetzt hatte, würde seinen Job nicht mehr machen. Mehrere schwarz versengte Löcher durch die Salinity-Uniform des Mannes gaben die Todesursache in endgültiger Form an. Aber warum einen zufälligen Kabinenwärter ermorden?

Diese Frage fand keine Antwort in dem plötzlichen Geräusch, als das verschlossene Tor aufschlug, aber sie wurde in den Hintergrund von Eponis Gedanken gedrängt.

Das sich öffnende Tor offenbarte mehrere Sicherheitsbeamte von Salinity, bewaffnet mit Gewehren, Pistolen am Gürtel und den grimmigen Blicken von Leuten, die von einem frühen Mittagessen abberufen wurden, um sich mit einem Problem zu befassen, das sie nicht wollten. Zwei sahen Eponi mit ihrer gezogenen Pistole und forderten sie erwartungsgemäß auf, sie fallen zu lassen, während der dritte sich zur Kabine wandte und in dem lauten, schockierten Stil eines Menschen fluchte, der noch nie zuvor eine Leiche gesehen hatte.

Eponi senkte die Pistole, ließ sie aber nicht fallen. Sie hob jedoch ihre linke Hand und versuchte, ein Gesicht aufzusetzen, das sagte, dass sie niemanden erschießen würde.

»Hey, Leute«, sagte Eponi, »ich weiß, wie das aussieht, und ich sage euch, es ist nicht das, wonach es aussieht.«

»Es sieht so aus, als würdest du diese Pistole immer noch festhalten«, sagte der Anführer des Trios, der noch keinen Blick in die Kabine geworfen hatte. Von den dreien schien er der älteste zu sein, graue Strähnen bahnten sich ihren Weg durch sein braunes Haar und sein glatt rasiertes Gesicht. »Lass sie fallen, oder wir schießen.«

Hier spielten sich verschiedene Szenarien ab. Eponi

könnte tun, was der Mann sagte, die drei sie zu irgendeinem Salinity-Verarbeitungszentrum bringen lassen, wo ein Anruf bei Raquel und Videobeweise – es musste irgendeine Aufzeichnung in dieser Kabine geben – sie entlasten würden. Ein paar Stunden im Schweiß verbracht, und Eponi könnte davonkommen.

Ein paar Stunden abseits der Spur, während derer Vana in der Lage sein könnte, mit Kaia im Schlepptau vom Planeten zu verschwinden.

»Tut mir leid, Kumpel«, sagte Eponi, »wisse, dass ich das wirklich nicht tun will.«

Der Anführer hob eine Augenbraue, hob das Gewehr, aber das hier waren Sicherheitskräfte von Salinity. Wie die in der Lobby oben hatten sie seit zu vielen Jahren keine echte Action mehr gesehen. Ein bequemer Job auf einem gemütlichen Planeten, der damit verbracht wurde, Touristen und gelegentliche Betrunkene dorthin zu führen, wo sie hin mussten.

Eponi wich nach rechts aus, bewegte sich auf die Kabine zu, während sie ihre Pistole zog und deren Energie herunterregelte. Die Schüsse würden immer noch genug schmerzen, um einem den Atem zu rauben, sollten aber nicht durch die Haut brennen. Sollten keine Lunge durchlöchern.

Das Trio reagierte mit einer Mischung aus Prahlerei und Panik. Dem Anführer gelang es, abzudrücken und heiße Energie in die Wand hinter Eponi zu schicken. Seine Kumpel versuchten, ihre Gewehre zu heben, während sie sich gleichzeitig in Deckung hinter dem Tor zurückzogen. Zwei hektische Sekunden und die Konfrontation hatte sich in eine Pattsituation verwandelt, wobei Eponi hinter der Kabine verweilte und die Wachen auf der anderen Seite.

»Ich sag euch was«, rief Eponi. »Schickt einen von euren Leuten, um sich das Video anzusehen. Er wird euch sagen, dass ich nichts damit zu tun hatte. Meine Kapsel ist in die falsche Etage gefahren. Das ist eine Falle.«

»Wenn das der Fall ist, wird das Video es beweisen. Warum zielst du mit einer Pistole auf uns?« Der Anführer klang, zu seiner Ehre, wirklich verwirrt. Zweifellos fragte er sich, wie sein Käsebrot sich in einen potenziellen Schusswechsel verwandelt hatte. »Das muss nicht so ablaufen.«

»Weil ich Orte habe, an denen ich sein muss, die nicht hier sind«, antwortete Eponi. »Lass mich in eine Kapsel steigen und ihr werdet mich nie wiedersehen, versprochen.«

Der Anführer stimmte offenbar nicht zu, denn das nächste Geräusch, das Eponi hörte, kam von einer rollenden Gasgranate, die über den Betonboden auf sie zurollte. Das Schöne an Granaten war jedoch, dass man sie, wenn man schnell handelte, gegen diejenigen zurückwenden konnte, die sie zuerst geworfen hatten. Eponi hob die Granate mit ihrer linken Hand auf und warf sie in einer fließenden Bewegung zurück in Richtung des Sicherheitstrios, genau wie DefenseCorp es ihr beigebracht hatte.

Das Gas quoll heraus, eine rotgraue Wolke, die den geschlossenen Raum voll ausnutzte. Eponi hörte Husten, der Anführer versuchte vergeblich, einen vollständigen Satz herauszubringen. Zeit zu gehen. Den Atem anhaltend und DefenseCorp dankend, dass sie ihre Rekruten darin gut ausgebildet hatte – Unterwasserlandungen waren kein Spaß –, sprintete Eponi zu den Kapselröhren. Sie stand auf der Rufplattform, wirbelte in die Hocke herum, die Pistole zurück zum Tor gerichtet.

Sie konnte das Trio nicht sehen, und sie konnten sie nicht sehen, aber die Granate hatte nicht so viel Gas. Es könnte sich lichten, bevor eine leere Kapsel auf dieser unteren, weniger frequentierten Ebene vorbeikäme. Eponi sollte schießen, sollte sie zurück in Deckung zwingen.

Aber dies waren nicht die Feinde, und Raquel wäre vielleicht nicht so nett, wenn Eponi anfinge, auf ihre Kollegen zu ballern.

Eponi hoffte wirklich, wirklich, dass es in dieser Gruppe keine Helden gab. Niemanden, der dumm genug wäre, einen Angriff durch den Nebel zu wagen, um zu ihr zu gelangen. Sie beobachtete das Gas mit tränenden, brennenden Augen, hörte das Husten und sah keine Menschenseele.

Hinter ihr ertönte ein Klingeln, als eine Kapsel einfuhr. Eponi fiel rückwärts in die Öffnung, während vor ihren Augen Flecken zu tanzen begannen, da ihr der Sauerstoff ausging. Sie musste jetzt atmen, oder sie riskierte, bewusstlos am nächsten Ziel anzukommen. Sie tippte die richtige Ebene ein und hoffte, dass die Kapsel es diesmal richtig machen würde, und blies ihre Lungen aus, als sich die Abdeckung über ihr schloss.

Das Einatmen brachte sie zum Husten – genug Gas war eingedrungen, um alles unangenehm zu machen –, aber bald darauf brachte die Kapsel sie drei Ebenen nach oben, sodass Eponi einen keuchenden Ausstieg an ihrem Zielort machen konnte. Zur Seite schlurfend, mit verschwommenen Augen, sammelte Eponi sich.

Sie war der Falle entkommen. Vana oder einer ihrer Agenten hatte Eponi eine Falle gestellt. Es ging alles darum, Sever aufzuhalten oder zu töten, ohne die eigenen Agenten zu gefährden. Aber wieder einmal war Eponi entkommen. Weil sie erstaunlich, fantastisch und brillant in einem war. Eponi fand eine Wand, lehnte sich dagegen und hustete und lachte gleichzeitig.

Sie hatten wieder versagt, die Verlierer.

Genug Blinzeln und genug Husten reinigten Eponi, sodass sie wahrnehmen konnte, wo sie gelandet war. Die roten Ebenenlichtanzeigen der Kapsel hatten ihr, selbst durch das Gas hindurch, versichert, dass sie den richtigen Ort gefunden hatte. Und das große, silbern beleuchtete Schild bestätigte es: Salinity Bergung.

Jede Aufregung darüber, endlich dort angekommen zu sein, wo ihre Mission es verlangte, verstarb, als Eponi erkannte, dass sie die Geräusche eines Bergungsplatzes nicht hörte. Hörte keine Gespräche zwischen Arbeitern, kein Summen, Schneiden, Zerschneiden von Metallen. Keine Bots, die von einer Arbeitsstelle zur nächsten rollten. Der Bergungsplatz lag, abgesehen von den stetigen Geräuschen, die jeder modernen Einrichtung innewohnen, still da.

Anders als die untere, verschlossene Ebene hatte der Bergungsplatz keine Kabine, die den Eingang bewachte. Kein verschlossenes Tor. Stattdessen öffnete sich die Kapselplattform in einen weiten Raum, der locker durch hängende Schilder organisiert war, die anzeigten, welche Teile wohin gehörten. Weit hinten, nahe dem, was Eponi für den äußeren Rand der Ebene hielt, hing ein Schild, das eine Mitteilung für Schiffsreparaturen ausleuchtete.

Eponi wäre direkt dorthin gegangen, wenn sie nicht die Bewegung bemerkt hätte. Sich verschiebende Schatten, die im Licht spielten. Eine Gruppe, die durch den Bereich ging. Eponis Wand, eine kurze Spanne, die dazu gedacht war, die Kapselplattform von eindringenden Trümmerhaufen abzuschirmen, würde als Deckung nicht dienen.

Die Pilotin ging in die Hocke, stellte ihre Pistole wieder auf hohe Leistung. Eine Ebene wie diese sollte voller Menschen sein, und dass sie es nicht war, bedeutete, dass die Agenten entweder eine Ausrede gefunden hatten, um sie zu leeren, oder – Eponi verzog das Gesicht, während sie sich duckte – sie ausgelöscht hatten. Was bedeutete, dass jeder, der übrig war, sicherlich jeden Schuss verdiente, den Eponi ihm zukommen lassen würde.

In den zylindrischen Schatten alter Motoren kauernd, schlich Eponi sich vorwärts. Sie zog ihr Armband heraus und tippte diese Nachrichten, eine an Sai und Gregor, in der sie fragte, wo zur Hölle sie seien, eine andere an Aurora und Raquel, in der sie vorschlug, dass Salinity einige Verstärkungen zu ihrem Bergungsplatz schicken sollte.

»Fertig?«, sagte eine fröhliche Stimme, und Eponi blickte von ihrem Armband auf, direkt in den Lauf eines Gewehrs. Das Gesicht der Frau, die es hielt, verzog sich zu einem breiten Lächeln, eines, das für die Umstände viel zu glücklich schien. »Ich bin so froh, dass ich dich gefunden habe! Die Chefin dachte nicht einmal, dass du es so weit schaffen würdest.«

Eponi, die ihr Armband so langsam wie möglich senkte, versuchte, das Lächeln mit den Worten, die aus dem Mund der Person kamen, in Einklang zu bringen, »Äh, ja? Hier bin ich?«

Ihre rechte Hand hielt immer noch ihre Pistole, und mit der geringsten Bewegung richtete Eponi den Lauf nach oben, bereit für einen Bauchschuss. Eponi hätte auch schon abgedrückt, hätte, außer dass die Agentin schnell austrat, Eponis Hand traf und die Pistole wegfliegen ließ.

»So trickreich«, sagte die Agentin, den Kopf schüttelnd. »Ich mag auch Spiele, wie wäre es, wenn wir meins versuchen?«

Es gab Zeiten, in denen Eponi einen heißen Sprung gewagt hätte, hätte versucht, einen Bauchschlag zu landen und wegzurollen, aber der schnelle Tritt der Agentin hatte bewiesen, dass dies kein dummer Handlanger war. Jede plötzliche Bewegung würde wahrscheinlich mit einem Gewehrschuss ins Gesicht enden, also antwortete Eponi auf die einzige Weise, die sie konnte:

»Okay, Kumpel. Lass uns spielen?«

WER ZAHLT?

Als Raquel Rovo, der in einem Konferenzraum von Salinity auf der Oberfläche von Kaiyo stand, fragte, was auf der Insel passiert sei, wusste der Neuling nicht so recht, wie er antworten sollte. Die erste und beste Erklärung war, dass er seinen Gefühlen und Instinkten gefolgt war. Der Kampf mit Gregor war schnell vorbei gewesen, wobei Rovo weder die Kraft noch die Fähigkeiten hatte, den älteren, stärkeren Kämpfer zu überwältigen. Also hatte Gregor Rovo in den See unter ihnen geworfen und dem Neuling gesagt, er solle seinen Kopf wieder gerade rücken.

»Von da an hab ich einfach versucht, Kaia zu kriegen«, sagte Rovo und blickte durch die hohen Fenster auf den endlosen Ozean. »Unsere Kampfanzüge haben Notfallgreifer, die man benutzen kann, also hab ich ihn Richtung Landeplatz geworfen und mich in den Kampf gezogen.« Rovo zuckte zusammen und warf ihr einen Blick zu. »Tut mir leid, ich hab nicht mal gesehen, dass du am Boden warst.«

Raquel nickte und erwiderte Rovos Blick nach draußen.

»Es war dumm, da ohne mehr Schutz rauszugehen. Es war so lange her, dass wir hier irgendwas in der Nähe eines echten Kampfes hatten, dass ich einfach... davon ausgegangen bin, die Gespräche würden ohne gezogene Waffe ablaufen.«

»Scheint bei uns nie so zu laufen.«

»Offenbar nicht.« Raquel runzelte die Stirn. »Du hast noch nichts über den anderen gesagt. Renard?«

Es gab nicht viel zu sagen. Rovo hatte den Offizier gepackt, weil er Kaia nicht gefährden wollte, indem er direkt auf sie zuging. Er hatte gedacht, ein Tausch, Renard gegen das Kind, wäre einfacher zu bewerkstelligen. Als das schiefgegangen war, als Vana Kashmal erschossen und trotzdem mit dem Mädchen geflohen war, gab es nicht viel mehr als ein aufblitzendes, brennendes Rot. Der Kampfanzug hatte seine Arbeit getan und ein Urteil gefällt.

»Ich wollte ihn nicht töten«, sagte Rovo, »aber er hat es trotzdem verdient. Er war kein guter Mensch.«

Raquel ließ sich nicht anmerken, wie sie diese Begründung aufnahm. Stattdessen sog sie einen Atemzug ein, der kaum ihre Lippen zu berühren schien. »In den paar Tagen, seit dein Trupp hier ist, sind fast dreißig Menschen auf meinem Planeten gestorben. Alle mit DefenseCorp verbunden. Unsere eigenen Mediennetzwerke berichten darüber als eine Art Unternehmensfehde und halten Salinity vorerst raus, aber es wächst eine Panik in meinen Straßen, Rovo. Niemand will rausgehen, wenn die Chance besteht, in ein Kreuzfeuer zu geraten.«

»Das wird nicht mehr lange dauern«, erwiderte Rovo. »Entweder Vana schafft es mit Kaia von der Welt, dann jagen wir hinterher. Oder wir kriegen sie zuerst, und dann verschwinden wir.«

»Wen mache ich also verantwortlich?«, fragte Raquel.

»Wenn das alles vorbei ist, wie kann ich meinen Chefs und den Menschen, die hier leben, gegenübertreten und sagen, dass all dieser Schaden, all diese Zerstörung nur ein unglücklicher Fehler war?«

Darauf hatte Rovo keine Antwort. Sever, und die meisten von DefenseCorp, kümmerten sich nicht um die Aufräumarbeiten nach ihren Einsätzen. Die meisten Verträge, die er gesehen hatte, schlossen diesen Teil ausdrücklich aus: Jeglicher Schaden, jegliche Öffentlichkeitsarbeit, das fiel demjenigen zu, der das Unternehmen für den Einsatz angeheuert hatte. Nur dass Sever jetzt irgendwie seinen eigenen Weg gegangen war.

»Du kannst DefenseCorp für alles die Schuld geben. Vielleicht versuch, ihnen die Schäden in Rechnung zu stellen«, sagte Rovo. »Die haben das Geld.«

Raquel lachte, ein düsteres Lachen. »Du glaubst, die werden zahlen? Eine Erklärung abgeben und die Schuld auf sich nehmen?«

»Wenn wir gewinnen, vielleicht. Wenn nicht«, Rovo schüttelte den Kopf, »wird es sowieso keine Rolle spielen.«

Hinter ihnen summte der Konferenzraum vor Aktivität. Aurora spielte die Dirigentin, sprach mit der Sicherheit von Salinity darüber, wo Vana sein könnte, und arrangierte, dass ihre und Kaias Fotos überall auf Kaiyo und den anderen Städten von Gillane Vier verbreitet wurden - Eponi war klug genug gewesen, den gesamten Austausch auf dem Landeplatz mit den Kameras der *Prisa* aufzuzeichnen. Raquel hatte zunächst versucht, bei Aurora zu bleiben, war aber zu Rovo hinübergedriftet, als klar wurde, dass die Erfahrung der Sever-Kapitänin in dieser Situation den offiziellen Rang übertraf.

»Du denkst, es ist so ernst?«, sagte Raquel. »Ich weiß, ich bin in all dem nicht so erfahren wie du und kenne

DefenseCorp nicht so gut, aber du lässt es klingen, als könnte die ganze Galaxie dafür bezahlen.«

»Das wird sie müssen«, erwiderte Rovo. »Das ist Vanas Ziel. DefenseCorp zu einer unbesiegbaren Maschine zu machen, bevölkert mit Soldaten in Anzügen, die niemand sehen kann, die überall hingehen können. Im Moment entscheidest du dich dafür, für den Schutz von Defense-Corp zu bezahlen. Wenn Vana ihren Willen bekommt, wirst du diese Wahl nicht mehr haben.«

»Aber sie bräuchte Billionen von Soldaten, um die Galaxie abzudecken. Billionen dieser Anzüge«, Raquel schüttelte den Kopf. »Unmöglich. Unmöglich in absehbarer Zeit.«

»Mein Vater hat mir immer gesagt, dass ein stabiles Leben das sei, wonach man streben sollte«, Rovo nickte nach draußen, zum Horizont, als würde diese Existenz gerade außerhalb ihrer Sicht warten. »Das Leben, das die beste Chance hat, dich in guter Verfassung ans Ende zu bringen. Sobald DefenseCorp beweist, dass es unaufhaltsam ist, wie viele Menschen werden sich entscheiden, dass es der beste Weg zu diesem Leben ist?«

Diesmal hatte Raquel keine Erwiderung parat. Rovo konnte sich denken, warum. Salinity musste nach einem ähnlichen Ideal operieren: eine wunderschöne Reihe von Planeten - Gillane Vier war nur einer von zwanzig, die Salinity in Aqua-Betriebe verwandelt hatte -, stetiger Geld-fluss auf dein Konto und eine Fahrt mit einem Unterneh-men, das lange vor dir da war und noch lange nach deinem Leben da sein würde.

DefenseCorp konnte das Gleiche von sich behaupten, aber seine Reihen waren von Turbulenzen durchflutet. Kampfanzüge trugen dazu bei, Leben zu schützen, aber Schlachten forderten dennoch ihren Tribut. Garnisionsdienst hingegen war so ziemlich der gemütlichste Job, den man sich wünschen konnte. Planetenverwaltung, orbitale Besteuerung, all diese Aufgaben boten Zeit, um morgens in Ruhe seinen Kaffee zu schlürfen und darüber nachzudenken, welchen Film man am Abend schauen wollte.

Und für diejenigen, die den Nervenkitzel suchten, nun, Vanas Anzüge würden reichlich Gelegenheit bieten, jeden zögernden Planeten zu verwüsten. Jeden Geschäftsführer, der keinen Vertrag unterschreiben wollte. Jeden Piraten, der auf seine Unabhängigkeit beharrte.

»Im Moment«, fuhr Rovo fort, »muss DefenseCorp seinen Ruf wahren. Es kann nicht in unerwünschtes Gebiet eindringen, ohne sich Feinde zu machen. Das wird enden, wenn niemand mehr wagt, sich zu wehren.«

»Also wehren wir uns jetzt.«

»Versuchen es zumindest.«

Die Anrufe kamen gleichzeitig herein. Einer von Salinitys Sicherheitskräften, die die Energieversorgung auf Kaiyos unterer Ebene schützten, meldete einen Angriff durch einen einzelnen Agenten. Eine Frau, die vermutlich einen Wachmann an einem Stand ermordet hatte, bevor sie in einer Kapsel zu einem anderen Ort floh. Und der zweite, Vana.

Raquel nahm den ersten an, befahl ihren Truppen, die unteren Ebenen von Kaiyo zu durchkämmen, mit Ausnahme der Bergungs- und Reparaturbucht. Diese, immer noch das Ziel für die Sever-Mission, musste frei von Störungen bleiben. Und Raquel wollte nicht, dass ihre Truppen zu Opfern wurden, wenn Gregor anfing, seinen Hammer zu schwingen.

Vana hingegen verlangte nach Aurora und Rovo, also begaben sich die beiden in ein privates Büro, aktivierten den Feed auf einer wandmontierten Konsole und nahmen das müde aussehende Gesicht ihrer Gegnerin in Augenschein.

»Wo ist Kaia?«, eröffnete Rovo das Gespräch, da er nur Vanas Kopf vor einem grau-metallischen Hintergrund sah, der überall hätte sein können. »Wenn du-«

»Beruhige dich, Rovo«, sagte Vana, obwohl diesmal kein Lächeln, keine elterlichen Gesten zu sehen waren. »Dem Mädchen geht es gut. Wir haben unsere Blutentnahmen durchgeführt, und die Röhrchen haben den Planeten bereits verlassen.«

»Also habt ihr, was ihr braucht«, sagte Aurora. »Ihr könnt sie gehen lassen.«

»Ich möchte lieber vorsichtig sein«, erwiderte Vana. »Ein paar Tage mehr, ein paar weitere Entnahmen, und wir werden genug haben, um das Mädchen zurücklassen zu können. Gebt uns das, und ich verspreche, Kaia wird nicht verletzt werden.« Vana runzelte die Stirn, neigte den Kopf und fuhr fort, bevor einer der Severs eine Antwort finden konnte. »Ihr Vater? Hat er überlebt?«

»Warum interessiert dich das?«, fragte Rovo.

»Weil ich nicht Renard bin und kein Monster«, antwortete Vana. »Ich wollte ihn nicht erschießen, aber ich musste Kaia behalten. Im Gegensatz zu eurem Piloten, der meine Agenten ermordet hat, oder zu dir, Aurora, die sie tötet, während sie niemandem Probleme bereiten, bevorzuge ich es, weniger Leichen zu hinterlassen.«

Rovo begann aufzustehen, einfach weil es sich besser anfühlte, auf den eigenen Beinen zu stehen, um mit der plötzlichen Wut umzugehen. Sitzen fühlte sich zu passiv an, und er wollte durch diesen Bildschirm greifen und den Agenten würgen. Aurora jedoch packte seinen Arm unterhalb der Kamera und hielt den Neuling auf seinem Sitz.

»Du hast den Hinterhalt angeordnet«, sagte Aurora,

eisig und gleichmäßig auf eine Weise, die Rovo nicht nachvollziehen konnte.

Er war eine Art Diplomat gewesen, aber immer unpersönlich, immer Nachrichten zwischen zwei Seiten entwerfend, die Rovo einen Dreck interessierten. Aurora konnte die Emotionen wie einen Schalter ausschalten, selbst in den persönlichsten Momenten.

Eine Fähigkeit, die es zu erlernen galt.

»Deine Worte lösten das Feuer aus«, fuhr Aurora fort. »Wir hatten keine Waffe gezogen, keinen Laser abgefeuert. Die Leichen auf dieser Landeplattform gehen auf deine Kappe, und nur auf deine.«

»Ich nehme an, ein Soldat wie du muss irgendeine Möglichkeit finden, sein Gewissen zu beruhigen«, sagte Vana, ohne darauf einzugehen. »Mein Angebot bleibt bestehen, Aurora. Drei Tage, und ihr könnt das Mädchen haben.«

Aurora schüttelte den Kopf, diesmal zusammen mit Rovo. »Drei Tage werden dich viele weitere Agenten kosten, Vana. Bring sie jetzt zurück und rette deine Leute, wie du sagst, dass du es willst.«

»Sie wissen, wofür sie kämpfen und welchen Preis es fordern kann«, sagte Vana. »Es tut mir leid, dass wir keine Einigung finden konnten. Ich wollte das Mädchen wirklich zu ihrem Vater zurückbringen, aber wenn ihr darauf besteht, werden wir dieses kleine Spiel fortsetzen.«

Vana beendete die Nachricht dann und dort und ließ Rovo und Aurora auf einen leeren Bildschirm starren. Severs Kapitänin hatte jedoch ein halbes Lächeln im Gesicht, von der Art, die Rovo erschaudern ließ. Aurora, die Jägerin, hatte einen Weg gefunden, ihre Beute zu fangen.

Sobald Aurora den Anruf tätigte, verbreitete sich die Entscheidung mit einer Geschwindigkeit durch die Reihen, die Rovo verblüffte. Obwohl sie nichts von dem Sever-Trio gehört hatten, das geschickt worden war, um Vanas Schiff zu sabotieren, setzte Aurora den Angriffsplan reibungslos in Gang. Vana hatte sich verplappert, dass sie Blutproben in den Orbit und darüber hinaus geschickt hatte, aber das Skiff, mit dem die Agentin geflogen war, hatte keine aufgezeichneten Andockmanöver bei Kaiyo durchgeführt. Die Agentin musste sich auf einer anderen Plattform befinden, was bedeutete, dass es Flüge hin und her geben würde, die Vorräte transportierten und das Blut zurückbrachten.

Salinity, ein so eng geführtes Unternehmen wie es nur ging, kannte ihre regulären Skiff-Routen. Sie fanden mehrere ungeplante Zusatzflüge, die durch ihren Luftraum schnitten, alle mit den richtigen Codes und alle zu einem bestimmten Spike führend. Einige Stunden Reise außerhalb von Kaiyo, gut in Reichweite für den Inselkonflikt, und Sai hatte erwähnt, dass sie während seiner Geiselnahme über Nacht auf einer der isolierten Plattformen geblieben waren.

»Die anderen drei Severs werden Vana von jeglichen verzweifelten Fluchtversuchen abhalten«, sagte Aurora und informierte Rovo, Raquel und einen Sicherheitstrupp, der seit Beginn der Operation in Bereitschaft war. »Rovo und ich werden den Angriff anführen. Ihr kommt hinterher, sichert das Gebiet und verhindert jede Flucht mit dem Mädchen.«

»Die Spikes haben nur einen Aufzug«, sagte Raquel, als Aurora das Wort an Salinitys Anführerin übergab. »Wir halten den und die Landeplattform oben, und es ist eine Flasche, die nicht geöffnet werden kann. Lasst es uns eng, einfach und effizient halten. Wenn wir das richtig machen, machen wir unseren Planeten wieder sicher.«

Rovo saß neben der Frau im Skiff, das über das Wasser

raste. Fünf weitere folgten, besetzt mit bewaffneten und gefährlichen Sicherheitskräften, obwohl die meisten seit Jahren keine Kampfhandlungen mehr gesehen hatten. Weiter oben stellte Salinity einen Teil seiner spärlichen Luftwaffe zur Verfügung, um Jagdunterstützung zu leisten, falls Vana versuchen sollte, in den Orbit zu fliehen.

Eine eng koordinierte Operation. Ein perfekter Plan.

»Bereit, Kaia zurückzuholen?«, fragte Raquel, wieder in Schutzweste und klein wirkend neben Rovo in seiner glänzenden Kampfrüstung.

»Mehr als das«, sagte Rovo. »Wir lassen Vana nicht entkommen. Nicht dieses Mal.«

21

IN DEN SPIKE

Während des Fluges verbrachte Aurora die Zeit damit, die Nachrichten von Kaiyo zu scannen, laufend aktuelle Schlagzeilen durch ihr Visier zu jagen und gleichzeitig den Kanal von Sever zu überprüfen. Gregor, Sai und Eponi waren vor einigen Stunden vom Radar verschwunden, und angesichts ihrer Mission verhieß das nichts Gutes. Aurora konnte sich nicht vorstellen, dass Vana, selbst wenn sie alle Agenten zusammengebracht hätte, in der Lage gewesen wäre, alle drei Severs ohne einen einzigen Notruf auszuschalten ... und doch.

Raquel und Rovo flogen in einem anderen Gleiter hinterher. Die Sicherheitschefin von Salinity sagte, sie habe eine Warnung an ihre gesamte Truppe auf Kaiyo herausgegeben und sie gebeten, nach Sever Ausschau zu halten. Es hatte bereits einige seltsame Kontakte gegeben, und als Aurora Raquel drängte, mehr Details preiszugeben - die Leiche in der Kabine und der damit verbundene Gasgranaten-Vorfall beunruhigten Aurora am meisten - schüttelte die

Frau nur den Kopf und versprach, Aurora würde mehr wissen als Raquel selbst.

All das führte dazu, dass Auroras Nerven vibrierten, ihre Augen verengt waren und sie etwas anderes tun wollte, als nur dazusitzen und auf Neuigkeiten zu warten. Ein Angriff auf einen äußeren Ozean-Spike schien genau das Richtige zu sein, um ihr Gemüt zu beruhigen.

Die Gleiter versuchten nicht, ihre Annäherung zu verbergen. Unter einem weiteren merkmalslosen Himmel von Gillane Four wurde der Angriff vom hellen Tageslicht umrahmt, wobei Auroras Gefährt die Führung übernahm. Der Spike, ihr Ziel und Vanas vermutliches Versteck, ragte wie ein silberner Pflock aus dem Ozean, der wie blaues, welliges Papier aussah. Auf seiner Spitze, einer breiten, flachen Plattform mit Laserbarrieren an den Rändern, stand bereits ein Gleiter.

»Fliegen Sie über den Gleiter«, sagte Aurora zum Piloten. »Und öffnen Sie das Dach.«

»Das Dach öffnen?« Der Pilot blickte zur Blasenkuppel über dem Gleiter hoch. Salinitys Tropfen-Logo zierte das ansonsten makellose Glas. »Obwohl wir noch nicht gelandet sind?«

»Tun Sie es«, erwiderte Aurora und bediente sich erneut des Tons, der keinen Ungehorsam duldete. Autorität musste nicht verliehen werden. »Behalten Sie die Kontrolle über den Gleiter, wenn ich springe, und kreisen Sie zurück, um die anderen abzusetzen.«

Sie sah, wie der Pilot eine Frage vor sich hin murmelte, aber Aurora kümmerte das nicht. Solange ihre Befehle befolgt wurden, spielte es keine Rolle, was der Pilot dachte.

Das Dach öffnete sich und ließ den heulenden Wind herein. Aurora spürte nichts, sicher im Gleiter, aber die Haare des Piloten und die kürzeren Locken der beiden

Salinity-Soldaten, die hinter ihnen zusammengepfercht waren, wirbelten umher. Auroras Rüstung behandelte die neue Variable so, wie sie bisher alles behandelt hatte: keine Bedrohung für ihre optimierten Systeme, bereit und repariert nach den Treffern, die sie in der Nähe der Andockbuchten von Kaiyo erlitten hatte.

Die Landeplattform des Spikes flog unter ihnen vorbei, und Aurora aktivierte die kinetischen Verstärker des Anzugs, als sie sprang. Die Verstärker gaben Aurora in einem Bruchteil einer Sekunde ein paar zusätzliche Meter, genug, um ihr Gefährt zu überqueren und Aurora direkt auf das angedockte Fluggerät zustürzen zu lassen. Während sie fiel, zog Aurora ihr Gewehr, zielte nach unten und feuerte zwei Bolzen ab, bevor sie aufschlug.

Die Laser trafen das Dach des Gleiters, brannten zwei Löcher hinein und schwächten seinen Zusammenhalt. Als Auroras volles, stürzendes Gewicht aufschlug, hatte das Glas keine Chance. Es zersplitterte, als Aurora hindurchkrachte, wobei die Sitze darunter kaum besser wegkamen. Die schweren Stiefel der Powerrüstung durchschlugen den Boden des Gleiters sauber, zerbrachen Rohre und brachten die Batterie dazu, in Flammen aufzugehen.

Aurora wartete nicht darauf, zu verbrennen, sondern kletterte, die Beine durch den beim Sturz aufgeladenen kinetischen Vorrat der Powerrüstung verstärkt, heraus und auf die eigentliche Plattform. Salinitys Truppe landete, um sie zu treffen.

»Hast du dich für einen dramatischen Auftritt entschieden?«, witzelte Rovo, als der beschädigte Gleiter hinter Aurora knackte und knisterte.

»Ich habe mich entschieden, keine Fluchtmöglichkeit zu riskieren«, erwiderte Aurora. »Jetzt können sie nicht weglaufen.«

Während Salinitys Truppen ausstiegen, gingen Aurora und Rovo zum Aufzug, der in den Spike führte. Die einzige Konsole, die aus dem Ding herausragte, verlangte nach Zugangsdaten, die Raquel bereitstellte. Die Frau zögerte, bevor sie die Plattform nach unten schickte, und blickte in Auroras Richtung.

»Wenn wir uns alle auf der Plattform zusammendrängen, sind wir verwundbar«, sagte Raquel. »Aber ...«

»Wir kommen alleine zurecht«, sagte Aurora. »Schicken Sie uns. Wenn der Aufzug zurückkommt, folgen Sie mit Ihren Truppen nach.«

»Sie wissen nicht, wie viele sie da unten hat«, protestierte Raquel, aber Aurora erkannte einen echten Einwand, wenn sie einen sah, und Raquel kämpfte hier nicht wirklich.

Die Salinity-Truppen um sie herum waren zwar bewaffnet, aber unerfahren. Sie konnten es nicht mit ausgebildeten DefenseCorp-Agenten aufnehmen, nicht ohne fünf zu eins oder schlimmer zu verlieren. Aurora wollte nicht auch noch auf ihre Rücken aufpassen müssen, zusätzlich zu ihrem eigenen.

»Wir kommen schon klar«, sagte Aurora. »Schicken Sie uns.«

»Sie ist die tödlichste Person, die ich kenne«, fügte Rovo hinzu. »Außer vielleicht Gregor mit einem Hammer. Vielleicht. Vertrau ihr, Raquel.«

Diese Empfehlung schien den Ausschlag zu geben. Raquel gab den Befehl ein und trat von der Plattform, als der Countdown zum Abstieg begann. Aurora wies Rovo an, sich ihr gegenüber zu positionieren, beide abseits der Plattformmitte. Es war besser, sich von der einfachsten Stelle zum Schießen fernzuhalten, besser, eine Kante zu haben, um darüber und darum herum zu schauen.

»Sie vertraut dir«, sagte Aurora zu Rovo über Severs Nahbereichskanal. »Das ist gut.«

»Wir wollen beide Kaia in Sicherheit sehen«, antwortete der Neuling. »Es stellt sich heraus, dass es einfach ist, sich über die Rettung eines Kindes zu verbinden.«

»Halte diese Verbindung stark«, erwiderte Aurora. »Es wird uns später helfen.«

Der Aufzug kurbelte nach unten und sank unter die Plattform. Unmittelbar unter der Oberfläche wurde Salinitys Hingabe an Funktionalität deutlich: Dekoration, abgesehen von einem großen weiß gemalten Etikett, das dem Spike eine Nummer gab, fehlte. Geisterhaftes blaues Licht flutete von unten herauf, umhüllte die Plattform und kam aus wasserführenden Röhren.

»Uns später helfen?«, sagte Rovo. »Was, denkst du schon an zukünftige Aufträge? Ich glaube nicht, dass Salinity uns nach all der Zerstörung, die wir verursacht haben, noch auf dem Planeten haben will.«

»Wir werden sehen«, antwortete Aurora.

Sie hatte lange genug mit DefenseCorp gearbeitet, um zu wissen, dass einige ihrer besten Stammkunden alle Arten von Katastrophen durch DefenseCorp erlitten hatten. Was zählte, war, dass am Ende, durch all das Feuer und die Explosionen und den Rauch und Tod hindurch, der Job so erledigt wurde, wie er erledigt werden musste.

Dieser hier würde nicht anders sein.

»Wenn das hier aus dem Ruder läuft«, sagte Aurora, während sie die Wände und das blaue Licht nach versteckten Überraschungen absuchte, »müssen Sie auf mich hören. Tun Sie, was ich Ihnen sage.«

»Ich dachte, es ginge nicht mehr um Befehle?«

»Das hat sich geändert, als du auf der Insel Mist gebaut hast«, erwiderte Aurora. Bisher keine Agenten, die von den

Wänden hingen. Keine blinkenden Bomben, keine Minen, die darauf warteten, Sever in Stücke zu sprengen. »Ich riskiere mein Leben, Raquel und ihre Leute riskieren ihres. Du wirst professionell und kompetent sein, oder du bist raus.«

Rovo antwortete nicht sofort. Ein gutes Zeichen. Aurora hatte die Lage nicht vor dem Trupp so deutlich machen wollen, aber sie war zu dieser Entscheidung gekommen, als die Stunden seit dem Desaster auf der Insel vergangen waren. Rovos verzweifelte Leistung hatte den Trupp in Gefahr gebracht, und sein überstürztes Brechen von Renards Genick hatte eine große Chance auf Informationen zunichte gemacht. Aurora konnte mit Quertreibern umgehen.

Sie würde kein Kind hüten.

»Warten Sie«, sagte Rovo und unterstrich das Wort mit einer plumpen Drehung. Aurora hätte gefragt, wovon der Neuling sprach, aber sein Ton verriet, dass er über seine Zurechtweisung hinaus in etwas Gefährlicheres geraten war. »Sehen Sie das?«

Aurora folgte seinem Blick, obwohl sie auf gegenüberliegenden Seiten des absteigenden Lifts standen. Die blauen Röhren stiegen nun neben der Plattform auf und platzierten die beiden Sever-Mitglieder zwischen ihren aquamarinfarbenen Zwillingstunneln. Rovo schaute auf die ihm am nächsten gelegene, auf einen Punkt zwei Meter und zählend über seinem Kopf.

Die Röhre schien dort zu flackern. Schwarze Schatten huschten durch das, was perfektes Wasser hätte sein sollen.

»Bewegung!«, schrie Aurora, riss ihr Gewehr hoch, hielt aber das Feuer zurück. Sie konnte nicht einfach auf die Röhren schießen, was einen Bruch verursachen könnte, der den Stachel zertrümmern, sie alle ertränken oder noch Schlimmeres anrichten würde. »Anzüge!«

Rovo bestand den ersten Test. Der Neuling duckte sich zur Seite, seine Hände griffen nach der zweiteiligen Sensenwaffe, die er seit Wexer mit sich herumtrug und zogen sie. Der schwarze Glitch bewegte sich, seine schneidenden Linien fielen herab und landeten mit einem passenden Aufprall auf der Plattform.

Es hatte sechs Anzüge auf der *Nautilus* gegeben. Zwei waren von Gregor zerlegt worden, aber die anderen vier, von denen Vana einen getragen hatte, hatten es wahrscheinlich hierher geschafft. Sai sagte, er hätte einen ausgebrannt auf der Insel gefunden, ein Glücksfall. Das ließ drei übrig.

Rovo schwang die Sense nach dem Geräusch, das gebogene Ende schlug ein, während der Neuling mit einem Handgelenkschwung die Stange zu einem hübschen, wenn auch dünnen Schild ausbreitete. Aurora passte ihr Ziel an, aber der Anzug hatte immer noch die wassertragenden Röhren auf der anderen Seite, was einen Fehlschuss tödlich machen würde. Der Pilot des Anzugs blockte Rovos Schwung mit einem langen, dicken Messer ab, den gleichen Klingen, die sie auf der *Nautilus* gehabt hatten.

Aurora bewegte sich nach links, als Rovo in eine Verteidigungsposition fiel, mehr blockierend als angreifend. Sein Gegner schien einen abwägenden Ansatz zu verfolgen, stach und stocherte, um Rovos Reflexe zu testen, anstatt in einem verzweifelten Versuch, die Chancen trotz Unterzahl auszugleichen, hart anzugreifen.

Was bedeutete ...

Sich bereits umdrehend, als der zweite Aufprall ertönte, opferte Aurora erneut ihr Gewehr, um den Angriff eines Feindes zu blocken, diesmal einen Schnitt, der auf Auroras Gesicht zielte. Das Gewehr fing den Schlag in seiner Mitte ab, spaltete das Energiemagazin der Waffe und ließ das ionisierende Gas harmlos in die Luft entweichen. Das Messer verfing sich in den Eingeweiden des Gewehrs, und Aurora riss die große Waffe herum, warf beide Waffen zu Boden, wo das Messer, das in das gleiche Gewebe wie der Anzug, aus dem es kam, eingebunden war, sich schwarz färbte, um dem Boden der Plattform zu entsprechen.

»Ich hasse diese Technik wirklich«, murmelte Aurora und sprang auf den Bereich zu, aus dem der Schnitt gekommen war.

Ohne die hellen blauen Röhren dahinter verriet sich der Anzug nicht, und Auroras Sprung ging ins Leere. Aurora hatte seit so langer Zeit nichts mehr getackelt, dass sich das kurze Schweben seltsam, lose anfühlte, bevor es in einem harten Aufprall und Abrollen auf der Oberfläche des Lifts endete. Sie presste ihre Hände auf den Boden, um das Rutschen zu stoppen, und warf dann ihren linken Arm zurück zur Mitte der Plattform, wo sie hoffte, dass der Anzug sich hinbewegt hatte.

Ein zweites Messer schlug ein und traf Auroras Arm, hinterließ eine Kerbe in ihrer Rüstung. Das Visier leuchtete rot auf bei der Bedrohung, erfasste den Anzug und gab Aurora ein Ziel zum Anvisieren. Gregor hatte die Unterstützung in seinem eigenen Kampf auf der *Nautilus* erwähnt, und jetzt sah Aurora die rote Markierung als ihre einzige Chance, ihrem unsichtbaren Gegner entgegenzuwirken.

Sich wieder auf die Füße drückend, zog Aurora ihr eigenes langes Messer, die raffinierte Klinge als letzte Zuflucht für einen DefenseCorp-Soldaten gedacht, der seine Munition verschossen hatte. Sie hatte Pistolen, aber die verdammten Röhren hielten Aurora davon ab, zu den Energiewaffen zurückzukehren. Stattdessen stieß sie direkt nach vorne, ein Stich, der den Anzug in den Bauch getroffen hätte, wenn nicht dasselbe Messer zurückgeschnellt wäre, um abzuwehren.

Der Zug gab Auroras linker Hand die Gelegenheit, einen kinetisch verstärkten Schlag zu landen, dem der unsichtbare Anzug bestmöglich auszuweichen versuchte. Ein normaler Schlag, mit normaler menschlicher Geschwindigkeit, wäre direkt über den sich duckenden Anzug geflogen, aber einer, der mit einer höheren Geschwindigkeit ausgeführt wurde, als es die Biologie allein erlauben würde, erwischte den Anzug mitten in der Bewegung. Aurora spürte den Aufprall ihren Arm hinaufzittern, hörte das rollende Klirren, als ihr Ziel über den Boden hüpfte.

Und sah, wie das süße zweite Messer herausflog und sich in die Wand des Stachels einbettete, außer Reichweite fiel, während die Plattform sich senkte. Aurora ignorierte es, ging nach vorne und hob das erste Messer vom Boden auf, dessen Tarnung Aurora dazu brachte, es an der Klinge zu greifen. Sie ignorierte die Schnitte in ihren Handschuhen, drehte die Waffe um und näherte sich ihrem vom Visier markierten Feind für den finalen Schlag.

»Etwas Hilfe hier?«, rief Rovo und lenkte Auroras Aufmerksamkeit nach rechts.

Der Neuling hatte seinen Schild verloren, das Ding lag links von ihm auf dem Lift. Rovo schwang seine Hakenwaffe hin und her und versuchte, was wie zwei Messer aussah, in Schach zu halten. Rovos Kampfanzug zeigte, dass diese Strategie nicht allzu gut funktionierte, mit tiefen Furchen und einigen funkenden Stellen, die seine Brust und Taille übersäten.

Aurora hielt ihr gestohlenes Messer hoch und ließ ihr Visier den anderen Kämpfer finden. Mit einem harten

Wurf schleuderte Aurora das Messer auf das Ziel und nickte, als die Klinge sich in den Rücken des Anzugs bohrte und den Anzug ins Stolpern brachte. Rovo versetzte ihm einen harten Tritt und warf den Gegner zu Boden.

»Danke«, sagte Rovo und stellte einen Fuß auf den Anzug, während Aurora ihren in einen Würgegriff nahm. »Anscheinend brauche ich mehr Nahkampftraining.«

»Du brauchst eine Menge Dinge«, erwiderte Aurora und wandte sich dann den Gefangenen zu.

Oder sie hätte es getan, wenn der Lift nicht sein Ende erreicht und sich in die Basis des Stachels eingefügt hätte. Auf sie warteten, mit gezogenen Waffen, mehrere weitere Agenten. Unter ihnen stand, mit verschränkten Armen und finsterem Blick, der Grund für den Angriff: Vana selbst.

»Jedes Mal, wenn ich dich sehe, hoffe ich, es ist das letzte Mal«, sagte Vana. »Und jedes Mal ist es das nicht. Lass uns diesen Trend ändern, ja?«

22

BERGAB UND BERGAUF

Zehn Ebenen tiefer verließ Sai die Kapsel mit erhobener Katana, bereit für alles.

Außer für Essen.

Die Kapsel hatte ihn in ein Gewächshaus gebracht, eine Ebene voller Pflanzen, die mit so vielen Proteinzusätzen gedüngt wurden, dass sie jeden verfügbaren Zentimeter einnahmen. Von der Kapselplattform aus konnte Sai die Gänge sehen, die von rollenden Robotern überwacht wurden, die Früchte, Kräuter und Gemüse abschnitten und einsammelten. Ein feiner Nebel erfüllte die Luft und sorgte dafür, dass die Pflanzen nicht durstig wurden. Keine Menschenseele in Sicht.

»Also kein Hinterhalt«, sagte Sai und senkte seine Katana, während er sich weiter umsah.

Keine Agenten tauchten auf, um ihn zu erledigen, keine Gefahr erhob sich, um sein Leben zu beenden.

Sai hob sein Handgelenk und tippte eine Nachricht an Eponi und Gregor, um zu fragen, wohin ihre Kapseln sie geschickt hatten. Es schien offensichtlich, dass jemand mit Zugang zu den Kapseln ihre Reise durcheinandergebracht hatte, aber die Frage war nun: Warum? Was hatten sie davon, Sai zur Obst- und Gemüse-Etage zu schicken?

Sai schüttelte den Kopf. Es war nicht sein Problem, das herauszufinden. Er drehte sich nach rechts, bereit, wieder in eine nach oben fahrende Kapsel zu steigen, und sah den Grund. Die Plattform nach oben war mit Absperrband übersät, Schilder kennzeichneten die Laderampe als instabil. Risse in der Glasröhre hinter dem Absperrband zeigten, dass es keine Lüge war. Jemand musste beim Beladen einen Fehler gemacht haben.

Das Absperrband erklärte, warum Sai hierher geschickt worden war. Eine Verzögerung. Mehr Zeit für Vana, zu ihrem Schiff zu gelangen und von der Welt zu verschwinden. Eponi und Gregor stießen wahrscheinlich auf ihre eigenen Probleme.

Er musste sich bewegen.

Sai wischte über sein Handgelenk und nutzte den Zugang, den Raquel jedem von ihnen gegeben hatte, um schnell den Etagenplan für seine Ebene aufzurufen. Die Treppe befand sich natürlich am anderen Ende der Etage. Sieht so aus, als müsste er einen Spaziergang machen und vielleicht nebenbei einen Snack mitnehmen.

Der Marsch durch das Gewächshaus war nicht gerade unangenehm. Da er so viel Zeit im Weltraum verbrachte, sah Sai selten Pflanzen in irgendeiner Form natürlicher Blüte. Diese hier waren üppig und prächtig. Dynas hatte zwar auch Vegetation, aber dieser Planet war ein sumpfiger Morast, in dem der Tod bei jedem Schritt lauerte. Es war viel einfacher, eine Blume oder zwei zu betrachten, wenn man festen Boden unter den Füßen hatte und harmlose Roboter vorbeizogen.

Sai spürte die Dringlichkeit – wirklich, er wusste, dass er sich weiterbewegen musste –, aber Vana würde keine solchen Tricks anwenden, wenn sie viel gegen Severs Angriff in der Hand hätte. Dieser Zug würde Sai höchstens um ein paar Minuten verzögern, also war Vana entweder verzweifelt und griff nach jedem Strohhalm, oder ...

Er schob einen übergreifenden Apfelbaumzweig beiseite und verfiel in einen leichten Trab. Vana hatte Sever zwar aufgeteilt, aber Eponi und Gregor würden genau das tun, was Sai tat: versuchen, zum Schiff zurückzukommen. Wenn Vana jeden aus Sever auf eine andere Ebene geschickt hatte, dann würde jeder möglicherweise zu einem anderen Zeitpunkt zurückkommen. Was für Vanas Agenten ein schwieriger Kampf gewesen wäre, wenn das Trio zusammen gewesen wäre, könnte ein leichter sein, wenn jeder einzeln käme.

Sai überprüfte erneut sein Handgelenk, als er die andere Seite der Ebene erreichte. Keine Antwort.

Nicht gut.

Die Tür zum Treppenhaus hatte kein Schloss, obwohl der Eingang ein hilfreiches Schild hatte, das die Kapseln anstelle der vielen nach oben und unten führenden Stufen empfahl. Hinter dem Schild lagen die Treppen selbst, flache Stufen mit Betonnoppen und dem glänzenden Markenzeichen von Wasser. Tropfen und Plätschern waren überall zu hören, und Sai spürte, wie einer auf seinen Kopf klatschte, als er hineinging.

Salinity schien sich offenbar nicht besonders um seine Treppen und die Lecks zu kümmern, die sich hier ihren Weg bahnen könnten.

Nicht, dass es eine Rolle spielte. Sai hatte sieben Etagen zu erklimmen, bevor er sein Ziel erreichte. Während er den ersten Satz hinaufstieg, jeweils zwei Stufen auf einmal nehmend, wobei seine Katana auf seinem Rücken schwang, überlegte Sai, ob er in die nächste Ebene einbrechen und eine Kapsel nehmen sollte. Das könnte jedoch noch mehr Zeit in Anspruch nehmen, und wer wusste schon, was die nächste Ebene sein mochte: Eine Begegnung mit einem überraschten Sicherheitsbeamten oder einem Roboter, der damit beauftragt war, unberechtigte Gäste fernzuhalten, könnte mehr Zeit kosten, als Sai zu verlieren bereit war.

Drei Etagen später bereuten Sai und seine Herzfrequenz seine Entscheidung.

Zwei Etagen danach, keuchend und auf den nassen Stufen stampfend, wäre Sai beinahe in die Person gerannt, die auf dem nächsten Treppenabsatz wartete.

Der Mann hatte ein breites Grinsen im Gesicht, lockere Kleidung, die auf viel verlorenes Gewicht ohne neue Garderobe hindeutete, und eine Pistole in der Hand.

»Du bist spät dran«, sagte der Mann, hob die Waffe und feuerte.

Normalerweise wären nasse Stufen eine Sicherheitsgefahr. Normalerweise hätte Sai die Dummköpfe, die ihren Aufstiegsweg so gefährlich werden ließen, nun ja, für Dummköpfe gehalten.

Die Dummköpfe retteten Sai verdammt noch mal das Leben.

Der Anblick des Mannes, während Sai sich so sehr darauf konzentrierte, eine Stufe nach der anderen zu nehmen, erschreckte Sai so sehr, dass seine Beine wegrutschten. Sai fiel nach hinten, der Laser blitzte über ihm in die Treppenhauswand hinter ihm. Der lebenserhaltende Rutsch forderte eine halbe Sekunde später seinen Tribut, als Sai auf den Stufen aufschlug, wobei seine Katana für einen schrecklichen ersten Kontakt sorgte. Der Schlag raubte Sai den Atem, obwohl er kaum Zeit hatte, darüber nachzudenken, bevor Sais Gewicht ihn die Treppe hinuntertrieb und ihn zu einem Haufen auf dem Treppenabsatz unter dem Mann zusammenfallen ließ.

Der lachte, der kicherte, als wäre Sais Sturz das Lustigste, was er den ganzen Tag gesehen hatte.

»So eine Ausweichbewegung habe ich noch nie gesehen!«, rief der Mann und beugte sich vor, die Hände auf den Knien, die Pistole zur Seite gerichtet. »Die Treppe runterfallen? Klassisch. Einfach klassisch.«

Sai kämpfte mit widersprüchlichen Zielen: herauszufinden, warum er ständig auf Verrückte mit diesen Agenten traf, und seinen Körper wieder in Bewegung zu bringen.

»Ich meine«, sagte der Mann zwischen keuchendem Gelächter, »Vana meinte, du wärst der Beste der Besten, aber hier bist du, wie ein Statist in einem schlechten Film.« Er schüttelte den Kopf und wischte sich scheinbar Tränen weg. »Fast schade, dich zu grillen, Kumpel.«

»Dann lass es«, sagte Sai, der genug Atem geschöpft hatte, um zu antworten. »Wer zwingt dich dazu?«

Sais linke Hand, die an der Pistole an seinem Gürtel arbeitete, kam dem Abzug näher.

»Mich zwingen?« Der Mann betrachtete sich selbst. »Ich zwinge mich selbst, Mann. Ich hab keine Wahl! Es ist, als würde alles zur Hölle gehen, wenn ich die nächste Dosis nicht bekomme, verstehst du, was ich meine?«

Die nächste Dosis?

»Nein, ich verstehe nicht, was du meinst«, erwiderte Sai und arbeitete weiter an der Pistole. Er hatte sie jetzt aus dem Holster befreit, hielt sie aber noch immer hinter seinem Rücken verborgen. Er musste seine linke Hand ausrichten, bereit, sie in einer einzigen Bewegung hervorzuholen und abzufeuern. »Was meinst du mit Dosis?«

Der Agent verfiel in ein subtileres Grinsen und bekam sich wieder unter Kontrolle. Er zielte erneut mit seiner

Pistole, und Sai schoss. Der Strahl jagte die Treppe hinauf und traf den Agenten direkt in die Brust. Der Agent betrachtete das brennende Loch, zuckte mit den Schultern, und Sai feuerte erneut, wobei seine linke Hand die eigene Pistole für einen besseren Zielpunkt hervorzog. Der Agent schoss zurück und traf Sai direkt in die Weste.

Genug Hitze breitete sich aus, um Sai wissen zu lassen, dass die Weste ihre Arbeit getan hatte, dass man von der Weste nicht zu viel mehr verlangen sollte. Der Agent hatte nicht so viel Glück: Sais zweiter Schuss traf eine Stelle, von der es kein Zurück mehr gab, und der Mann schlug hart auf dem Boden auf.

»Werde mich bei Raquel bedanken müssen«, murmelte Sai, als er aufstand und die Stufen hinaufging.

Salinity hatte die Westen geliefert, nachdem sie Einwände dagegen erhoben hatten, Sai, Eponi und Gregor in voller Kampfpanzerung loszuschicken. Stadtweite Panik war schlecht fürs Geschäft. Sie einigten sich auf den lasersaugenden Stoff, der gut funktionierte, solange die Feinde auf die Brust zielten und nur ein paar Mal trafen. Angesichts des Durchschnitts von Sever wäre Sai bald ein toter Mann.

Sai betrachtete den Agenten im Vorbeigehen und versuchte zu verstehen, was der Mann gesagt hatte. Er sprach von einer Dosis, und dieses Lachen, wie jemand, der die Kontrolle über sich selbst verliert ... erinnerte Sai an Abbad, den Handlanger von Renard und Vana. Sai hätte es als seltsamen Zufall abgetan, wäre da nicht seine tiefe, intime Begegnung mit einem Virus vor nicht allzu langer Zeit gewesen.

Vielleicht hatte Helix nicht aufgehört. Vielleicht war Kaias Blut nicht das einzige genetische Spielzeug, mit dem Vana herumexperimentierte.

Sai nahm die letzten Stufen im Laufschritt, die Pistole gezückt und bereit für weitere Überraschungen. Keine störte den Weg zur Bergungsebene, die durch gekritzelten weißen Buchstaben an der schweren Tür gekennzeichnet war. Kein Schloss an dieser, nichts außer einem gewöhnlichen Griff. Sai trat zur Seite und öffnete langsam den Weg, wobei er die Masse der Tür zwischen sich und dem, was dahinter lag, behielt.

23

DIE SPIRALE

Die Kapsel fuhr bis ganz nach unten. Gregor beobachtete, wie der Ebenenzähler sank, die Lichter entlang der Röhre und die Haltefrequenz sich verlangsamten, während der Abstand zwischen den einzelnen Ebenen größer wurde. Irgendwann während des Abstiegs tauchte die Kapsel unter die Wasseroberfläche, ein Vorgang, der sich durch nichts anderes als einen Indikator neben den Ebenen bemerkbar machte: eine kleine blau leuchtende Wasserlinie.

Nach den ersten Sekunden, in denen er sich an das Fallgefühl gewöhnte, kam Gregor zu dem naheliegenden Schluss, dass Vana und ihre Agenten die Eingaben für Severs Kapsel verändert hatten und sie an verschiedene Orte schickten. Die Frage war nun, ob diese Orte mit Bedacht oder zufällig gewählt worden waren.

Schwer zu glauben, dass eine Zufallszahl den tiefsten verfügbaren Punkt auswählen würde.

Gregor hielt seinen Hammer fest umklammert, als sich die Kapsel öffnete. Im Gegensatz zu den anderen Plattformen darüber gab es hier nur zwei Röhren. Eine ging nach oben, eine nach unten, beide endeten genau dort, wo Gregor stand, in tiefblaues Licht getaucht, als hätten die Designer hier beschlossen, die Unterwasser-Atmosphäre zu betonen. Nicht dass viele es zu sehen bekämen.

Kaiyos Spitze verjüngte sich zu einem überraschenden Ende. Gregor hatte einen kleinen Raum erwartet, vielleicht ein paar Konsolen, die verschiedene Dinge überwachten, die Kaiyo interessierten. Stattdessen schob die Kapsel Gregor in einen sich ausbreitenden Raum hinaus. Nicht allzu groß, aber wunderschön.

Verstärktes Glas wölbte sich von der Kapselplattform weg und bauschte sich zu einer kreisförmigen Kammer auf. In dieser Tiefe hatte jegliches Oberflächenlicht seine Reise beendet und sich aufgelöst, sodass nur noch eine Dunkelheit blieb, die zaghaft von sanften weißen Dioden durchdrungen wurde, die das Glas in geraden Linienmustern durchzogen. Meereslebewesen, vielleicht angezogen von der Wärme der Struktur oder der Neuartigkeit des Lichts in dieser Tiefe, sammelten sich drum herum, schwammen in Sichtweite und verschwanden dann wieder in den Schatten.

Auf eine Art beeindruckend, und Gregor beschloss, dass er Vanas Trick nicht wirklich übel nahm, wenn auch nur, weil er das sonst nie gesehen hätte.

Jenseits der Meeresansicht nahm die Kammer jedoch funktionalere Zwecke an. Eine markierte Treppe bot die Möglichkeit, für notwendige Wartungsarbeiten an Kaiyos tiefer Verankerung, die unter dem Boden von Gillane Vier verlief, weiter hinabzusteigen. Eine beachtliche Konsole machte ihre Präsenz bekannt, hockte an einer Wand, mit Salinitys Logo, das auf einem gesperrten Bildschirm leuchtete. Ein Protein- und Wasserautomat stand gegenüber, in der Nähe eines Tisches, einiger Stühle und was wie eine Couch aussah, die man zu einem Bett ausziehen konnte.

Jemand arbeitete hier unten in Schichten und behielt den absoluten Grund im Auge.

Gregor ließ seinen Hammer aus den Händen gleiten, der mit dem Kopf klirrend auf den Boden schlug. Ohne unmittelbare Bedrohung und ohne eine andere Möglichkeit, diese Ebene zu verlassen, ging Gregor zum Aufwärtskapselruf und stellte sich darauf.

Zu spät. Die Kapsel, in der er gewesen war, rauschte um ihn herum und nach oben, bevor Gregor es schaffte, und verschwand in Richtung Oberfläche. Wer wusste schon, wie lange er auf eine andere warten müsste, die den Weg so weit nach unten machen würde.

Als das Klirren seines Hammers verklang, hallte eine Antwort aus dem Treppenhaus herauf. Das stetige Stampfen von Füßen auf Stufen. Die vermischten Geräusche ließen Gregor vermuten, dass möglicherweise mehr als eine Person heraufkam, vielleicht sogar mehrere. Angesichts der einzelnen Couch hier unten war es logisch, dass Salinity zu einem bestimmten Zeitpunkt nur einen einzigen Arbeiter so weit unten haben würde.

Was bedeutete, dass die Chancen nicht null waren, dass etwas nicht stimmte.

Was wiederum bedeutete, dass Gregor seinen Hammer aufheben und sich einen besseren Platz suchen sollte.

Gregor verließ das Kapselpad und ging zur gegenüberliegenden Seite des Treppenhauses, wo er wartete, an einer Stelle, an der jeder, der die Treppe heraufkam, ihm den Rücken zukehren würde. Da das Treppenhaus direkt in den Boden führte, trennte nur ein schmales Metallgeländer Gregor von seinem herannahenden Ziel, und der große

Mann konnte ohne Probleme einen Hammerschlag über dieses Geländer hinweg ausführen.

Doch als der Moment kam, als ein zerzauster Schopf fleckigen blonden Haars auftauchte, schwang Gregor nicht zu. Die verlockende Gelegenheit verstrich, weil Gregor die karmesinrote Uniform von DefenseCorp sah, mit den schwarzen Balken, die eine Agentenkarriere kennzeichneten. Das allein hätte den Schlag nicht verhindert, aber die Uniform hing in Fetzen von den Schultern des Mannes, und darunter war etwas, das Gregor erstarren ließ.

Man vergisst einen Anblick wie Felix nicht.

Der einstige Mensch auf Dynas war ein früher Quasi-Erfolg für die dort laufenden Virusarbeiten gewesen. Gregor hatte nie ganz verstanden, was das Ziel war, aber Felix war tief im Sumpf des Planeten eingesperrt worden, wo der Mann Tests erduldet hatte und am Leben erhalten wurde, während die Virusmutation seinen Körper umgestaltete. Felix hatte in der Lage sein können, das Virus auf Wachen und andere Leute zu übertragen, die den Fehler gemacht hatten, ihm zu nahe zu kommen, und das Zeichen dieser Ausbreitung zeigte sich in schattigen, pulsierenden dunklen Wucherungen entlang der Opfer.

Zeichen, die dem, was er jetzt sah, verdammt ähnlich sahen.

Als Gregor Felix das letzte Mal gesehen hatte, war der Mann eine von der Infektion ausgehöhlte Hülle gewesen. Das Virus, so sagte Felix, fraß und fraß und fraß, bis nichts mehr übrig war. Damals hatte Gregor den Hammer geschwungen und Felix von seiner Qual erlöst.

Diesmal würde er erst ein paar Fragen stellen.

»Du kannst da stehenbleiben«, sagte Gregor, als der Mann sich der obersten Stufe näherte. Hinter dem Mann folgte eine zweite Person, eine Frau, die noch schlimmer aussah, gebeugt. »Noch ein Schritt und es wird dein letzter sein.«

»Als ob das eine Drohung wäre«, sprach der Mann wie ein Pfeifen durch Kies. »Du kannst nicht erwarten, dass die Verdammten sich um einen frühen Abgang scheren.«

Dann, als ob er seine eigenen Worte urkomisch fände, brach der Mann in ein trockenes Kichern aus. Die Frau unten stimmte mit ein, ihre Stimme so leise wie ein Flüstern.

»Weil ihr infiziert seid?«, fragte Gregor.

»Ist das jetzt so offensichtlich?« Der Mann drehte sich um, forderte Gregor heraus zuzuschlagen, und wäre fast die Treppe hinuntergefallen. Mit einer Hand fing er sich an der Treppenhauswand ab und warf Gregor einen Blick zu, als wollte er sagen: Ist das nicht lustig? »Erst zwei Tage, seit sie uns abgeschnitten haben. Zwei Tage, und das passiert.«

Gregor ließ seinen Hammer in der linken Hand und zog mit der rechten seine Pistole. Er sah keine Waffe bei dem Mann, und die Frau, die auf allen Vieren auf den Stufen kauerte, schien zu nichts Gefährlichem fähig.

»Wer hat euch abgeschnitten?«, fragte Gregor. »Und warum seid ihr hier?«

Der Mann, der anscheinend beschloss, dass Stehen zu viel Kraft kostete, setzte sich auf die oberste Stufe zurück und neigte den Kopf in Gregors Richtung. Unter dem Kinn des Mannes, seinen Hals dominierend, saß ein weiterer Auswuchs, schwarz und sich windend. Gregors Magen drehte sich um. Er fürchtete den Tod nicht, aber das hier?

»Du bist derjenige, den wir angreifen sollen«, sagte der Mann und nickte in Richtung von Gregors Hammer. »Dich töten, sagte Vana, und wir würden unsere Dosen bekommen.« Noch ein Lachen, keuchend und kurz. »Als ob wir so lange leben würden, selbst wenn du nett genug wärst, für uns zu sterben.«

Ein Rauschen lenkte Gregors Aufmerksamkeit hinter den Mann, zurück zu den Kapselröhren. Sein Ruf war beantwortet worden, und eine neue Kapsel wartete. Gregor könnte diese beiden zurücklassen, nach oben zurückkehren, wo Eponi und Sai ihn vielleicht brauchten. Die Mission rief.

Aber Felix und die Erinnerung des Mannes riefen auch. Hier warteten Antworten, die Gregor vielleicht nie finden würde, wenn er jetzt ginge.

»Ich habe eure Infektion schon einmal gesehen«, sagte Gregor und entschied sich für die unverblümte Wahrheit. Diese beiden waren zu weit gegangen für irgendwelche Spielchen. »Auf Dynas. Der hat nicht lange gelebt.«

»Helix«, antwortete der Mann, während die Frau, langsam kriechend, neben ihm auf den Stufen ankam. »Eine Fassade, aber eine große. Renard hatte so viele überzeugt, dass die Durchbrüche fast da waren. Eine kontrollierte Umgebung, frei zum Testen.«

»Drei Jahre«, sagte die Frau, und Gregor musste sich konzentrieren, um ihre Stimme zu hören. »Drei Jahre waren wir dort. Haben beobachtet, verfolgt, Anaskya und ihre Arbeit beschützt. Ist das unser Lohn?«

»Renard versprach, wir müssten uns nie wieder um Geld sorgen«, sagte der Mann. »Wenn Helix gut funktionierte, hätte DefenseCorp einen unendlichen Vorrat an fanatischen, unbesiegbaren Soldaten. Kein Planet könnte widerstehen. Diejenigen von uns an vorderster Front, die mit ihm arbeiteten, würden belohnt werden.«

»Ein falsches Versprechen«, fügte die Frau hinzu.

»Ich glaube nicht«, erwiderte der Mann und runzelte

ihr die Stirn. »Renard glaubte daran. Ich denke, er hätte es auch getan, wenn sie nicht aufgetaucht wäre.«

Gregor klopfte mit seinem Hammer auf den Boden und lenkte beide Köpfe wieder in seine Richtung. »Du meinst Vana?« Sie nickten, langsam und gemeinsam. »Wann ist sie angekommen?«

Die beiden sahen sich an, dann zurück zu Gregor: »Nach der *Nautilus*. Renard war verzweifelt, und Vana hatte die Antworten für uns alle. Sie sagte, du würdest folgen, und dass wir uns vorbereiten müssten. Wir müssten stärker werden.«

Wochen waren zwischen dem Kampf auf der *Nautilus* und Severs Ankunft auf Gillane Four vergangen. Mehr als genug Zeit, um die Strategie zu ändern, damit Renard und Vana ihre Agenten davon überzeugen konnten, dass dies der Weg nach vorne war. Allerdings musste Gregor noch ein fehlendes Stück finden.

»Woher kam das Virus? Die Dosen?«, fragte Gregor. »Die wären nicht auf der *Nautilus* gewesen.«

»Woher willst du das wissen?«, erwiderte der Mann. »Dieses Schiff ist groß. Viele Geheimnisse dort.«

»Ich weiß«, sagte Gregor. »Deepak würde kein Virus wie eures auf seinem Schiff erlauben.«

Der Mann zuckte mit den Schultern, aber die Frau lehnte sich nach vorne, fast die Treppe hinunterfallend. »Versprich es uns, und ich werde es dir sagen.«

»Was versprechen?«

»Wir haben uns schon um den armen Mann gekümmert, der hier unten lebte. Das war vor Stunden. Wir werden bald mehr brauchen, und die einzigen Menschen hier sind wir selbst«, sagte die Frau. »Wir haben die falsche Wahl getroffen und genug gelitten. Bitte. Tu, wofür du hergekommen bist.«

»Niemand sollte demjenigen wehtun müssen, den er liebt«, sagte der Mann und lehnte sich an die Frau. »Nicht einmal wir.«

Wenn es Mitgefühl für die beiden Agenten zu finden gab, suchte Gregor nicht danach. Das Paar hatte unzählige Entscheidungen getroffen, die sie zu diesem Punkt geführt hatten, einschließlich Jahren auf Helix. Ein einziger Tag auf diesem Planeten, in dieser verfluchten Stadt, hätte ihren Fehler offenbaren müssen.

Aber Gregor konnte Gnade gegen Informationen tauschen.

»Ihr werdet bekommen, was ihr verdient«, sagte Gregor. »Jetzt erklärt.«

Zusammenarbeitend, da beide anscheinend häufig Gelegenheiten brauchten, um stockende Atemzüge zu holen, zeichneten die beiden eine düstere Geschichte über die Folgen des gescheiterten Aufstands auf der *Nautilus*. Mehrere hundert Agenten, zusammengepfercht in dem großen Transporter, bald darauf von Vana, Renard und ihrer Geisel begleitet. Dass sie mit der *Nautilus* nicht erfolgreich gewesen waren, dass eine Nachricht über DefenseCorp hinweg vor ähnlichen Aufständen gewarnt hatte, zerstörte den vermeintlichen Triumph, dass mehrere experimentelle Anzüge zusammen mit dem Wissen über Kaias Aufenthaltsort erbeutet worden waren.

Ein geradliniger Flug in Richtung Gillane Four hatte eine Unterbrechung, die alles veränderte. Ein Abfangen eines beschädigten Schiffes, gesteuert von einem angeheuerten Helfer und mit einem trostlosen Arzt an Bord. Gregor kannte den Namen, bevor sie ihn aussprachen, da Anaskya einen großen Fleck in seiner Erinnerung hinterlassen hatte. Sie verhandelte ihr Wissen, und Renard arrangierte schnelle Lieferungen von den Überresten von Helix' Arbeit auf Dynas, um den Transport im Orbit über Gillane Four zu treffen.

Aber die Injektionen waren Vanas Idee. Renard brachte Anaskya in eine andere Einrichtung, zusammen mit dem Verfahren zur Herstellung der Anzüge. Zur Vorbereitung für den Zeitpunkt, wenn die Agenten Kaia gefangen hätten.

»Vana allerdings hatte mit eurem Mann gesprochen, der Geisel«, sagte die Frau und näherte sich dem Ende der Geschichte. »Er sagte ihr immer wieder, dass wir keine Chance hätten. Dass wir überwältigt werden würden. Also erzählte sie uns, und so glaubten wir, dass Helix' großes Geheimnis sein Erfolg gewesen war, und wir würden die ersten sein, die es in die Galaxie bringen würden.«

»Schau uns an«, lachte der Mann. »Und verdammt sei das Lachen. Eine Nebenwirkung, anscheinend, der Dosen, die uns so lange am Leben gehalten haben. So viel Macht, und jetzt wirft uns Vana in den Tod.«

»Sie hat sich verkalkuliert«, sagte Gregor, während er den Hammer schwang und um das Treppenhaus herumging. Er hatte gehört, was er hören musste, und nun war es an der Zeit, seinen Teil der Abmachung zu erfüllen. »Keine Droge kann Können ersetzen.«

»Noch nicht«, sagte die Frau und rückte näher an den Mann heran. »Aber morgen? Vielleicht.«

»Bereit?«, fragte Gregor, in Position.

Ihre Umarmung diente als Antwort.

24

SCHLÄGE

Die grinsende Agentin sagte, sie wolle ein Spiel spielen. Für Eponi begann und endete dieses Spiel blitzschnell, mit einem heftigen Tritt gegen ihren Kopf und einer Ohnmachtsphase, die damit endete, dass Sai die Einstiegsrampe heraufschlich. Die Benommenheit vermischte sich mit der Schmerzenssymphonie, die durch ihren Körper pulsierte, eine atemraubende Sammlung, die Eponi nur abwehren konnte, indem sie sich auf Sai konzentrierte.

Aber sie war zu spät dran gewesen. Ihre Warnung zu langsam.

Jetzt stand Sai mit dem Rücken zu Eponi, während Agenten die Rampe hochkletterten, um ihm anzutun, was sie gerade mit ihr gemacht hatten. Sie musste dem Schwertkämpfer helfen, und zu ihrer Überraschung stellte Eponi fest, dass ihre Hände nicht gefesselt waren. Sie war überhaupt nicht an die Couch gefesselt, sondern lag dort, als hätte die Agentin, die den Schlag bereute, Eponi hingelegt, damit sie sich erholen konnte.

Unwahrscheinlich.

Das erste Gesicht betrat die Szene, schwenkte ein großes Metallrohr, eine korrodierte grünschwarze Stange, die in ihrem früheren Leben wohl das Kühlmittel eines Schiffes geleitet hatte. Eponi konnte hinter Sais blockierendem Körper nicht viel mehr erkennen, also versuchte sie, sich aufzusetzen.

Schlechte Idee.

Etwas in ihrem Magen rebellierte, als sie die Bewegung machte, weitere blaue Flecken offenbarten sich, und Eponis Augen weiteten sich, als sie versuchte, ihr Inneres unter Kontrolle zu halten.

»Beweg dich nicht«, sagte Sai, während er die Pistole holsterte und das Katana in eine Kampfposition brachte. »Ich kümmere mich darum.«

An den meisten Tagen hätte Eponi sich dagegen gewehrt, dass Sai irgendetwas für sie tun musste, aber heute? Jetzt? Es machte ihr nichts aus, Sai freie Hand zu lassen. Mut und Eitelkeit konnten warten, bis sich ihre Eingeweide nicht mehr wie verfaultes, zerfallendes Obst anfühlten.

Außerdem, wenn diese beiden tatsächlich mit Schrottwaffen auf Sai losgingen, würde er keine Hilfe brauchen.

Sai schien das auch zu denken, denn er fragte die herannahenden Agenten geradeheraus, was sie vorhatten.

»Seltsam, sich einem Ziel zu nähern, ohne einen Schuss abzufeuern«, sagte Sai laut genug, um die Rampe hinunterzutragen. »Was habt ihr vor?«

»Die Regeln sind klar«, antwortete der Mann mit der Stange, immer noch näher kommend. »Wir bekommen die Dosen nur, wenn wir das Schiff nicht beschädigen.«

Eponi versuchte zu verstehen, welche mögliche 'Dosis' jemanden dazu bringen könnte, sich Sai und seinem erhobenen Katana zu nähern, während der Stangenmann seinen

Zug machte. Der Agent sprang die letzte Stufe der Rampe hoch und landete mit einem tiefen Schlag gegen Sais Knie. Der Schwertkämpfer bewegte sich zur Abwehr, schlug das Katana nach unten und fing die Stange ab. Der Schrott hielt besser als erwartet, nahm den Treffer hin und verfing die Klinge des Katanas in seinen zackigen Graten.

Der Agent riss die Stange zurück, zog Sais Katana aus dem Griff des Severs, ließ sein Gesicht zu einem höhnischen Grinsen erblühen, nur um stattdessen Sais Faust mit der freien Hand zu kassieren. Der Schlag betäubte den Agenten, und Sai führte den Treffer in einen Abwärtsschlag auf die stangenführende Hand weiter, wobei er die Waffe und Sais Schwert zu Boden schlug. Bevor Sai nachlegen konnte, als hätte sich der Kampf an der Schiffsrampe in ein Jahrmarktsspiel verwandelt, ersetzte ein anderer Agent den strauchelnden Stangenträger. Eponi erkannte diesen, es war der Agent, der sie in die Bewusstlosigkeit getreten hatte.

Wenn der erste Agent schwer mit der Stange gekommen war, setzte dieser kleineren Schrott ein. Splitter, vielleicht einen halben Meter lang pro Stück, stießen auf Sai zu und erwischten seine Jacke, rissen die Weste darunter. Sai wich zurück, täuschte einen Griff nach dem Katana vor, das immer noch in der Stange steckte, und lockte den zwei Waffen führenden Agenten zu einem kräftigen Vorwärtsstoß dorthin, wo Sai eigentlich hätte sein sollen.

Der Schlag ins Leere brachte den Agenten die letzte Stufe ins Schiff hinauf, brachte seinen ganzen Körper nach vorne, als Sai seine Pistole zog, den Kopf neigte und feuerte. Einmal, zweimal, und der Agent, der zu schockiert zum Sprechen aussah, fiel zurück und stürzte von der Rampe. Anstatt nachzusetzen, ging Sai zum nahe gelegenen Kontrollpanel, schlug darauf und riss die Rampe zu.

»Nette Moves«, sagte Eponi, als sich das Schiff versiegelte und keine weiteren Agenten mehr versuchten, hineinzustürmen.

»Dreckiger Kampf«, Sai zog sein Katana aus der Stange und begutachtete die Klinge.

»Mit einem sauberen, klaren Sieg«, erwiderte Eponi.

Wieder versuchte sie, sich von der Couch zu schwingen. Wieder brachten sie die Übelkeit und der Schmerz fast um den Verstand, aber als Eponi sich aufgesetzt hatte, fand sie etwas zum Festhalten. Eine Sprosse über einem brodelnden Säuresee, aber immerhin eine Sprosse.

»Alles okay bei dir?«, fragte Sai und beobachtete sie mit besorgten Augen.

»Super gut«, antwortete Eponi und richtete ihren Blick auf den Metallboden des Schiffes. Vana wollte nicht, dass das Schiff schmutzig wurde, aber … »Hey, kannst du mal nachsehen, ob es, na ja, irgendwas auf diesem Schiff gibt?«

»Richtig«, sagte Sai, »aber ich weiß nicht, wie lange wir durchhalten werden. Sie können die Rampe vielleicht von draußen öffnen.«

»Gib mir deine Pistole.« Eponi streckte eine Hand aus. »Wenn sie sie runterfahren, erschieße ich sie.«

»Aha.« Sai tat jedoch, wie Eponi vorgeschlagen hatte, und übergab ihr die Waffe. »Stirb mir nicht weg.«

»Oh, das wird nicht deine Schuld sein. Keine Sorge.«

Sai zwang sich zu einem Kichern, ließ das Katana in seine Scheide gleiten und stapfte los ins Schiff, um hoffentlich etwas mit Medikamenten darin zu finden, das Eponi wieder in einen Zustand versetzen konnte, der annähernd kampffähig war.

Drogen, Dosen. Der Agent hatte von den Dosen gesprochen, als wären sie Bargeld, nur besser. Bereit zu sein, sein Leben zu riskieren, ein einmaliger Deal, für eine

Dosis bedeutete, dass das, was Vana am Laufen hatte, groß war.

Verdammt, bei ihrem Gemütszustand könnte Eponi vielleicht sogar selbst welche in die Hände bekommen. Das würde sie sicher aufmuntern.

Besonders jetzt, wo die Rampe piepte und eine externe Entriegelung signalisierte. Sais panische Aktion hatte ihnen nur ein paar Minuten verschafft, nicht mehr.

»Hey Kumpel«, rief Eponi und hasste, wie die Worte in ihrem verletzten Hals brannten. Die Agenten hatten ihr Liebstes – freche Sprüche klopfen – zu einer Qual gemacht, und das ging einfach nicht. »Wie läuft die Suche?«

Sai erschien wie herbeigerufen, tauchte wieder in der zentralen Kammer auf und warf einen besorgten Blick auf die Rampe, die sich erneut zu senken begann. In seinen Händen hielt er einen Standard-Erste-Hilfe-Kasten, gut für Schnittwunden und gelegentliche Weltraum-Übelkeit.

»Da sind ein paar Schmerzmittel drin«, sagte Sai. »Sonst nicht viel, was helfen könnte.«

»Gib her«, erwiderte Eponi, und Sai gehorchte.

Renard musste einer von denen gewesen sein, die die körperbetäubenden Freuden der modernen Medizin miss-billigten. Der Kasten enthielt die geringste Menge an guten Sachen, die Eponi je gesehen hatte, aber sie behalf sich damit, ein paar nervenbetäubende Pillen einzuwerfen, während Sai sich in Gefahr begab. Die Wirkung würde nicht sofort einsetzen, aber Eponi könnte vielleicht aufste-hen, bevor die Agenten sie beide töteten.

»Glaubst du, sie kommen wieder einzeln hoch?«, fragte Eponi.

»Man kann nur hoffen.«

Stattdessen erschien niemand. Die Rampe senkte sich, berührte den Boden, und das Bedienfeld piepte entsprechend. Aussteigen, Einsteigen, beides war möglich, und keines schien zu geschehen.

Immer noch auf der Couch, die Pistole umklammernd, bedeutete Eponi Sai, zur Seite zu gehen und sich mit dem Rücken an die Innenwand des Schiffes zu stellen, um ihre Schussbahn freizumachen. Wenn die Agenten unten das Sever-Duo aussitzen wollten, nun, Sai und Eponi konnten auch warten.

Zwingen wir sie, zu uns zu kommen?, signalisierte Sai mit den Handzeichen, die Sever im Laufe der Jahre entwickelt hatte.

Ich gehe jedenfalls nicht zu ihnen, antwortete Eponi und wünschte, die Fingersprache hätte einen breiteren Wortschatz, damit sie die passenden Flüche an den richtigen Stellen einbauen könnte. Eponi schätzte ihre Chancen, aufzustehen, ohne auf die Nase zu fallen, als katastrophal ein, also gab es keine Möglichkeit für einen heldenhaften Auszug.

Sai schien zu verstehen und nahm Position ein. Von draußen drangen Stimmen die Rampe herauf. Gespräche zwischen mehreren Agenten, schnell und sich gelegentlich mit diesem seltsamen Lachen vermischend. Wenig verstärkte die unheimliche Stimmung mehr als Menschen, die deinen Untergang planten und dabei kicherten. Minuten vergingen, das Gespräch ging weiter, und Eponi erreichte ihre Grenze.

»Kommt ihr jetzt rein oder nicht?«, schrie Eponi durch die Türöffnung. »Ich langweile mich hier oben!«

Als Antwort sprangen zwei kleine dunkle Kapseln die Rampe hoch und durch die Öffnung. Jeder DefenseCorp-Soldat, der mehr als eine Woche bei der Firma verbracht hatte, wusste, was diese Kapseln bedeuteten. Eponi kniff die Augen zu und versuchte, ihre Finger an die Ohren zu bringen.

Die Blendgranaten taten ihre Arbeit. Bewährte Werkzeuge, die es schon lange gab, bevor Eponi die Galaxie mit ihrer lebenden Gegenwart beehrte, verdienten sich ihr Geld, indem sie durch ihre geschlossenen Augen blitzten und ihre Ohren mit solcher Kraft knallen ließen, dass ihr ohnehin schon schwindeliger Kopf dröhnte. Unfähig, angesichts ihres in Panik geratenen Körpers irgendeine echte Fassung zu bewahren, kippte Eponi von der Couch nach vorn und schlug hart auf dem Metallboden des Schiffes auf.

Der Sturz rettete ihr das Leben.

Mit klingelnden Ohren und geblendeten Augen konnte Eponi weder hören noch sehen. Sie konnte aber fühlen. Erschütterungen liefen durch den Boden und berührten ihre Finger, als Füße die Rampe heraufpolterten. Eponi verfolgte diese Erschütterungen, richtete die Pistole in ihre Richtung und hoffte inständig, dass sie nicht dabei war, Sai zu erschießen.

Sie drückte ab. Einmal, zweimal, dreimal. Die Blitze der Pistole verstärkten den farbigen Schmerz hinter ihren Augen, aber Eponi spürte den schweren Aufprall, als jemandes Körper zu Boden ging. Bevor sie ein viertes Mal abdrücken konnte, verließ die Pistole jedoch ihre Hände und schlitterte über den Boden. Ein Fuß trat hart auf ihren linken Arm, und Eponi spürte, wie ein Knochen brach. Scharfer Schmerz, ein Schrei, und nur das Adrenalin, nur die Schmerzmittel, die sie geschluckt hatte, bewahrten sie davor, in völlige Schwärze abzugleiten.

Als sie aufblickte und ihre Augen wieder grau in den Fokus kamen, sah Eponi den Agenten über sich stehen. Der Mann hatte dieses breite Grinsen, seinen Fuß fest aufgesetzt, und was wie ein dunkler Schatten aussah, der an seinem Hals wuchs. Der Agent hantierte mit einem Kampfmesser, nahm es in beide Hände, um es in Eponis Rücken zu rammen. Sie konnte ihre Beine nicht in Position für einen Tritt bringen, und auf der Brust liegend, den Arm unter dem Bein des Agenten gefangen, blieben Eponi nicht viele Möglichkeiten.

»Bleib schön still«, sagte der Agent und stach zu.

Eponi krümmte sich. Sie rollte sich auf die Seite, keuchend vor stechendem Schmerz in ihrem gebrochenen linken Arm, und fing das Messer mit der Seite ab. Der Stoß, ein entschlossener Stich gegen einen Feind, der sich nicht hätte bewegen sollen, schnitt durch Eponis Körpermitte, ging aber nicht tief, verfing sich größtenteils in der Kleidung auf dem Weg zum Boden. Eponi bewegte sich weiter, bekam ihre rechte Hand an das linke Bein des Agenten und nutzte den Zug als Hebel, um den Agenten von den Füßen zu fegen.

Dieser Zug hätte nicht funktioniert, wenn der Mann auf ebenem Boden gestanden hätte, aber Eponis Arm, so gebrochen er auch sein mochte, bot keine Stabilität. Der Agent fiel nach hinten, landete mit dem Hintern zuerst auf dem Boden. Hinter ihm sah Eponi Sai, entwaffnet, im Kampf mit zwei weiteren. Auch sie schienen mit Messern zu arbeiten und achteten darauf, Vanas geheiligtes Schiff nicht zu beschädigen.

Eponi sah auch ihre Pistole, die ein paar Meter entfernt auf dem Boden lag. Mit den Füßen abstoßend, kroch Eponi darauf zu und zog ihren schmerzenden Arm mit. Der Agent stand auf, lachend die ganze Zeit, und jagte ihr nach. Eponi versuchte, während des Kriechens einen Tritt zu landen, aber der Mann ließ sich diesmal nicht täuschen. Er ging an ihr vorbei, bückte sich und hob ihre auserwählte Pistole auf. Er drehte den Griff um und schlug Eponi damit beiseite, ein Treffer, der ihre Sicht verschwimmen ließ.

Ein Schlag, der Eponi völlig erschöpfte. Ihre Batterien leer, ihr Rennen beendet. Sie versuchte sich zu bewegen, versuchte die Kraft zu finden, um weiterzukämpfen, als der Agent das Messer erneut hob. Ihr Körper reagierte nicht, konnte diesen Berg aus Schmerz, Schock und Überlastung nicht erklimmen. Wie ein Kart, das durch ein Manöver zu viel geschleudert worden war.

Ein schwerer Aufprall ging durch das Schiff, lief durch Eponis Finger. Verstärkung, vielleicht. Das würde auch Sai verdammen. Der Agent jedoch hielt in seinem tödlichen Schlag inne, das Gesicht zur Rampe gedreht, das Grinsen in ein Stirnrunzeln verwandelt. Eponi hätte sich auch umgedreht, aber ihr Hals schien nicht mehr in diese Richtung arbeiten zu wollen.

»Nein.« Ein Wort, mehr geknurrt als gesprochen.

Eponis Hoffnung fand dort einen Funken. Und als der Hammer pfeifend herabsauste, auf den Agenten einschlug und dessen Untergang in die ferne Ecke des Raumes beförderte, loderte Eponis Hoffnung zu einer Flamme auf.

Eine Sekunde später wurde ihr schwarz vor Augen, begleitet von den unglaublich süßen Klängen Gregors, der das tat, was er besser konnte als jeder andere.

25

DER AUFSTIEG

Für einen Moment des Triumphs hielt die Freude über die Ausschaltung der beiden Anzüge im Spike nicht lange an. Rovo, frisch von einem einigermaßen stabilen Versuch, die Sense zu benutzen, schlug hart von enthusiastischem Sieg in brodelnde Wut um, als Vana und ihr Kreis von Freunden mit Pistolen in der Hand um den herabgelassenen Aufzug erschienen.

Rovos Poweranzug gab ihm eine fast durchgehend rote Umrandung über seiner Sicht und zeigte die potenziellen Bedrohungen buchstäblich in jeder Richtung außer direkt nach oben an. Unglücklicherweise ließ der Poweranzug ihn nicht fliegen. Ebenfalls unglücklicherweise schien Aurora mit Kaias Entführerin zu verhandeln.

»Übergib uns das Mädchen, und wir lassen euch gehen«, sagte Aurora, die wie Rovo ihren Anzug tragenden Gegner, den sie zu Boden gedrückt hatte, immer noch festhielt. »Ihr habt schon alles, was ihr von ihr braucht.«

»Eine gewagte Aussage, wenn wir euch umzingelt haben«, erwiderte Vana. »Ich schlage einen anderen

Austausch vor: Ihr lasst uns mit dem Mädchen diese Welt verlassen, und wir lassen euch am Leben.«

Das Angebot kam Rovo ein wenig seltsam vor: Warum sollte Vana nicht einfach beide Severs hier und jetzt ausschalten und dann mit Salinity verhandeln, die in der ganzen Angelegenheit eine neutralere Partei wäre? Raquel hatte bereits erklärt, dass ihr Hauptziel darin bestand, mehr Bürger von Gillane Four vor dem Tod in diesem Konflikt zu bewahren. Sie wäre zugänglicher.

Aber vielleicht wusste Vana das nicht.

»Du hast mein Angebot gehört«, konterte Aurora. »Dies ist keine Verhandlung.«

Vana seufzte: »Dann seid ihr bereit, für das Mädchen zu sterben?«

»Ich bin es«, meldete sich Rovo zu Wort. »Wie Aurora sagte, ihr braucht sie nicht mehr. Warum tut ihr das?«

»Eine Versicherungspolice.« Vana schien, als wolle sie fortfahren, aber ihr Armband vibrierte. Diesmal ging der Seufzer tiefer als zuvor. »Aber es scheint, als wäre meine Versicherung nicht mehr so gut wie einst. Vielleicht, Aurora, werde ich dein Angebot annehmen.«

Rovo blinzelte. Diese Wendung hatte er nicht kommen sehen.

»Wo ist dann das Mädchen?«, fragte Aurora. »Übergib sie uns, wir fahren hoch und verschwinden, und dann könnt ihr gehen.«

»Sie ist nicht hier«, Vana gestikulierte zu all den pistolenschwingenden Agenten. »Denkst du, das ist ein Ort für ein Kind? Nachdem wir die Proben genommen hatten, ließ ich sie wegbringen. Nachdem wir weg sind, schicke ich euch die Koordinaten, um sie zu finden.«

»Als ob wir dir vertrauen könnten«, sagte Rovo.

»Als ob ihr eine Wahl hättet«, erwiderte Vana, und

Rovo hasste, wie Vana immer so ruhig klang. Als ob alles nach ihrem Plan zu laufen schien. »Protestiert, kämpft, tut, was ihr wollt, aber wenn ihr das Mädchen finden wollt, werdet ihr meine Hilfe brauchen.«

Aurora warf einen Blick in Rovos Richtung, und in diesem Gesicht sah Rovo die Antwort, nach der er suchte. Der Rookie wollte Kaia lebend, wollte sie in Sicherheit, aber er konnte Vana nicht vertrauen. Nicht nach den Fallen, den Doppelkreuzen, der anhaltenden Nötigung. Raquel und Salinity hatten den Planeten unter genauer Beobachtung. Die Agenten würden sie nicht herausbekommen, und Salinity würde das Kind ohne allzu große Schwierigkeiten aufspüren.

Rovo musste das glauben, denn die Alternative, Vana jetzt gehen zu lassen ...

»Ich setze auf etwas anderes«, sagte Rovo.

»Was?«, fragte Vana, und Rovo antwortete, indem er das gestohlene Messer über die umstehende Menge schleuderte.

Die Klinge traf das dicke Rohr, das Wasser durch die Heizspulen leitete. Das Glas, das Erdbeben und Hitze standhalten sollte, war nicht dafür gebaut, einem direkten Stich von einem Objekt standzuhalten, das zum Durchschneiden von Rüstungen konzipiert war. Das Messer durchbohrte es, das Rohr riss, und der Sprühnebel begann.

»Rettungsboote!«, übertönte Vanas Ruf die plötzliche Panik, als kochendes Wasser in die Aufzugkammer schoss.

Zwei Türen, die irgendwohin führten, wo Rovo es nicht wusste, verstopften, als die Agenten hindurchstürmten, um sie zu füllen. Keiner dachte daran, auf Rovo und Aurora zu schießen. Keiner dachte daran, ihnen in den Weg zu kommen, als die beiden Severs einen anderen Weg einschlugen.

Aurora machte den schnelleren Zug, sprang von ihrem am Boden gehaltenen Soldaten, um Vana zu packen, als die Anführerin der Agenten auf eine der Türen zusteuerte. Als Aurora Vanas Arm ergriff, riss das Wasserrohr weiter auf, Glas faltete sich mit dem Sprühnebel und verwandelte ihn in eine Sintflut. Die Struktur begann zu wackeln, Alarme heulten, und Agenten flohen weiterhin.

»Raquel?«, rief Rovo in sein Armband, während er von dem festgenagelten Anzug stieg und auch diesen Agenten zu den Türen rennen ließ. In so einem Anzug würde der Mann sowieso nie in ein Rettungsboot passen. »Hol deine Leute hier raus!«

»Was passiert da?«, Rovo konnte Raquel kaum über den Lärm hören.

»Kleines Problem mit dem Spike! Achte auf Agenten, die in Rettungsbooten fliehen, sie werden Abholung brauchen. Oder du kannst sie einfach abschießen.«

»Rovo!«, rief Aurora, und dem Rookie wurde klar, dass das Wasser im Spike seine Knöchel erreicht hatte und schnell anstieg. »Zeit zu verschwinden!«

Die Sever-Kapitänin hielt Vana fest in ihrem linken Arm, während Auroras Rechte den Greifhaken des Power-anzugs löste und sich darauf vorbereitete, ihn nach oben zu werfen. Über ihnen erstreckte sich der lange Spike mit seinen blauen - und nun flackernden roten Alarm - Lich-tern. Sie hätten durch die Ausgänge hinter den Agenten her gehen und hoffen können, dass ihre Feinde ihnen Platz in den Rettungsbooten ließen.

Unwahrscheinlich.

Also blieb nur der Weg nach oben. Ein Wettlauf gegen das Wasser.

Für einen kurzen Moment erwog Rovo einfach zu schwimmen. Im Wasser zu treiben, während es stieg.

Dieser Gedanke starb schnell, als sein Visier ihn auf die wachsende Hitze an seinen Füßen aufmerksam machte. Dies war kein kaltes Meerwasser, sondern eine fast kochende Flüssigkeit, die überhitzt wurde, als der Stachel seinen Zweck erfüllte. Darüber hinaus war der Stachel beschädigt worden. Möglicherweise lagen Schaltkreise frei. Jeden Moment könnte sich der wachsende Pool in eine elektrische Todesfalle verwandeln.

Cool.

Aurora sprang und warf den Enterhaken, während sie in die Höhe schnellte. Der Haken biss sich weiter oben in das Wasserrohr ein, verfing sich im Glas und hielt fest. Durch das Leck weiter unten spritzte kein zusätzliches Wasser aus dem neuen Riss.

»Netter Wurf«, sagte Rovo, während er sich bückte, um seinen verlorenen Sensenschild unter dem Wasser hervorzuholen und ihn in seinen Gürtel zu stecken. »Sag Bescheid, wenn du Hilfe brauchst.«

»Beweg dich einfach«, rief Aurora nach unten.

Anstatt den Enterhaken zu benutzen, zog Rovo sein Kampfmesser heraus, nahm es in die linke Hand, während er seine lange, hakenförmige Sense in der anderen hielt. Er schaltete die kinetischen Verstärker ein, sprang aus dem knietiefen Becken und grub seine Waffen in die Wand des Stachels. Das Metall war, wie das Glas, nicht dafür ausgelegt, scharfen Stößen zu widerstehen, und Rovos Klingen bissen sich gut ein.

Jetzt musste der Neuling etwas tun, was er noch nie zuvor getan hatte: klettern und dabei Messer als Hände benutzen.

Rovo begann mit der Sense, einem ruckartigen Griff, der ihn einen Meter nach oben brachte. Das Kampfmesser bot keinen so tiefen Halt, und es brauchte ein paar Stöße, bis die Waffe stabil genug war, dass Rovo sein Gewicht darauf verlagern konnte, aber er bewegte sich. Die Servorüstung kompensierte ihr eigenes Gewicht und tat, was sie konnte, um die Griffkraft zu verstärken.

Trotzdem fühlte sich Rovo, als würde er einen Lastwagen heben.

Aurora auf der gegenüberliegenden Seite wählte einen anderen Ansatz. Einen, der ehrlich gesagt klüger erschien. Mit den Stiefelklemmen der Servorüstung heftete Aurora ihre Beine an die Seite des Stachels und nutzte die eigenen Stabilisatoren des Anzugs, um aufrecht zu sitzen, mit Vana an ihre Brust gedrückt, während Aurora den Enterhaken entfernte und dann weiter nach oben warf.

Vana schien sich nicht zu wehren. Vielleicht wollte sie nicht in dem kochenden Schaum unter ihnen gegart werden.

Eine vernünftige Wahl.

Nach dem dritten Strecken und Bewegen mit der Sense gab Rovo sein Kampfmesser auf und übernahm Auroras Vorgehensweise. Rovo hatte reichlich Stolz, aber er konnte erkennen, wann er die falsche Wahl getroffen hatte. Er griff nach seinem Enterhaken und zielte auf das Rohr auf seiner Seite, wobei er den Haken in Richtung des Glases schleuderte. Der Haken verfing sich wie Auroras, und Rovo verspürte diesen kurzen Nervenkitzel, der einen überkommt, wenn man den Zug eines Mentors nachahmt.

Mit einem Ruck am Enterhaken sprang die Servorüstung in Aktion, wickelte den Metalldraht des Hakens auf und zog Rovo höher. Unter ihm wurde das Wasser weiterhin tiefer, aber nicht so schnell, dass Rovo sich stark bedroht fühlte. Es würde kein schneller Aufstieg zur Spitze werden, aber mit den Enterhaken würden sie es schaffen. Kein Problem.

Es sei denn, der Stachel würde beschließen zu brechen.

Die Struktur war mit dem Wasserzufluss nicht besonders gut zurechtgekommen. Die Alarme heulten, die Lichter blinkten, aber der wachsende Pool ließ die Wände erzittern, während Rovo und Aurora, mit Vana an sie geschmiegt, kletterten. Laute Ächzer dröhnten durch die Luft, unterbrochen von Knallgeräuschen, als Dichtungen und Formteile um sie herum splitterten, brachen und zersplitterten.

»Ich denke, wir sollten uns beeilen!«, rief Rovo über den Stachel hinweg. Er hatte mit Aurora Schritt gehalten und sie jetzt eingeholt. Es schien unhöflich, die gefangene Kapitänin zurückzulassen. »Kannst du schneller gehen?«

»Wenn ich Vana ins Wasser werfen würde«, rief Aurora zurück und schleuderte den Enterhaken erneut nach oben.

Keine schlechte Idee. Rovo war zuversichtlich, dass Salinity das Kind finden könnte, aber wenn Sever Vana bereits hatte, schien es eine vernünftige Strategie zu sein, sie am Leben zu erhalten. Zumindest bis sie Kaia in ihren Händen hatten.

Rovo hatte auf Gillane Vier einen Hals gebrochen. Er könnte es auf zwei bringen.

Der Gedanke erschütterte den Neuling, als er einen weiteren Griff am Stachel hochkletterte. Nichts geht über ein wenig Selbstreflexion inmitten einer Krise. Und doch schien Sever immer in einer solchen zu stecken. Hatte das ständige Hämmern gegen Rovos eigenen Willen ihn so weit abgeschliffen, dass ihm nichts mehr blieb als frustrierter Zorn? Wo der Zweck, Kaia zu retten, mörderische Mittel mehr als rechtfertigte?

Jede Antwort auf diese Frage musste warten, denn das Rohr, das Rovo für seinen Enterhaken benutzt hatte, löste sich von der Wand. Nein, die Wand selbst brach auseinander. Wasser ergoss sich zwischen den Metallplatten und überschüttete Rovo mit eiskalter Flüssigkeit. Das kalte Meerwasser stürzte in den heißen Pool unter ihnen und wirbelte Dampf auf, der die Sicht im Inneren des Stachels in einen undurchdringlichen Nebel verwandelte.

Rovo grub seine Sense tief in die Wand und hoffte, dass dieser Abschnitt nicht gleich wegbrechen würde. Er hob sein Armband an den Mund und befahl dem Ding, Raquel zu kontaktieren, und das Armband befolgte seine Anweisungen.

»Rovo?«, kam Raquels Stimme durch und wurde in Rovos Visier eingeblendet. »Wo seid ihr zwei? Ich habe das letzte Skiff, wir warten-«

»Öffne die obere Luke«, sagte Rovo. »Bitte, jetzt!«

»Bin dabei«, sagte Raquel, während Rovo spürte, wie sich sein Enterhaken löste und wegfiel. Ohne sehen zu können, müsste er wieder zum manuellen Klettern übergehen. »Wie nah seid ihr dran?«

»Kann ich nicht sagen«, antwortete Rovo. »Wir kommen näher. Haltet durch und wir werden es schaffen.«

»Der Stachel macht nicht so-«

Raquels Verbindung wurde unterbrochen, als Auroras Stimme, die Priorität im Truppfunk hatte, durchkam: »Rovo, geh. Ich kann mit diesem Nebel nicht mit dem Enterhaken arbeiten. Geh nach oben, lass deine Leine fallen und wir klettern daran hoch.«

Ein Wettlauf gegen das Wasser, das nun schnell stieg und von allen Seiten hereinströmte. Vielleicht nicht mehr hautverbrühend heiß, aber selbst der beste Schwimmer würde nicht entkommen können, wenn er im zusammenbrechenden Stachel eingeschlossen wäre.

Der Dampfnebel lichtete sich, als von oben Tageslicht hereinfiel. Raquel hatte ihren Zug gemacht, die Luke geöffnet, und Rovo kletterte weiter darauf zu, griff wieder auf die Messer-und-Sense-Kombination zurück, klammerte sich an bröckelnde Wandplatten, bis er die Spitze des Stachels erreichte. Jetzt musste er horizontal gehen, entlang der Decke des Stachels klettern, während die Struktur um ihn herum zerfiel.

Na ja, einfach ein normaler Tag im Sever Squad.

Unten klammerten sich Aurora und Vana an die Wand, das Wasser holte sie ein. Das aufgewühlte Durcheinander wirbelte weiterhin Dampf auf, obwohl zumindest die Alarme jetzt verstummten, da ihre Generatoren versagten, während der Stachel seinen Zusammenbruch zum Meeresboden fortsetzte.

Rovo versuchte, die Sense in die Decke zu treiben, aber die Wände hier waren dicker, für Landungsschiffe konzipiert. Die Waffe biss sich nicht ein, geschweige denn, dass sie Rovos Gewicht halten würde. Er brauchte eine andere Taktik. Mit seinen Stiefelklemmen richtete sich Rovo neu aus und drehte sich zur Mitte des Stachels. Er ließ sich einen Meter fallen, hebelte mit der Sense, um sich einen besseren Winkel zu verschaffen.

»Was machst du da, Rovo?«, fragte Auroras Stimme, immer noch mit Autorität, aber nun mit einem besorgten Unterton.

»Ich bin einfach genial«, antwortete Rovo.

Rovo gab Energie und stieß sich von der Wand ab in einem Sprung, der mehr horizontal als vertikal war. Der Sprung brachte den Neuling über die Mitte der Lücke und umgab ihn für einen kurzen Moment mit Tageslicht. Rovo streckte sich nach oben, die Sense ausgestreckt, und hätte sich fast den Arm ausgerissen, als das Ding Halt fand. Über dem Schaft des Stachels und einem sehr, sehr tiefen, nassen

Grab unter ihm hängend, weigerte sich Rovo, nach unten zu schauen.

Stattdessen setzte er die wenige verbliebene Energie des Sprungs in die Booster seiner Stiefel. Der Schub, ohne etwas zum Abstoßen, war nicht viel, aber die Sense hielt, und Rovos linke Hand schaffte es, genug Schwung zu holen, um Halt zu finden. Weitere Hände griffen danach, als Raquel und ein paar loyale Salinity-Wachen herbeieilten, bereit zu ziehen, während Rovo einen Vorstoß mit der Sense wagte.

Die Waffe biss sich in die Oberfläche des Stachels, und mit Hilfe der Powerrüstung und der mehr oder weniger hilfreichen menschlichen Dreiergruppe – die Powerrüstung war zu schwer, als dass ihr Ziehen mehr als geringfügig hätte sein können – kletterte Rovo auf die Oberfläche des Stachels.

Und wäre fast gerollt.

Der Stachel neigte sich zur Seite und verwandelte die ebene Plattform in einen Hügel. Die beiden verbliebenen Skiffs waren nicht mehr wirklich angedockt, sondern schwebten in der Nähe. Diese Neigung, die Rovo drinnen gar nicht bemerkt hatte, machte seinen verzweifelten Sprung überhaupt erst möglich. Manchmal arbeitet das Desaster zu deinen Gunsten.

»Rovo!«, krachte Auroras Stimme durch. »Jetzt wäre ein guter Zeitpunkt!«

Rovo drehte sich wieder um und ließ seinen Enterhaken zu Aurora hinunter. Gebadet in den flackernden blauen Überresten, gepaart mit dem Tageslicht, sahen seine Kapitänin und ihre Gefangene, mit dem Wasser, das an Auroras Fersen leckte, fantastisch aus. Aurora befestigte den Enterhaken an ihrem Gürtel und stieß sich dann mit ihren kinetischen Boostern ab, in Richtung Ausgang.

Vana kletterte zuerst, als sie sich näherten, und bewegte sich auf Auroras Schultern nach oben. Rovo streckte sich hinunter und ergriff Vanas Hand. Er würde sie hochziehen, sie übergeben und dann nach Aurora greifen. Einfach genug.

Die Agentin kam bereitwillig hoch und landete auf der Oberfläche des Stachels.

»Danke für die Rettung«, sagte Vana. »Aber du solltest wirklich nicht so nett sein.«

Rovo, der sich bereits bewegte, um nach Aurora zu greifen, blickte in Vanas Richtung. »Was?«

»Am Ende wirst du immer verletzt«, sagte Vana, und als Raquel und ihre beiden Wachen nach ihr griffen, drückte Vana den Enterhaken-Auslöser an Rovos Anzug.

Das Seil schnellte frei und pfiff über den Rand. Aurora, die sich am Ende des Enterhakens festhielt, fiel mit dem Kabel und verschwand im brodelnden Meer.

26

ZUM SCHWIMMEN

Aurora traf auf das Wasser mit einer Ruhe, die aus tausend überstandenen lebensgefährlichen Situationen stammte. Die Kampfrüstung reagierte ähnlich und aktivierte ihre vorprogrammierten Routinen, um jedes kleine Ventil und jede Falte zu verschließen, um Aurora trocken und, was noch wichtiger war, atmend zu halten. Der in den Taschen der Kampfrüstung gespeicherte Sauerstoff war genau für solche Situationen vorgesehen.

Nicht, dass DefenseCorp seinen Kampfrüstungsträgern zu Tieftauchgängen riet - der Anzug würde irgendwann die Energie und die Fähigkeit verlieren, echte Luft durch sich strömen zu lassen, und seinen Piloten in einem ewigen Kokon am Boden irgendeines Ozeans zurücklassen. Die gleichen Prinzipien galten für ein Vakuum, obwohl der Weltraum seinem zum Scheitern verurteilten Reisenden zumindest eine bessere Aussicht bot, bevor er ihn zu Eis erstarren ließ.

Aurora nahm all diese Gedanken in einem kurzen Augenblick wahr, während der Anzug durch einen Stachel sank, in dem sie bereits viel zu viel Zeit verbracht hatte.

Vanas Trick blieb präsent, als Aurora ihren eigenen Enterhaken herausnahm, ihn im Wasser nutzlos fand und dann versuchte zu schwimmen. Ihre Beine und Arme, verstärkt durch die kinetische Kraft, die durch den Anzug floss, leisteten beachtliche Arbeit, Aurora nach oben zu befördern. Das Wasser, das zuvor gekocht und bereit gewesen war, eine frühere Version des fallenden Sever zu einem gedämpften Abendessen zu verarbeiten, löste jetzt nur noch die mittleren Wärmesensoren in der Rüstung aus, offenbar durch den umgebenden Ozean ausreichend gekühlt.

»Tausch das gegen einen Badeanzug und ich könnte es genießen«, murmelte Aurora, als ihre Tritte den äußeren Rand des Stachels erreichten.

Was einst eine glatte Wand gewesen war, zerknitterte und verbog sich nun unter dem Wasserdruck, der das Gebäude auseinanderriss. In gewisser Weise machte dies es für Aurora einfacher, da diese Wand jetzt reichlich Griffmöglichkeiten bot. Aurora fand einen Halt und zog sich hoch, einen Schub und Griff nach dem anderen. Die Oberfläche lag nicht allzu weit entfernt, funkelnd im Tageslicht.

Der Wettlauf wurde nun weniger zu einem Kampf gegen das Ertrinken und mehr zu der Frage, ob Aurora die Oberfläche erreichen konnte, bevor der Stachel nachgab und vollständig zusammenbrach. In der Kampfrüstung zu schwimmen war schon schwer genug, es zu tun, während man fallenden Metallplatten auswich?

»Aurora, bist du noch da?«, knisterte Rovos Stimme durch den Funk auf Severs Squadfrequenz.

»Nein, ich bin verschwunden«, schnappte Aurora. »Ich klettere hoch.«

»Beeil dich. Die Skiffs haben Schwierigkeiten, mit der Plattform auf einer Höhe zu bleiben.«

»Wo ist Vana?«

»Raquel ist bei ihr. Sie kehren zur Salinity-Basis zurück.«

»Du nicht?« Aurora wollte Rovo am liebsten schlagen, aber sie begnügte sich mit einem weiteren Griff und Zug. Noch ein oder zwei Meter und sie wäre wieder an der frischen Luft, bereit für den letzten Aufstieg. »Warum hast du Vana gehen lassen?«

Rovo antwortete nicht sofort. Gut. Zumindest hatte der Neuling den Verstand zu erkennen, wenn er etwas Dummes getan hatte.

»Du sagst immer, das Squad ist am wichtigsten«, erwiderte Rovo. »Ich wollte dich nicht zurücklassen.«

»Ich bin nicht von Feinden umzingelt oder verblute gerade, Rovo«, sagte Aurora. »Kannst du auf dieses Skiff kommen?«

»Es ist schon weg.«

Auroras Fluch fiel mit einem weiteren Zug zusammen, der sie über die turbulente Oberfläche brachte. Aufgewühltes Wasser klatschte über ihr Visier und verwirrte die Sensoren, die versuchten, das beste Spektrum zu finden. Nicht, dass es eine Rolle spielte: Sie hätte völlig blind sein müssen, um das große, funkelnde Loch in der Mitte des Stachels zu übersehen.

Weniger leicht zu sehen, aber nicht weniger wichtig war Rovos Arm. Der Neuling hatte ihn in einer langen Reichweite ausgestreckt und ließ ihn für Aurora baumeln, damit sie einen Schwimm-Kick-Sprung machen konnte. Severs Kapitänin tat, was die Situation verlangte, stieß sich so hart wie möglich nach oben ab und gab einen extra Kick mit der letzten Portion kinetischer Energie ihres Anzugs - aufgeladen während des Wassertreten. Wie ein hässlicher Metalldelphin durchbrach Aurora die Oberfläche und streckte sich.

In einem Film, so dachte Aurora, hätte sich dieser Moment in Zeitlupe abgespielt.

In Echtzeit hatte sie nie eine Chance.

Als Aurora sich aus dem Strudel befreite, hatte Salinitys Stachel seinen letzten Moment als intakte Struktur. Die Fasern, die das Ding aufrecht hielten, bogen und rissen unter dem Wasserdruck und lieferten einen hervorragenden Knall zu Auroras spektakulärem Manöver, während sie gleichzeitig das Scheitern desselben Manövers ankündigten.

Die oberste Landeplattform neigte sich zur Seite und schleuderte Rovo von seinem Posten aus der Sicht. Aurora hörte den überraschten Schrei des Neulings über den Funk, der sich mit ihrem eigenen Aufschrei vermischte, als der Sprung sie in Reichweite der Spitze des Stachels brachte, ohne dass es etwas zum Festhalten gab. Ihre rechte Hand rutschte vom Metall ab, und Aurora fiel vorwärts.

Wasser floss gemäß physikalischer Gesetze, die eindeutig nicht zu Auroras Gunsten waren. Statt eines Sturzes zurück in den tiefen Pool traf Aurora auf eine stürmische Wasserwelle, die sie in Richtung des Lochs drückte, das Aurora zu erreichen versucht hatte. Nur diesmal, statt einer hilfreichen Hand und einem Zug zu einer heldenhaften Flucht, spülte das Wasser Aurora hindurch, hinaus in die Luft weit über der Meeresoberfläche.

Auroras Kopf, der zuerst austrat, zog ihren Körper in einen Überschlag, als sie nach der Kante der Landeplattform griff und sie erfasste. Sie schwang ihre Stiefel herum und aktivierte die Klammern, die sich in die flache Oberfläche gruben. Wasser strömte über und um sie herum, das Visier hielt es von ihren Augen fern.

»Wo bist du?«, rief Rovo, was überraschend war, da

Aurora angenommen hatte, er wäre in einen rückenbrechenden Aufprall auf die Wasseroberfläche gestürzt.

»Ich hänge am Ende des Stachels fest.« Auroras Einschätzung war für den Moment streng genau, aber der fortgesetzte Fall des Stachels, ein Zusammenbruch in Zeitlupe, während die Struktur ihre obere Hälfte von ihrer Basis abriss, würde jede Sekunde eine Evakuierung erzwingen. »Wo bist du?«

»Bin auf ein Skiff gesprungen«, sagte Rovo. »Wir kommen rein und holen dich.«

»Negativ«, sagte Aurora und spürte, wie sich die Spitze des Stachels weiter drehte. »Holt mich danach aus dem Wasser.«

Das Wasser tobte wütend auf, verlangsamte sich dann zu einem tropfenden Rinnsal, während der Einsturz weiterging und die Spitze des Stachels von der Meeresströmung darunter abtrennte. Auroras Magen machte einen Salto, als Severs Kapitänin rückwärts zum Meer schwang und dank ihrer Stiefelklammern nun kopfüber hing. Reißende Kabel und brechende Platten verursachten eine kreischende Kakophonie, als der Stachel seinen geraden Sturz nach unten begann. Auroras Visier berechnete den Fall auf etwa hundert Meter, und sie würde auf das Wasser aufschlagen, gefolgt von wer weiß wie vielen zerbrochenen Metallkilos.

Nicht gut.

Aurora sog scharf die Luft ein. DefenseCorp hatte kein Training für so etwas – normalerweise zerstörten Artillerie oder orbitales Bombardement alle wichtigen Gebäude, bevor Sever eintraf. Stattdessen musste sie sich auf ihren Instinkt verlassen. Auf Schwung.

Aurora ließ den Rand der Landeplattform los, behielt aber ihre Stiefel verriegelt, und stieß sich in eine Schaukelbewegung. Am höchsten Punkt, als der Stachel in Richtung

Ozean fiel, löste Aurora die Stiefel. Entriegelt, mit dem Gewicht der Kampfrüstung, die sie mitzog, flog Aurora – so gut jemand in einem klobigen Anzug fliegen konnte – nach unten und weg von dem abstürzenden Stachel.

Die zusätzliche Geschwindigkeit trieb Aurora wie ein Geschoss ins Wasser, und sie spießte ihre Arme, um durch die Wellen zu schneiden, was sie tief eintauchen ließ. Ihr Ziel brachte sie direkt zu der noch stehenden Struktur des Stachels, dessen Unterwasserlichter Aurora ein Ziel boten, selbst als die einstürzende Hälfte hinter ihr ins Meer eintauchte. Das fallende Metall drückte das Wasser in einem sprudelnden Schwall nach vorne und wirbelte Aurora herum, bis sie gegen die untere Hälfte des Stachels krachte.

Ihr Kampfanzug ächzte zusammen mit Auroras Muskeln, und ihre Augen blitzten in ein paar kühlen Farben auf, als ihr Gehirn durchgerüttelt wurde. Der bewegliche Wasserdruck hielt Aurora für einen langen Atemzug an die Seite des Stachels gepresst, aber der Rücksog begann schnell. Mit Hilfe dieser Stiefelschlösser – Aurora wollte denjenigen finden, der sie gemacht hatte, und ihm so viel Geld schenken, wie sie entbehren konnte – versiegelte sich die Sever-Kapitänin an der Außenwand und beobachtete, wie das Wasser um sie herum zurückströmte.

Die obere Hälfte des Stachels trieb hinab, Blasen stiegen über die gesamte riesige Struktur auf wie ein natürlicher Trauerzug. Aurora sah zu, wie sie an ihr vorbeiglitt und weiter in die Tiefen des Ozeans sank. Sie war gerade noch in diesem Ding gewesen, hatte versucht, zu seiner Spitze zu gelangen, und nun verschwand es, für immer in einer Dunkelheit, in die Aurora hoffte, nie eindringen zu müssen.

»Kapitänin?«, drang Rovos Stimme, kratzend durch all das Wasser, durch.

Aurora antwortete zunächst nicht. Sie atmete. Wartete. Versöhnte sich mit der Tatsache, dass sie nicht sterben würde, mit dem, was gerade passiert war.

»Aurora?«, legte Rovo diesmal etwas Schärfe in seine Stimme, ein wenig Panik. »Bitte sag mir, dass du da bist.«

»Ich bin hier«, sagte Aurora, ohne sich zu bewegen. Sie wagte es nicht, ihre Stiefel zu entriegeln. »Ich bin unter Wasser. An den Überresten des Stachels festgeklammert.«

Zur Oberfläche zu schwimmen oder zu klettern schien eine unmögliche Aufgabe. Ihr Visier zeigte an, dass sie noch genug Luft für dreißig Minuten hatte. Aurora konnte es sich leisten, sich zu sammeln.

»Bist du verletzt?«

Aurora schloss die Augen. »Nicht verletzt. Müde, aber nicht verletzt.«

Oft spürte Aurora erst nach dem Moment jegliche Angst oder Sorge über das Geschehene. In diesen Sekundenbruchteilen, beim Verriegeln der Stiefel oder beim Sprung nach Rovos Hand, stand das Ziel im Vordergrund von Auroras Gedanken. Die physischen Handlungen, die notwendig waren, um dieses Ziel zu erreichen, überrollten alle Emotionen, die sich in den Weg stellen konnten.

Jetzt? Jetzt hatte Aurora Zeit, das Ganze wieder zusammenzusetzen.

»Das war ein guter Schuss«, sagte Aurora.

»Was?«

»Um den Stachel zu zerbrechen. Wusstest du, dass das passieren würde?«

Rovo lachte, das müde, aufgeregte Geräusch eines Siegers. »Ich hatte keine Ahnung. Ich dachte, es würde vielleicht etwas Wasser spritzen. Vielleicht einen Alarm auslösen, den wir als Ablenkung nutzen könnten. Sie überraschen.«

»Stattdessen hast du Salinity viel gekostet. Raquel wird nicht glücklich sein.«

»Aber wir leben«, sagte Rovo. »Das muss doch etwas zählen.«

»Wir werden sehen, wie viel«, erwiderte Aurora. Sie nahm noch einmal tief Luft und seufzte. »Bring mein Gefährt runter zur Oberfläche. Nah an das, was übrig ist. Ich werde den Aufstieg machen.«

»Bis gleich, Kapitänin.«

Das Skiff, mit Rovo und Aurora auf die Rücksitze gequetscht, machte sich mit so viel Geschwindigkeit, wie der Pilot aus ihm herausholen konnte, auf den Weg zurück zur Salinity-Anlage. Auroras Anzug tropfte eine Pfütze auf den Boden, seine schwarz-weiße Lackierung glänzte im Tageslicht, ein hübscher Kontrast zu dem frustrierten Gesicht seiner Pilotin. Sie hatten die Agenten in ihren Notfallkapseln zurückgelassen, die auf den offenen Wellen trieben. Die Sicherheit von Salinity würde sie später holen und sie wegen was auch immer anklagen, solange die Agenten außer Gefecht gesetzt blieben.

»Raquel antwortet immer noch nicht?«, fragte Aurora Rovo zum vierten Mal in der Stunde, seit sie weggeflogen waren.

»Nein, aber sie ist wahrscheinlich beschäftigt«, antwortete Rovo. »Vielleicht.«

Raquel hatte Vana mitgenommen, angeblich zu derselben Anlage, zu der Aurora und Rovo jetzt unterwegs waren. Die Agentin, eine starke Kämpferin, die offensichtlich nichts zu verlieren hatte, in ein Skiff ohne Sever an ihrer Seite zu setzen, war eine dumme Entscheidung gewesen. Raquels Schweigen könnte bedeuten, dass die Frau damit beschäftigt war, Vana in eine Zelle zu stecken, aber Aurora wusste, worauf sie wetten würde.

Eine ebenso große Sorge galt den anderen drei. Gregor, Sai und Eponi hatten die Mission erfüllt und die EMP-Granaten auf Renards Schiff platziert, aber es war nicht gerade ein heimlicher Erfolg gewesen. Die Agenten hatten gewusst, dass Sever einen Versuch auf das Schiff unternehmen würde, und Eponi war gründlich verprügelt worden. Sai und Gregor hatten die Wachen ausgeschaltet, und beide glaubten, dass niemand gesehen hatte, wie die Granaten platziert wurden, sodass dieser Teil des Plans vielleicht noch funktionieren würde.

Falls Vana sich überhaupt noch um das Schiff kümmerte, da sie nun wusste, dass es kompromittiert war.

Wie auch immer, die drei waren in ihrem eigenen Skiff und rasten zurück zur Salinity-Anlage, um die nächsten Schritte zu besprechen. Um hoffentlich von Vana zu erfahren, wo sie Kaia versteckt hatte.

»Versuch es bei der Anlage«, sagte Aurora. »Raquel müsste inzwischen zurück sein, oder?«

»Sollte sie«, erwiderte Rovo und tat dann, worum Aurora ihn gebeten hatte. Der Anruf ging raus und kam fast sofort zurück.

Raquel war nicht gelandet, und ihr Skiff hatte keine Anrufe getätigt.

Aurora hätte geflucht, aber stattdessen tat sie, was sie tun musste: Sie begann Pläne zu schmieden. Beim nächsten Mal würde sie diejenige sein, die sich um Vana kümmerte.

Niemand sonst.

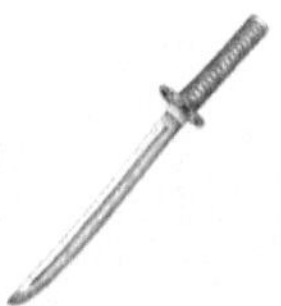

27

NARBEN DER VERGANGENHEIT UND ZUKUNFT

Mit Gregor, der Eponi trug, und Sai, der sein Katana als schützenden Leuchtturm schwang, verließ das Trio Renards Schiff und bahnte sich einen Weg durch die Trümmer zu den Kapseln. Mit Gregors Hilfe im Inneren des Schiffes waren die angreifenden Agenten zu zerfetztem Fleisch und Knochen reduziert worden. Während das Schiff ernsthaften Schaden vermieden hatte, würde das Innere dennoch eine gründliche Reinigung benötigen, um es wieder in Ordnung zu bringen.

Moderne Kämpfe, oft lasergestützt, neigten zu einem saubereren Ansatz. Die brennenden Bolzen kauterisierten Wunden und ließen Opfer verletzt oder tot zurück, aber ohne die verräterischen physischen Spuren. Selbst Sais Katana, scharf genug für saubere Schnitte, vermied größere Sauereien. Gregors Hammer jedoch erinnerte an die alten, brutalen Tage: Sein Schlagen hinterließ die Geschichte eines Barbaren, die Sais Schritte beschattete.

Sever und Sai hatten zu oft mit dem Tod getanzt seit Dynas. Die Vielfalt ließ Sai zusammenzucken, während das

Trio mit den Kapseln nach oben fuhr. Das Warten, während Eponi ihre langsam belud und Gregor sich vorsichtig in seine zwängte, ließ die erlittenen Schäden Revue passieren. Sai war beinahe ins Vakuum gestoßen worden, mit einem mörderischen Virus injiziert worden und hatte sich am falschen Ende von wer weiß wie vielen Pistolen, Gewehren und Raumschiffgeschützen wiedergefunden.

Irgendwann musste man sich umschauen und sich wundern, wie man noch am Leben war.

Die Antwort bewegte sich natürlich vor ihm, mit Gregor, der Eponi half, in ihren Sitz zu klettern. Nur gemeinsam hatte Sever eine Chance gegen die Feinde, die immer wieder vor ihnen auftauchten. Nur gemeinsam konnten sie einander durch die Schrammen, Stiche und Narben helfen, die sich auf ihren Körpern und Seelen ansammelten.

Sai, der mit bereitem Katana in die stille Schrottlandschaft zurückblickte, allein auf der Plattform, lachte in sich hinein. Schon wieder dramatisch. Er neigte zu solchen Dingen, einer weit entfernten Perspektive, die, so musste Sai glauben, von seinen Kindern herrührte und der Erweiterung von Sais Universum, die mit ihrem Platz darin einherging. Lange Zeit war er in der Lage gewesen, den beharrlichen Ruf zur Rückkehr zu seiner Familie zu unterdrücken.

Aber mit jedem Schuss, den Sai abfeuerte, mit jedem Schlag, den er austeilte, wurde dieser Ruf lauter.

Der Schrei nach Geld hingegen verstummte.

Sai wusste, dass er jetzt aus Loyalität und Liebe zu den anderen vier blieb, die neben ihm reisten. Das war und musste genug sein, um ihn von diesem Kampf zum nächsten zu bringen.

Denn es würde immer einen nächsten geben.

Skiffs brachten das Trio zurück zur Salinity-Einrichtung außerhalb von Kaiyo, die als Severs De-facto-Basis diente. Während die Salinity-Offiziere und -Arbeiter Sever zuvor mit gemischter Ehrerbietung und Verärgerung behandelt hatten – Eindringlinge auf ihrem Territorium –, murrten sie jetzt offen, wenn Sai vorbeiging. Zunächst verwirrten die Ausdrücke die drei, aber als Raquels Abwesenheit, ihre Entführung bei einem verpfuschten Überfall unter der Führung von Rovo und Aurora, bekannt wurde, verstand Sai.

DefenseCorp war rachsüchtig. Tue ihren Einheiten Unrecht und, ungeachtet des Vertrags, würde DefenseCorp keine Ressourcen scheuen, um dich zu jagen und zu zerstören. Diese Haltung ging Hand in Hand mit dem Schutz von DefenseCorps Ruf als der führende Zerstörungslieferant der Galaxie. Sai selbst hatte sowohl vor als auch nach seinem Beitritt zu Sever an Missionen teilgenommen, die einfach darauf abzielten, eine Lektion mit Feuer und Flammen zu erteilen.

Rache erforderte jedoch ein Ziel. Mit Raquel und den anderen Truppen im Skiff, die verschwunden waren, und ihrem mutmaßlichen Entführer, der sich in Luft aufgelöst hatte, fand die Frustration nur allzu leicht ein Ziel in den Eindringlingen. Das seltsame Squad, das auf Gillane Vier gelandet war und so viel Chaos in das Leben von Familienvätern und -müttern gebracht hatte, von Menschen, die geglaubt hatten, sich längst von Tagen voller Laserfeuer und Nächten, in denen sie ihre Rücken beobachten mussten, verabschiedet zu haben.

Sai verstand, aber als er Eponi vom Skiff half und zur medizinischen Einheit der Einrichtung brachte, einem Drei-Betten-Ort, der eher für Kopfschmerzen als für gebrochene Knochen gedacht war, hatte er nicht mehr viel Mitgefühl übrig.

»Sie werden die Zeit demjenigen in Rechnung stellen, dem Sie verdammt noch mal wollen«, sagte Sai zu der Ärztin vor Ort und ihren unterstützenden Bots, die sich um Eponi scharten, die Wunden betrachteten und Eponis selbstgefällige Beschreibung ertrugen, wie sie entstanden waren. »Hier geht es nicht um Geld, es geht darum, einen Spieler in ein Spiel zurückzubringen, das Sie sich nicht leisten können zu verlieren.«

»Nicht leisten können zu verlieren?« Die Ärztin sah so zweifelnd aus, wie Sai es noch nie bei jemandem gesehen hatte, beide Augenbrauen hochgezogen und der Mund zu einem spöttischen Lächeln verzogen. »Das ist eine gewagte Aussage von einem Haufen DefenseCorp-Terroristen.«

Eine starke Wortwahl. Sai hätte diese Beleidigung an einem anderen Tag aufgegriffen und weitergeführt, aber nach diesem Tag, mit seinen schreienden Muskeln, die nach Ruhe verlangten, während sein Gehirn ihm sagte, dass Sai Aurora finden und eine Strategie für das, was als Nächstes kam, entwickeln musste, entschied sich der Mann, es nicht weiter zu treiben.

»Helfen Sie ihr einfach«, sagte Sai. »Ich weiß, es ist nicht das, was Sie erwartet haben, und ich weiß, Sie mögen uns vielleicht nicht, aber sie hat sich das nicht selbst angetan. Wir versuchen, ein Kind zu retten. Das ist alles.«

Wäre Sai mehr bei der Sache gewesen, hätte er Kashmal erwähnt, dass Kaia die Tochter eines Salinity-Mitarbeiters war, aber diese logischen Argumente zersplitterten und flogen davon in der mentalen Brise, die Sais Schädel durcheinanderbrachte.

Erstaunlich, wie ein Mann von präzisem Schneiden

und Hacken ein paar Stunden später kaum noch zusammenhalten konnte.

Die Ärztin musste es bemerkt haben, denn dieser zweifelnde Blick wich schnell einer stirnrunzelnden Antwort: »Ich bin mir nicht sicher, ob sie die Einzige ist, die Hilfe braucht. Sagen Sie mir nicht, dass Sie bald wieder rausgehen?«

»Das hängt davon ab, wann wir das Mädchen finden«, antwortete Sai. »Denn wenn wir es tun, werde ich bereit sein.«

Die Ärztin blickte zurück zu Eponi und presste die Lippen zusammen. »Dann werde ich mein Möglichstes tun, um sicherzustellen, dass sie es auch ist.«

»Wir haben sie alle platziert«, sagte Sai, wieder zurück auf der offenen Aussichtsplattform, während der Abend am Horizont heraufzog. Aurora hatte denselben Tisch, und Sai gesellte sich zu ihr. Diesmal kein Alkohol, keine Party. Düster und rau schien die Stimmung zu sein. »Drei Granaten, alle an mein Armband gekoppelt. Solange sie nicht unbemerkt den Planeten verlässt, kann ich sie auslösen.«

»Wenigstens hatten wir heute einen Erfolg«, sagte Aurora.

»Ich habe davon gehört«, erwiderte Sai. »Der Rookie hat einen ganzen Spike zu Fall gebracht? Ich würde es beeindruckend nennen, wenn ich nicht befürchten würde, dass das Geld von unseren Konten abgezogen wird.«

»Das ist ein Kampf, den ich jetzt nicht austrage«, antwortete Aurora. Ihre Hand mit einer Gabel stocherte in dem Gemüse auf ihrem Teller herum, einer orange-grünen Mischung, die in der kühlen Außenluft langsam abkühlte. »Als du erzählt hast, wie gruselig es sich auf Dynas angefühlt hat, als du unter Wasser im Sumpf warst, um diese Mine zu bergen?«

»Ja. Kampfanzüge sind nicht gerade zum Schwimmen geeignet.«

»Jetzt weiß ich, wie das ist.« Aurora versteifte sich. »Nach all den Einsätzen, die wir hatten, war ich noch nie so tief unter dem Ozean. Der Sauerstoff-Timer macht einen wirklich fertig.«

»Das ständige Ticken, das dir sagt, wie lange du noch hast, bevor du erstickst und stirbst?«

»Macht es schwer, sich zu konzentrieren«, sagte Aurora. »Besonders wenn man einem Rookie sagen muss, was er zu tun hat.«

Sai begann zu grinsen, ließ es halb geformt, bis Aurora es erwiderte. Sie verbrachten ein paar Minuten schweigend mit Essen, während sich die Terrasse mit Salinity-Mitarbeitern füllte, die ihr eigenes Abendessen einnahmen. Mit Eponi in der Krankenstation, Gregor, der ein Nickerchen machte, und Rovo, der mit seinen eigenen Dämonen kämpfte, hielten die beiden es ruhig.

»Kaia war überhaupt nicht da?«, fragte Sai, als der Himmel die schönste Orangetönung erreicht hatte. »Vana hat dich getäuscht?«

»Ich glaube nicht«, antwortete Aurora. »Sie war uns die ganze Zeit einen Schritt voraus. Immer bereit, immer die richtigen Informationen durchsickern lassend, um uns dorthin zu bringen, wo sie uns haben will.«

»Moment mal«, sagte Sai. »Das ist deine Stimmung, die da spricht. Wir gewinnen das hier. Wir haben so viele Agenten ausgeschaltet, Renard, und jetzt haben wir ihr einziges Schiff sabotiert? Vanas Wände schließen sich, und sie wird verzweifelt werden.«

Dieses Wort erregte Auroras Aufmerksamkeit. Sie hob einen Finger und wedelte damit durch die Luft, ohne ein bestimmtes Ziel. Eine Angewohnheit von Aurora, die Sai aufgefallen war, nachdem er beobachtet hatte, wie seine Kapitänin sich durch unzählige schiefgelaufene Missionen gearbeitet hatte.

»Du könntest recht haben«, sinnierte Aurora. »Verzweifelt. Wenn wir Vana glauben, dass sie es geschafft hat, Kaias Blut vom Planeten zu schaffen-«

»Wahrscheinlich, egal was Raquel sagt. Gillane Vier hat überall Luftverkehr, und ein Agent könnte an Bord eines Transporters gelangen.«

»Dann ist der einzige Grund, warum Vana noch hier ist, dass sie keinen Weg gefunden hat, sich und Kaia in den Orbit zu bringen, ohne ihr Leben zu riskieren«, Aurora hielt wieder inne, diesmal klopfte sie auf den Tisch, um ihren Geist anzuregen. »Sie verliert Agenten, sie verliert Verstecke. Wenn das so weitergeht, gibt es nur ein Ende, und Vana wird das wissen.«

»Also wird sie alles, was sie hat, in einen letzten Versuch stecken.«

»Das würde ich tun«, sagte Aurora. »Verdammt, das würde DefenseCorp tun. Sie lassen sich nie auf lange, zermürbende Auseinandersetzungen ein. DefenseCorp bläst immer alles auf, setzt jedes Quäntchen Kraft ein, das sie aufbringen können.«

»Was bedeutet das?« Sai faltete seine Hände übereinander, die Finger verschränkt, fast so, als ob der Griff des Katanas zwischen ihnen läge. »Vana kann nicht kommerziell ausfliegen. Wir haben keine Beweise auf dem Schiff hinterlassen, dass wir etwas gepflanzt haben.«

»Sie wird denken, es war ein Angriff, einer, der nach ihr oder Kaia suchte. Sie wird zum Schiff zurückkehren und es benutzen. Sie muss es tun.« Aurora beugte sich vor, die Ellbogen auf dem Tisch. »Du hast auch gesagt, dass die Agenten seltsam waren. Gregor erwähnte dasselbe. Jetzt hört es sich an, als ob die Agenten vielleicht sterben.«

»Wir hätten Anaskya nicht gehen lassen sollen.«

»Ein andermal.« Aurora winkte die Reue beiseite. »Die Agenten sind nicht hirnlos. Sie werden sich gegen Vana wenden, wenn sie ihnen keine Chance zum Überleben gibt.«

»Ein Krankenhaus«, sagte Sai und folgte den Gedankengängen. »Vana wird sie auf ein Krankenhaus ansetzen. Sagt, dass es dort ein Heilmittel gibt. Die Agenten werden einmarschieren, Panik verursachen. Salinity wird reagieren, und im Chaos bricht Vana in Richtung Orbit auf.«

Aurora sprang nicht gerade auf Sais Vorschlag an. Sie lehnte sich in ihrem Stuhl zurück und starrte zum Horizont, als ob die verstreuten Wolken einen besseren Gedanken liefern könnten.

»Nein?«, fragte Sai.

»Ich weiß nicht«, sagte Aurora. »Das ... scheint zu einfach. Wenn diese Krankheit neu ist, wie sollte ein zufälliges Krankenhaus ein Heilmittel haben?«

Sai zuckte mit den Schultern. »Diese Agenten schienen nicht ganz bei sich zu sein, Aurora. Was auch immer Anaskya mit ihnen macht, sie sind nicht mehr dieselben. Vana könnte sie täuschen.«

Aurora schien immer noch nicht überzeugt, aber jede weitere Unterhaltung wurde beendet, als Rovo hereingestapft kam, sein eigenes Tablett tragend und erschöpft aussehend.

»Ich habe alle Frequenzen überprüft«, sagte Rovo und setzte sich an ihren Tisch. »Alle DefenseCorp-Frequenzen mit dem Bug gescannt. Nichts. Kein Wort über Kaia oder Raquel. Nur das übliche Gerede über Verträge und wie wir ein großes Durcheinander anrichten.«

»Dem kann man nicht widersprechen«, sagte Sai. »Tolle Arbeit, einen ganzen Spike zu zerstören, Rovo. Ich bin stolz auf dich.«

Rovo schüttelte den Kopf, offenbar noch nicht bereit für einen Scherz. Was Sai nachvollziehen konnte.

»Ich habe aber etwas Nützliches erfahren«, sagte Rovo und hellte sich ein wenig auf. »Salinity hat einen neuen Ankömmling im System erfasst. Deepak ist hier, mit der *Nautilus*.«

Aurora lächelte, das erste echte Lächeln, das Sai gesehen hatte, seit er zur Einrichtung zurückgekehrt war. Auch Sai konnte nicht anders, als es zu erwidern. Die Ankunft des Kreuzers markierte das endgültige Ende von Vanas Fluchtchancen. Sobald das große Schiff sich näherte, konnten seine Jäger ein orbitales Netz um die Welt legen. Nichts würde ohne gründliche Inspektion den Planeten verlassen.

»Das war's dann«, sagte Aurora. »Wir warten und beobachten. Vana wird bald ihren Zug machen müssen, oder Deepak wird sie hier einsperren. Ruht euch aus, aber haltet eure Waffen griffbereit. Wenn Vana irgendetwas versucht, werden wir sie schnappen.«

»Zusammen mit Kaia und Raquel«, fügte Sai hinzu, mehr für Rovo als für sonst jemanden.

Der Rookie sah aus, als könnte er etwas Aufmunterung gebrauchen, genauso wie Sai etwas Schlaf brauchte.

28

EINE WUNDERSCHÖNE NACHT

Das Nickerchen dauerte länger als Gregor erwartet hatte, aber er hatte keinen Wecker gestellt und bekam, was er verdiente: ein spätes Erwachen am Abend, als die Küche bereits geschlossen war und es nur noch Essen aus ein paar Automaten gab. Die sanft leuchtenden Dinger boten Produkte aus Proteinspinnerei, synthetische Vitamine und jeden anderen Snack, der bis in alle Ewigkeit haltbar sein sollte. Gregor rieb sich die Augen und starrte auf die wenig ansprechende Liste.

Zurück auf der *Prisa* waren die anderen Squadmitglieder, mit Ausnahme von Eponi und ihren medizinischen Bedürfnissen, nach dem langen Tag alle am Zusammenbrechen oder kurz davor. Salinitys Einrichtung spiegelte die späte Stunde wider, die meisten Mitarbeiter, die hier übernachteten – viele fuhren am Ende des Tages mit Booten zurück nach Kaiyo –, hatten sich bereits in ihre Quartiere zurückgezogen. Die Einsamkeit machte Gregors Entscheidung umso schwerer.

Als Mann der Tat betrachtete Gregor das enttäuschende Angebot und konnte keine einfache Antwort finden. Er brauchte jemanden hinter sich, der ihn zu einer Entscheidung drängte. Stattdessen – und Gregor vermutete, dass dies ein Fehler seines Nickerchens sein könnte, das ihn in die Zwischenzone zwischen Schlaf und Wachsein gebracht hatte – wühlte er sich immer wieder durch die Auswahl und sortierte langsam Reihen und ihre Markenoptionen aus.

»Das da«, murmelte Gregor, mehr zu einem unsichtbaren Gespenst, das zusah und wartete, als zu sich selbst.

Seine Wahl, eine nach Speck schmeckende Vitamin- und Proteinmischung, fiel klappernd in den Ausgabeschacht, nachdem Gregors Armband seine Kontodaten zur Zufriedenheit des Automaten übermittelt hatte. Mit der verpackten Lösung für seinen knurrenden Magen in der Hand traf Gregor seine zweite wichtige Entscheidung:

Er würde das Ding auf dem Deck essen, anstatt in die beengten Quartiere der *Prisa* zurückzukehren.

Wenn nichts anderes, würde ihn das Deck zumindest nicht an noch unerfüllte Möglichkeiten erinnern. Eponi hatte noch keine Gelegenheit gehabt, ins Cockpit der *Prisa* zu gelangen. Wenn sie es täte, würde die Pilotin wahrscheinlich bemerken, dass Gregor das Kommunikationsrelais nicht genutzt hatte, und das Sticheln würde beginnen. Gregor könnte dem ein Ende setzen, könnte jetzt zum Schiff zurückkehren und eine kurze Nachricht an das Universum senden.

Doch er ging in die andere Richtung, entlang schwach beleuchteter Gänge, vorbei an leeren Kontrollzentren und Konferenzräumen. Auch wenn Gregor nicht alles wusste, was Salinity von hier aus betrieb, schien die Einrichtung die wichtigste Basis des Unternehmens zu sein, die Gillane Vier am Laufen hielt. Das Hauptquartier in Kaiyo kümmerte sich um eher unternehmerische Aufgaben, während sich das Back-End hier zwischen den Wellen versteckt hielt. Das Büroleben fühlte sich fremd an, ein Weg, der einem Mann, der auf einem sich drehenden Weltraumfelsen geboren wurde, nie offengestanden hatte und den Gregor nie zu erkunden gedrängt hatte.

Als er die leeren Schreibtische, die leeren Stühle, die Pausenräume mit Ankündigungen für verschiedene Potlucks und Firmenveranstaltungen sah, gelang es der Anziehungskraft erneut nicht, Gregors Verlangen zu wecken.

Aber Gregor konnte und fand Trost auf dem ruhigen Deck. Es war von weichen roten Lichtern beleuchtet, die um die äußeren Kanten gewickelt waren, ein Zugeständnis an die Lichtverschmutzung, das Gregor eine leuchtende Sicht auf die sternenübersäte Karte über ihm bot. Unbekannte und funkelnde Sternbilder tanzten miteinander am dunklen Himmel, eine weitere fremdartige Aussicht, die Gregor mit all diesen unbekannten Planeten und ihren Problemen zu sich rief.

Wie konnte man sich mit nur einer Heimat zufriedengeben, wenn so viele andere darauf warteten, erkundet zu werden?

Die Thermalstühle machten das Sitzen bequem und gaben Gregor die Möglichkeit, das billige Essen in entspannter Ruhe zu beenden. Die Geräusche, die Gregor bemerkte, als seine eigenen Schritte nicht mehr dazukamen, passten nicht ganz zur Aussicht. Die Einrichtung wirkte in dieser Nacht lauter als sonst, ihre nächtlichen Aufgaben verursachten ein schweres Surren und Brummen von unten. Das Summen hallte von den Wellen wider, wickelte sich nach oben und herum, so dass es klang, als würden Millionen von Insekten im Einklang fliegen. Dieses stetige Geräusch wurde von periodischen und zufälligen Schlägen unterbrochen, leichten Schlägen auf Metall. Ein oder zwei Rohre, die gewartet werden mussten, oder ein Generator, der Mühe hatte, gleichmäßig zu laufen.

Für ein so gründliches Unternehmen wie Salinity schienen die dissonanten Geräusche ungewöhnlich. Andererseits könnten solche Routinen verschoben worden sein, da Sever und Vana auf ihrem Planeten herumflitzten. Die *Nautilus* hatte ihre Zeitpläne nach den Kämpfen in ihren Korridoren sicherlich durcheinandergebracht.

»Bald genug«, murmelte Gregor, »werden wir dich wieder in Ordnung bringen.«

Eine kühle Wolke verpuffte mit seinen Worten. Gregors Pullover und seine schiere Körpermasse hielten ihn warm, aber Gillane Vier, besonders abseits der Städte und ihrer wärmenden Biome, umarmte ein windgepeitschtes, kühles Klima. Selbst nach ihrem Aufenthalt auf dem kalten Wexer hatte Gregor die schweißtreibenden Schrecken auf Dynas nicht überwunden, und der Mann, der den Snack beendet hatte, stand auf und ging zum Geländer, um einen windigen Kuss zu erhaschen, bevor er zur *Prisa* zurückkehrte.

Weit unten überzog das Sternenlicht einen geisterhaften Ozean. Seichte Wellen marschierten über seine Oberfläche, ihre Spannung kam und ging wie Formen, die unter einem fangenden Netz kämpften. Gregor bekam den eisigen Schlag, nach dem er gesucht hatte, atmete die Luft ein und spürte, wie sie eine schockierende, süße Liebkosung in seine Lungen brachte.

Wenige Dinge waren erfrischender.

Seine Augen kehrten zu den Wellen zurück, angezogen von einem Flackern, das zunächst wie ein Trick der Natur erschien. Eine Welle, die sich in die falsche Richtung neigte, das sich kräuselnde Schwarz fester, als es sein sollte.

Die Linie – nein, der Block – bewegte sich weiter, kam der Anlage näher. Gregor schätzte, dass das Fahrzeug nur wenige Meter über der Wasseroberfläche sein würde, und die verräterischen Kräuselungen seines Vorbeizugs wurden, jetzt, da Gregor danach suchte, für Momente sichtbar, bevor die nächste Welle die Beweise wegwusch.

Ein Salinity-Schiff, das sich in der späten Nacht auf Oberflächenniveau näherte, ohne Positionslichter?

Gregor folgte dem Weg des Dings, als es auf die stämmigen Säulen zuschwenkte, die die Anlage in der Kruste von Gillane Vier verankerten. Das Fahrzeug neigte sich nach rechts, und dort, teilweise verborgen durch die Masse der Anlage, sah Gregor etwas, das sein Blut mehr gefrieren ließ als der kalte Wind es je gekonnt hätte.

Das lichtlose Boot war nicht allein.

Mehrere schwarze Blöcke schwebten um den Pfeiler herum, und viele kleinere Formen kletterten den Metallmast hinauf. Die dumpfen Schläge, die Gregor gehört hatte, wurden lauter, als die entfernten Körper Enterhaken in die Seiten des Pfeilers schlugen, und das Heulen? Die Skiffs, die über dem Wasser schwebten.

Kein freundlicher Besuch begann mit einem nächtlichen Eindringen im Geheimen.

Gregor hob sein Armband, um Sever per Funk zu alarmieren. Als der kleine Computer an seine Lippen kam, schwang sich ein Körper über den Rand des Balkons. Mit ihrer rechten Hand griff die Agentin nach Gregors Armband und zog es von seinem Mund weg, um ihn daran zu hindern, sein Team zu rufen. Mit ihrer linken Hand stieß sie ein Messer in Richtung von Gregors Bauch, um ihn daran zu hindern, je wieder jemanden zu rufen.

Doch eine Überraschung kostete die andere: Gregor trat vom Geländer des Balkons zurück, gerade weit genug, dass das Messer nur seine Haut streifte. Der Schritt riss die Agentin, die immer noch Gregors Armband festhielt, über die Balkonbrüstung und auf den Hauptteil des Balkons, wo Gregor den Messerarm der Frau packte. Er schwang sie herum und schleuderte die Agentin in ein Durcheinander aus Tisch und Stühlen, die krachend zu einem wirren Haufen zusammenfielen.

Gregor verfluchte seine Entscheidung, die *Prisa* ohne Waffe verlassen zu haben, und griff erneut nach seinem Armband. Diesmal kam ein Schuss von hinten. Hart und brennend traf der Bolzen Gregors Schulter, der Schmerz trieb ihn in einem Drehsprung nach vorne. Ein weiterer Laser blitzte dort auf, wo sein Kopf gewesen war, und zog seinen blauschwarzen Lichtstreifen über das Meer.

»Hört auf zu schießen!«, flüsterte die Agentin, die Gregor geworfen hatte, schreiend, während sie sich aus dem Haufen aufrappelte. »Nicht, bis wir grünes Licht haben!«

Sein rechter Arm fühlte sich an, als stünde er in Flammen, als Gregor sich aufrichtete und dem Agenten gegenüberstand, der auf ihn geschossen hatte. Der Mann tauschte seine Pistole gegen ein weiteres Kampfmesser aus, ein langzahniges Ding mit einer Klinge, die dafür gedacht war, Körperpanzerung zu durchbohren, die einen Laser zum Flackern bringen würde. Die Agentin hinter ihm würde in einer Sekunde auf den Beinen sein. Zu Gregors Linken lag die potenzielle Rettung im Inneren der Anlage.

Gregor täuschte einen Vorstoß an, als wolle er auf den zweiten Agenten losstürmen. Der Mann biss an, wich zurück und nahm eine Verteidigungshaltung ein, während Gregor zur Balkontür sprintete. Mit seinen langen Schritten hätte es eine leichte Flucht sein sollen, aber die Agenten waren verdammt noch mal aus gutem Grund Agenten: Sie hatten immer noch einen Trick in petto.

Etwas grub sich hart in Gregors linkes Bein, und obwohl er spürte, wie sich der Enterhaken losriss – und dabei nicht wenig Haut mitnahm –, brachte der plötzliche Widerstand Gregor aus dem Gleichgewicht. Er stürzte nach vorne und bekam seine Arme gerade noch rechtzeitig hoch, um einen üblen Aufprall mit dem Gesicht auf der strukturierten Oberfläche zu verhindern. Gregor prallte auf und rollte sich, mit dem Gesicht nach oben, als die Frau ihrem Enterhakenschuss mit einem Sprung und einem Messerstich in Richtung von Gregors Brust folgte.

Mit seiner linken Hand fand Gregor einen Stuhl und schwang ihn in einem Bogen, erwischte die Agentin in der Luft und schmetterte sie zur Seite. Sie leistete verdammt gute Arbeit darin, leise zu bleiben, als sie zusammensackte. Gregor setzte sich gerade auf, als er einen harten Tritt vom Kumpel der Agentin abbekam, ein Schlag, der Gregors Gedanken durcheinanderbrachte und die Welt sich drehen ließ.

Aber Instinkt war Instinkt, und Gregors war zu einer messerscharfen Klinge geschliffen worden.

Den Schmerz in seiner Schulter und die verschwommene, sternenbeleuchtete Welt ignorierend, stand Gregor auf und stürzte sich auf den anderen Agenten. Mit seiner rechten Hand griff und zwang Gregor das Messer des Agenten weg, während seine linke einen Schlag nach dem anderen in den Bauch, die Brust und überall sonst, wo Gregor einen Angriffspunkt finden konnte, landete. Die Schläge kamen weiter, während Gregor den Agenten nach draußen drängte, ganz bis an den Rand, und mit einem letzten Stoß schob Gregor den Mann hoch und über das Geländer.

Dieser hier blieb nicht so leise. Der panische Schrei des

Mannes hallte, als er in die Tiefe stürzte und hart auf das Wasser weit unten aufschlug.

Als Gregor sich umdrehte, sah er, dass sich drei weitere Agenten zu ihm auf den Balkon gesellt hatten und ihn mit gezogenen Pistolen umringten. Hinter ihnen sah Gregor Vanas Soldaten, die sich ihren Weg durch die Balkontüren bahnten und ins Innere der Anlage stürmten. Kein Alarm ertönte, keine Rufe, sich bereitzumachen. Bald würde niemand mehr übrig sein, um einen Alarm zu hören, wenn er käme.

Gregor schlug auf sein Armband und öffnete die Übertragung auf Severs Frequenz. Wenn er sterben sollte, würde er es tun, indem er sein Team rettete.

»Kommt und holt mich!«, schrie Gregor, laut genug, damit das Mikrofon es aufnehmen konnte. »Oder seid ihr Feiglinge zu ängstlich zum Sterben?«

Der mittlere Agent neigte den Kopf, lachte: »Wenn wir hier versagen, sind wir sowieso tot. Tötet ihn und lasst uns gehen.«

Gregor blickte mit einem breiten Grinsen in die Läufe, dann brach er nach rechts aus. Er würde sterben, aber er würde kämpfend sterben. Als Gregor sich in Bewegung setzte, flammten die sanften roten Lichter grell weiß auf. Andere Lichter gingen an, explodierten plötzlich, als jemand in der Basis merkte, dass etwas nicht stimmte. Ohrenbetäubende Alarmsirenen kreischten los und zerrissen die Stille. Der Blitz und der Lärm ließen die Schüsse der Agenten um Millimeter danebengehen. Sie verbrannten Gregors Rücken, zerfetzten sein Haar und hinterließen eine Narbe an seinem Hals. Sie streiften seinen linken Ellbogen und ließen seinen Pullover brennen.

Aber sie töteten das Sever-Monster nicht, und das war ein Fehler.

Gregor erreichte die Agentin zu seiner Rechten, hob sie in einer zerquetschenden Umarmung hoch und wirbelte herum, benutzte die Agentin, um die nächsten Pistolenschüsse abzufangen, während Gregor seinen Rückzug fortsetzte und in die Ecke des Balkons zurückwich. Die Schüsse hörten auf, als die Agenten merkten, dass sie ihre Freundin durchlöcherten.

»Lass sie fallen!«, rief derselbe, der zuvor gesprochen hatte.

Gregor ignorierte ihn und wich weiter zurück, bis er das Geländer in seinem Rücken spürte. Seine rechte Hand bewegte sich und fand, wonach sie am Gürtel der Agentin suchte.

Der Agent wiederholte seinen Befehl. Gregors Geisel stöhnte, kaum noch am Leben. Kaum würde reichen.

»Keiner von uns stirbt heute«, sagte Gregor. »Wenn wir Glück haben.«

Die Agentin fest umklammert, trat Gregor sie zurück, hoch und über das Geländer. Gemeinsam stürzten sie durch das Sternenlicht hinunter in Richtung der aufgewühlten Wellen.

29

GENESUNGSTUMULT

Eponi hasste es aufzuwachen. Schlaf fühlte sich immer viel besser an als das Ereignis, das ihn beendete. Heute, nein, heute Nacht war keine Ausnahme, ein allmähliches Entschleiern ihrer trüben Augen in einem Raum, den sie nicht erkannte, mit gedämpften Monitoren, einem angeschlossenen Tropf und einer matschigen Liege, die ihren Rücken, wie so oft, Eponis Lebensentscheidungen in Frage stellen ließ.

Eponi setzte die Erinnerungen an die Rückfahrt zur Salinity-Einrichtung zusammen, gefolgt von einer Narkose und einer Operation, an die sie sich nicht erinnern konnte und die ihren linken Unterarm in einen dicken Gips hüllte. Das Ding juckte im blaugrauen Licht. Die Empfindung veranlasste ihren Körper, das Aufwachen zu beenden, und erreichte eine biologische Schwelle, die sie daran erinnerte, dass Eponi stundenlang Flüssigkeiten aufgenommen hatte, ohne die Möglichkeit gehabt zu haben, die Toilette zu benutzen. Ein Griff bestätigte einen Katheter und bestätigte, dass ihr Körper immer noch überall blaue Flecken hatte, zusammen mit den damit verbundenen Schmerzen.

Zu ihrer Rechten sah Eponi den Rufknopf für die Krankenschwester der Einrichtung. Oder Krankenschwestern? Eponi konnte sich nicht erinnern, wie groß der medizinische Flügel war, und ehrlich gesagt war es ihr auch egal. Nachdem sie von Gregor getragen worden war, in einem Skiff gesessen und dann den größten Teil des Tages in dieses Bett geworfen worden war, wollte Eponi sich bewegen. Wollte für einen Moment oder drei spüren, wie es sich anfühlte, aus eigener Kraft zu funktionieren.

Sie entfernte den Katheter – verbring ein oder zwei Aufenthalte in einer DefenseCorp-Krankenstation und du findest heraus, wie du dir etwas Freiheit verschaffst –, schwang ihre Beine nach rechts, wich dem Infusionsständer aus und mit einem stöhnenden Aufstehen erreichte Eponi dasselbe, was sie mit einem Jahr geschafft hatte: auf eigenen Füßen zu stehen.

Schwindel setzte ein. Der Monitor zu ihrer Linken, ein hilfreicher Bildschirm, der all die Gesundheitsdaten anzeigte, die Eponi lieber nicht über sich wissen wollte, piepte alarmierend. Der Ton verstummte, als Eponi die Monitore abzog. Sie wartete darauf, dass die Krankenschwester hereingestürmt käme und Eponi fragen würde, was zum Teufel sie da tat. Stattdessen zählte Eponi, während sie ihr Nachthemd um sich wickelte, zehn Sekunden herunter, bevor sie einen weiteren Schritt machte, und dann noch einen, bis sie es ganz bis zur Tür des Zimmers schaffte, ohne unterbrochen zu werden.

»Faulpelze«, murmelte Eponi und zog den Infusionsständer mit sich.

Die flüssigen Wunder, wie Eponi Infusionen gerne nannte, waren das Einzige, was Eponi so lange wie möglich angeschlossen lassen würde. Das Wasser und alle enthaltenen Medikamente ließen sie sich tendenziell besser fühlen als die Alternative. Es lohnte sich, sie beizubehalten, auch wenn der Ständer das Gehen zu einem unbeholfenen Tanz machte.

Die Tür des Zimmers ließ sich von innen nicht abschließen, also erhob sich Eponi, um ihr Armband gegen den Scanner zu tippen, nur um sich daran zu erinnern, dass der verdammte Computer jetzt von einem Gips bedeckt war. Nutzlos. Auf der *Nautilus* hätten Besatzungsmitglieder mit kaputten Armbändern oder Gipsverbänden wie Eponis eine spezielle Karte zum Öffnen von Türen, Bestellen von Essen usw. bekommen. Hier konnte sie nur hoffen, dass ein Fingerdruck funktionieren würde.

Um das Zimmer eines Patienten zu verlassen? Es funktionierte.

Der medizinische Flügel von Salinity erstreckte sich über vier Räume um eine Krankenschwesternstation, die mit Überwachungskonsolen ausgestattet war. Eponi war sich nicht sicher, was Salinity tat, das seine Mitarbeiter einem so großen Risiko aussetzte, dass der Krankenhausbereich erforderlich war, aber die Entfernung von Kaiyo könnte die Ausrüstung notwendig machen. Wie auch immer, die kleine Station glänzte in sanftem Weiß, abgedunkelt für die Nacht. Monitorpiepsen und das gelegentliche Summen eines Geräts, das seine Prozesse durchlief, lieferten die übliche Geräuschkulisse.

Eponi ging zuerst zu dieser Krankenschwesternstation, deren Bildschirmarmada den Schreibtisch und dessen Besatzung vor dem Blick verbarg. Im Idealfall könnte die Krankenschwester helfen, Eponis Infusion zu entfernen und sie für eine Rückkehr zur *Prisa* freizugeben, oder zumindest ein Update darüber geben, wann sie freikommen könnte. Ein Schiff mit einem Gips am Arm zu steuern, wäre nicht das Einfachste, aber den ganzen Tag in diesem

Zimmer zu liegen, während Sever draußen nach einem Kampf suchte, ging auch nicht.

Vanas Agenten hatten ihr das angetan, und Eponi wollte Rache.

Diese blutigen Gedanken verflogen, als Eponi die Krankenschwester sah, oder was aus ihr geworden war. Über den Schreibtisch gebeugt, mit einem präzisen Schnitt am Hals, hatte die Krankenschwester ihren letzten Patienten versorgt. Eponi nahm den Anblick für eine halbe Sekunde in sich auf, katalogisierte alle möglichen Gründe – verrückter Patient? Unfall? – und entschied sich dafür, so schnell wie möglich aus der medizinischen Station zu verschwinden.

Als sie sich umdrehte, erblickte Eponi die schwarz gekleidete Gestalt, die auf sie zustürmte, das Messer des Mannes das Einzige, was Licht reflektierte. Eponi schwang ihren Infusionsständer, das unhandliche Ding krachte in den Agenten und brachte seine Beine ins Stolpern. Der Mann fiel an ihr vorbei, ein Stechen schoss Eponis Arm hinunter, als der Schlauch sich losriss. Noch ein Schmerz, der zu all den anderen hinzukam.

Vor die Wahl gestellt, entschied sich Eponi für den Kampf. Sie hätte fliehen und versuchen können, aus dem Flügel und in die breitere Basis zu entkommen, aber ein schwarz gekleideter Agent bedeutete, dass es mehr geben musste – immerhin, wer würde den medizinischen Flügel als Hauptziel für einen Einzelangriff wählen? – und den Bereich unbewaffnet und in Panik zu verlassen, um auf die Freunde des Agenten zu treffen, würde, äh, nicht gut ausgehen.

Eponi trat zu, traf den Agenten einmal, zweimal, als er versuchte, sich aus dem Ständer zu befreien. Die Schläge waren gut, aber der Agent war nicht mit Papier geschützt auf diese Mission gekommen. Er grunzte, bewegte sich weiter und erhob sich, wich zurück, während Eponi wieder ihre Füße einsetzte.

Eine verlierende Strategie, diese. Wenn Eponi den Agenten stabil werden ließe, wäre er frei, sie genauso zu erstechen wie die Krankenschwester. Wenn sie gegen ihn kämpfte, würde Eponi einhändig und verprügelt antreten. Auch nicht gut.

Also rannte sie.

Zurück in ihr eigenes Zimmer.

Drei Schritte hinein, ein Fingerdruck auf das Panel und die Tür schloss sich hinter ihr. Ein zweiter Schlag löschte das Licht. Eponi, ohnehin schon klein, kauerte sich hin, holte tief Luft und betete, dass der Agent sie für einen panischen Salinity-Arbeiter hielt.

Sie hörte, wie der Infusionsständer sich bewegte, der Agent leise vor sich hin lachte, als er wieder Halt fand. Das Lachen erinnerte Eponi an die früheren Begegnungen in Kaiyo. Brauchte dieser Agent eine Dosis oder hatte er schon eine gefunden?

Spielte das jetzt überhaupt eine Rolle?

Erneut betrachtete Eponi den Gips an ihrem linken Arm, der ihr Armband verdeckte. Nicht dass es gute Zeiten gab, sich einen Arm zu brechen, aber es gab definitiv *bessere* Zeiten als genau diesen Moment.

Schritte kamen näher, ließen den Boden unter der Zimmertür erzittern und schickten Vibrationen durch Eponis Füße. Der Agent hätte leiser sein können: Der schlampige Zug bedeutete, dass er Eponi nicht ernst nahm, was Eponi zumindest einen Vorteil gegenüber dem Mann verschaffte.

Dumm. Jeder sollte damit rechnen, einen Sever in der Krankenstation zu finden. Sie verletzten sich ständig.

Eponi konnte ihr Zimmer nicht abschließen, und der Agent gab sich keine Mühe, vorsichtig zu sein. Er schlug laut genug auf das Panel, dass Eponi es hören konnte, und die Tür glitt zur Seite. Der Agent blickte geradeaus, das Messer bereit, um dem armen Patienten, der zur falschen Zeit spazieren gegangen war, den Garaus zu machen.

Stattdessen versetzte Eponi dem Agenten einen Schlag in die Niere, stand dann schnell auf und rammte ihren Kopf gegen sein Kinn. Sie hörte, wie seine Zähne knirschten, ignorierte den zusätzlichen Schmerz, den der Kopfstoß ihrer eigenen Schmerzsymphonie hinzufügte, und griff nach dem Messerarm des Agenten. Das Training des Agenten hatte noch genug Leben, um einen halbherzigen Stich zu versuchen, den Eponi mit ihrem Nachthemd auffing, als sie den stechenden Arm an sich vorbeizog.

Eponi setzte einen Fuß auf und half dem Schwung des Agenten, ihn weiterzutragen. Der Stolperer ließ den Agenten zu Boden fallen. Er prallte auf, versuchte sich abzurollen, blieb aber im Türrahmen hängen. Als er seine Hände unter die Brust schob, um sich hochzudrücken, griff Eponi wieder auf ihre Tritte zurück.

Diesmal zielte sie auf den Schädel.

Diesmal brach der Agent zusammen, außer Gefecht gesetzt.

»Gregor wäre beeindruckt«, murmelte Eponi, während sie den Agenten nach brauchbaren Teilen durchsuchte.

Das Krankenhaushemd bot keinen Platz für ein Messer, aber Sai oder Gregor waren so nett gewesen, ein paar Klamotten mitzubringen. Eponi zog die Sachen langsam und vorsichtig an. Mit den Bändern vom Hemd bastelte Eponi einen brauchbaren Oberschenkelholster für das Messer und behielt die Pistole des Agenten in den Händen.

Als sie das Zimmer verließ, starb Eponis triumphierendes Hochgefühl einen hässlichen Tod. Ein Agent hatte die Krankenstation durchstreift, wahrscheinlich um sicherzustellen, dass kein Widerstand von den Kranken und Verwundeten ausgehen konnte. Die Chancen schienen gering, dass ein Agent den gesamten Überfall darstellte, einen Angriff, der nur geplant war, um Eponi oder vielleicht die Krankenschwester auszuschalten. Wenn Vanas Agenten die Einrichtung angriffen und kein Alarm ausgelöst wurde, dann könnte die Lage... düster sein.

Eponis erster Zug führte sie zurück zum Schwesterntresen, auf der Suche nach einer Möglichkeit, einen Alarm auszulösen. Die Arbeitsstation war an eine Salinity-ID gebunden und präsentierte Eponi nichts weiter als einen nutzlosen, wenn auch freundlich aussehenden Sperrbildschirm. Das Armband der Krankenschwester war mit ihr gestorben, und kein großer roter Knopf bot sich als Rettung an.

Wenn doch nur mehr Organisationen mögliche Angriffe und Invasionen so ernst nehmen würden wie DefenseCorp, das seine Schiffe mit Möglichkeiten übersäte, eine schiffsweite Reaktion auszulösen.

Ein kurzer Rundgang durch die Krankenstation bestätigte Eponi, dass sie die einzige verbliebene Patientin war: drei leere Betten und stille Zimmer bedeuteten, dass sie die Krankenschwester als einziges Opfer zurücklassen konnte. Eponi hielt vor ihrem Zimmer und dem bewusstlosen Körper des Agenten inne, blickte zurück zur Krankenschwester. Sie hielt die Pistole, und in einem offenen Kampf würde Eponi nicht zögern, einen tödlichen Schuss abzufeuern.

Aber Aurora hatte Rovo dafür gerügt, Renard getötet und damit eine potenzielle Informationsquelle zerstört zu haben. Dieser hier könnte Sever helfen zu verstehen, was hier passiert war, und dann könnte Salinity seine eigene Rache an dem Mann nehmen.

Natürlich hing das alles davon ab, dass die Nacht in Eponis Sinne verlief.

Sie schlich in den Flur, einen Rundumgang, der die kreisförmige Salinity-Struktur umschloss. In regelmäßigen Abständen öffnete sich der Flur zu anderen Bereichen, wobei zentrale Speichen die Basis in vier Quadranten teilten. Die Andockbuchten lagen Eponis jetzigem Standort gegenüber, mit der Cafeteria und verschiedenen Besprechungsräumen dazwischen.

Geräusche begrüßten Eponi, als sie sich aus der Krankenstation schlich, das stetige Trappeln von Stiefeln auf Metall, unterbrochen von gelegentlichen gedämpften Rufen oder dem dumpfen Aufprall eines weiteren Körpers auf dem Boden. Die Agenten waren also in großer Zahl gekommen.

Links würde Eponi zur Cafeteria führen, und ein paar Knalle in dieser Richtung deuteten auf einen bevorstehenden Kampf hin. Selbst an ihren besten Tagen wäre Eponi nur widerwillig ohne Kampfanzug in ein Gefecht gestürzt, und jetzt hatte sie nur einen Arm und einen Körper, der ins Bett gehörte.

Rechts führte zum Produktivitätskern der Einrichtung, wo Büros, Konferenzräume und die Labore, die Salinity bei der Verbesserung der Wasserqualität helfen sollten, ihre Arbeit verrichteten. Wenn Eponi es richtig verstand, erstreckten sich all diese Räume unter den anderen drei Quadranten und reichten bis zum Meeresboden hinab. Nicht dass Eponi in eine weitere Kapsel steigen würde, um das zu bestätigen.

Es würde lange dauern, bis sie wieder in eine steigen würde.

Mit schnellen Blicken über die Schulter hastete Eponi so schnell sie es wagte den blau beleuchteten Korridor entlang. Zu ihrer Rechten wichen die Wände Fenstern und dem trüben Mobiliar dahinter, das auf Morgenbesprechungen wartete, die definitiv nicht stattfinden würden.

»Dann töte mich eben«, kam eine heisere Stimme von der Korridorbiegung vor ihr, die Feigheit mit momentanem Mut überdeckte. »Du kommst nicht an dieser Tür vorbei.«

»Wir müssen dich nicht töten«, kam die Antwort, die so schleimig klang wie alles, was Eponi je gehört hatte. »Wir können dich aber wünschen lassen, wir hätten es getan.«

Eponi konnte nicht anders, als die Augen über diese Zeile zu verdrehen. Sie hatte Besseres von den Agenten erwartet, denn die verdammten Schatten gehörten immer noch zu DefenseCorp, und man verdiente es nicht, für den Rausschmeißer der Galaxie zu arbeiten, wenn man keine bessere Drohung zustande brachte.

Sie verlangsamte ihren Gang und ließ ihre Augen um die Biegung spähen. Zwei Agenten hielten einen Mann, der wie ein Wartungsarbeiter aussah, gegen die Wand. Hinter ihm schien eine verschlossene Tür tiefer in die Eingeweide der Einrichtung zu führen.

»Dann legt los«, erwiderte der Mann. »Die meisten unserer Leute sind da unten und schlafen, und wenn ihr denkt-«

Der Agent, der ihn gegen die Wand drückte, zog ein Messer und hielt es an die Kehle der Geisel.

»Deine Leute interessieren uns nicht«, sagte der Agent. »Wir wollen Sever Squad. Wo sind sie?«

»Nie von denen gehört.«

Deckte der Mann Sever, oder hatte er den Namen der gepanzerten Soldaten, die derzeit in seiner Basis hausten, tatsächlich noch nie gehört? Eponi war sich nicht sicher, aber sie wusste, dass sie dieses Messer nicht seine Arbeit machen lassen würde.

»Hallo ihr«, sagte Eponi und bog um die Ecke. »Sucht ihr nach mir?«

Beide Agenten wirbelten herum. Eponi schoss auf den ersten, denjenigen, der dem Wartungsmann das Messer an die Kehle hielt, und erledigte den Agenten mit dem besagten tödlichen Schuss. Der zweite drückte sich an die Wand und zog seine eigene Pistole, während Eponi einen zweiten, fehlgeschlagenen Schuss abgab. Der Agent bekam keine Chance, den freien Moment zu nutzen, denn der Wartungsmann machte von seiner neu gewonnenen Freiheit Gebrauch und schlug dem Agenten von hinten auf den Kopf.

Der Schlag tat seine Wirkung, schickte den Agenten zu Boden und ebnete den Weg für eine weitere Durchsuchung durch Eponi. Zwei Pistolen, eine dem Wartungsmann übergeben, die andere ihres Energiepacks beraubt. Zwei Messer wurden Eponis Oberschenkelgurt hinzugefügt.

»Danke«, sagte der Wartungsmann und zog bereits seinen Ärmel hoch, um auf seinem Armband herumzutippen.

»Sag mir, dass du irgendein Alarmsystem hast.«

»Das Beste, was wir haben, ist ein Feueralarm«, sagte der Mann. »Er wird die Lichter anschalten und die Leute in Bewegung setzen.«

»Dann tu es und folge mir.«

Aber der Mann folgte Eponi nicht, als sie den Korridor zu den Buchten entlangging. Als sie einen frustrierten, neugierigen Blick zurückwarf, hatte der Wartungsmann seine verschlossene Tür geöffnet und war im Begriff hindurchzugehen.

»Meine Freunde sind in diese Richtung«, sagte der

Mann. »Ich lasse sie nicht allein sterben. Du rettest deine, ich rette meine.«

Mutig, dumm. Eponi nickte ihm zu und lief los, als die Lichter der Station angingen, begleitet von einem lauten, scheppernden Alarm. Jedes andere Mal empfand Eponi diese Geräusche als lästig, nervig, als Erinnerung an das Offensichtliche.

Dieses Mal gab ihr der Lärm Hoffnung.

30

DURCH DEN LÄRM

Rovos Kopf stieß gegen die niedrige Decke über seiner Pritsche, in einem Schlafraum, den er sich mit Gregor auf der *Prisa* teilte. Der Lärm, der ihn so plötzlich aufsetzen ließ, Alarme, die durch das ganze Schiff schrillten, brachte Rovo dazu, aus dem Bett zu rollen und sich in eine Art kampfbereite Uniform zu werfen. Die *Prisa* war kein Luxuskreuzer, und ihre engen Quartiere boten eingebaute Spinde für jedes Sever-Mitglied, zwei übereinander gestapelte Pritschen und nicht viel Platz dazwischen. Rovo schnappte sich ein Hemd, eine richtige Hose, Stiefel und, ganz hinten im Spind verstaut, ein Gewehr.

Während er sich die Kleidung überzog, versuchte sein verschlafener Verstand herauszufinden, welcher Alarm gerade ertönte. Jeder hatte eine andere Tonhöhe und einen anderen Rhythmus, von Feuer über Eindringlinge bis hin zu durchbrochenen Schilden des Schiffs. Das scharfe, beharrliche Piepen hier passte zur zweiten Definition: Jemand versuchte, Zugang zur *Prisa* zu bekommen, der ihn nicht verdiente.

Während Rovo sich anzog, Arme und Beine überall hin streckend, wurde ihm bewusst, dass er noch nicht mit Gregor zusammengestoßen war. Der große Mann hätte eigentlich den ganzen Platz einnehmen müssen – deshalb musste Rovo immer warten, bis Gregor fertig war, bevor er selbst kommen oder gehen konnte –, aber niemand stieß gegen Rovo, niemand murrte, dass sich der Neuling zu langsam bewegte.

Gregors Pritsche war leer.

Entweder hatte der Hammerträger den Alarm gehört und reagiert, ohne Rovo zu wecken, was unwahrscheinlich schien, oder er war früher gegangen. So oder so, eine Frage, die Rovo nicht beantworten konnte und über die er nicht länger nachdenken durfte.

Sai rempelte Rovo an, als der Neuling sein Quartier verließ. Der Schwertkämpfer sah weitaus gefasster aus, mit einer laserresistenten Weste und dem Katana in der einen und einer Pistole in der anderen Hand.

»Geh ins Cockpit«, sagte Sai und steuerte auf die gewundene Treppe zu, die zur Mitte der *Prisa* führte. »Aurora ist schon an der Rampe. Ich werde sie unterstützen.«

»Wo ist Gregor?«

»Er ist doch dein Zimmergenosse, oder?«, erwiderte Sai, ohne anzuhalten.

Rovo befolgte die Anweisungen, stolperte die gewundene Treppe hinter Sai hinunter und bog von der Mitte der *Prisa* nach links zum Cockpit ab. Die beiden Sitzreihen der *Prisa* waren leer, der Pilotensitz sah einsam aus ohne Eponi darin. Rovo wählte den Platz des Co-Piloten, glitt hinein und tippte die Konsolen wach, während seine Augen durch das Glas auf das Chaos draußen blickten.

Der Auslöser für die Alarme war nicht schwer zu erkennen: Aurora tanzte ein Laserfeuerbalett mit einer Gruppe von Agenten, alle huschten zwischen den Streben der *Prisa* hin und her, um Deckung zu finden und Tod zu bringen. Zwei rauchende, schwarz gekleidete Körper zeigten an, dass der aktuelle Punktestand zu Auroras Gunsten ausfiel, aber die Agenten schienen sich auszubreiten. Wenn genug von ihnen hinter Aurora durchbrechen würden, hätte sie keine Deckung mehr, keine Chance.

Rovos Hand griff nach seinem Gewehr, und für einen Moment dachte er, er hätte Zeit, zur Mitte der *Prisa* zurückzukehren, hinauszustürmen und den Hinterhalt zu vereiteln, bevor er begann.

Er musste es nicht tun.

Sai stürzte sich mit milder Wut in den Kampf. Sein Auftritt wurde durch die Schrammen und Prügel der letzten Tage verlangsamt, aber Sai lieferte dennoch Schüsse, die zählten. Einer traf einen Agenten, der in Auroras Richtung blickte, verbrannte die Brust des Mannes und schickte ihn zu Boden. Ein zweiter streifte eine Wand und trieb sein Ziel auf die andere Seite der Strebe, genau dorthin, wo Auroras Gewehr kurzen Prozess machte.

Die anderen Agenten, die sahen, wie sich die Chancen wendeten, brachen aus und rannten zum einzigen Ausgang der kleinen Bucht. Ihre Pistolen feuerten im Laufen und zwangen Aurora und Sai, sich tief zu halten. Aurora nutzte eine Strebe als Deckung, während Sai hinter die Einstiegsrampe schlüpfte, um am Leben zu bleiben. Rovo beobachtete und überlegte, ob er die Hauptgeschütze der *Prisa* aktivieren sollte.

Klar, sie würden die Einrichtung wie Papier zerreißen, das Gebäude zerfetzen und jeden von hier bis zum Ozean verbrennen ... aber er würde die Agenten erwischen.

»Raquel wird sowieso schon sauer genug sein«,

murmelte Rovo, während er beobachtete, wie das Trio die Buchtür erreichte.

Drei Blitze lösten Rovos Dilemma. Das Agenten-Trio fiel, die beiden letzten konzentrierten ihr Feuer noch immer auf Aurora und Sai, als Pistolenschüsse aus der anderen Richtung krachten. Herein kam Eponi, mit mehr als nur einem leichten Zittern in ihrem Schritt. Sie hielt ihre Pistole schussbereit, mit einem beeindruckenden Messer-Arsenal um einen Oberschenkel geschnallt. Der Gips an ihrem linken Handgelenk machte den Anblick nur noch absurder, und Rovo konnte ein Grinsen nicht unter-drücken.

Typisch Sever, einen Hinterhalt in eine Gelegenheit zum Angeben zu verwandeln.

»Wirst du diese verdammten Alarme endlich ausschal-ten, oder willst du, dass ich taub werde?«, kam Auroras Stimme hitzig über den Funk der *Prisa*.

»Bin schon dabei, tut mir leid.« Rovo tat wie befohlen und tippte die Quäker auf der Konsole weg.

Doch nicht alle Geräusche verstummten. Die Haupt-alarme erloschen, aber ein beharrliches Piepen kam weiterhin aus dem Lautsprecher direkt neben Rovo, dem für Cockpit-Warnungen. Beim Durchblättern der verschie-denen Programme auf der Konsole fand Rovo die Ursache: eine Nachricht mit hoher Priorität von Kaiyo.

Renards altes Schiff hob ab, und Salinity musste wissen, was zu tun war. Sie hatten Jäger bereit zum Start, um das Schiff in Stücke zu schießen.

»Hey«, sagte Rovo und öffnete den Funkkanal, während Aurora und Sai Eponi ins Schiff halfen. Der Schwert-kämpfer und Aurora sahen aus, als wollten sie zurück in die Basis, um bei der Bekämpfung der Agenten zu helfen, und

Rovo konnte das nicht zulassen. »Vana macht ihren Ausbruch.«

Salinitys Angestellte auf der Basis würden in Schwierigkeiten geraten, aber Raquels Sicherheitskräfte schickten Verstärkung. Es würde eine Weile dauern, bis sie die Einrichtung erreichten, aber Entscheidungen mussten getroffen werden. Aurora widersprach Rovos Einschätzung nicht, als er fertig war mit der Darlegung dessen, was er gesehen hatte.

»Vana entkommt mit Kaia, und es spielt keine Rolle, was wir hier tun«, sagte Aurora. »Sie könnte mit Verstärkung zurückkommen, in Anzügen, und kein Salinity-Sicherheitsmann hätte eine Chance. Eponi, bring uns in die Luft.«

»Was ist mit Gregor?«, fragte Sai.

»Er hat den ersten Alarm ausgelöst«, antwortete Aurora. »Hat mich geweckt.« Die Kapitänin runzelte die Stirn und warf einen Blick auf ihr Armband im engen Cockpit. »Er ist entweder tot oder versteckt sich, aber sein Standort zeigt, dass er unter uns ist.«

Eponi quetschte sich an Rovo vorbei und nahm ihren Platz im Pilotensitz ein, während Aurora und Sai versuchten, Gregors genauen Aufenthaltsort zu ermitteln.

»Bist du fit genug zum Fliegen?«, fragte Rovo.

»Nur weil ich einen gebrochenen Arm habe, erst vor ein paar Stunden aus der OP komme und gerade eine Tracht Prügel überlebt habe«, sagte Eponi und hob eine Augenbraue, »heißt das noch lange nicht, dass ich nicht fliegen kann.«

»Na dann.«

Auf Eponis Anfrage reagierte die Salinity-Einrichtung mit ihrem automatisierten Betrieb, öffnete die Bucht und ließ die kühle Nachtluft herein. Sternenlicht ersetzte die

Deckenlampen und tauchte die toten oder verwundeten Agenten in einen silbernen Schimmer. Rovo verschwendete jedoch keine Zeit mit dem Anblick, da die Konsole seine Aufmerksamkeit forderte.

»Sie steuert auf eine Umlaufbahn zu«, sagte Rovo. »Wir haben nicht viel Zeit.«

Und doch, als Eponi die *Prisa* nach oben und hinaus manövrierte, wies Aurora die Pilotin an, das Schiff nach unten und herum zu schwenken. Sie hatten Gregors Standort gefunden, und der Mann schien sich in der Nähe des Ozeans zu befinden. Wenn Gregor ins Wasser gefallen war, konnten sie ihn nicht schwimmend zurücklassen.

Ein jüngerer Rovo hätte vielleicht protestiert. Hätte vorgeschlagen, dass jede Minute, die nicht damit verbracht wurde, Kaia und Raquel – vorausgesetzt, die beiden Geiseln waren bei Vana – hinterherzujagen, ein Schritt in die falsche Richtung wäre. Aber jedes Mal, wenn er von Auroras Prinzip, das Team an erste Stelle zu setzen, abwich, schien etwas schief zu gehen.

Außerdem hatten sie jetzt eine andere Alternative.

»Sai, was ist mit den EMPs, die du platziert hast?«, fragte Rovo.

»Sie sind noch in Signalreichweite«, antwortete Sai, der hinter Rovo saß, während Eponi das Schiff aus der Einrichtung heraus und herum manövrierte. Die gesamte Basis hatte ihre hellen Lichter an, viele blinkten rot, da die Alarme weiter heulten. Im Inneren bewegten sich Gestalten, obwohl Rovo nicht erkennen konnte, ob es sich um Agenten oder Salinity-Personal handelte. »Wenn Vana noch am Boden wäre, würde ich sie zünden. Aber jetzt?«

Rovo konnte dieser Logik gut folgen: Das Schiff mitten im Flug lahmlegen, und Vana samt den Geiseln würden in die kalten Gewässer stürzen. Ein schlechtes Ende für einen schlechten Zug.

»Was dann?«, sagte Rovo. »Was bringt es überhaupt, die Bomben zu platzieren, wenn wir sie nicht benutzen können?«

»Umlaufbahn«, antwortete Aurora. »Sie werden die Triebwerke im Weltraum lahmlegen. Die Lebenserhaltung auch, aber wenn wir ihnen folgen, wird genug Sauerstoff bleiben, bis wir sie retten.«

»Solange sie nicht außer Signalreichweite geraten«, fügte Sai hinzu. »Was durchaus problematisch werden könnte.«

»Da ist unser Mann«, unterbrach Eponi und zeigte mit ihrem eingegipsten Arm auf die Windschutzscheibe. Sie war einarmig geflogen, ihre rechte Hand um den Steuerknüppel geschlungen, während die linke mit den freien Fingern alles Nötige antippte.

Rovo hatte nicht ganz verstanden, was es bedeutete, einem Trupp wie Sever beizutreten, als er den Arbeitsvertrag unterschrieben hatte. Spezielle Missionen, hatte es in der Kurzbeschreibung geheißen. Gefährlich, aber gut bezahlt. Professionelles Team, fortgeschrittene Fähigkeiten erforderlich.

Anscheinend bedeuteten fortgeschrittene Fähigkeiten, mit einem einzigen Arm fliegen zu können.

»Rovo, Sai«, sagte Aurora, »Gregor antwortet nicht. Ich brauche euch beide für die Bergung.«

Rovo tauschte den Platz mit der Kapitänin und folgte Sai zum Heck der *Prisa*. Während sie gingen, hörte Rovo Auroras Stimme, die eine Übertragung mit Salinity eröffnete und sie anwies, ihre Jäger zu mobilisieren. Vana zu folgen, aber nicht zu feuern.

Und, wenn möglich, auch ein Rettungsshuttle zu schicken.

Ob dieses Shuttle Geiseln retten oder Leichen bergen würde, blieb abzuwarten.

Eponi öffnete die Einstiegsrampe der *Prisa*, während sie das Schiff in Position brachte. Rovo warf seinen ersten Blick auf Gregor, der schlaff hing, die Arme um eine ebenso bewusstlose Agentin geschlungen. Sie hingen ein paar Meter über den tosenden Wellen, Gischt flog auf, als die Triebwerke der *Prisa* das Wasser aufwirbelten.

»Wie?«, fragte Rovo, als die beiden Körper scheinbar in der Dunkelheit schwebten.

»Enterhaken«, sagte Sai und ging die Rampe hinunter. »Such nach der Leine.«

Rovo sah sie, als er Sai folgte, beide vorsichtig ihre Schritte setzend. Die dunkle Linie schoss nach oben zur sich verjüngenden Basis der Einrichtung und grub sich nicht weit darüber in eine Seitenwand. Ein großartiger Wurf für jemanden, der fällt, obwohl das nicht erklärte, warum weder Gregor noch die Agentin bei Bewusstsein zu sein schienen.

Gemeinsam, den ganzen Weg über mit Eponi sprechend, manövrierten sie das Ende der Rampe nah genug heran, damit Rovo und Sai die beiden Hängenden packen und an Bord ziehen konnten. Sie legten beide Körper ab, und Rovo führte einige Untersuchungen durch. Bei beiden waren Pulse feststellbar, obwohl die Agentin einige ernsthafte Laserwunden zu haben schien.

Der Aufprall auf dem harten Boden der *Prisa* schien Gregor langsam aufzuwecken, seine Augen flatterten auf und sahen Rovo fragend an.

»Du bist zu Hause, Kumpel«, sagte Rovo. »Willkommen zurück auf der Party.«

»Welche Party?«

»Die beste Art«, antwortete der Neuling, als die *Prisa* nach oben und weg schoss, den Sternen entgegen. »Bei der wir ein paar gute Leute retten und ein paar Böse vermöbeln dürfen.«

»Das sind gute Partys«, nickte Gregor und zuckte dann zusammen. Seine Hand fuhr zu seinem Kopf, wo Rovo einen sich bildenden blauen Fleck sah. »Ich habe gelernt, wenn man einen Sturz mit einem Enterhaken stoppt, muss man auf den Kopf des Freundes aufpassen. Der Stopp hat uns beide erwischt.«

»Nun, du hast diesen Kampf gewonnen«, Rovo nickte zur Agentin. »Sie ist übel zugerichtet.«

Gregor setzte sich auf, Rovo half ihm dabei. »Was ist mit den anderen? Die Agenten kamen in Massen.«

»Wir haben einige ausgeschaltet. Jetzt sind wir auf der Flucht.«

»Auf der Flucht? Wir?«

»Vana macht sich aus dem Staub, Gregor«, sagte Rovo. »Wir können sie nicht entkommen lassen.«

»Dann gehen wir danach zurück und beenden den Job.«

Rovo hatte ein Grinsen erwartet, die Art von selbstbewusster Überheblichkeit, die er bei Gregor, Eponi und den anderen zu sehen gewohnt war. Gregor blieb jedoch ernst. Dies war kein Scherz. Die Agenten hatten ihm Unrecht getan, und der Hammermann würde dafür sorgen, dass sie zur Rechenschaft gezogen würden.

Rovo empfand kein Mitleid für die armen Teufel.

31

VORRANGIGES ZIEL

Bis du es zu einem DefenseCorp-Kommando geschafft hattest, hattest du hundertmal oder öfter miterlebt, wie harte Entscheidungen getroffen wurden. Die Entscheidungen, Einheiten aufzugeben, welche neu bewaffnet werden sollten, wann man sich zurückziehen oder vorrücken sollte und wen man für den Sieg opfern musste. Als Aurora Severs Mantel übernahm, waren die Präzedenzfälle und ihre moralischen Lasten klar gemacht worden.

Das machte die Entscheidungen trotzdem nicht leichter.

Nachdem Eponi mit den Agenten, die aus der Bucht der *Prisa* flohen, aufgeräumt hatte und Vana ihren Ausbruch in den Orbit unternahm, musste Aurora entscheiden, ob sie Kampfanzüge holen und die verbliebenen Agenten, die Salinitys zivile Belegschaft angriffen, vernichten sollte, oder ob sie sich absetzen und Vana mit ihren vermutlich zwei Geiseln verfolgen sollte.

Der Moment oder die Mission.

Dass Vana bereits etwas von Kaias Blut hatte, beeinflusste die Entscheidung zusätzlich. Wenn ihre Wissenschaftler – Anaskya, die nach Dynas hätte in den Weltraum befördert werden sollen – herausfänden, wie man seine besonderen Eigenschaften replizieren könnte, würde es keine Rolle mehr spielen, ob Vana mit dem Kind entkam oder nicht.

Aurora hatte geplant, die Agentin zu jagen, sobald sie Kaia gerettet hätten. Mit Deepaks Unterstützung hätte Sever Squad Vana bis zu den entferntesten Punkten der Galaxie verfolgt, bis sie sie gefangen oder getötet und ihre Pläne zunichte gemacht hätten. Die eigentliche Entscheidung hier wog diese Leben auf Salinity gegen die Chance ab, Vana jetzt zu schnappen, bevor sie weitere Zerstörung anrichten konnte.

So betrachtet zögerte Aurora nicht. Vana war das Ziel, und auf ihren Befehl nahm Eponi die Verfolgung auf.

»Wir haben unsere zwei schnellsten Jäger gestartet«, sagte Deepak, sein Gesicht verschwommen auf Auroras Handgelenk-Kom. »Sieht so aus, als hätte Salinity auch ein paar eigene, die mit euch fliegen?«

»Viele Leute wollen Vana tot sehen«, erwiderte Aurora. »Kannst du den Transporter finden? Sie hatte viele Agenten hier. Er muss im System sein.«

»Nicht mehr lange.« Deepak schüttelte den Kopf. »Wir haben ihn entdeckt, als wir ankamen, und anscheinend hat die *Nautilus* ihn verscheucht.«

»Habt ihr ihn verfolgt?«

»Er verschwand hinter einem der Monde dieses Planeten. Ich habe Leute, die mögliche Austrittsvektoren berechnen.«

»Gut«, sagte Aurora. »Lass es mich wissen, wenn deine Jäger nah genug sind, um zu helfen.«

Sie beendete die Übertragung und blickte durch die

Windschutzscheibe. Der dunkle Himmel von Gillane Vier zeigte die ersten Anzeichen der Dämmerung, mit hell leuchtenden Sternen, während die *Prisa* dem Weltraum entgegenschoss. Sai und Rovo hatten sich zu den Zwillingstürmen des Schiffes begeben, bereit für den Fall, dass Vana sich für einen Kampf entscheiden würde.

»Glaubst du, sie hat sie bei sich?«, fragte Eponi und hielt die *Prisa* mit einer Hand stabil. Vana machte keine komplizierten Manöver, sondern steuerte einfach geradeaus aus dem System heraus. Leicht genug für einen beeinträchtigten Piloten zu verfolgen. »Raquel und Kaia?«

»Ja«, sagte Aurora. »Ohne sie hätte Vana keine Trümpfe zum Verhandeln. Wir würden sie ohne zu zögern in die Luft jagen.«

»Natürlich. Das Rettungsshuttle kommt langsam hinter uns her, aber wenn Sais Granaten ihre Arbeit tun, sollte es zum Andocken bereit sein.«

»Nein«, erwiderte Aurora. »Das Shuttle ist nur für den Fall, dass etwas schiefgeht. Sobald Vana sicher außerhalb der Atmosphäre ist, zündet Sai die Granaten. Dann docken *wir* an. Übernehmen die Kontrolle. Ich lasse niemand anderen als uns Vana bewachen.«

Außer sich selbst. Nach Rovos unglücklicher Entscheidung würde Aurora niemand anderen Vana bewachen lassen. Vielleicht Gregor, obwohl er die Agentin möglicherweise aus Wut töten würde.

Das würde Aurora nicht allzu viel ausmachen.

Normalerweise wäre das Erreichen der Schwerelosigkeit und das Gefühl, wie ihr Körper die vertrauten Rucke durchmachte, während sich ihr Gleichgewicht, ihre Richtung und ihr allgemeines Realitätsgefühl verdrehten, in wiederholten Missionsbesprechungen, Waffenkontrollen und Sticheleien gegen den Kameraden, der es am meisten verdient hatte, untergegangen. Jetzt aber nahm Aurora den Wechsel wahr und nutzte ihn als Signal, um zu bestätigen, dass Vanas Schiff ebenfalls die unmittelbare Schwerkraft von Gillane Vier verlassen hatte.

Mit anderen Worten, das verdammte Ding jetzt außer Gefecht zu setzen, würde keinen schnellen Sturz in die Tiefen des Ozeans verursachen.

Eponi ließ die *Prisa* aufholen, während Salinitys Jägerquartett mit dem Rettungsshuttle weiter zurückblieb. Wie die Sicherheitskräfte an der Oberfläche vermutete Aurora, dass Salinitys Piloten seit Jahren nicht mehr gekämpft hatten. Wenige Dinge stellten in einem Kampf ein größeres Risiko dar als unerfahrene, bewaffnete Menschen, also hatte Aurora ihnen die Reserverolle gegeben, und die Piloten, die mehr Vernunft als Prahlerei zeigten, hatten den Auftrag angenommen.

»Wie lange noch bis zur Angriffsreichweite?«, fragte Aurora und beobachtete den fernen Lichtpunkt, den die Windschutzscheibe der *Prisa* als Vanas Schiff markierte.

»Drei Minuten«, sagte Eponi. »Sie fängt an, schneller zu werden.«

»Können wir mithalten?«

»Mehr als das. Die Leute, von denen wir dieses Schiff genommen haben, transportierten Hochrisiko-Fracht auf Hochrisiko-Routen. Wenn du Vana erschrecken willst, sie unseren Abgasstrahl küssen lassen willst, können wir das tun.«

»Ich werd's mir merken. Für jetzt, komm in Reichweite und bleib dort.«

Während Eponi sich um die Triebwerke kümmerte, nutzte Aurora die Konsole des Copiloten, um mit dem Feind zu verhandeln. Sie sendete einen Ruf, strahlte eine Frequenz und eine Kennung direkt durch das Vakuum zu

Vanas Schiff. Wenn die Agentin akzeptierte, würde die Rückmeldung die Verbindung zwischen den beiden Schiffen herstellen. Aurora würde Vanas Gesicht sehen, Vana würde Auroras sehen, und gemeinsam könnten sie besprechen, wer leben und wer sterben würde.

Vana ließ Aurora nicht warten. Severs Kapitänin hatte nicht einmal einen vollen Schluck des von Rovo zubereiteten Kaffees genommen, schnelles und grobes Zeug, das für einen scharfen Stoß in die Psyche gedacht war, bevor Vanas strenges Gesicht auftauchte.

Die Agentin sah müde aus, älter als Aurora sich erinnerte, selbst vom Kampf mit dem Spike am Tag zuvor. Als ob das, was ein wahnsinniger Kampf gewesen sein musste, um das Skiff zu übernehmen, nach Kaiyo zurückzukehren und alles für die Abreise vorzubereiten, der Agentin weitere ein oder zwei Jahrzehnte ihres Lebens genommen hätte. Hinter Vana endete das kleine sichtbare Cockpit mit einer geschlossenen Tür.

»Ganz allein?«, fragte Aurora.

»Heutzutage ist es so schwer, Menschen zu vertrauen«, erwiderte Vana. »Meine Scanner sagen mir, dass Sie sich nähern. Haben Sie vor, mich abzuschießen?«

»Ich würde Sie lieber lebend fangen«, sagte Aurora. »Das liegt natürlich bei Ihnen. Ihre Asche würde ich auch gerne rösten.«

»Und die von Kaia und Raquel? Werden Sie glücklich sein, sie auf ihren letzten, ewigen Flug zu schicken?«

»Werden Sie nicht poetisch. Der einzige Weg für Sie zu überleben, ist Ihre Triebwerke abzuschalten und sich zu ergeben. Sie können nicht entkommen.«

Vana zuckte mit den Schultern. »Und dennoch muss ich es versuchen. Alles andere wäre Verrat an allem, wofür ich gearbeitet habe.«

»Sie meinen alles, wofür Renard gearbeitet hat. Sie sind erst am Ende dazugekommen«, sagte Aurora und tippte mit ihren Händen einen schnellen Startbefehl an Sai. Es war Zeit, diese Granaten zu zünden und Vana zu stoppen. »Sie sollten anfangen, sich Ihre Entschuldigungen zurechtzulegen, Vana. Wenn Sie Glück haben, hört Salinity sie sich an, bevor sie Sie in eine Zelle stecken, um zu verrotten.«

Wenn Aurora überhaupt etwas an der Agentin bewunderte – und das war ein großes Wenn –, dann war es Vanas Fähigkeit, endlos gefasst zu bleiben. Bei Renards Namen, bei der Andeutung, dass Vana wie ein vereinnahmender Parasit eingeschnitten und den wahren Antrieb für die Anzüge, das Virus, abgeschnitten hatte, zog Vana einen Blick auf, wie Aurora ihn noch nie gesehen hatte. Die Lippen der Agentin zitterten zu einem Knurren zurück, Zähne blitzten auf, und Vanas Augen verengten sich weiter als Schlitze, wie Messer, die darauf aus waren, Auroras Inneres zu zerfetzen.

Bevor Flüche, Verleugnungen oder Schlimmeres Vanas Lippen verlassen konnten, erlosch das Bild.

»Erledigt«, ertönte Sais Stimme durch die *Prisa*. »Sie ist tot.«

Aurora sah zu Eponi hinüber. »Bestätigt?«

»Ihre Geschwindigkeit nimmt nicht zu, und das Schiff ist in einen langsamen Taumel geraten. Ich denke, unser Mann hat's noch drauf.«

»Gute Arbeit, Sai. Macht euch bereit für ein Enterkommando«, sagte Aurora. »Lasst uns unsere Freunde nach Hause bringen.«

Dem Befehl folgend, informierte Aurora Deepak und die Salinity-Truppe über die Situation. Sie würden sich zurückhalten, bereit für jede Unterstützung bei der Aufräumarbeit. In der Zwischenzeit zogen alle, die es hatten, die Servorüstung an. Außer Eponi, deren Aufgabe sie im Cockpit hielt. Das Quartett quetschte sich Minuten später in die zentrale Kammer der *Prisa*, während Eponis regelmäßige Updates ihre Bewegungen taktierten.

Der Agent, der Gregors Flucht mit dem Enterhaken ermöglicht hatte, kaum noch am Leben, war mit Betäubungshandschellen an eine Liege gefesselt worden.

»Zuerst, geht in Position«, rief Eponi, ihre Stimme kam über den Trupp-Funk. »Ich werde zuerst die Hauptluke treffen, also wenn Vana etwas geplant hat, kriegt ihr alles ab.«

»Danke«, sagte Gregor.

Von jedem anderen hätte Aurora die Worte als Sarkasmus aufgefasst. Bei Gregor wusste man nie so recht.

Gregor würde sich an die Arbeit machen, die Luke aufbrechen und das Vakuum-Siegel von Vanas Schiff mit genug Kraft brechen, um sicherzustellen, dass, wenn Vana versuchte, ihr Schiff von der *Prisa* zu trennen, das hammergroße Loch die Agentin ins Nichts saugen würde. Ihm folgend würden Sai und Aurora helfen, feindliche Kräfte auszuschalten. Rovo würde als Letzter kommen, nur damit beauftragt, Raquel und Kaia zu finden und sie herauszuholen.

Eine einfache Operation, die kompliziert werden könnte, wenn Vana, wie Aurora vermutete, beschließen würde, ihren beiden Gefangenen ein Messer an die Kehle zu setzen.

In diesem Fall würden Sai und Aurora die Schüsse abgeben und das Risiko akzeptieren. Das Spiel hatte lange genug gedauert.

Das Trio versammelte sich in der Reihe, die zur Luftschleuse der *Prisa* führte: ihre Einstiegsrampen-Tür, nur ohne aktivierte Rampe. Die Position der Luftschleuse auf der *Prisa* erforderte eine Tunnelverbindung, die mit einem oder zwei Knopfdrücken von der Konsole neben der Tür aus eingesetzt werden konnte. Gregor hatte seine Hand platziert, bereit zum Start, als das ganze Trio spürte, wie die *Prisa* in einem scharfen Ruck weggezogen wurde, als ob das Schiff getroffen worden wäre.

Eponis Flüche füllten ihren Trupp-Funk, und Aurora drehte sich um und hämmerte zurück zur Mitte der *Prisa*.

»Sprich, Eponi«, befahl Aurora und stützte sich auf diese Autorität, um durch Eponis Frustration zu brechen.

»Sie hat beide gestartet«, sagte Eponi. »Renard hat zwei Rettungsboote auf dem Ding gepackt, und jetzt sind beide weg. Eins hat uns fast getroffen.«

Das Schiff lahmlegen, klar, aber Rettungsboote, Fluchtkapseln, wie auch immer man sie nennen wollte, waren dafür ausgelegt, manuell abgeworfen zu werden. Wenn Vana fliehen wollte, konnte sie sich definitiv wegschießen, aber in einem dieser Dinger konnte man nicht verschwinden.

Kurz gesagt, es ergab keinen Sinn.

»Warum?«, fragte Aurora über den Trupp-Funk.

»Sie ruft uns auf einer Kurzwelle an. Muss von ihrem Armband sein«, sagte Eponi, bevor jemand anders eine Antwort geben konnte. »Ich stelle sie durch.«

»Rovo«, warnte Aurora, »bleib ruhig.«

Der Rookie sagte klugerweise nichts.

»Ich bin froh, dass Sie rangegangen sind«, kam Vanas Stimme dünn durch, ohne jede Spur des schwelenden Zorns in ihrem Ton. »Ihnen läuft die Zeit davon.«

»Um Sie aufzusammeln?«

»Ich bin noch hier. Ich bin es nicht, um die Sie sich Sorgen machen müssen.«

Verbindungen wurden zu Punkten gezogen. Möglichkeiten wirbelten umher.

»Zusammen oder getrennt?«, fragte Aurora.

»Jedes kleine Mädchen muss irgendwann erwachsen
werden«, sagte Vana. »Ihre Wahl.«

Aurora schloss die Augen, unterbrach die Verbindung.
Der Moment oder die Mission.

»Eponi, wie sind die Flugbahnen der Rettungsboote?«

»Ähm, entgegengesetzt. Sie werden beide den Planeten
treffen. Keines schießt nach oben, allerdings. Sie werden
hart aufschlagen. Zu hart.«

Rettungsboote konnten zwar manuell gestartet werden,
klar, aber es waren immer noch Geräte. Sais Granaten
würden ihre Arbeit tun. Eine dicke Atmosphäre wie die
von Gillane Vier mit Geschwindigkeit zu treffen, würde die
Dinge sehr schnell sehr hässlich werden lassen. Wenn Kaia
und Raquel in diesen Dingern waren, wären sie in Minuten
tot.

Genug Minuten, vielleicht, damit Vana ihr Schiff neu
starten konnte.

»Aurora«, Rovos Stimme, eisern. »Das kannst du nicht.
Wir müssen versuchen, sie zu retten.«

Der Moment also.

32

SHUTTLE-SCHUSS

Wie bereitet man sich auf einen Start durch ein Vakuum ohne Sicherungsleine vor?

Man überprüft verdammt nochmal alle Systeme und stellt sicher, dass sie einsatzbereit sind. Sobald Aurora mit dem neuen Plan begann, ließ Sai seine Kampfrüstung alle Dichtungen überprüfen und den in den Taschen der Rüstung gespeicherten Sauerstoffvorrat auffrischen. Die Dinger waren zwar nicht gerade für langfristige Weltraumaufenthalte konzipiert, konnten aber einen Soldaten lange genug am Leben erhalten, um gerettet zu werden oder selbst eine Rettung durchzuführen.

Was Sai tun würde, nachdem er sich durch die Leere katapultiert hatte, war ihm noch nicht ganz klar. Zu einem Rettungsboot zu gelangen, das wahrscheinlich tot war, würde nicht viel bringen, außer der Opferliste eine weitere Leiche hinzuzufügen. Trotzdem, wenn Sai ankäme und, sagen wir, Kaia fände, die sich ohne Alternativen im Rettungsboot festklammerte, könnte er sie immer noch... im Stich lassen und das Rettungsshuttle erreichen.

Sai wusste bereits, dass er diese Entscheidung nicht treffen könnte.

Was vielleicht der Grund war, warum Aurora ihn überhaupt ausgewählt hatte.

»Fast ausgerichtet«, sagte Eponi, ihre Stimme kam klar und fokussiert in Sais Visier an. »Geh raus, Killer.«

»Hoffentlich muss ich diesmal niemanden töten«, erwiderte Sai.

Hinter ihm trat Gregor von der Einstiegsrampe zurück und versiegelte das Abteil. Die unbenutzte Frachtluke der *Prisa* lag vor Sai, ein kleiner Kreis in einem glänzenden, grauen Metallboden. Dahinter summte der Maschinenraum der *Prisa*. Nicht gerade das beste Design, all die wertvollen Geräte in der Nähe der Einstiegsrampe zu platzieren, der Tür, die im Kampf am leichtesten zu durchbrechen war.

Wer war Sai, dass er darüber urteilen konnte: DefenseCorp warf ihre Soldaten ständig in Absetzkapseln ab, und diese Dinger waren kaum mehr als billige Todesfallen aus Metall.

»Öffne die Luke«, sagte Sai und berührte die kleine Konsole, die an der Wand zu seiner Linken angebracht war.

Das Gerät tat seinen Job und bestätigte, dass eine dichte Versiegelung Sai vom Rest des Schiffs trennte. Es piepste einmal, zweimal und ein drittes Mal, um sicherzugehen, dass Sai wirklich die Frachtluke öffnen wollte, ohne dass Fracht angebracht war. Als Sai keine Anstalten machte, seine Aktion rückgängig zu machen, schoss die Luke auf und Sai sah die Sterne.

Die Sterne zogen ihn nach vorne.

Vom Vakuum gezerrt zu werden, fühlte sich nicht wie ein menschlicher Zug an. Es gab keinen Aufbau, kein

Gefühl, dass sich Muskeln anspannten. In einem Moment stand Sai still. Im nächsten glitt sein Körper über den Boden in Richtung Luke. Als er hinausging, hakte Sai seine Hände am äußeren Rand der Luke ein und nutzte den Schwung für eine Drehung.

Keine Schwerkraft bedeutete, dass seine Beine sich spreizten und sich auf Sais Bemühungen verließen, sie in einer Linie zu halten, während er mit seinen Händen am Ring der Luke tanzte. Die Kampfrüstung half, die Handschuhe und ihr strukturierter Griff gruben sich in die Unvollkommenheiten der Luke und ließen Sai festhalten. Er spannte seine Bauchmuskeln an, zog seine Taille zusammen und brachte Brust und Bauch in Kontakt mit der Außenhülle der *Prisa*. Seine Knie folgten und markierten einen lautlosen Aufprall. Sai zog diese Knie hoch, hielt sich immer noch an der Luke fest.

Jetzt kam der schwierigste Teil. Falsch gemacht, und Sai würde den Halt verlieren und davontreiben.

Richtig gemacht, und-

Sai weigerte sich, zu viel darüber nachzudenken, rollte seine Knöchel, während er seine Hände löste. Die Kampfrüstung folgte den Befehlen, die Sai gleichzeitig aussprach, aktivierte die Verriegelungen an den Stiefeln, als sie mit den Sohlen nach unten über die Hülle der *Prisa* glitten. Das plötzliche Einrasten ließ Sai nach hinten taumeln, als hätte ihn eine Hand beim Fallen aufgefangen.

»Bereit«, sagte Sai. »Du kannst die Luke schließen.«

»Gut gemacht«, antwortete Aurora. »Eponi kann diese Position für weitere fünf Sekunden halten. Mach dich bereit und los.«

Sai hätte mit einer forschen Antwort gekontert, aber dafür war keine Zeit. Stattdessen schaute er gerade nach oben und befahl seinem Visier, das Ziel zu finden. Die Rettungskapsel war zu weit entfernt für eine gute visuelle Erfassung, aber die Radarpings des Visiers fanden sie problemlos. Mit seinem aufgeladenen kinetischen Schub half das Visier Sai, sich nach vorne zu lehnen und die Knie zu beugen, um die perfekte Startposition einzunehmen.

»Hier geht's los«, sagte Sai, dann aktivierte er die Booster und sprang ab.

Sai schoss wie eine Rakete los, der reibungsfreie Start katapultierte ihn in einen freien Flug. Außerhalb von Simulatoren hatte Sai sich noch nie durch die Sterne geschossen. Kein Grund dazu, es sei denn, eine Mission war schiefgegangen.

Oder man musste jemanden retten.

Trotz der Dringlichkeit, trotz des Risikos, konnte Sai nach dem Start nicht viel tun, außer die Fahrt zu genießen. Ohne Antrieb konnte er seine Flugbahn nicht ändern. Ohne etwas zum Festhalten oder Abprallen trieb Sai dahin. Gillane Viers Masse leuchtete blau unter ihm, eine atemberaubende Kulisse, die alle außer den hellsten Sternen überstrahlte. Hinter ihm flackerte die schrumpfende Form der *Prisa*, als Eponi das Schiff in einen Sturzflug zur anderen Kapsel umleitete.

Geradeaus blickend konnte Sai Vanas Schiff nicht sehen, aber links leuchtete ein Paar auf, das zeigte, dass Deepaks Jäger auf ihren Feind zusteuerten. Hoffentlich würden sie den Agenten erwischen und zu Staub zerblasen.

»Auf Kurs?« Auroras Stimme piepste durch Sais Visier.

»Bisher ja. Angenehme Fahrt.« Sai hielt inne. »Aurora, du weißt, was du sagen musst, falls das hier nicht klappt?«

»Ich führe dieses Gespräch nicht, Sai.«

»Aber-«

»Verbinde dich mit der Kapsel. Stabilisiere sie. Das Salinity-Shuttle passt sich deiner Geschwindigkeit an«, sagte Aurora. »Das sind deine Befehle. Wir sehen uns auf der anderen Seite.«

Das leise Klicken ertönte: Aurora hatte aufgelegt. Sie war noch nie jemand gewesen, der unangenehme Zukunftsszenarien in Betracht zog, besonders solche, die einen toten Freund betrafen. Sai hatte diese Diskussion immer wieder mit der Kapitänin geführt und versucht, ihr zu sagen, was er für seine Familie wollte, aber sie hatte ihn stets abgewimmelt und es als eine Eventualität abgetan, deren Zeit noch nicht gekommen war.

Vielleicht weil Aurora selbst niemanden hatte, dem sie etwas mitteilen konnte. Sai wusste nicht, ob sie Pläne für danach hatte, was mit dem Geld auf ihrem Konto geschehen würde oder mit etwaigen Überresten, die man finden könnte.

Die Servorüstung riss Sai aus seiner Sternenbetrachtung zurück und lenkte ihn auf den sinkenden Sauerstoffmesser – dort war noch genug übrig – und die ebenfalls abnehmende Distanz zwischen Sai und dem Ziel. Das Rettungsboot hatte seit Vanas Ausstoß nicht viel an Geschwindigkeit verloren, aber die Schwerkraft von Gillane Vier ließ sich nicht leugnen: Der orbitale Zerfall der Kapsel nahm sekündlich zu, und der Eintritt des Rettungsboots in die Atmosphäre würde in einer feurigen Katastrophe enden, wenn Sai die Kapsel nicht für das Rettungsshuttle vorbereiten könnte.

Rettungsshuttles waren für Bergungen von treibenden Wracks oder atmosphärische Rettungen aus isolierten Gefahrenzonen, schwimmenden Booten und anderen relativ stabilen Situationen konzipiert. Sie waren die Fahrzeuge, die nach einem Gefecht ausgesandt wurden, um an den Knochen zu nagen und zu sehen, was überlebt hatte. Das Salinity-Shuttle, ähnlich wie die von DefenseCorp, sah aus wie ein mit Luken übersäter Zylinder. Jede Luke konnte eine Luftschleuse ausfahren, und alle führten in einen zentralen Raum, der von medizinischer Ausrüstung dominiert wurde.

Das Shuttle war eine große Dose und hatte die entsprechende Manövrierfähigkeit. Es konnte keine Dichtung mit dem Rettungsboot bilden, konnte es nicht auffangen, während das kleine Ding aus dem Orbit fiel.

Nicht, wenn Sai kein Wunder vollbringen konnte.

Er sah das Rettungsboot jetzt, ein Fleck, der auf die Größe eines Skiffs angewachsen war, als Sai sich näherte. Grau gesprenkelt, mit dem in silbernem Glitzer scheinenden Logo von DefenseCorp auf der Außenseite, tat das Rettungsboot alles, was Vanas – Renards – Schiff nicht tat, und präsentierte sich potenziellen Rettern auf jede erdenkliche Weise.

Sai schaltete sein Band auf offenen Funkverkehr und sendete einen Ruf nach vorne: »Hallo da drüben, hier spricht euer potenzieller Freund, der zur Hilfe kommt. Könnt ihr mich hören?«

Nichts kam zurück. Nicht überraschend. Sais EMP-Granaten hätten die Systeme des Rettungsboots ebenso lahmgelegt wie die des größeren Schiffs. Er würde das auf die leise Tour machen müssen.

Der Aufprall kam mit einem Haken. Technisch gesehen raste Sai nicht auf das Rettungsboot zu, sondern seine langsamere Geschwindigkeit ließ das Rettungsboot zu ihm aufholen. Der Unterschied in Metern pro Sekunde bedeutete, dass Sai immer noch wie ein Insekt auf einer Skiff-Windschutzscheibe zerquetscht werden könnte, wenn er sich nicht richtig positionierte.

Jede Rettungskapsel war anders gebaut, um den Bedürfnissen ihres Mutterschiffs zu entsprechen. Diese hier sah aus wie ein halbierter Keil, mit einer abfallenden Seite an einem Ende, die sich zu einer Spitze verjüngte. Diese Spitze hätte eigentlich den Eintritt in die Atmosphäre machen sollen, um den Luftwiderstand zu verringern und die Hitze vom dickeren Ende abzuleiten, wo sich alle Verzweifelten aufhalten würden. Stattdessen führte der antriebslose Start das dicke Ende voran, wo es schließlich mit der ganzen Eleganz eines Mannes, der mit dem Bauch voran in einen Pool springt, auf Gillane Vier aufschlagen würde.

Sai griff an seine Hüfte und zog den Enterhaken heraus. Er nahm ihn in die rechte Hand. Mit gezielten Stößen aus seinen gespeicherten Sauerstoffpaketen, von denen jeder seinen Luftvorrat um nervenzehrende Segmente reduzierte, positionierte sich Sai so, dass seine Beine dem Rettungsboot nicht im Weg waren. Das große Ding raste jetzt auf ihn zu und zielte darauf ab, unter einem kopfüber hängenden Sai vorbeizuziehen, sodass Gillane Viers blaue Masse direkt über Sais Kopf schwebte. Das Rettungsboot würde dazwischen hindurchschneiden, und Sai ließ seinen Enterhaken in diesen Zwischenraum fallen.

Er musste darauf wetten, dass die Hülle des Rettungsboots dick genug war, um den Enterhaken auszuhalten. Wenn Sai versuchte, seine Griffe zu benutzen, versuchte, sich mit seinen Stiefeln festzuklammern, hätte er nur den Bruchteil einer Sekunde Zeit. Ein Fehlschlag würde ihn in einen langen Tod in die Leere zurückschleudern.

»Ich hoffe, ihr habt alle eine bessere Zeit als ich«, sagte Sai und sendete die Nachricht zur *Prisa* zurück, während er den Enterhaken fliegen ließ.

Das Rettungsboot zog in einem Blitz vorbei und füllte

den Raum zwischen Sai und dem Planeten aus. Der Schwertkämpfer streckte den Hals, um zu sehen. Das graue Metall, das glänzende silberne Logo und ein gläserner Schimmer mit etwas, das ein Hauch von Hautfarbe hätte sein können. Ein Hinweis auf einen Menschen, der im Inneren gefangen war. Dann Gillane Viers schimmerndes Blau.

Der Ruck kam, als der Enterhaken seine Beute erfasste und Sai mit auf die Fahrt nahm. Er versuchte, das Kabel langsam abzuspulen und so die Spannung ganz leicht zu reduzieren. Das funktionierte nicht, die schiere Geschwindigkeit ließ die volle Länge des Enterhakens in ein paar Sekunden ablaufen. Der Enterhaken wirbelte Sai herum, eine Kraft, die nicht wirklich zu spüren war und doch absolut wahrgenommen wurde durch die plötzliche Zunahme von Gillane Viers sich verschiebenden Wolken unter ihm.

Sai streckte sich mit seiner rechten Hand aus, griff nach dem Seil des Enterhakens und packte es. Ziehend drehte sich Sai, um dem Rettungsboot zugewandt zu sein, und ritt hinter ihm her wie ein weltraumgebundener Jäger mit seinem Hund. Metallteile blitzten in einer augenblicklichen Wolke um Sai herum auf, Trümmer, die durch den Kontakt des Enterhakens aufgewirbelt worden waren. Sai hielt Ausschau nach mehr, wartete darauf, dass das Rettungsboot zerknitterte oder explodierte, falls der Enterhaken sein Inneres dem Vakuum ausgesetzt hatte.

Aber irgendwie hielt die Leine, und die Kapsel zerfiel nicht zu Krümeln.

Sai nahm seinen ersten Atemzug seit wer weiß wie langer Zeit, gönnte sich ein leichtes Lächeln und stellte die Leine des Enterhakens so ein, dass sie ihn einzog. Sai holte in Sekunden zur Spitze des Rettungsboots auf und fing sich am Rumpf ab, während er das Einziehen des Enterhakens verlangsamte. Aus dieser Nähe konnte er ins Innere sehen, konnte das Gesicht sehen, das ihn mit einer verwirrten Mischung aus Panik und Hoffnung anstarrte.

Raquel. Verletzt und ihren linken Arm schonend, aber am Leben.

DER PREIS

Eine Möglichkeit, eine Karriere bei DefenseCorp zu beschreiben, wäre, die Verletzungen aufzulisten, die man während und außerhalb von Einsätzen erlitten hat. Gregors Narben, blaue Flecken, verbogene Knochen und sein Kopf, der so vielen Gehirnerschütterungen ausgesetzt war, erzählten eine Geschichte mit einem gewissen Ende: Die Action würde ihn einholen, und Gregors Körper würde irgendwann an seine Grenzen stoßen.

Dieser Tag schien jedoch nicht heute zu sein. Trotz des K.O.-Schlags, den Gregor erlitten hatte, als er die Agentin und ihren Enterhaken benutzte, um sein Leben zu retten, trotz des brennenden Schulterschmerzes, der durch die übrig gebliebene Salbe von Sai gedämpft wurde - eine anhaltende Erinnerung an die eigene Begegnung des Schwertkämpfers mit Verbrennungen -, hatte Gregor seine Kampfrüstung an und seinen Hammer gegen die Wand der *Prisa* gelehnt, während er auf Eponis Startzeichen wartete.

Nach Sais Sprung in die Dunkelheit hatte sich die *Prisa* wieder versiegelt, die Frachtluke geschlossen und erneut den Weg zu den Triebwerken des Schiffs geöffnet. Gregor stand allein im schmalen Gang, während Rovo oben an der gewundenen Treppe des Schiffs wartete. Eponi und Aurora führten einen ständigen Austausch, gaben Informationen über den Standort des Rettungsboots und ob sie Vana noch einholen würden.

»Wir nähern uns«, sagte Eponi. »Gregor, zehn Sekunden bis wir versuchen anzukoppeln. Wenn wir es schaffen, öffne diese Tür schnell und hol alle raus, die drin sind. Wir sind nahe genug an der Atmosphäre, dass ich nicht würfeln will.«

Ein mutiges Eingeständnis. Gregor dachte, Eponi würde alles bei fast jeder Gelegenheit aufs Spiel setzen. Dass sie das Risiko betonte, bedeutete, dass sie echte Gefahr in der Rettungsaktion sah. Nicht dass atmosphärische Eintritte etwas zum Scherzen wären. Gillane Vier hatte die dicke Luft, die schweren Hitzeschichten, die einen Eintritt mit hoher Geschwindigkeit im falschen Winkel katastrophal machen würden, und das Profil der *Prisa* würde durch die unförmige Form der Rettungskapsel, die wie ein spitzer Parasit baumelte, nicht gerade begünstigt werden.

»Ich werde es erledigen«, antwortete Gregor.

Gregor stützte sich mit seinen den Gang überspannenden Armen ab, die Hände flach an die Wände gepresst, und zählte im Kopf bis zur passenden Zahl. Eponi gab pünktlich das Startsignal, und Gregor spürte und hörte die Klicks, als die *Prisa* ihr Rendezvous machte. Draußen, im Vakuum, fand ein ineinandergreifendes Quartett ihre Partner an der Tür des Rettungsboots und stellte den Kontakt her. Indem sie zusammenglitten, schufen die beiden Schiffe eine Dichtung, um die Luft im Inneren zu halten.

Wie Sai wischte Gregor über die Konsole der Frachtluke, woraufhin sich die trennenden Türen zu beiden Seiten Gregors schlossen. Nicht gerade das normale Andockverfahren, aber Gregor wollte nichts dem Zufall überlassen. Vanas Agenten könnten im Rettungsboot sein und einen Überraschungsangriff planen. Jetzt würden sie damit nur in eine schnelle Falle geraten.

Und wenn Eponi die Rettungskapsel abwarf, könnte sie die Luke öffnen und die Agenten gleich mit loswerden.

»Öffne Luke«, sagte Gregor. »Stehe bereit.«

»Hast du deinen Hammer?«, fragte Aurora.

»Immer.«

Gregor hielt die Waffe in seiner rechten Hand, während seine linke erneut über die Konsole wischte. Die Luke der *Prisa* befolgte die Befehle und öffnete sich spiralförmig unter Gregors Füßen. Eine vorsichtigere Person hätte vielleicht abseits der Luke gewartet, auf dem schmalen Band gestanden, das die *Prisa* zwischen den beiden Dichtungstüren reservierte. Gregor zog es vor, hineinzufallen, direkt durch jeden Hinterhalt zu sinken, bevor sie eine Chance hatten, sich vorzubereiten.

Schwerelosigkeit allein würde diesen Schub nicht geben, also ging Gregors linke Hand nach dem Wischen zur Decke des Gangs und drückte ab. Die Kraft hätte Gregor schwebend in die Rettungskapsel befördern sollen. Stattdessen sank Gregor ein oder zwei Zentimeter, bevor er auf hartem Metall aufschlug.

Die Luke des Rettungsboots öffnete sich nicht.

»Sie ist immer noch geschlossen«, sagte Gregor. »Hast du das Signal gesendet?«

»Das muss ich nicht«, entgegnete Eponi. »Es ist automatisch.«

Als sich die Luke der *Prisa* öffnete, hätte das Schiff die gleiche Reaktion von der Rettungskapsel auslösen sollen. Es gab also zwei Möglichkeiten. Entweder waren die Agenten im Inneren nicht auf einen Hinterhalt vorbereitet und hatten die Tür der Rettungskapsel verriegelt, oder das kleine Fahrzeug hatte keinen Strom, um auf Eponis Anforderung zu reagieren.

Beide Optionen boten die gleiche Lösung.

»Ich breche ein.« Gregor trat nach rechts, mit dem Rücken zum Maschinenraum der *Prisa*. »Das könnte etwas Lärm machen.«

»Beeil dich damit«, sagte Eponi. »Es wird hier oben ziemlich heiß, und ich werde uns nicht alle für was auch immer in dieser Kapsel ist opfern.«

»Das wirst du auch nicht müssen.«

Gregor schwang, drehte den Schaft des Hammers während der Bewegung, um pulsierende kinetische Energie, genau wie die Kampfrüstung, zum Hammerkopf zu schicken. Als die Waffe traf, überwältigte all diese zusätzliche Kraft eine armselige Rettungsbootluke, die für Zugänglichkeit und nicht für Verteidigung ausgelegt war. Die gekrümmten, zahnartigen Platten, aus denen die Luke bestand, widerstanden für einen Bruchteil eines Moments, bevor sie sich nach innen bogen und brachen.

Gregor, der über der Luke stand, blickte ins Innere des Rettungsboots und wartete darauf, dass sein Visier potenzielle Bedrohungen ausmachte. Etwa so groß wie das Cockpit der *Prisa*, erhielt das Innere der Kapsel sein Licht vom Widerschein Gillane Viers, ein silbrig-blaues Flimmern durch die kleinen Fenster. Crashsitze säumten die Seiten des Rettungsboots und erstreckten sich fast bis zum äußersten Ende der Kapsel, wo Gregor stand. Auf der anderen Seite der Hülle, weg von den Triebwerken, wären Notfallausrüstung, Crashleuchten und die Art von Dingen gepackt, die man brauchen könnte, wenn man nicht, sagen wir, in der Atmosphäre verbrannte.

Das Visier fand nichts Gefährliches. Gregors Augen machten auch auf die altmodische Art keine Bedrohungen aus. Keine Geräusche kamen aus dem toten Fahrzeug.

»Sieht leer aus«, sagte Gregor. »Eine Falle?«

»Bestätige es«, erwiderte Aurora.

»Das heißt, ich muss reingehen. Haben wir Zeit?«

»Du hast fünf Sekunden«, sagte Eponi. »Danach verlieren wir Vana.«

Der mentale Countdown begann in Gregors Kopf, als er seine Beine zusammenbrachte und sich erneut von der Decke abstieß. Er flog direkt durch die Luke in das Rettungsboot. Er behielt seinen Schwung bei bis zur Spitze des Rettungsboots, fest entschlossen, von der Verkleidung dort abzuprallen und ohne einen Feind in Sicht zurück in die *Prisa* zu schießen.

Das Visier, nicht Gregor, bemerkte das Zucken. Es projizierte eine fragwürdige Silhouette in hellem Blau, als Gregor sich neu orientierte.

Eine sehr kleine Silhouette.

»Sie ist hier«, sagte Gregor, als er einen besseren Blick bekam. »Kaia.«

»Wir werden gleich nicht mehr hier sein«, antwortete Eponi. »Hol sie von dieser Kapsel runter.«

Kaia kauerte in der Ecke der Kapsel, duckte sich tief und sah Gregor mit besorgten Augen an. Dunkelheit umhüllte sie, machte sie fast unsichtbar, wäre da nicht das verdammte Visier mit seinen beeindruckenden Fähigkeiten.

»Kaia, greif den Hammer«, sprach Gregor, während er sich von der Bodenplatte des Rettungsboots abstieß. »Komm jetzt, schnell!«

Gregor hatte keine Möglichkeit zu wissen, ob das Mädchen auf einen Befehl reagieren würde, der von einer Person kam, die komplett in schwerer Rüstung steckte und gerade in ihr enges, dem Untergang geweihtes Zuhause gekracht war. Als er Kaia das letzte Mal gerettet hatte, war sie auf einem Dach isoliert gewesen, von Rovo abgeschnitten und kurz davor, von denselben Leuten gefangen genommen oder getötet zu werden, die sie auf diese Einwegfahrt zur Hölle geschickt hatten. Damals hatte Kaia keine Wahl gehabt.

Dieses Mal traf das Mädchen die richtige Entscheidung.

Sie sprang, als Gregor sich hochdrückte und mit den Füßen voran auf die Luke zuschoss. Kaia fing den Hammer nicht so sehr, als dass die große Waffe sie fing. Gregor ließ den Hammerkopf fallen, als er sich der Luke näherte, während Kaia sich festhielt. Das schlankere Profil ließ Gregor zuerst durchschießen, wobei er seine Knie anzog, als er austrat, um Platz für Kaia zu schaffen.

»Spring jetzt ab«, sagte Gregor dem Mädchen, als er sie durch die Luke zog, ihre Füße ruhten auf dem Hammerkopf wie eine Art Prinzessin. »Geh in die Nähe dieser Tür.«

Wieder gehorchte Kaia den Befehlen ohne Frage, doch ihre Augen und die steife Art, wie sie den Hammer losließ, zeigten, dass sie vielleicht nicht ganz so zuversichtlich war, wie sie erschien. Im Moment hatte Gregor jedoch keine Zeit, es sich bequem zu machen.

»Versiegelt die Luke und los«, sagte Gregor und leitete die Worte über den Squadfunk. »Kaia ist an Bord und in Sicherheit.«

»Gute Arbeit«, sagte Aurora, was so ziemlich das höchste Lob war, das man von ihr erwarten konnte.

Eponi sprach nicht, sondern handelte. Die Frachtluke, mit freien Beinen und anderen Gliedmaßen, schloss sich unter Gregor. Ein Knall folgte, als sich das Rettungsboot abkoppelte, bereit, seine Zerfallsreise fortzusetzen. Die *Prisa* schwenkte erneut, etwas, das Gregor spürte, als sich die Wände und der Boden um ihn drehten, während Eponi das Schiff wieder auf einen Kurs zurück zu Vana brachte.

»Gregor?«

Die Stimme kam so sanft und leise, dass Gregor sie zuerst nicht wahrnahm, als sich die Versiegelungstüren, die Gregor und Kaia in der Nähe der Frachtluke einschlossen, mit einem *Zischen* zurückzogen.

»Bist du das?«, fragte Kaia erneut und wiederholte Gregors Namen.

Sie stand in der Mitte des Flurs, die Hände an den Seiten, das Gesicht vor nervöser Frage verzogen. Jemand hatte Kaias Haare zusammengebunden, und obwohl die glatten Sportkleidung, die das Mädchen trug, nicht exakt zu passen schien, war sie sauber. Kein Kratzer verunzierte ihr Gesicht.

»Genau, Kleine«, sagte Gregor.

»Nein«, verkündete Rovo, der die Treppe herunter-stürmte. »Wir haben dich, Kaia. Wir haben dich.«

»Rovo!« Kaia drehte sich bei den Worten des Neulings um und brach in dieses besondere Lachen aus, das zu glei-chen Teilen Freude und Erleichterung ist.

Gregor beobachtete die Wiedervereinigung für einen langen Moment, wagte vielleicht sogar ein eigenes Grinsen, bevor Aurora neue Befehle erteilte. Eponi ließ Energie in die Triebwerke und die Waffen fließen. Sie würden Vana einholen, und Sever musste bereit sein zu feuern.

»Bring sie irgendwo in Sicherheit«, sagte Gregor zu Rovo, als er vorbeiging.

Der Neuling hörte auf, Kaias Haar zu zerzausen, und legte eine Hand auf Gregors Schulter. »Danke.«

»Es ist noch nicht vorbei.« Gregors Grinsen wurde breiter. »Aber wir kommen dem Ziel näher.«

Kaia begann zu fragen, was näher kam, und Gregor nahm das als Stichwort, um weiter die Treppe hinaufzugehen.

»Rovo kümmert sich um den Gast«, fuhr Aurora fort, als Gregor zurück ins Zentrum der *Prisa* polterte. »Du übernimmst den Steuerbordturm. Ich bin am anderen.«

Der kurze Spurt zum Backbordturm dauerte länger, weil Gregor seine Kampfrüstung loswerden musste. Geschützstationen auf einem kleinen Schiff wie der *Prisa* waren nicht dafür ausgelegt, einen sperrigen Rahmen aufzunehmen, aber sie konnten – gerade so – Gregor in nichts als seinem Hautanzug unterbringen, der hyperdünnen Kleidung, die dafür konzipiert war, Kampfrüstungen erträglich zu machen.

Als er sich niederließ, umfasste Gregor die Zielsteuerung des Turms mit beiden Händen. Die Konsole aktivierte sich bei seiner Berührung und sprang mit potenziellen Optionen hoch, um etwas in Weltraumstaub zu verwandeln. Gregor überprüfte den Bildschirm und erwartete einen großen Klumpen mit Vanas Namen überall darauf.

Stattdessen sah er einen flackernden Pixelausbruch. Als ob die Konsole eine Fehlfunktion hätte.

»Meine Zielerfassung ist kaputt«, sagte Gregor und übermittelte die Nachricht nun über die internen Kommunikationskanäle der *Prisa*. »Es gibt nichts zu beschießen?«

»Benutze die visuelle Erfassung«, antwortete Aurora. »Renard hat nicht viele Waffen auf sein Schiff gepackt, aber es ist schwer zu finden.«

»Ein wahrer Agent.«

»Ein Arsch. Genau wie Vana«, sagte Aurora. »Eponi, sind wir in Reichweite? Und wo sind Deepaks Jäger?«

»Direkt zu unserer Linken«, antwortete Eponi. »Aber es gibt größere Probleme. Ich glaube, Vana hat das Schiff wieder zum Laufen gebracht.«

»Und?«, sagte Gregor, während er weiter an der Konsole herumfummelte. Er konnte natürlich die Fenster benutzen, um visuell zu zielen, aber bei den Entfernungen, die eine Weltraumschlacht nutzte, wäre das, als würde man auf ein Eichhörnchen durch einen dichten Wald schießen. »Können wir sie einholen?«

»Sie ist es nicht, um die ich mir Sorgen mache«, beendete Eponi den Satz mit einem Fluch. »Sie hat Verstärkung. Der Transporter hat das System nie verlassen, und er nähert sich schnell.«

Gregor wusste nicht, wie sich ein so großes Schiff wie der Transporter hätte versteckt halten können, aber wenn das Schiff und seine großen Geschütze zu nahe kämen, wären die *Prisa* und Deepaks Jäger in Schwierigkeiten. Gregor machte sich keine Sorgen um sich selbst, aber sein Leben war nicht das wichtigste auf dem Schiff. Jeder in Sever hatte seinen eigenen Totenschein unterschrieben, als er sich eingeschrieben hatte. Die Agentin, eingesperrt in Gregors eigenem Quartier, hatte ihre eigenen Entscheidungen getroffen, um hierher zu gelangen.

Aber wenn der Transporter die *Prisa* zerstören würde, dann würde Kaia ohne eigenes Verschulden sterben.

Gregor konnte und würde das nicht zulassen.

Diese Entscheidung lag jedoch nicht bei ihm.

34

EINER ODER ALLE

Vor jedem Rennen machte Eponi Proberunden mit ihrem Kart. Sie testete die Systeme der Maschine gegen die Bedingungen der Welt, von eisigen Temperaturen über peitschende Winde bis hin zu Geysiren, die blaues Feuer spuckten. Sie entwickelte eine Reihe von Manövern, ordnete sie den Stellen der Strecke zu, wo Eponi sie einsetzen konnte, und am Renntag setzte sie die Tricks ein, um sich Position für Position nach vorne zu kämpfen, bis sie die Ziellinie erreichte.

Während sie Vana in der rasenden *Prisa* verfolgte, mit dem Hauptmond von Gillane Vier, der sich violett gegen den schwarzen Weltraum abhob, gab Eponi den Motoren und den Waffen des Schiffes Vollgas. Vanas Schiff setzte mehr auf Tarnung als auf Verteidigung, und Eponi kannte bereits Vanas Position. Der beste und einfachste Zug? Den Gegner überwältigen, ihn mit Laserfeuer außer Gefecht setzen oder gleich in die Luft jagen.

Als der Agententransporter um den Mond herumkam, änderte sich die Lage. Eponi hatte keine Proberunden für diese Situation. Sie war mit der *Prisa* noch nie in einen

Kampf gegen ein Schiff wie den Transporter geflogen, groß und mit schweren Geschützen bestückt, die für die Unterstützung einer Landeinvasion gedacht waren. Eponi war, ehrlich gesagt, überhaupt noch nie in einen Weltraumkampf gegen große Schiffe geraten.

DefenseCorp behielt diesen Spaß für seine Kreuzer.

»*Prisa*, wir sind nicht dafür ausgerüstet, gegen dieses Ding anzutreten«, sagte der Anführer des Jägers, der sich neben Severs Schiff formierte. Die beiden Schiffe, die Deepak zur Unterstützung bei der Ausschaltung von Vanas Schiff losgeschickt hatte, waren schnelle Dinger, dafür konzipiert, kleinere, langsamere Schiffe zu belästigen und zu vernichten. »Sag mir, dass du einen besseren Plan hast?«

Eponi ging die Bewaffnung der *Prisa* noch einmal im Kopf durch. Drei Hauptkanonen, zwei Geschütztürme auf jeder Seite und eine feste Hauptkanone in der Mitte. Das Schiff hatte Raketenoptionen, aber die Abschussvorrichtungen waren leer gewesen, als Sever das Schiff auf Wexer gestohlen hatte, und niemand wollte Geld für das Nachladen ausgeben. Trotzdem hatten die Kanonen der *Prisa* einen Vorteil gegenüber den DefenseCorp-Jägern, und Eponi konnte bessere Schilde aufbieten.

»Teilt euch auf«, sagte Eponi. »Ihr beide konzentriert euch auf Vanas Schiff. Wir werden den Transporter necken und sein Feuer auf uns ziehen, mal sehen, ob wir die beiden nicht auseinanderziehen können, bis ihr geliefert habt.«

»Dann ist es ein Tötungsbefehl?«

»Ja, ist es«, mischte sich Aurora von ihrem Geschützturm aus in die Leitung ein. »Wir haben die Geiseln gesichert. So sehr ich Vana auch lebend haben möchte, das scheint heute nicht das Spiel zu sein, das wir spielen.«

»Verstanden. Fliegt vorsichtig.« Deepaks Mann unterbrach die Verbindung und ließ Eponi sich auf das Chaos draußen konzentrieren.

Der Mond von Gillane Vier bot eine bedrohliche Kulisse. Er verdeckte die Sterne, aber nicht die hellen Positionslichter des Transporters. Das große Schiff erstreckte sich über einen halben Kilometer und sah aus wie ein riesiger Flügel. Mit genug Platz, um mehr als tausend Soldaten aufzunehmen und sie sicher in eine aktive Kampfzone zu bringen, hatte der Transporter Panzerung und Waffen im Überfluss. Die einzige Chance für die *Prisa*, Schaden anzurichten, bestand darin, dem Transporter die Zähne zu ziehen.

Geschütztürme ragten trotz all ihrer Vielseitigkeit in der Zielausrichtung in offensichtlichen Winkeln aus den Schiffen heraus. Die magnetischen Schilde, die dafür konzipiert waren, eintreffende Laserenergie zu zerstreuen, mussten sich strecken, um die hervorstehenden Geschützrohre zu bedecken, was einen winzigen Hauch weniger Schutz bot als anderswo. Eponi wischte über ihre Konsole und befahl der *Prisa*, die Verfolgung von Vanas Schiff aufzugeben und ihre Systeme auf den Transporter auszurichten.

Außerhalb der breiten Glasscheibe, die Eponi den Blick auf ihr Ziel ermöglichte, bildete sich ein blauer Heiligenschein um die lange Form des Transporters. Der Heiligenschein füllte die Lücken zwischen den Lichtern, und darin bildeten sich grüne Kreise, als die *Prisa* Eponis Befehl folgte und diese Geschütztürme fand. Eponi schluckte, als ein Quadrat nach dem anderen auftauchte.

Sever setzte bei ihren DefenseCorp-Missionen fast nie eines davon ein, da sie oft für verdeckte Aktionen hinter feindlichen Linien oder für so gezielte Aufgaben eingesetzt wurden, dass keine vollständige Invasion nötig war. Es muss schön sein, den Luxus zu haben, dass so viele Laser herunterkommen, einen decken und den Gegner rösten.

»Noch zwei Minuten bis zur Reichweite«, sagte Eponi. »Ich markiere die Geschütztürme. Ich bin nicht sicher, ob wir die Panzerung dieses Dings durchschlagen können, aber vielleicht können wir seine Aufmerksamkeit lange genug auf uns ziehen, damit die Jäger ihre Arbeit machen können.«

»Wo willst du mich haben?«, fragte Rovo.

Mit Aurora und Gregor in den Geschütztürmen und Eponi, die den Abzug immer noch mit ihrem eingegipsten Arm betätigen konnte, hatte Rovo keinen klaren Platz. Eponi zögerte, nicht sicher, ob sie den Neuling im Cockpit bei sich brauchte.

»Bleib bei Kaia«, befahl Aurora, »bis wir dich woanders brauchen. Wenn das hier nicht gut ausgeht, tu, was du für sie tun kannst.«

Die *Prisa* hatte keine Rettungsboote. Es würde kein Wegspringen in letzter Minute von hier geben. Gut, dass Aurora das kleine Mädchen den Kampf nicht allein durchstehen ließ.

Eponi weigerte sich, über mögliche Ausgänge nachzudenken. Das hatte sie vor langer Zeit gelernt. Sich zu sehr damit zu beschäftigen, wie ein Rennen enden könnte, verdarb meist das Fliegen.

Stattdessen drosselte Eponi die Triebwerke und leitete die Energie zu den Schilden der *Prisa* um. Sais Granaten hatten Vanas Schiff lange genug außer Gefecht gesetzt, damit sie aufholen konnten. Jetzt würde es um geschicktes Fliegen gehen, ums Überleben und darum, wer verdammt noch mal etwas mit einem heißen Laser treffen konnte.

»Wählt eure Ziele«, sagte Eponi. »Es gibt genug davon.«

»So ein großes ist schwer zu verfehlen«, bemerkte Gregor.

»Dann sieh zu, dass du es nicht tust«, sagte Aurora.

Auf dem Konsolenbildschirm vor ihr sah Eponi, wie die beiden DefenseCorp-Jäger von der *Prisa* abdrehten und sich für Angriffe auf Vanas Schiff in Position brachten. In wenigen Sekunden würde der Spaß beginnen.

Wenn Eponi einen Gott gehabt hätte, zu dem sie hätte beten können, hätte sie es jetzt getan. Stattdessen holte sie so tief Luft, wie ihre Lungen es zuließen - in einem heftigen Kampf vergaß man leicht zu atmen - und konzentrierte sich auf den großen Transporter. Sie brachte die *Prisa* auf einen geraden Kurs, die Hauptkanone in Position, um das zu tun, was sie am besten konnte.

Eponis Finger, der Gips daneben juckte, fand den Abzug.

Die Konsole piepste. Hell, fröhlich und den Tod ankündigend. Eponi drückte den Abzug und ging davon aus, dass Gregor und Aurora in ihren Geschütztürmen dasselbe taten. Blitze erhellten die Windschutzscheibe von unten, rechts und links. Die Laser bewegten sich so schnell, dass Eponi sie erst sah, als die superheiße Lichtstrahlen weit von der *Prisa* entfernt waren und in geraden, unterbrochenen Linien auf ihr Ziel zuschossen.

Die *Prisa*, die spürte, dass ein Kampf begonnen hatte, blendete eine neue Anzeige auf der Windschutzscheibe ein. Den Blick nach vorne gerichtet, konnte Eponi die Energie der *Prisa* als Überlagerung über dem Transporter und dem violetten Mond sehen. Das stetige Feuer - heißes Blau, auf die höchste Leistungsstufe getrimmt - zehrte an der Energie wie DefenseCorp an der Lebenskraft seiner Soldaten zehrte.

Nach drei Sekunden zog Eponi den Steuerknüppel

zurück. Sever hatte zuerst auf den Transporter gefeuert und mit tödlicher Absicht angegriffen. Die Überraschung verschaffte Sever diese Sekunden und ließ Eponi die *Prisa* nach oben schwenken, während sie die Manövrierdüsen aktivierte, um das Schiff zu drehen. In der Schwerelosigkeit machte es für die Insassen des Schiffes kaum einen Unterschied, auf dem Kopf zu stehen, aber es ermöglichte Eponi, den Transporter klar im Blick zu behalten.

Der Gegenangriff kam deutlich. Die Geschütze des großen Schiffes eröffneten das Feuer, ihre spritzigen gelben Schüsse zischten in Richtung der ursprünglichen Position der *Prisa* und zogen eine Linie zu Eponis Schiff.

»Schießt, wenn ihr die Chance habt«, sagte Eponi und neigte die *Prisa* in einen schrägen Anflug. »Für jedes Geschütz, das ihr ausschaltet, gibt's einen Drink von mir.«

»Guter Anreiz«, erwiderte Gregor.

»Weil dein Leben nicht gut genug ist?«, sagte Rovo.

»Schluss mit dem Geplapper.« Aurora, die tat, was Kommandanten tun.

Eponi hielt die *Prisa* weiter in Bewegung. Der Frachter hatte nicht die Finesse eines Jägers, aber die Kreisbewegung, gepaart mit Eponis zufälligen Auf- und Abwärtsbewegungen und Richtungswechseln, machte es den Geschützen des Transporters schwer, zu folgen. Ihre gelben Bolzen bildeten eine Neonspur in der Dunkelheit.

»Flugleitung, habt ihr Kontakt?«, Eponi kehrte die Drehung der *Prisa* um, während sie den Ruf an die beiden Jäger sendete und den Steuerknüppel nach vorne drückte, um ihr Schiff quer über die Brücke des Transporters zu steuern. »Es wird hier draußen ziemlich heiß.«

»Wir haben das Ziel angegriffen«, antwortete Deepaks Pilot. »Sie spielt schwer zu kriegen.«

Eponi zog die *Prisa* hoch und steuerte sie unter den

Transporter, so nah an das größere Schiff heran, wie sie es wagte. Die Energiesilhouette zeigte, dass Gregor und Aurora weiter feuerten. Bisher hatte die *Prisa* keinen einzigen Treffer abbekommen, was bedeutete, dass Eponi entweder die beste Pilotin war, die die Galaxis je gesehen hatte, oder dass die Agenten an den Transportergeschützen, nun ja, nicht besonders gut waren.

»Keine Zeit für Spielchen«, sagte Eponi. »Wir werden gegen dieses Ding nicht gewinnen.«

Ein herzhafter Ruf durchschnitt den Funk, Gregors Stimme verkündete den Sieg: »Einer für mich.«

Aurora gratulierte, aber Eponi musste sich auf den Tanz konzentrieren. Sie zog die *Prisa* nach links und hielt das Schiff unter dem Transporter. Sich darunter zu verstecken, hielt die Hälfte der Geschütze des großen Schiffes außer Gefecht, und andere, die quer über den Körper des Transporters schossen, mussten darauf achten, nicht ihr eigenes Schiff zu treffen. Die gelben Bolzen kamen jetzt nur noch sporadisch, die Schützen hatten sich entschieden, auf Nummer sicher zu gehen.

»Wir kommen für einen weiteren Durchgang zurück«, sagte Eponi, als sich die *Prisa* dem Ende eines Flügels näherte. »Wenn ihr irgendeinen Teil dieses Dings treffen wollt, dann schießt jetzt.«

Sie pumpte Energie von den Schilden der *Prisa* in ihre Geschütze. Der Transporter hatte bisher nicht gezeigt, dass er irgendetwas treffen konnte. Da konnte man genauso gut Schaden anrichten, solange es ging.

»*Prisa*, wo seid ihr?«, Der Jägerkapitän kam schreiend durch. »Wir werden hier draußen in Stücke gerissen!«

»Wir kleben am Transporter, was-« Eponi hielt inne, ihre Augen weiteten sich.

Sever operierte allein. Eponi flog sie in gefährliches

Gebiet und tat alles Nötige, um zu überleben. Wenn man lange genug durchhielt, würde Sever den Boden erreichen oder die Verfolger abhängen.

Nur dass jetzt Überleben nicht das Ziel war.

Fluchend riss Eponi die *Prisa* nach rechts, in Richtung der Vorderseite des Transporters. Als sie die *Prisa* nach vorne schwang, sah Eponi zwar das Blau von Gillane Vier, aber goldgelbes Laserfeuer brannte über dessen Schönheit hinweg. Die Kanonen des Transporters ließen einen Feuerregen auf Vanas Schiff und die Jäger niedergehen, die versuchten, es zu Fall zu bringen. Ein einzelner schwarzer Kreis stach hervor, die Lücke, in der Vana flog, während der Transporter rundherum seinen Tod versprühte.

»Wir kommen!«, rief Eponi. »Haltet durch!«

Der Jägerpilot antwortete nicht. Er musste es nicht. In einem Angriffslauf gefangen, hatten die beiden Jäger ihr Ziel auf Vanas Schiff gerichtet. Das Feuer des Transporters traf sie überraschend. Nicht nur ein einzelner Laser, sondern eine Vielzahl. Eponi sah die Jäger tanzen, als sie ausbrachen und zu fliehen versuchten. Die oberen Geschütze des Transporters jagten die beiden Schiffe aufeinander zu und zwangen sie in einen schrumpfenden, tödlichen Kreis.

In Sekunden würden sie tot sein.

Eponi schlug auf die Konsole, leitete die gesamte Energie aus den Lasern ab und pumpte sie in die Schilde der *Prisa*. Gregor jaulte auf, als sein Geschützturm stoppte.

»Eponi«, sagte Aurora. »Was machst du da?«

»Ich rette die Jäger«, antwortete Eponi und schwenkte die *Prisa* hoch, als sie unter dem Transporter hindurchflog.

Die Jäger waren schwierige, weit entfernte Ziele. Die Geschütztürme würden sich auf Programme verlassen, die den Agenten sagten, wann und wohin sie feuern sollten.

Diese Programme würden die große, fette *Prisa*, die in der Nähe vorbeizoomte, als viel leichteres Ziel erkennen.

»Vana ist genau da«, sagte Aurora. »Ungeschützt. Wir können zuschlagen.«

»Wenn wir das tun, sterben die Jäger«, erwiderte Eponi. »Und wir wären die Nächsten.«

Aurora blieb still, während Eponi die *Prisa* in einen schnellen Rückzug manövrierte. Die ersten Geschütztürme hatten sie nun erfasst und schwenkten von den fliehenden Jägern zum verlockenden Rumpf der *Prisa*. Das Schiff erzitterte, als Einschläge die Schilde trafen und einige brennende Lichtstrahlen durchdrangen und das Metall versengten.

»Bringt euch in Sicherheit, Leute«, sagte Eponi, während sie die *Prisa* so gut es ging hin und her manövrierte. »Wir decken euch.«

»Danke *Prisa*«, antwortete der Jägerkapitän. »Wir wären da hinten fast gegrillt worden. Tut uns leid, dass wir das Ziel nicht ausschalten konnten.«

»Wir werden eine weitere Chance bekommen«, erwiderte Eponi. »Macht euch keine Sorgen.«

Der Ruf knisterte, als ein weiterer Laser traf, und Eponi zuckte zusammen, als die Konsole anzeigte, dass die Kommunikation der *Prisa* durchgebrannt war.

»Sie wird entkommen«, sagte Aurora, als sie ins Cockpit stürmte. Sie nahm den Platz des Kopiloten ein und wischte über die Konsole, während gelbe Laser den Raum um sie herum füllten. »Vana entkommt schon wieder.«

»Wir auch, falls du's noch nicht bemerkt hast«, antwortete Eponi. »Zumindest im Moment.«

Geradeaus von einem Feind wegzufliegen, der nicht allzu sehr an der Verfolgung interessiert war, hielt die *Prisa* jedoch am Leben. Die Schüsse des Transporters ließen nach, als Eponi die Triebwerke der *Prisa* auf Hochtouren brachte und die Angriffsreichweite erreichte und dann überschritt.

Sie hatte vergessen, wie man im Team fliegt. Sie hatte Sever die Mission gekostet, aber ihre Leben gerettet.

Das musste genügen. Doch als Eponi hörte, wie Aurora neben ihr gegen den Rumpf schlug, wusste sie, dass es nicht genug war.

35

ZUKÜNFTE

Kaia meisterte den Angriff und den Rückzug besser, als Rovo es sich hätte vorstellen können. Er verschanzte sich mit ihr und der gefangenen Agentin in seiner eigenen Kabine auf der *Prisa*. Während er dem Geschwader-Geplauder über den Bug in seinem Ohr lauschte, behielt Rovo seine Aufmerksamkeit bei Kaia und nutzte sogar die Konsole des Schiffs, um in der Unterhaltungsbibliothek alles Kinderfreundliche zu finden, was er konnte – eine Herausforderung, die wohl schwieriger war als der offene Kampf gegen Agenten.

Die Schwerelosigkeit verhinderte, dass die Manöver der *Prisa* das Trio umherrollen ließen, und Rovo wandte sich, sobald Kaia abgelenkt war, der Agentin zu. Sie hatte Laserverbrennungen erlitten, die einen Verbandswechsel benötigten, und der Zusammenstoß mit Gregors Kopf hatte einen hässlichen blauen Fleck unter dem kurzgeschnittenen Haar der Agentin hinterlassen.

Besorgniserregender als alles andere waren jedoch die dunklen Flecken, die Rovo auf den Armen und Beinen der Agentin entdeckte. Wie verschüttete Tinte fühlten sich die

Stellen warm an und schienen zu zittern, wenn Rovo mit einem Finger darauf drückte. Gregor hatte erwähnt, dass er ähnliche Infektionen bei anderen Agenten gesehen hatte, aber einen solchen Albtraum aus nächster Nähe zu sehen ...

Rovo verband die Stellen. Auf Dynas wäre er beinahe gestorben, als eine weitaus größere Infektion versucht hatte, den Neuling aufzufressen. Gregor war damals zu Rovos Rettung gekommen, aber Visionen der schwarzen Krankheit, die sich durch seinen Körper fraß, hatten Rovo seitdem in schlaflosen Nächten heimgesucht.

Er hatte gedacht, Sever hätte das Ende davon gesehen, dachte, Dynas und sein Zusammenbruch würden die Vernichtung der Krankheit markieren.

»Hey, Rovo?«, Eponis Stimme im Funk. »Du kannst rauskommen. Wir sind weg und sie verfolgen uns nicht.«

Hinter dem Neuling plapperte der Film weiter. Kaia kicherte über irgendetwas. Er starrte die Agentin an.

»Rovo?« Jetzt Aurora, besorgt.

»Sie ist infiziert«, sagte Rovo. »Die Agentin. Sie ist wie Felix. Nicht so fortgeschritten, aber ...«

Die einzige Behandlung, die Sever kannte, zerstörte die Krankheit durch Vakuumexposition. Die extreme Kälte schien den Virus zu töten, vorausgesetzt, der Wirt konnte die Erfahrung überleben. Sie könnten versuchen, das mit der Agentin zu machen, könnten versuchen zu-

»Dann kommt sie in ein Krankenhaus«, sagte Aurora und zerstörte Rovos Idee, bevor sie Gestalt annahm. »Ich weiß, was du denkst, aber wir können sie nicht riskieren. Sie ist im Moment unsere einzige Verbindung zu Vanas möglichem Ziel. Und, was noch wichtiger ist, mit Zeit und einem Versuchsobjekt könnten die Ärzte hier vielleicht ein Heilmittel finden.«

»Du hast gesehen, was mit Felix passiert ist«, erwiderte

Rovo. »Glaubst du, es ist sicher, sie auf diesem Schiff zu behalten?«

»Sie wird den Raum nicht verlassen«, sagte Aurora. »Bring dich und Kaia weg. Ich riskiere keine Chance, herauszufinden, wohin Vana geht.«

Wäre Kaia nicht im Raum gewesen, hätte sie Rovo nicht mit einer Frage in den Augen angesehen, hätte er vielleicht anders gehandelt. So nahm er die Hand von der Pistole an seinem Gürtel. Das Mädchen hatte schon gesehen, wie ihr Vater erschossen wurde, war die Geisel eines Monsters gewesen, das ihr Blut wollte, und wurde allein auf einem Crashkurs zu einem Planeten geschickt.

Kaia hatte genug gesehen.

»Komm schon, Kleine«, sagte Rovo, wischte über die Konsole und nahm Kaias Hand. »Lass mich dir all die coolen Orte auf dem Schiff zeigen.«

»Was ist mit ihr?«, fragte Kaia, als Rovo sie sanft zum Ausgang zog.

»Sie muss sich ausruhen, also lassen wir sie eine Weile allein.«

Als Rovo die Tür öffnete, stand Gregor im schmalen Flur und lehnte an der Wand. Der große Hammer stand neben ihm. Der Neuling traf Gregors Blick, bemerkte das leichte Nicken und verstand.

Die Agentin, Virus hin oder her, würde nicht weggehen.

Rovo ließ Kaia bei ihrem Vater, als der Abend auf Gillane Vier hereinbrach. Kashmal, unterstützt von einer Vielzahl von Bots, hellte sich dennoch auf, als Kaia den Raum betrat. Als jemand, der seine Tochter jahrelang in einem Schrank gehalten hatte, schien Kashmal seine Meinung geändert zu haben und entschied nun, dass Vatersein vielleicht eine Chance und keine Strafe war. Nicht dass ein Moment in einem Krankenhaus, selbst in einem so schönen wie dem tropfenförmigen Salinity-Medizinzentrum, in dem sie sich befanden, eine perfekte Zukunft definieren würde.

Trotzdem hatte Rovo einen anderen Grund, den Raum zu verlassen.

»Siehst müde aus, Neuling«, sagte Sai, der im Flur herumlungerte.

Der Schwertkämpfer trug seinen eigenen medizinischen Umhang, verschiedene Monitore hingen von seiner Haut durch ein Krankenhaushemd und versuchten sicherzustellen, dass Sai keinen permanenten Schaden erlitten hatte. Während das Salinity-Shuttle die Rettung durchführte, klammerte sich Sai selbst mit wenig Sauerstoff und noch weniger Wärme in einer Servorüstung ans Leben. Der Mann sah grau und fleckig aus, war aber dennoch am Leben.

»Du musst gerade reden«, erwiderte Rovo. »Behalten sie dich über Nacht hier?«

Sai lachte und schüttelte den Kopf: »Ein bisschen Vakuum wird mich nicht umbringen.« Er neigte seinen Kopf den Flur hinunter. »Geh und sag Hallo.«

Nicken beendete das Gespräch und ließ Rovo zum anderen Ende der Station weitergehen. Dort, am Fenster in ihrem Zimmer stehend, war eine weitere Patientin, die Rovo sehen musste.

»So schlimm, hm?«, sagte Rovo als eine Art Anklopfen und lehnte sich gegen die sandfarbene Tür. Das ganze Krankenhaus hatte ein Strandambiente, als ob man sagen wollte, die Patienten würden nicht behandelt, sondern wären stattdessen in einem herrlichen Urlaub.

»So schlimm«, antwortete Raquel und blickte in Rovos Richtung. »Ich hätte schon vor Stunden raus sein sollen, aber sie wollen mich beobachten. Sicherstellen, dass ich nicht wie all die Agenten bin.«

»Was?«

Raquel winkte zu einem Stuhl gegenüber ihrem Bett: »Bist du so in Eile, dass du nicht für eine Minute reinkommen kannst?«

»Wenn wir nicht so angeschlagen wären, wären wir schon längst weg«, antwortete Rovo und nahm den Stuhl.

Seltsam, jetzt ohne Kampfanzug zu sitzen, ohne dass eine Hand zur Pistole fiel, ohne dass die Augen jeden Ausgang, jedes Fenster nach einem Agenten absuchten. Sie waren seit ein paar Tagen auf Gillane Vier, aber nach der *Nautilus*, nach den Schützen in den Fenstern des Gebäudes, waren Rovos Nerven so angespannt, dass er nicht wusste, wie er sich entspannen sollte.

»Weißt du, wohin sie geht?«, fragte Raquel und nahm ihren eigenen Platz auf dem Krankenhausbett ein.

»Deepak und Aurora besprechen das gerade«, blinzelte Rovo, sah Raquel prüfend an und bemerkte nichts Ungewöhnliches. »Du hast gesagt, sie behalten dich hier wegen der Agenten?«

»Um sicherzugehen, dass ich nicht *wie* die Agenten bin.« Raquel fuhr mit den Händen an ihren Armen auf und ab. »Salinity hat sie zusammengetrieben. Man sollte meinen, sie würden sich wehren oder einfach in der Menge untertauchen, aber sie sind ... krank.«

»Ich weiß.«

»Tatsächlich?« Weitere Fragen spiegelten sich in Raquels gerunzelter Stirn und ihrer leichten Neigung zu Rovo. »Erzähl es mir.«

»Ich weiß nicht, wie die Krankheit funktioniert, nur dass sie schlimm ist. Halte sie von allen anderen fern, und auch voneinander«, sagte Rovo. »Das ist einer der Gründe, warum wir keine Zeit damit verschwenden wollen, Vana zu jagen.«

»Sie sterben, Rovo. Sie sterben und sagen, es sei ihre Schuld. Dass *Vana* sie hat injizieren lassen. Warum sollte sie das tun, wenn sie wüsste, dass es sie töten würde?«

»Vielleicht wusste sie es nicht?« Rovo schüttelte den Kopf. »Ich bin mir nicht sicher, aber wenn wir sie einholen, wird sie es uns sagen.«

Raquel runzelte die Stirn. »Du kannst nicht glauben, dass sie kooperieren wird.«

»Das wissen wir erst, wenn wir sie in der Hand haben«, sagte Rovo. »Und wenn nicht, dann werden wir es auf die harte Tour herausfinden.«

Raquels Stirnrunzeln verwandelte sich in eine gerade Linie. »So scheint ihr alles zu machen. Auf die harte Tour.«

»Nicht aus freien Stücken.«

»Ist das auch die Art, wie ihr meinen Planeten und mein Unternehmen entschädigen werdet? Auf die harte Tour?«

Rovo zuckte mit den Schultern. »Ich weiß nicht einmal, was das bedeuten soll.«

Raquel blickte auf ihr Armband und wischte darüber. »Also, nach meinen Berechnungen habt ihr erheblichen Schaden an zwei Apartments verursacht. Habt Skiffs in die Luft gejagt und ihre Überreste auf öffentlichem Grund liegen lassen. Gregor und Aurora haben ein Gebäude im Bau dezimiert, und du persönlich hast einen Klimastachel zum Einsturz gebracht. Das ist eine Menge Geld.«

»Äh, stell die Rechnung DefenseCorp aus?«

»Oh, das werde ich. Aber du und dein Trupp habt bei eurem Vorgehen Gesetze gebrochen, ohne offizielle Genehmigung. Ich könnte mich darum kümmern, wenn du mir etwas versprichst.«

Das Gespräch hatte sich bereits so weit von allem entfernt, was Rovo erwartet hatte, dass er nur die Hände heben und fragen konnte, was.

»Komm zurück«, sagte Raquel. »Begleiche deine Schuld bei diesem Planeten und bei diesem kleinen Mädchen.«

»Damit du mich herumkommandieren kannst?«

Ein Lächeln, bald erwidert.

»Du siehst aus wie ein Mann, der etwas Führung braucht.«

Nun, dem konnte Rovo nicht widersprechen.

36

EXIL

Der Park glitzerte am Vormittag, seine sorgfältig beschnittenen Bäume und der kurzgemähte Rasen zeugten von einem fürsorglichen Unternehmenseigentümer und dessen Bots. Aurora saß auf einer Metallbank, deren texturierte Erhebungen in den Latten sich langsam auf die Temperatur erwärmten, die sie an ihrem Armband eingestellt hatte. Der Wind spielte mit ihrem Haar. Zum ersten Mal fühlte sich Auroras Körper natürlich an, anstatt von Chemikalien durchdrungen zu sein, die sie wach und bereit hielten, noch einen Schlag auszuteilen.

»Das ist ein schöner Planet«, verkündete Deepak, während er auf dem mit Menschen gefüllten Weg auf Aurora zuging.

Der DefenseCorp-Admiral hatte, wie Aurora, die offizielle Kleidung gegen etwas Entspannteres eingetauscht. Etwas, das angesichts der öffentlichen Kampagne von Salinity, die DefenseCorp für die Kämpfe um Kaiyo verantwortlich machte, subtiler war. Ein schneeweißer Pullover, eine

Hose, die aussah, als wäre sie vor ein paar Stunden gekauft und angezogen worden.

Aurora hatte die Überreste von der *Prisa*. Sie passten nicht besonders gut, aber die Kleidung war bequem, die Jacke warm. Heute würde das genügen.

»Es ist viel angenehmer, wenn man nicht um sein Leben kämpfen muss«, erwiderte Aurora.

»Ich bin überrascht, das von dir zu hören.« Deepak nahm neben ihr Platz, schlug die Beine übereinander und blickte über die Grünfläche. »Lebst du nicht für den Konflikt?«

Aurora dachte, sie hätte eine schlagfertige Antwort parat, aber die Frage traf sie auf die falsche Weise. Wofür lebte sie? Tat sie-

Nein. Nicht jetzt. Noch nicht.

»Im Moment ist Vana das Einzige, was zählt«, sagte Aurora.

»Aber du hast gewonnen. Kaia ist zurück bei ihrem Vater. Dein Squad lebt. Das kann dir Vana nicht nehmen.«

Diese Worte kamen zu glatt, zu leicht. Aurora war lange genug um Deepak gewesen, hatte genug seiner Nachbesprechungen gehört, um zu wissen, wann der Mann Akzeptanz statt Selbstreflexion wollte. Warum wollte Deepak, dass Aurora sich auf den Sieg konzentrierte, anstatt auf den Krieg?

»Du hast zwei Jäger geschickt«, sagte Aurora. »Zwei Jäger, sonst nichts. Obwohl du wissen musstest, dass der Transporter möglicherweise noch im System war.«

»Wir waren nicht in der Nähe«, antwortete Deepak. »Und wir hatten nicht erwartet, dass Vana so schnell fliehen würde. Du hättest uns warnen können.«

»Eine Agentin, die sich ihren Weg von der *Nautilus*

durch Hinterhalte und Tricks erkämpft hat, und du sagst, ihr wart nicht auf Überraschungen vorbereitet?«

»Falls du es vergessen hast, mein Schiff hat sich bei den Kämpfen, die dein Squad begonnen hat, fast selbst zerstört. Wir sind abgelenkt.«

Wie so viele ihrer vorherigen Gespräche fühlte sich auch dieses wie ein Test an. Deepak wich aus. Seine Antworten kamen zu leicht. Es waren Wochen seit dem Aufstand der Agenten auf der *Nautilus* vergangen. Genug Zeit, um eine neue Befehlskette aufzubauen, Schiffe und ihre Piloten wieder einsatzbereit zu machen. DefenseCorp würde keine Langsamkeit dulden, denn jeder Tag in Aufruhr war ein Tag ohne Gewinn.

»Deepak, entweder du sagst mir jetzt die Wahrheit, oder ich stehe auf und gehe«, sagte Aurora. »Ich spiele keine Spielchen. Vana hat mich und mein Squad schon zu oft fast umgebracht.«

Deepak lehnte sich auf der Bank zurück. Diesmal sah er Aurora nicht in die Augen, als er sprach: »Die Jäger sollten Vana nie angreifen. Nur so tun als ob.«

»Erkläre das, oder ich bringe dich hier und jetzt um.«

Deepak hob seine linke Handfläche in Auroras Richtung und fuhr fort: »DefenseCorp ändert seine Meinung. Vana bietet eine verlockende Gelegenheit, zumindest für die Führung. Du musst zugeben, Aurora, dass die Anzüge effektiv wären. Wie viele Missionen wären einfacher, wenn der Feind euer Herannahen nicht sehen könnte?«

»Aber die Agenten haben sich gegen uns gewandt! Gegen das ganze Unternehmen!«

»Nein«, sagte Deepak, eine tadelnde Bitterkeit in der Stimme. »Dein Squad hat uns im Stich gelassen. Die Agenten auf der *Nautilus* hatten nach dem DefenseCorp-

Kodex jedes Recht, dein Team zu töten. Dann hast du meine Truppen gedrängt, zuerst gegen Renard zu kämpfen.« Deepak holte Luft, sein Blick schweifte kurz ab. Ein leichtes Kopfschütteln brachte ihn zu Aurora zurück. »Die Führung von DefenseCorp wird nicht zulassen, dass sich das Unternehmen spaltet. Vana gibt ihnen eine Möglichkeit, es zusammenzuhalten und gleichzeitig unsere Gewinne zu steigern.«

Aurora drückte ihre Hände flach gegen ihre Hose, um sie nicht zu Fäusten zu ballen. Argumente entstanden und starben eines nach dem anderen, als sie sie durch Deepaks Blick laufen ließ. Der Mann hatte die Gnade, etwas Kummer zu zeigen, und die Tränensäcke unter seinen Augen waren jetzt dunkel genug, um zu vermuten, dass Deepak schon lange nicht mehr gut geschlafen hatte.

»Vor einer Woche, lange nachdem du weg warst, erhielt ich den Befehl, euren Versuch hier abzufangen«, fuhr Deepak fort. »Sever Squad wurde markiert. Ihr seid eine Bedrohung für DefenseCorps neue Zukunft.«

Aurora stand auf. »Dann ist mein Squad in Gefahr. Wir müssen sofort gehen.«

»Halt. Die Nachricht kam zu mir, und ich habe sie nicht auf dem Schiff weitergegeben«, sagte Deepak. »Einige wissen es vielleicht, aber nicht genug. Die *Nautilus* gehört mir, und die Leute darauf sind meine Crew. Sie werden sich nicht bewegen, wenn ich es nicht sage.«

Als Aurora auf Deepak herabblickte, diente dessen anhaltende Ruhe nur dazu, ein Feuer in ihr zu entfachen. Das, das war der Grund, warum sich Sever nach Dynas von DefenseCorp abgewandt hatte. Das Unternehmen würde alles wegwerfen für einen Hauch mehr Macht, für ein bisschen mehr Geld, egal wie viele Menschen dabei ermordet würden.

»Also ist das, was, deine Warnung? Du gibst uns einen Vorsprung?«, fragte Aurora. »Wohin könnten wir gehen? Und was passiert, wenn Salinity beschließt, uns als Vigilanten anzuklagen, weil wir versucht haben, Kaia zu retten? Wir werden in der ganzen Galaxie gesucht werden.«

»Es tut mir leid, Aurora. Wirklich. Dass ich dir die Kampfrüstung besorgt und dich gewarnt habe, riskiere ich schon alles.«

»Sicher doch.« Aurora ließ ihren Blick über den Park schweifen. Sie bemerkte niemanden, der sie beobachtete, aber Scharfschützen konnten überall sein, Aufzeichnungsroboter versteckt in den Blättern. »Danke für nichts.«

Deepak zuckte zusammen. Aurora überlegte, noch einen Schritt weiterzugehen und dem Admiral einen Schlag zu verpassen, den er sicherlich verdient hatte, aber jede Sekunde, die Sever hier blieb und sich in Sicherheit wähnte, war ein weiterer riskanter Moment.

»Warte«, sagte Deepak und stand ebenfalls auf, als Aurora sich zum Gehen wandte. »Ich will nicht, ich möchte nicht, dass du noch mehr verletzt wirst.«

Aurora verzog die Lippen und blickte zurück, »Das war nie deine Entscheidung.«

»Und trotzdem habe ich es versucht.« Deepak passte sich ihrem Schritt an. »Ich bin nicht nur hergekommen, um dich zu warnen.«

Aurora antwortete nicht. Sie beschleunigte ihren Schritt. Der Weg vom Park zur Andockbucht war nicht kurz, und die Kapselfahrt würde überwacht und verfolgt werden. Sie hob ihr Handgelenk, um eine Nachricht über Severs Band zu senden und alle zurück zur *Prisa* zu rufen.

»Du hast vorhin gesagt, du denkst, Vana und Renard hätten etwas Schlimmeres getan als die Anzüge«, sagte

Deepak. »Ich habe die Berichte über die Agenten hier gehört. Die Krankheit.«

»Ja. Vana hat an der Dynas-Krankheit herumgebastelt. Sie wird jeden töten, wenn sie nicht irgendeine Dosis bekommen«, sagte Aurora. »Ich bin sicher, ihr werdet sie auch alle bekommen. Hält euch loyal. Verwandelt euch in Monster.«

»So ein Plan, wenn er bekannt wird, würde Defense-Corp zerstören«, sagte Deepak. »Anzüge sind das eine. Ein mörderisches Virus? Das wird die Galaxie nicht dulden.«

»Willst du damit irgendwo hin? Denn ich bin auf dem Weg irgendwohin, und ich warte nicht mehr auf deine Hilfe.«

»Vana hat eine Nachricht geschickt. Wir haben sie gestern erhalten. Während ihrer Flucht.« Deepak blieb stehen, und diesmal hielt Aurora mit ihm an, nahe dem Rand des Parks, wo er in eine von Geschäften gesäumte Allee überging. »Die Nachricht ging an jeden Admiral, jeden hochrangigen Mitarbeiter der Firma. Vana ruft sie zu einer Demonstration, zu einem Treffen. Sie will, dass sie ihre Zukunft sehen.«

»Und du gehst hin?«

Deepak nickte, »Sie werden alle gehen. Bis zum letzten Mann.«

»Ist das nicht riskant?«

Ein Lächeln huschte nun über das Gesicht des Admirals, ein leichtes. »Es ist gefährlicher, abwesend zu sein, wenn die neue Ordnung beschlossen wird.« Deepak hielt sein Handgelenk hin und wischte es zu einem Bildschirm für lokale Tap-Übertragungen. »Sieh es dir an. Wenn du eine Chance haben willst, sie aufzuhalten, all das zu ändern, dann wird es hier sein.«

Aurora zögerte nicht und berührte ihr Handgelenk mit Deepaks. Die Geräte piepsten, als die Übertragung ganze zwei Sekunden später abgeschlossen war.

»Du hättest damit anfangen können«, sagte Aurora, während ihr Ärger in Neugierde umschlug. »Hätte alles andere leichter zu ertragen gemacht.«

»Weil Rache so wichtig für dich ist?«

»Wenn es die Hunde von meinem Arsch fernhält, dann ja, würde ich sagen, es ist verdammt wichtig.«

»Dir ist klar, dass jeder hochrangige DefenseCorp-Offizielle mit seinen Wachen dort sein wird. Sie werden alle eure Köpfe wollen. Es gibt keine Möglichkeit, dass ihr in die Nähe kommt.«

Jetzt war es an Aurora zu grinsen, »Wenn du das glaubtest, hättest du es mir nicht erzählt.«

Deepak konnte es nicht leugnen.

Sever versammelte sich im Zentrum der *Prisa* mit fröhlichen Gemütern, die sich auflösten, als Aurora die Lage klar darlegte. Zwei Leben, ihre DefenseCorp-Karrieren und ihr kurzzeitiger Freelancer-Auftrag, waren ihnen nun genommen worden. Wenige würden eine von DefenseCorp auf die schwarze Liste gesetzte Gruppe anheuern. Niemand würde eine Crew aufnehmen, die auch vom größten Wasserlieferanten der Galaxie gejagt wurde.

»Du sagst also, unsere einzige Wahl ist, mit uns fünf gegen wer weiß wie viele reinzugehen?«, sagte Rovo. »Vana wird Anzüge haben, wird DefenseCorp's größte, böseste Typen dabei haben, die alle sehen wollen, wie viel stärker sie werden, und wir sollen dagegen kämpfen?«

»Wenn du es so ausdrückst«, triefte Eponi vor Sarkasmus, »klingt es nach einer schlechten Idee.«

»Oder einer großartigen«, fügte Gregor hinzu.

»Du würdest das nicht vorschlagen, wenn du nicht eine Idee hättest«, sagte Sai zu Aurora. »Also, was ist es?«

»Ganz einfach«, antwortete Aurora. »Wir machen das, was wir immer getan haben. Reingehen, Vana und jeden, der mit ihr zusammenarbeitet, ausschalten. Beweise finden, die zeigen, was sie tun, und sie an die Galaxie senden. Wir gewinnen.«

»Das ist alles?«, sagte Rovo.

»Das ist alles«, antwortete Aurora und ignorierte den Ton des Neulings. »Wir wissen, wo sie sich treffen, und wir haben etwas Zeit, bevor alle unsere Ziele die Galaxie durchqueren können, um hierher zu kommen. Eponi wird uns zu einer Station bringen, die ich kenne, wo wir uns ausruhen, verstecken und einen Plan ausarbeiten können.«

»Was, wenn ich nicht mitkommen will?«, sagte Rovo und zog alle Blicke auf sich. »Was, wenn ich aus der Sache raus will? Kaia ist in Sicherheit. Raquel bietet mir hier einen Job an. Vielleicht will ich mein Leben nicht wegwerfen.«

Aurora sah Rovo fest an, »Wenn du bleiben willst, zwingt dich niemand mitzukommen. Sever Squad, selbst wenn es nur ich bin, wird Vana jagen. Ich werde nicht zulassen, dass ihre Zukunft gewinnt.« Sie sah keine anderen Severs, die Einwände erhoben, also ging Aurora direkt auf Rovos Herz los. »Kaia wird in dieser Galaxie aufwachsen, Rookie. Du kannst entweder dafür sorgen, dass es eine ist, an die du glaubst, oder eine, die sie in Stücke reißen wird.«

Eine Stunde später, als Eponi die Freigabe von Salinitys Bodenkontrolle erhielt, hob die *Prisa* in den strahlenden Nachmittagshimmel von Gillane Vier ab. Das Blau wechselte zu Lila und schließlich zu Schwarz, als Sever in Richtung der Sterne aufstieg.

Vana hatte Sever in die Enge getrieben.

Großer Fehler.

———

Auf einem Randplaneten unternimmt Sever Squad einen letzten, verzweifelten Versuch, eine tödliche Horde zu zerstören, bevor sie die Galaxie verschlingen kann.

Setze Sever Squads Abenteuer in *Fury Storm* fort:

Dieser Roman ist das Ergebnis davon, dass meine Familie und Freunde einen Traum nicht sterben ließen. Meine Frau Nicole dafür, dass sie mich in den frühen Morgenstunden schreiben ließ und sicherstellte, dass ich nicht verhungere. Meine Brüder und Eltern für ihre ständigen Kommentare, ihre Unterstützung und ihren Enthusiasmus.

Evan Aaseng, dafür, dass er ein konstantes Korrektiv war und mich immer wieder zurückholte, wenn meine Ideen zu weit gingen.

Und natürlich dir, dem Leser, dafür, dass du mir einen Grund zum Schreiben gibst.

A.R. Knight spinnt seine Geschichten in einem frostigen Haus in Madison, WI, das hauptsächlich von zwei Katzen bewohnt wird. Nachdem er während der Wirtschaftskrise 2008 in den Arbeitstrott geraten war, fand er sich in langweiligen Meetings wieder, in denen er gedanklich durch den Weltraum flog und große Abenteuer erlebte.

Schließlich fand er nach Erfahrungen mit Podcasting, Drehbüchern, Kurzgeschichten und anderen Romanen eine Geschichte, in die er eintauchen konnte, und eine Reihe von Charakteren, die sowohl unterhaltsam als auch voller Herz waren.

Sever Squad hat noch mehr Abenteuer vor sich, zusammen mit neuen Handlungssträngen, Schauplätzen und Geschichten in der Zukunft. Von dort aus plant A.R. Knight, in andere Welten zu springen und neue Geschichten zu erzählen, die in den grenzenlosen Weiten unserer Fantasie angesiedelt sind.

Wie immer, danke fürs Lesen!

Für weitere Informationen:
www.blackkeybooks.com

Für Evan